侦探小说评析

刘伟民　编著

东南大学出版社
·南京·

内 容 提 要

本书是作者在多年课堂教学实践积累的基础上，运用理论分析方法对侦探小说进行研究的成果。书中对侦探推理小说创作中的文体、主题内容、人物形象塑造、叙事语言和结构等内容进行了必要的分析。尤其是在当代语境下，将私家侦探以及由此产生的侦探推理小说作为一种文化现象来加以关注，把握侦探小说的文化内蕴及美学特征，并试图探究侦探推理小说在现代社会中的意义和价值。书中还介绍了一些有代表性的侦探推理小说的重要作家作品以及风格流派。本书对于开辟研究侦探推理小说新的话语空间，以及对侦探小说进行更加深入的理论探讨，具有重要的参考价值。

图书在版编目(CIP)数据

侦探小说评析/刘伟民编著. —南京：东南大学出版社，2011.3（2016.3重印）

ISBN 978-7-5641-2671-1

Ⅰ.①侦… Ⅱ.①刘… Ⅲ.①侦探小说—小说研究—世界 Ⅳ.①I106.4

中国版本图书馆 CIP 数据核字(2011)第 034192 号

东南大学出版社出版发行

（南京四牌楼 2 号 邮编 210096）

出版人：江建中

网 址：http://www.seupress.com

电子邮件：press@seu.edu.cn

全国各地新华书店经销 江苏凤凰数码印务有限公司印刷

开本：700 mm×1000 mm 1/16 印张：14 字数：266 千

2011 年 3 月第 1 版 2016 年 3 月第 3 次印刷

ISBN 978-7-5641-2671-1

定价：28.00 元

引 论

——人的本真研究

在中外文学的发展过程中，以作奸犯科作为来源构成小说基本情节进行文学创作的现象其实早已存在。中国早在西汉、三国时期就产生了故事形式的断案文本。如《三国志》中的“密中鼠矢”、《魏书》中的“妄认死尸”等，到清以后又出现《包公案》、《狄公案》、《彭公案》等一批公案小说。冯梦龙的《三言两拍》中也有不少大堂断案的故事。欧美国家早在18世纪末19世纪初就有作家陆续进行一些以刑事案件为题材的文学写作了，或者说叫“纸上写案”。英国作家威廉·高德温于1774年发表的长篇小说《事实如此》被认为是西方侦探小说的初步尝试。大文豪狄更斯的长篇小说《巴纳比鲁德奇》反映了从事纯文学创作的大作家在侦探小说写作方面的最初的努力。1841年，由美国作家爱伦坡发表的小说《莫格街谋杀案》，标志着侦探小说作为文学创作的一个独特样式的存在，此后，以侦探小说为韧，产生了后来的推理小说、恐怖惊险小说、间谍小说、政治小说，以及中国本土化的反特小说、反腐小说等等，仅侦探小说的次生品种就有玄学侦探小说、反侦探小说、解析侦探小说等，品种繁多，家族兴旺，这在文学领域中不能不说是一个十分独特的现象。而且，侦探小说的出版数量历来居高不下。在国外，侦探小说的发行量高居文学类小说作品之首；在国内，侦探小说在出版界也是长久不衰的畅销题材。据不完全统计，我国已出版的外国侦探小说中译本已超过了5 000万册。数量之巨实在令人吃惊，而侦探小说作家个人作品的出版量之大也是惊人的。近年来出现的一位俄罗斯侦探小说的大师级人物——女作家玛丽尼娜，其作品已被翻译成十几个国家的文字，她的侦探小说作品仅莫斯科埃克斯莫一家出版社的印数就达3 000多万册，这对于从事其他不同类型小说创作的作家来说简直就如天文数字一般。由此可见，侦探小说受到全世界读者的喜爱，在全世界有着巨大的市场。但是，就这样一个小说品种，一方面有着巨大的市场，另一方面却遭到冷落。这种冷落就是人们对侦探这一小说类型在研究领域里应有的学术地位的漠视，以至于大家们很少能以学术研究的姿态关注侦探小说这样一个实际的文化存在。因此,有关侦探小说的研究直到今天仍然还是十分稀少的,这种现象显然与侦探小说辉煌的市场存在形成了巨大的反差,是十分不相适应的。学术研究领域中对侦探小说现象的集体无意识,是对这一小说品种的轻蔑。同时,这不仅反映了人们对这一小说品种自身价值的"失盲",也反映了学术界群体的"失盲"。文学发展过程中出现的这种现象我们似曾相识。在第二次世界大战之前,通俗文化不为学术界重视,甚至为评论界所不齿,让我们看到了包括最能够包容不同文化的美国在内的各个国家和民族对通俗文化的态度存在着一种世界性的普遍缺失。[①] 第二次世界大战之后,美国等西方国家逐渐纠正了自己在文化上的偏执,而我们仍还继续在相当长的时期固守着所谓"纯文学"的园地,直至 20 世纪末 21 世纪初,通俗文学的价值及其地位才重新被予以确认。由于通俗文学长期以来的边缘化处境,以至于侦探小说以及中国本土固有的"公案小说"也一直未能得到更多的理性解读和关注,甚至将侦探小说、武侠小说都无一例外地与公厕小说等视为同一层次的"快餐文学",几乎就是低俗文学的代名词,其文学的意义和功能似乎也只停留在休闲娱乐的功能上,对于侦探小说自身的艺术魅力和丰富的文化内涵来说,这实在是一种悖论。

侦探小说作为通俗小说中的一种,是最接近社会、最接近人的一种文学样式。它之所以长期以来一直能被不同国家、不同文化层次的人群广泛持久地接受,一方面是因为读者与侦探小说之间在审美阅读上的"零距离"。所谓"零距离"是指在阅读方面读者对作品的玩赏和阅读很少有障碍,读者往往能够自觉不自觉地使自己进入小说意境之中,与小说人物互动共谋,具有其他小说形式不可比拟的较强的读者参与性和互动性(一般小说只让读者处在较为纯粹的第三者的"看"的位置上);另一方面,还因为侦探小说本身内容所具有的特殊的"自含性"的内容。哈贝马斯在他的《交往行动理论》中谈到群众媒体的广播时认为通俗化这类问题"绝不能只是或者也只是主要地与群众文化的标准相适应,并且甚至然后当它们采取了通俗化交谈的一般形式后,就可能具有非常批判的代表性——'通俗的文化是通俗的报复'"[②],侦探小说是与大众、社会通俗化交谈的一般形式,它对"通俗的报复"也一样不是去媚俗,不是降低自我的价值标准,而是通过小说文本在更高的层次上观照一般的社会现象,提升大众的价值评判标准。当我们确定了上述的文化立场后,再去解读侦探小说的文本,就不难得出这

① 范伯群,孔庆东. 通俗文学十五讲. 北京:北京大学出版社,2003:p5

② 陈学明. 二十世纪哲学经典文本. 西方马克思主义卷. 上海:复旦大学出版社,1999:p469

样的一个结论:侦探小说是地道的成人文学作品,或者叫成人小说,反映的是人类最本真的内容。人作为高级的动物,既有自然属性,又有社会属性的两重性特点,人区别于动物的在于更加发达的大脑,更加丰富的智慧。侦探小说使人看到人类的聪明和智慧,尽管这些智慧和聪明有很多并不符合人类的社会规范,但侦探小说中呈示给读者的确实是比一般人要更聪明得多的智慧。读者在侦探小说的阅读过程中,学会了分析和思考,学会了运用大脑,自己也似乎能变得聪明起来,这就是侦探小说独有的一个极显性的特点:益智的作用。人区别于其他的动物,在于比其他动物的大脑发达,人要使自己比过去的人还要聪明,也在于运智用脑。大脑作为物的存在是有限的,而大脑作为智慧的载体却是无限的,是令人意想不到的。人类的一切行为活动都源发于心智,人对外在物的探求首先归于自己对智慧的探求——这是人的自然属性与社会属性的临界,也正体现了人的本真的内涵。

由于人的社会属性的作用,人都必然受到后生性的影响,即出生后外在客观条件对人的影响。社会的人,从某种意义上说,都不是规范了的人。而具体的人,既不可能全善,也不可能全恶。不仅是互相悖反,而且也可逆。侦探小说使人们清楚地看到了这一点,而且还有些残忍地使人们看到了善趋恶的可逆现象,这就是为什么会有那么多有身份和地位,有权有势有钱,本该是社会道德、正义化身的人们实际上却是一件件、一桩桩惨案的策划者、共谋者、制造者,这和我们传统的正面教育相差得是多么的遥远,但它对反映人类社会、人类文明本身却又是多么的真。侦探小说正是形象化地演绎了人类文明所代表的两个方面:"一方面,人们为了控制自然力和索取满足人的需要的财富及获取的知识和能力,另一方面,为了调节人们的相互关系而且尤其是可利用的财富的分配所必需的全部规则。"①

如果说,文学是反映社会的一面镜子的话,那么,侦探小说就是人们知世情、通世故的镜子,这也是侦探小说极其显性的第二个特征,也是称其"成人小说"的一个方面。

当然,侦探小说也是有负面意义存在的。撇开那种以不屑态度对侦探小说以贬代褒的评价外,客观地讲,侦探小说是存在一定的消极影响的。

首先是暴力倾向。在侦探小说中,可以说大多数的案件都是刑事案件。什么是刑事案件?简单讲,就是指触犯刑律,依法应受到刑罚处罚的犯罪事件。侦探小说中的犯罪事件不是一般的犯罪事件,往往又都几乎与凶杀沾亲带故。小

① 陈学明.二十世纪哲学经典文本.西方马克思主义卷.上海:复旦大学出版社,1999:p386

说几乎篇篇见血，犯罪件件要命，具有极其强烈的“索命”意向，人的生命价值全部荡然无存。血腥和杀戮比比皆是，而且，犯罪行为细节化的描写，带有自然主义的特点。

其次是恐怖主义、神秘主义的色彩。被誉为“侦探小说的鼻祖”的美国作家、文艺评论家爱伦坡 1841 年发表的《莫格街谋杀案》是公认为最早的侦探小说。他的作品受西方资产阶级颓废派影响很深，提倡“为艺术而艺术”，宣扬神秘主义，《莫格街谋杀案》内容就是写密室凶杀。他创作的侦探小说风格怪异离奇，充满恐怖气氛。

侦探小说中出现的玄想、唯灵论、“魔杖”探寻、自然魔术、巫术、星占学和炼金术等，都带有神秘主义的符号。恐怖主义和神秘主义描写都是具有一定的宗教意味的，对维护社会的正常秩序具有消极作用。

尽管如此，侦探小说仍然还是具有独特审美意义的文学类型，对于我们识别美丑、扬善弃恶是有积极的意义的。

目 录

第一章 文体论

文学创作中，特定的文学样式是作品思想内容的外部表现形态。文学体裁的嬗变、发展以至消亡是一个历史发展的过程。各种文学体裁在其形成和发展的过程中，在表情达意、塑造形象、结构安排、语言运用等方面，会逐渐形成各自相对稳定的特点和规律。有些体裁在形成和发展过程中往往吸取其他体裁的因素，从而出现不同体裁之间的汇合或交叉。随着时代的迁移、社会生活的发展和文学创作经验的积累以及人们审美趣味的演变，文学的体裁也必然会发生兴盛衰亡的变易。马克思曾经指出，古代神话是在人类童年时代未成熟的社会条件下产生的，而随着生产力的发展，随着“自然力之实际上被支配，神话也就消失了”。这说明历史上某一种文学体裁的兴起和衰亡，归根到底是由社会经济原因决定的。晚清以来，中国本土的以破案故事为主要内容的公案小说逐渐淡出，而西方的侦探推理小说的逐渐兴起就是一例。

第一节 公案小说的由来

“公案”一词，较早见于宋代苏轼《苏东坡全集·奏议十首》“辨黄庆基弹劾札子”中：“今来公案，见在户都，可以取索案验”。可见，“公案”本是指官府的案牍，后来又有了引申的含义，产生了有待于判决的事情或案件的意思。文学文本中出现较早的大概从元代戏剧开始，《元曲选》，无名氏《陈州崇米》第四折“快把公案打扫得干净，大人敢待来也。”以及后来的《京本通俗小说错斩崔宁》“府尹也巴不得了结这段公案”。作为文学创作中的一个独立的分类，“公案小说”其实早在宋代也就已经有了。南宋灌园耐得翁《都城纪胜》所载“说话”四家，第一家中就有“说公案，皆是搏刀、敢棒及发迹变泰之事”（《都城纪胜·瓦舍众伎》），原文为“公案小说”、“公案戏”①。在很长的一段时间，“公案小说”与“武侠小说”、“志怪小

① 商务印书馆编辑部.《辞源》合订本.北京：商务印书馆，1988

说”等一起是作为文学的样式存在的。它的发展从宋之始，至明清渐至鼎盛。

“公案小说”、“公案戏”的产生是有悠久的文化传统和历史渊源的。最早可上溯到春秋战国时代，一些案例故事散见于古文献之中。案例故事其实就是描写打官司的故事内容，或者以朝廷或官府的官员做主评判是非曲直的“断案故事”。

从文体的角度来看，“公案小说”体的文本界定，应以明代为一界限。因为，自明万历年间至明末，有一大批的“公案小说”的文本涌现出来，如《百家公案》、《龙图公案》、《海刚峰公案》、《新民公案》、《详情公案》、《详刑公案》、《律条公案》、《廉明公案》、《诸司公案》、《神明公案》、《明镜公案》等。这样一大批故事文本都以专集的形式，收录了各种类型的“案例故事”。什么人命、奸情、抢劫、婚姻、负债、诈伪、雪冤之类，统括一集，都以“公案”二字冠之。也就是说，“公案小说”的创作、编辑和出版都变得专业化，足见当时士大夫文人主动参与的痕迹。明万历以来，“公案小说”创作发行中“文人化”的趋势是前所未有的，因此在中国文学史上是极具开拓意义的，从此，“公案小说”似乎以其正道至清代盛极一时，鲁迅说它是“因平民文学之百余年而再兴者也”(鲁迅《中国小说史略》)，孙揩弟也说“公案小说”“自成一体，为古昔所无”[①]。

“公案小说”发展到清代为鼎盛，一来是产生了大批具有代表意义的作品，这就是《武则天四大奇案》、《李公案》、《施公案》、《彭公案》、《三侠五义》等等；二来是一些特殊身份的人开始涉及“公案小说”的领域，加入到创作中来。如当时李渔这样的大才子也写出《清官不受扒灰谤，义士难伸窃妇冤》这样的通俗作品，荷兰人高罗佩根据唐代公案故事写成了《狄公案》流传海外，影响甚远，这些都客观上提高了“公案小说”创作的档次和水平；三来“公案小说”的创作到清代已从宋以来的短篇变为章回体长篇。如《龙图耳绿》一百二十回，也有题《三侠五义》或《龙图公案》的。《施公案奇闻》九十七回、《彭公案》二十二卷一百回、《于公案奇闻》八卷二百九十二回、《李公案奇闻初集》三十四回、《杀子报》四卷二十回等。不仅如此，这些“公案小说”之后的续写演义更是蔚为壮观。仅“忠烈侠义传”又名“三侠五义”，就有“忠烈小五义传”，“读小五义”、“正读小五义”等，而且章回都较多，有的续传甚至超过被续的前传。如“忠烈小五义”和“读小五义”都各续出一百二十四回，比原本《忠烈侠义传》的一百二十回还多二十回。足见“公案小说”的创作事态之盛，创作热情之高；四来是清代的“公案小说”创作出现“文体合流”的现象。孙楷弟说，“从明以降，则杂实甚”[②]，孙楷弟在他的“书目”中虽把

① 孙揩弟.中国通俗小说书目.北京:人民出版社,1982:p3

② 孙揩弟.中国通俗小说书目.北京:人民出版社,1982:p3

"公案"这一类小说一分为二：一侠义，二精察，实际上有时往往是难以严格划分出来的，就像他在分列《详刑公案》、《详情公案》、《明镜公案》、《皇明诸司廉明奇判公案传上、下二卷》、《慈眼堂》这五部小说时感到难以明确划分一样，他说这五部书"其体裁在通俗小说与杂书之间"。① "公案小说"与当时的侠义小说等通俗类的小说在文体上的"合流"客观上也造成了"公案小说"的受众面和社会影响越来越大。实际上，"合流"现象是鸦片战争以后中国整个文学界中出现的"文体分化"的一个方面。但是，清代之后，"公案小说"毕竟是盛极而衰，完全地被后来的武侠小说、外来的侦探小说所替代，至今，"公案小说"这一文学种类已不复存在。丹纳在谈到艺术品的产生时就说过"作品的产生取决于时代精神和周围的风俗"，"必须有某种精神气候，某种才干才能发展；否则就流产"②。是这样，"公案小说"这一文学形式的消亡确实是有着时代的因素，鲁迅把其原因归之于后人恶劣的作法，他认为"惟后来仅有拟作及续书，且多滥恶，而此道又衰落"。③ 也就是说，"公案小说"的衰落，一是失去了原创的源泉，弄到后来"仅有"仿拟续写；二是模仿和续写的水平低劣，粗制滥造，断送了一种文体。这恐怕也多少反映出清代一些文人的精神面貌，是缺乏创新的精神，了无生气的。当然，"公案小说"的衰落，还不仅在此，也还受到外来的影响，鲁迅也看到了这一点，他说"而其时欧人之力侵入中国"。④ 事实上，一个事物被另一个外来的事物同化的现象是极其正常的。自然界物种进化演绎如此，人类社会也是如此。小说是人类社会的一种文化现象，新形式、新类型的小说取替旧小说的位置，不能纯粹地被看做是对形式的取替，其背后反映出来的恰恰是一种新的文化对另一文化的解构，是旧文化在新文化的强压下的自我消解。这一点，其实从"侠义小说"与"公案小说"的合流中就已现端倪。侠义小说也是宋元以来就独立成类的，究其历史文化渊源，甚至比"公案小说"还要久远，那么，"公案"、"侠义"小说为什么在清代"合流"呢？应该看到，有关"侠义"的小说至今仍很有市场。如"武侠小说"就是，而"公案小说"却早已不见踪影。清代两体小说"合流"恐怕更多是"公案小说"借"侠义小说"之势图自己生存发展之实。如不这样，"公案小说"仍如宋元明以来的套路，了无新意，大概应该早在明末就将衰落，而不会等到民国以后了。两体小说"合流"本身就是中国本土文化的可逆性作用的影响。"侠义"的文化传统有如中国

① 孙揩弟.中国通俗小说书目.北京：人民出版社，1982：p130
② 丹纳.艺术哲学.北京：人民文学出版社，1983：p32-35
③ 鲁迅.中国小说史略.鲁迅全集.北京：人民文学出版社，1982：p278
④ 鲁迅.中国小说史略.鲁迅全集.北京：人民文学出版社，1982：p279

人的文化血液在中国人的思想意识中千古流淌。无论其内涵还是其外延都比“公案小说”要大得多。“侠义”可以作为一个独立的文化系统而存在,“公案小说”却不行,它是只能依附于某一既定的政治意识形态而存在,还不是一个独立的文化系统。因此,“侠义小说”具有极大的张力,也有极强的兼容性,是一种强势文化的体现。说“公案小说”与“侠义小说”的合流,倒不如更确切地说是“公案小说”对强势文化的谋求。

第二节　公案小说到侦探小说的嬗变

清代以来,西欧文明对东方文明侵入,西风东渐,必然地要对中国传统的文化产生强烈的影响。当时有不少新小说家开始有意识地模仿借鉴西方侦探小说中精巧的布局、紧张的情节设计、严密的推理演绎等方法。有的是尝试写作一部完整的侦探小说,有的则是在小说中插入一两个侦探小说故事一显水平,这种尝试性的创作,几乎涉及了当时所有的代表性作家。陈平原在他的《中国小说叙事模式的转变》中说“约一千一百部的清末小说里,翻译侦探小说及具侦探小说要素的作品占了三分之一左右”。《老残游记》虽不是一部侦探小说,然而在第十五回至第二十回中,却插入了一个完整的侦探小说故事。在第十八回《白太守谈笑释奇冤,铁先生风霜访大案》中,白子寿对老残说:“这种奇案岂是寻常差人能办的事?不得已才请教你这个福尔摩斯呢。”可见。刘鹗是读过柯南道尔的福尔摩斯探案小说,并有意将其引入《老残游记》之中,并借鉴了西方侦探小说的表现手法,使小说呈现了迥异于传统公案小说的新面目。《老残游记》是刘鹗于 1906 年(清末光绪年间)写成的。刘鹗没有出过国,也没有留过学,却知道“福尔摩斯”这个西方大侦探的名字,还把它写进小说,并借白子寿之口把老残比作福尔摩斯。可见,那时福尔摩斯的形象已经深入人心。正是由于侦探小说的出现,给中国相类似的小说文体即“公案小说”带来极大的冲击。这种冲击使本土化的“公案小说”一下子失去了生存的必要,就自觉不自觉地放弃了持守。这种情形从生态学角度看是很符合社会发展的规律的。无论自然界还是人类社会,一个物种、一个社会,当面临对手的强大挤压时,往往取两种态势,一是谋图共存共荣,一是彻底放弃自我,选择淘汰出局。“公案小说”发展到清末的状态正是如此。它与“侠义小说”的合流是取第一种生存态势,但当它遭遇西方侦探小说的时候,由于它在叙述手段、思维方式等方面的先天缺陷,它无法能够拾掇起自己的零碎去与侦探小说去整合,或者说是由于先天的原因欲学习侦探小说之“谋”而终不能合,侦探小说又是如此绝对地先进和强大，所以，“公案小说”作为文化圈中的一个“物种”的自然消失就成为一种必然。

文体的发展变化，与时尚分不开。刘勰在他的《文心雕龙》里就说过：“故知文变染乎世情，兴废系乎时序。”（《时序》）“时序”就是时代的意思。他说历代文学的变化，在于“世情”的影响。“世情”就是当世影响文变的情况。如“渐靡儒风”是后汉的世情；“纵横诡俗”是战国的世情；“玄风大扇，辞意夷泰”是东晋的世情。文学创作要接受时代的影响。“歌谣文理，与世推移，风动于上，而波于下者也”（《时序》）。丹纳在谈到艺术品的产生时把艺术品比作种子，他说：“种子并不颗颗发芽。必须有某种精神气候，某种才干才能发展；否则就流产。因此，气候改变，才干的种类也随之而变；倘若气候变成相反，才干的种类也变成相反。精神气候仿佛在各种才干中作着‘选择’，只允许某几类才干发展而多多少少拆斥别的。”[①]侦探文学在清末民初之所以能够发展起来，显然是与这个时代具有的精神气候相适应的。

侦探文学作为外来的文学样式在中国的传播，早在1896年梁启超主办的《时务报》上就已开始。1896年《时务报》上连载三期柯南道尔的《英包探勘盗密约案》，这是目前能见到的最早的西方探案小说译文。侦探文学在中国的传播中有两个人物是功不可没的。第一个是林纾——林琴南。清光绪三十三年(1907)，林琴南和魏易共同翻译了《歇洛克奇案开场前编》和《后编》，次年，也就是1908年由商务印书馆印行，这是西方侦探小说中文译本的开始。第二个人物是荷兰人高罗佩。高罗佩(1910—1982)，字芝台，荷兰职业外交官，汉学家。他用西方现代破案的方法来撰写中国古代的案例故事，这就有了被人们称为“将西方推理小说与中国公案小说相结合的产物、对中国侦探小说的产生起到了积极作用的《狄公案》(曹正文语)。”1916年，中华书局隆重推出了《福尔摩斯探案全集》，当时虽然号称全集，其实并不完全，因为那时柯南道尔尚在世，他仍在继续创作。“全集”共收集柯南道尔侦探小说44种，汇编成文言译文12册，刘半农还亲自撰写了《英国爵士柯南道尔先生小传》附于全集的第一册中。1927年，程小青又重新把柯南道尔的新旧作品一起搜罗起来，用白话文重译，由世界书局出版了一部较为完备的《福尔摩斯探案大全集》。民国初，受欧美侦探小说的影响，在中国本土作家程小青、裘小龙等人的推波助澜下，中国掀起了第一波“侦探热”。

“侦探热”在中国能够取代“公案小说”，而且深受广大人民大众的喜爱，一下

① 丹纳. 艺术哲学. 北京：人民文学出版社，1983：p35

就拥有了大批热衷的读者，这是和当时社会状况分不开的。

首先，它是当时社会的精神面貌在小说创作文化领域里的一种反映。明代以后，中国与西方的交流已渐渐增多，不仅仅是贸易，而且在政治、文化等方面都有了较为深入的交往。意大利画家朗世宁竟能成为中国皇室里的御用画家，就已足见西方文化在中国深入的程度。清代以来，特别是鸦片战争之后，中国国势衰弱，江河日下，弱国固守已不可能。西方人用坚船利炮打开了中国的大门，在蛮横地输入强盗经济方式的同时，也输入了西方新的文化，基督教在中国的迅速传播就是一个典型的事实。西方人通过基督教而宣传西方的“文明”，散布西方的意识形态，企图从精神上达到对中国的渗透。随着西方列强对中国殖民化进程的深入，他们也发现西方意识形态的理念全盘生硬地移植到中国来会水土不服，会出现“排异”，因此，他们很快地学会了本土化的策略，即用嫁接的方式使西方意识形态与中国本土的文化传统相结合，以达到西方文化价值观念的输入并影响中国人思想的目的，这时，他们发现基督教的教义与中国封建社会占主导统治地位的精神支柱并不相斥，相反，还可以和基督教起到相辅相成的作用。于是，西方列强的殖民者们从对儒教孔学的排斥转而吹捧和利用孔学。1866 年，英国驻华公使参赞威妥玛公开声言：“中华早以圣教文化，迥出于东方诸国之上，是以泰西各国无不欣慕尊崇。”①表示了对中国传统儒学的认同。这时，西方传教士们也不再坚持非“孔子”即“基督”（二者不能同时信仰）了，而是说：“孔子加基督”，他们开始卖力地鼓吹基督教与儒教的互补性。英国传教士李提摩太直接地说：“中国最重五常，唯仁为首，与西教之爱人如己，同出一源。”②美国传教士林东知说得更明白：“耶稣圣教之入华，所以补儒教之不足，实于中国大有关系也。”（同前）确实如此，一大批洋务派、维新党人也都看到了西方文化思想的传播对中国社会的影响和作用。他们已经清醒地意识到“中国欲自强，则莫如学习外国利器”（同前），提出“中学为体，西学为用”的主张，希望通过学习西方，而使中国强盛起来。对此，西方的文化殖民主义者是极为支持和配合的。1887 年在上海成立的“广学会”，就是西方国家对中国进行文化殖民渗透的一个机构。他们一方面宣传着西方的宗教，一方面大量地向中国介绍西方的书籍，甚至连当时英国驻华公使欧格纳也亲自捐助图书，期冀从思想上影响中国的文化人。

所以，中国的贫弱使一些有改革意识先知的知识分子们已经意识到学西方的必要。中国社会只有表示对西方文明先进性的认同，才能摆脱落后，使自己保

---

① 中国近代史编写组. 中国近代史. 北京：中华书局，1984：p157

② 中国近代史编写组. 中国近代史. 北京：中华书局，1984：p158

有生存和发展。这应当就是中国文化当时所具有的精神状态。这种精神状态投射到文学领域就会演化为把接纳和吸收西方文学或文化形式作为时尚的文化心态。

侦探文学在中国之所以能迅速扎下根来，不仅有其与中国本土相适应的精神气候，而且，这类小说文本的创作本身也具有“公案小说”中所不曾有过的形式。文学领域里的外来“物种”无论是人物还是情节等方面都是以前中国人未曾了解和接触过的，它使人们充满了新鲜和好奇。

一是侦探小说中主侦案件的角色与以往的“公案小说”不一样。在“公案小说”中，几乎全是官员断案。而在“侦探小说”中，虽有专事侦探的警察，但更多的是平民角色的“私人侦探”在作品中发挥重要的作用。这一点与中国传统思想中政治事件处理中突出的“官本位”、“官意识”是大不相同的。而清末民初，在西学东渐的过程中，最为中国普遍民众神往的便是“民主”思想。所以，主宰侦探小说故事的人物形象潜化成为一种时代的精神观照。

二是西方侦探小说的破案方式与“公案小说”的不一样。西方人长于逻辑，注重科学技术的分析，采用的一些物质化的方式和手段让习惯了以主观臆想和经验来评断是非曲直的中国人看到了自己文化方式和传统观念中的浅陋。“侦探小说”的引入客观上与国人学习科学技术现实要求相适应，使国人从小说中看到了另一种科学文明的先进性的存在。

三是西方“侦探小说”全新的叙事模式与“公案小说”不一样。西方“侦探小说”的引入带来了全新的叙述方式。在西方“侦探小说”的叙述中所表现出来的思维的特异、手段的多变、情节的设置、结构的复杂等等，都令当时的人们大开了眼界。小说已不是单纯的故事，而成为一种时尚。

可见，在中国，“公案小说”的消亡和“侦探小说”的兴起，此消彼长，都是符合社会时代发展的规律和要求的。

第二章 文化论

20世纪初，哈瑞森、福山、亨廷顿、普特南、英格哈特等研究现代化的学者都不断提出论证，认为文化在塑造一个社会的政治和经济行为上，是一个关键元素。韦伯曾经用基督教文化里的价值观来解释为什么许多信仰基督教的国家发展出资本主义的经济繁荣。是的，文化因子在人类社会发展进程中是一个十分重要的因素，世界著名的人类文化学者格尔兹如是表达了他的精辟观点："文化是一种通过符号在历史上代代相传的意义模式，它将传承的观念表现于象征形式之中。通过文化的符号体系，人与人得以相互沟通、绵延传续，并发展出对人生的知识及对生命的态度"；"符号所承载的就是'意义'，即包括认识、情感、道德在内的一般性思考，这些正是文化的核心内容。"①21世纪以来，人们开始越来越多地从文化的视角来观察、分析并解释人类社会及其政治的、经济的、军事的等等现象。文化已成为现代社会文明进程中的一个十分有影响并发挥着重要作用的因素。在文学研究中，引入文化分析和解释，这是近十几年来中国内地文学研究的新气象。文化研究一下成为魅力四射的大众情人。然而，什么是文化呢？关于文化的词义学的界定这里已没有赘述的必要。对文化的内涵，这里我们可以用《再论文明的冲突》的作者、美国当代著名的社会学家塞缪尔·亨廷顿在他论文中提及的三点做个说明：第一，文化可以指一个社会的产物，即人们所说的社会的高雅文化、艺术、文学、音乐和大众文化或者叫民间文化。第二，人类学者在一个更宽泛的意义上所说的文化，是指一个社会制度、社会结构、家庭结构以及人们所赋予它们的意义。最后，其他学者，尤其是政治学者，把文化视为某种主观的东西，意味着信仰、价值观、态度、取向、假定、哲学，即一个特定群体的世界观。② 可见，文化是一个界域十分宽泛的现实存在。而文化存在的最外显最直观的精神形态莫过于文学和艺术了。私人侦探这个文化现象的最突出的精神文化的内容就是侦探小说。早期侦探小说的出现，是与早期真实的私人侦探原

① 格尔兹著；纳日碧力格等译. 文化的解释. 上海：上海人民出版社，1999：p11

② 新华文摘. 2003，第五期

型分不开的。如维多克这个世界上第一个私人侦探当时就被许多大作家所关注,并作为创作原型进入他们的文学作品中。如英国著名作家狄更斯的名著《雾都孤儿》(又译名《奥列弗·退斯特》、《奥列弗·特维斯》等)中的男主人奥列弗就是以维多克生活经历作为素材创作出来的。文学巨匠巴尔扎克、大文豪雨果等也都分别在他们的文学作品中以维多克为原型塑造过不同的文学形象。如《高老头》中的沃特林,《悲惨世界》(1847)中的冉·阿让的身上就可以看到维多克的身影。英国的文学家柯林斯、哈代等人也都从维多克的《回忆录》里得到创作素材,法国早期侦探小说家埃米尔·加博里奥创作的《勒鲁菊案件》小说中,侦探勒考克不仅在名字上与维多克接近,而且个人经历也与维多克相似,他也是一个改过自新的罪犯。而被誉为世界侦探小说鼻祖的美国作家爱德华·爱伦坡更是深受维多克的影响,他甚至在被称为世界第一部侦探推理小说的《莫格街谋杀案》中直言道:例如维多克这个人既善于猜想又不屈不挠,但因为缺乏教育的思想,所以他不断因过细的调查而发生错误,他过于接近对象而缩小了他的眼界。他也许可以非常清楚地看到一两点。因此有陷得过深之虞。这段对维多克的评价无疑地表明了爱伦坡对维多克的研究是多么的深入。以至于一位作家同时也是侦探小说研究学者的朱利安·西蒙斯这样说爱伦坡与维多克的关系:"他(爱伦坡)之前读过维多克的书,也就是如果《回忆录》(维克多著)不出版,爱伦坡就不可能创造出他那位业余侦探。"可见维多克这个人对早期的侦探小说的影响是多么地大。侦探文学作为一种文化存在,必然地要纳入到文化的分析中来才能够获得更深刻的意义。

侦探文学的产生是与产生侦探这个特殊职业的社会背景密不可分的。世界上如果没有侦探这样的一个职业,那么,侦探小说也就无从谈起,而侦探这个职业本身就是19世纪刚刚出现的一个新的文化现象。我们在对侦探小说进行文化审视的时候,就不能回避对侦探这一文化现象的考察。

社会文化学者在审视具体的文化现象时,一般都能从物质和精神的两种形式、两个部分去考察和分析。侦探作为现代社会生活中一个独立的文化存在,它越来越广泛地渗透到现代社会的各个领域和各个方面。无论什么国家,无论这个国家的社会形态如何,是资本主义的还是社会主义的,无论不同国家的政治意识形态如何,只要这个国家正处在或正趋于现代化的进程之中,那么作为现代工业化社会的特有职业现象——私人侦探就不可回避。如同"三权分立"一样,在现代社会中,我们可以很惊喜地看到,侦探、律师和警察构成的也是一个分立并存的新的社会多维文化现象,这个三维现象的存在与一个国家文明和先进的程度,与一个国家社会现代化的进程似乎是成正比的。私人侦探职业化源于最早的工业化国家英国，而在我国，侦探作为一个职业的出现，最早也是诞生于 49 年之前我国工业最发达的城市——上海。令人惊奇的是，新中国建立之后，作为职业化现象的出现，竟然仍然是在已具国际大都市规模、中国现代化程度最高的上海，这个现象绝不是偶然的巧合，因为，人类社会的任何一个文化存在、文化现象都是人类社会的需要。“文化即在满足人类的需要当中，创造了新的需要。”①侦探作为人类一种“手段性的现实”新需要，为满足人类需要而存在。② 侦探能够成为独立的一种文化存在，必然有其物质和精神两大部分的构成。作为精神方面，它已为人类社会提供了脍炙人口的、无以计数的侦探推理小说这样的文学文化产品及其相关的电影、电视文化产品，这也将是我们要在后面最主要讨论的内容。那么，作为物质的文化存在，它的存在状况是怎样呢？

第一节 现代侦探及侦探业的发展

一位既是政府官员，又更是有思想的文化学者的台北市首任文化局长龙应台认为，文化就是公民社会的基础。她说：

文化是生活，它决定我们眼睛所见、耳朵所听、手所触摸、心所思虑的整体环境的美丑。文化是经济，它的产业所值——媒体、设计、建筑、音乐、电影、电子、广告、文学、体育、观光旅游……早就是先进国家的经济项目大宗。

文化，在大街小巷里，在市场广场上，在孩子们的教室里，在报社的编辑台上，在警察的秘密档案夹里，在城市的任何公共空间里，在我们整个呼吸、工作、睡觉、游玩、思考的生活环境中，我们的生活内容和生活品质被文化政策所决定。

——龙应台 1999.12 于台北市议会

在龙应台看来，文化是可以立国的一个伟大的事情。实际上，一项活动，一个制度，都与一种生活方式，特定的地理、历史、经济、政治条件不可分割，同样它对于社会的稳定和发展也必然产生联系，社会职业本来就是社会文化的一部分，是人们对于心中某种“价值”和“秩序”的坚持。现代侦探及侦探业的产生就是完全可以作为 19 世纪人类社会对“价值”和“秩序”的一种新的建构来认识的。

十九世纪初，拿破仑失败后的法国巴黎，繁花绮丽，纸醉金迷，它的全欧洲乃至全世界的艺术文化的中心地位，吸引并云集了上流社会的贵族名媛，也使世界

① 马凌诺斯基著；费孝通译. 文化论. 北京：华夏出版社，2002：p100
② 马凌诺斯基著；费孝通译. 文化论. 北京：华夏出版社，2002：p99

各地的犯罪分子涌向这个19世纪最繁华的城市。由此带来的社会治安问题日益严重,公众要求增加安全保障的呼声日益高涨。地方政府在苦于无力对付日益增多的犯罪问题时,巴黎警察局的局长巴斯科耶尔伯爵召见了一个名叫弗朗索瓦·维多克的人,并让这个人帮助他建立了世界上第一个侦探小组,这就是于1810年在法国巴黎成立的“Brigade de la surete”。弗朗索瓦·维多克也就成了人们公认的世界上第一位私人侦探。

有传奇色彩的弗朗索瓦·维多克(Eugene Francois Vidocqc)是个经历丰富又有传奇色彩的人,他出生于法国阿拉斯市的一个面包师家庭,从小喜爱运动和剑术,热衷冒险,少年时因偷父亲的钱被送进警察局,在法国大革命期间投身军队,作战机智勇敢,被提升为军士,提升三天后,与自己的顶头上司中尉打了一架,当了逃兵。不久,又在另外一个军团继续当兵,后来,为了一个情妇与一个上尉争斗,并揍了上尉一顿,因此入狱,但入狱不久就越狱而逃。此后,他多次被捕,但又多次成功的逃脱,成了名副其实的“越狱大王”,似乎没有任何牢狱和门锁能够阻挡他,但他潜逃在外却拒绝加入当地的黑帮团伙,当里昂的强盗黑帮把他举报给警方后,里昂警察局局长吉恩·皮埃尔·迪布瓦非但没有逮捕他,而是让他做了警方的一名密探——“线人”。作为警方的“线人”,弗朗索瓦·维多克混迹于黑社会,但不久因在法庭公开指证罪犯而暴露了自己的身份,被迫流浪于各个地方,并不时地受到来自罪犯们的勒索,在这样的情况下,他来到巴黎,请求成为执法者一员。自从到了巴黎之后,他帮助巴黎警方教授并培训秘密侦查术和弹道测试方法,并充分地利用他的化妆术和对黑社会的了解,沉重地打击了当时的社会犯罪分子,迅速有效地抑制了社会犯罪势头,被弗朗索瓦·维多克逮捕并送上法庭的小偷和杀人犯约有两千多名。据资料记载,1812—1820年的8年时间里,巴黎的犯罪率下降了40%。弗朗索瓦·维多克本人由于在巴黎治安防范工作中的卓著成就,使得他早年的所谓伪造罪也被法国路易十八正式赦免。虽然维多克的侦探小组并没有一直存在下去,由于权贵们的指责,当局于1827年撤销了维多克的侦探小组,但是到1834年1月,他又正式组建了“Le Bureau des Renseignements”这个世界上第一家私人侦探社,主要服务于商人,当时已拥有4 000多名客户,每个客户每年只要交20法郎就可以得到维多克私人侦探社的服务,现代私人侦探从此开始了它富有神秘色彩的历史旅途。

19世纪中叶,英国人亨利·费尔汀在英国伦敦也组建了类似侦探性质的弓街跑探(Bow Street Runners, or Officers),这些跑探是为了侦查犯罪而形成的,其组成分子很可能会令现代警方发笑,而事实上他们却成功了。弓街跑探在侦查、追踪逮捕犯人的过程中只依赖少数几个人来完成。通常人数不会超过八人,而每位弓街跑探的成员经由实地训练来强化他们的侦探技巧，再加上纳森·怀特(此人相当于当时的警察局局长)的特殊训练方式。所以弓街跑探在当时成为小偷与强盗最害怕的人物，他们身着的红色背心也因此成为正义的标志。[①] 有关弓街跑探(Bow Street Runners, or Officers)的记录，还出现在英国作家狄更斯的著名小说《雾都孤儿》中。在《雾都孤儿》第三十一章里，我们看到这样一段描述：

“开门”，外边有人回答道，“我们是波雾街(即弓街 bow 音译——笔者)的警察，今天接到你们的报警”。

——敲门的这位，中等身材，体格强壮，年纪在 50 岁上下，乌黑发亮的头发剪得很短，蓄了半截连鬓胡子，圆滚滚的脸，一双眼睛十分机警。另一位满头红发，长得瘦骨嶙峋，穿着长筒靴，长相实在令人不敢恭维。一尊朝天鼻子看起来很阴险。

对弓街跑探描述记录最完整的大概是 1827 年英国出版的无名氏《里奇蒙：或一个弓街跑探的生活》(Richmond: Or, Scenes in the Life of A Bow Street Runner)。

1850 年，美国芝加哥库克县警察局局长阿伦·平克顿辞职，成立了全美第一家私人侦探所——平克顿侦探所。对美国人来说，平克顿几乎是 19 世纪后期美国私人侦探的同义词。平克顿公司的早期业务主要是侦破发生在铁路上的盗窃案件和向铁路公司提供各种侦探业务服务。美国国内战争结束后，面对盗窃银行、杀人越货等野蛮的犯罪行为，美国警方显得无能为力，于是，一些地方政府乃至大量的产业主都求助于平克顿，把财产安危托付于平克顿的侦探所，平克顿在创建私人侦探所之初就把企业的信誉和服务质量视为十分重要的内容，为了规范侦探所的职业道德，他制定了著名的“平克顿准则”，该准则中规定侦探不得私收酬金，不得调查公共官员的行为，不得染指社会丑闻，不得直接为政党服务等等。可以说平克顿是私人侦探业由单纯的侦查破案业务转为专业化社会服务的具有重要历史意义的人物。如今，他的侦探社从创建初到现在，已在世界范围开设了无数的分支机构。

1876 年，人类学家龙勃罗出版了有关犯罪类型的书《犯罪人论》，而他本人实际上不是侦探，他仅是在理论上作些纸上谈兵的事而已。

1882 年，出生于人类学知识分子家庭的贝蒂荣用分类体系，通过对人体测量，记录下耳垂长度，头颅大小，手臂长度等 11 个特征来缩小范围，查处了一名

① Percy Fitzgerald. 弓街巡警大事. chronicle of bow street-office, 1888

罪犯的身份。

1887年，英属殖民地时期的一名印度警察威廉·赫尔希发现了人的指纹各不相同，而且发现人的指纹并不随年龄的增长而改变，但他的发现在当时没有受到应有的重视。1891年贝蒂荣的学生弗朗西斯·加尔通把指纹分为四个基本类型，从而创建了现代指纹鉴定术，为抓捕罪犯作出了很大的贡献。

20世纪以后，私家侦探业在欧美等国得到了较大的发展。据美国私家侦探业内刊物《安全新闻通讯》(Security Newsletter)统计，全美国持有私家侦探执照的公司约有14 000家，而持州执照的更多。从业人员160万之多，整整是美国警察的3倍。私人侦探的营业额在2000年就已达到1 000亿美元之上。英国现有3 000个左右的私人侦探机构，从业人员也达到10 000多人。

20世纪后半叶，私人侦探业开始向规模化、专业化发展，一些老牌的私人侦探公司，如美国平克顿公司已成为跨国的公司，而且私人侦探业也由发达的欧美国家扩展到亚洲、大洋洲、南美洲和非洲的很多国家。

1973年，新加坡警察局的警长洪彼德在当了四年的警察之后，正式开办了新加坡第一家私人侦探所，这也是一家国际化的专业侦探机构。之后，在新加坡这个仅有600平方公里土地，人口不足2 000万的弹丸之地，相继开办了五六十家私人侦探机构，这对维护新加坡全球人居安全度最高的法制社会形象起到非常大的作用。此外，菲律宾、泰国、马来西亚以及非洲的赞比亚、津巴布韦等国也都有了私人侦探机构。连台湾地区都已经有560多家私人侦探所，其中全扬、全虹和一一九龙等都是比较著名的私人侦探所。

总体上来看，私人侦探及侦探机构先源发于欧美发达国家和地区，然后向世界其他地区发展。由于这一行业为社会提供的是特殊领域的专业化服务，所以其服务回报也较社会的平均收入或其他服务行业要高。在新加坡，每起案子在3 000～5 000新币不等，一个侦探的月收入能在4 000新币左右，而新加坡的人均收入在2 000新币上下。在香港，私人侦探以小时计费，一小时要1 000港币；台湾地区的私人侦探稍低，也在20万台币之间。美国的私人侦探收费水准较高，以美国安全局特许的私人侦探协会成员为例，通常工作前三天共收费4 700美元，以后每天收取1 300美元。应该说，从以上收入看，这是一个有很大利益空间的新行业。随着私人侦探业的发展，当时“平克顿准则”中的规定也渐渐地被打破，私人侦探的服务范围也随着市场的需要在不断地扩大，而且已经越来越多地介入到对官员腐败和政府丑闻的调查之中。也就是说，以国际发展的情况看，私人侦探业正在向服务的多样化发展。

现代私家侦探在日本的发展是相当迅猛的。日本产业界聚集着约1万名商业间谍，仅在东京就有530家专门窃取企业秘密的私人侦探机构。新近出现的日本产业保护学院，是一个公开宣称为日本各公司培养间谍和反间谍人员的学校，它使商业间谍活动在人们心目中的重要地位达到了一个新的水平。在日本，只要不触犯专利，就没有一条法律制裁偷窃贸易秘密的行径，而处在发展中的产品，自然是没有专利的。

目前日本正式开业的私家侦探公司有1 000多家，仅东京就有530家，大阪有170多家。多数侦探社通常在20人左右。东京帝国私家侦探社则拥有500多名专职侦探，在国内设有51家办事处，在国外设有分支机构。

在日本，即使当一个民事侦探也不容易。起早贪黑，有时还要24小时昼夜不停。以H侦探协会为例，H侦探协会本部有16名专职侦探，其中3名女性，每月可接受10多起侦探任务，有些工作要仰仗协会设在全国的25个办事处协助完成。跟踪调查工作必须从早上被调查者离开家门时开始，其他人还要进行有关背景材料方面的调查。H侦探协会本部的业务一半属于民事，一半属于公司委托的商业调查。民事调查中以婚恋内容最多，如婚外恋调查。委托人通常都不满足于是否有第三者，而是力求详细地了解他们的关系发展到了什么地步，是否有性行为，而且要拿到证据：录音、照片、录像带、书信等，从而使调查难度增大，风险也相应增加。有的委托人还要求查明原因。

公司委托的调查大都属于搜集商业情报，收买和窃听被认为是两种基本方法，也是行之有效的方法。对于收买来说，侦探社物色能够提供情报的对象，谈好条件和价格，经委托人同意即可付诸实施。实施人对自己的真实身份和目的意图保密，以期使委托人和侦探公司都能保持一双干净的手和好名声。显然这是一项需要技巧和智谋的工作。

然而，促成日本侦探产业实现国际化的真正原因，是日本私人侦探卓越的情报功能。一个企业为什么要进军国外？向何国何地建厂移植？彼时彼地的社会、文化、政治、经济、资源、能源、交通、通讯、市场竞争、价值观念、消费水平、购买能力、政府法令、潜在的危机等等，没有卓越的情报活动就不可能有深切的了解，因为情报工作不到位而产生产业国际化的偏差——贸然投资或将国内工厂迁往异国的后果是不可想象的。在日本移植到国外发展的公司中，大多数是尚且脆弱的中小企业，他们劳动力资源不足，缺乏国际化生产、经营的经验，情报的吸收能力、开发能力有限。然而他们顺利地渡过了难关，成功地实现了新生。靠的是什么？靠的是专业化的私家侦探公司等民间服务机构卓越的情报能力。

日本侦探对自己的行为则另有解释。角濑保雄在《企业秘密》书中说道：情报就是想要知道他人的秘密。“秘密”这个词由以下3个层次构成：不能公开的事情；不能公开的意图；保守秘密有利可图。所以，企业秘密广义地说就是不能公开的一切；狭义地说，就是企业对来自外部的要求，用某种方式加以隐蔽的一切。在激烈的市场竞争中，知道他人的事情越多、越细微，自己的行动就越是有的放矢，获胜的把握也就增加了许多。所以日本人收集情报总是不厌其多、不厌其详。也许这与日本人做事勤恳、谨慎的国民本性有关，与日本人总是乐于向其他民族学习有关。

诚然，日本是一个勤劳、智慧而又国土狭小、缺乏自然资源的民族，日本产业要实现国际化，日本商品和资本要打入国际市场，日本人要脚踏实地生活在别国的领土上，融进别国的社会、人群和商品生产者、经营者中去并成为佼佼者，这些情报不仅需要，而且至关重要。没有这些看似琐碎平淡的情报素材，就无法进行科学的归纳分析，从而得出某一事物的完整正确的结论，指导竞争、角逐并成为胜家。在商战中日本常是胜家，也许这就是诀窍所在。

既然这些情报是如此重要，内容又是如此之多，范围如此之广，工作量如此之大，而且经常处于变化之中，假象与扭曲也在所难免。那么获取它就非专家不能胜任，非下大的工夫无以成就。让每一个公司尤其是中小公司都这样做，显然有困难，也劳民伤财、事倍功半。而由专擅此道的侦探公司代劳最为合算。

日本社会以讲究秩序和管理著称，人与人之间也等级分明，尊卑有序。日本现代私家侦探的做派，是战后照搬西方国家的，但也有很大不同。西方国家强调对私人侦探注册登记，强化管理，包括进行专门立法。日本完全推翻这一套，对私家侦探管理方法是大撒手。开业只需按一般工商公司注册登记，不纳入特种行业管理。因此，业者既不需要资格审查、资格考试，也不过问是否具备开业的先决条件，因为不作为特殊行业，也就没有特殊的职业道德教育和要求。有人形容日本侦探时说，任何公民一觉醒来忽发奇想要做私家侦探，即可印盒名片乔装打扮去挖别人的秘密，赚了赔了、称职与否与别人无关。

日本官方对私家侦探采取的是一种较为放任和宽容的政策，反映出日本政府和国民对情报活动的独特理念和认同：情报活动是个人行为，责任与后果由个人承担，政府和他人不宜干涉。鉴于官方的态度，日本侦探公司对新人的引进，也实行一种特有的方法：只作实际侦探能力的检验和测试。办法是譬如发给应试者一张照片或被调查对象一份简单的背景材料，再提供一架照相机、一只窃听器、一只步话机，令其以上述照片或资料为线索，猎取指定内容的情报，在规定的时间内完成。或者令应试者到指定的地点设点埋伏，守候监视，或者对指定的对象跟踪监视，每隔一定时间向总部报告一次情况，汇报一次收获；期间，还要对应急性情况作出处理。侦察对象可能是客户委托的真实调查对象，也可能是资深侦探假扮的靶子。测试应试者的真实侦探能力、侦探技巧及危机发生时的应变能力、风险化解与自救能力，测试者也不乏故设陷阱和圈套。如果测试结果满意即可录用成为正式探员，反之则予以谢绝。新招募的侦探大都需要进行一段时间培训，有的公司自行培训，有的委托侦探学校培训。

在俄罗斯及东欧，现代私家侦探的发展与先前的社会体制有着一定的渊源关系。俄罗斯现代私家侦探与前苏联克格勃的联系可谓千丝万缕，也可以说俄罗斯现代职业私家侦探继承了克格勃的衣钵。因为到目前为止，绝大部分俄罗斯调查公司、保安公司是由前克格勃遗老遗少们创建。有些公司几乎是清一色的前克格勃人员组成，搜集情报、调查取证的方法、手段也与前克格勃一脉相承；有些公司还以此作为招揽业务的宣传口实，引为荣耀。要了解俄罗斯现代私家侦探，必须对克格勃的情况有所了解。

克格勃的全称是“苏联国家安全委员会”，成立于 1954 年，是前苏联的情报机关。其前身是十月革命胜利后，1917 年 12 月 20 日，捷尔任斯基受命组建起来的“全俄肃反委员会”，简称“契卡”。“契卡”班底中的不少人则是由 19 世纪中期被普鲁士国王威廉一世称赞为“协助创建的老沙皇秘密警察中的人员”。如果说克格勃在成立之初，对于防止帝国主义颠覆、保卫苏维埃建设发挥过积极作用的话，那么以后，随着苏联政权性质的蜕变，它就完全成了苏联统治集团对内残酷统治，对外侵略扩张的工具。它的主要任务是掌管秘密警察，在国内外进行大规模的情报活动，颠覆和控制他国政权，与美国争霸。美国中央情报局第五任局长艾伦·杜勒斯曾经评价说：今天，苏联国家安全委员会，既是赫鲁晓夫在国内的耳目，也是他在国外的耳目，是苏联国家政权的一个具有多种任务的工具。它远不只是一个秘密警察机关，也不只是一个情报检索反情报机关，它是一个颠覆、幕后操纵、暴力和恐怖活动的工具，也是秘密干涉外国内政的工具，也是苏联在冷战中进行扩张的工具。

俄罗斯现代职业私家侦探第一人是谢尔盖·斯捷普诺夫，42 岁，教授之子，受过两次高等教育。曾在莫斯科刑事侦探局工作，是该局最出色的办案人员之一。后来他获得了第一张在莫斯科从事私家侦探活动的许可证。现任莱昂斯保安侦察公司总经理。早在 1989 年初，钻了戈尔巴乔夫改革开放政策的空子，斯捷普诺夫看准时机，果断提出辞去公职的要求，竟被批准，于是便得以从业私家侦探，放开手脚实现按自己的想法活着的愿望。前苏联解体，俄罗斯新生，因此他顺势成为俄罗斯私家侦探第一人。

莱昂斯公司的业务分两大块，一块是从事侦探活动，尤其是商业侦探活动。据有关报道说，莱昂斯公司可以应公司或其他委托人的请求，对相当区域范围内主要银行的账户都可以接触到。再就是应客户要求，它能够迅速提供谈判前的准备材料，对某公司的信誉和资信情况进行评估。特别是在俄罗斯经济处于转轨时期，法制不健全，金融骗案、合同骗案和经济纠纷案件多，为防止银行信贷资金沉淀或遭受不应有损失，莱昂斯公司与莫斯科市 300 多家银行合作，建立起了信贷信息网，受到银行的特别欢迎。

公司的另一块业务是保安，主要服务对象是保护银行、工商企业和外资公司的商业安全。服务内容包括报警援救、押送巨额现金和贵重金属。斯捷普诺夫认为，近年来俄罗斯黑手党活动猖獗，富商巨贾是犯罪分子袭击的主要目标。针对黑手党做事狡猾的特点，他们通常的做法是先千方百计地同商人拉上关系，然后再从商人那里得到危险信息，及时发现可疑目标，预测各种危机发生的方向、性质和概率，迅速搜集到必要的情报并采取有效防范措施。现代保安业务和现代侦探业务密不可分，单纯的被动防御和被动应付都称不上现代保安。

俄罗斯现约有私家侦探公司、私人保安公司 1 800 多家，仅莫斯科就有私家侦探公司 300 家。公司的人数、规模不等，业务覆盖各个方面。由于前克格勃人员的大量介入，及时引进西方国家的经验、管理方法、侦探技术、侦探工具和装备，因此起点较高，竞争激烈，强手如林。受到国外同行较高的评价。

成立于 1989 年的莫斯科威信私家侦探社是由科瓦列夫和阿斯塔耶夫创建的。他们原是莫斯科市第 28 警察分局的警探。有一次分局来了一位私营公司经理，他面色苍白，浑身哆嗦，诉说有人向他勒索钱财，并试图用烧红的烙铁烫他，请求提供保护。该事件妥善处理后，科瓦列夫等人提出在工作之余可以承接部分案件以增加经济收入，上级领导先是拒绝，后来又提出一个解决问题的办法：要么签订合同，收入的大部分上交，少部分作为个人津贴；要么是退出共产党，辞去公职。科瓦列夫等 9 名警察接受了后一条意见，集体辞职，办起了莫斯科威信侦探社。侦探社建立起来后业务迅速扩大，侧重于商业侦探和安全保卫，不受理婚姻、恋爱纠纷和其他民事案件。对职员强化训练，严明纪律，分工明确，各司其职，建立起了很好的信誉。“威信侦探社”的顾客大都是一些可靠的有钱人，他们往往是在对警察丧失信心或走投无路的情况下才求助于侦探社的。最常见的是一些商人，他们在与奸诈的对手合作或打官司遭到失败后，不得已而向私家侦探公司求助。对侦探公司来说，这就意味着要花大量时间去查阅文件、翻阅账目和调查取证。

阿尔法·德利瓦特侦探公司是前克格勃第九局人员所创办。德利瓦特在俄语中是第九的意思，阿尔法是九局反恐怖主义机构名称。1979 年苏军入侵阿富汗，该局人员先期进入搜集情报，继之又率先进入总统府，将由克格勃一手扶植起来，后来有些不太听话了的阿明总统，乱枪打死在他的总统宝座上，保证了侵阿苏军顺利完成入侵行动。如今，这位阿尔法头子叶利吉利·达卡莫夫因吃饭遇到了问题，便想起利用这些老本。他收罗旧部，公然打出了阿尔法和德利瓦特的旗号，办起了侦探公司，这在数百家克格勃人员创办的侦探公司、保安公司中确属一个特例。此举果然一鸣惊人，不仅在国内，在国外也引起了很大的反响。并带来了意外的好处，即公司不用再做广告，人们对阿尔法的传奇色彩和褒贬不一的争论以及对该公司公然使用克格勃名称而引起的争论，就已经为公司扬名并带来了不少的生意。但也有人望而却步，克格勃式的专政和红色恐怖，在他们的身上或脑海中留下了过深的烙印。达卡莫夫本人对传媒过分渲染该组织过去所作所为的做法却有忧虑，他担心过分渲染该组织过去所作所为的做法将会毁掉他们已经建立起来的声誉。

前东欧社会主义国家中，现代职业私家侦探业也进入佳境。1990 年，罗马尼亚总统尼古拉·齐奥塞斯库在他仓皇出逃途中，在一个小镇上被温顺如羔羊的臣民们认出并打死。从此历史翻开新的一面，罗马尼亚第一家职业私家侦探社开张营业。创业者是 36 岁的前秘密警察卡塔内斯库。开业伊始，生意便出奇的红火，客户中有罗马尼亚本国人也有外国人。有人请求寻找失踪亲人，有人请求搜集配偶婚外恋的证据，有人想探察竞争对手的商业秘密，有人要求提供商业保护。卡塔内斯库急需人手，因对秘密警察内部裙带之风和腐败之风深恶痛绝，对招募助手的条件要求十分苛刻：必需精通一门外语，受过正规高等教育，反应灵活，思维敏捷，具有一定的侦探工作经验；再就是品德优良，行为端正。罗马尼亚同许多国家一样，私家侦探不许携带武器，所以在执行任务时一旦遇到危险，只能靠自身的机智化险为夷。他从上万名应聘者中挑选了 15 人作为第一批探员。不久，公司的业务便迅速扩大，成为罗马尼亚最大的私家侦探公司之一。

现代职业私家侦探源于西方，发展于西方，其专业化的发展已经成为趋势，并逐渐成熟。作为社会产业细分化的重要组成部分，现代职业私家侦探已经得到了社会的普遍认同，发展迅速。在组织上、规模上、从业人数上和情报能量上，都超过了人们的想象。目前工业化国家中，私家侦探和私家保安的人数都超过了警察的人数。德国现在警察人数 22 万人，私家侦探、私人保安人数为 27 万；美国私家侦探从业人员达 160 多万人，是美国正规警察人数的 3 倍，这个行业的年营业额已超过 1 000 亿美元。按照存在就是合理的观点看，存在是因为社会需求拉动而存在，社会需求是其存在的本质和价值的体现。现代职业私家侦探尤其在美国取得了令人瞩目的发展。在美国，私家侦探业的诞生与发展与美国社会的经济发展是紧密相连的。美国私家侦探业由初期的个人、工商企业财产保护，单纯的犯罪案件后的调查，转移到综合的多种危险前的预防，进而形成了一个以反欺诈(国际贸易、金融投资、商标专利、保险等)；背景调查(公司资信、个人资产等)；法院生效判决资产的收取；诉讼前后调查取证；诉讼文书送达；跟踪，反窃听，反侦测；刑事案现场勘察分析；照相，录像，指纹；便衣调查，武装保镖；高级侦探培训，设备供应；DND 检测；计算器犯罪调查；保安咨询；测谎审查和跨国调查取证等为主要业务形式的庞大的社会职业。在规模化和专业化方面，美国走在世界的前列。他们注重高素质人才的培养，有专门的人才培养机构为现代侦探行业不断地输送新鲜血液。成立于 1907 年的尼克·海瑞斯侦探研究学院(该学院比美国联邦调查局 FBI 的成立还早一年)，不仅培养了大批经过专业训练的私家侦探，而且还为美国和世界许多国家警察部门、情报单位输送了大量的业务主管和高级首长，成为在美国和世界都享有极高声誉的私家侦探学院。在体制上，美国的私家侦探从业人员的内部自律以及提供的标准化服务与美国的各州地方政府对美国私家侦探业的法律规定的外部管理相结合，从而使得美国的私家侦探像医生、律师一样，获得了社会承认的专业地位。目前在美国五十个州拥有政府执照的私家侦探人数超过 20 万，而从事与私家侦探相关行业的从业人员则多达 160 多万人。[①] 由于美国为现代私家侦探这一现代职业提供了良好发展的社会基础，使私家侦探从业人员的素质成为当今世界同业人员中较高质量的群体。据统计，在美国拥有政府执照的美国私家侦探的平均年龄为 44 岁；男女性别比例为男性 80%，女性 20%；具有司法警政经历者比例为 57%；拥有大学学历者比例为 80%。可见，美国现代私家侦探业的从业人员总体素质都是比较高的，适应了为社会提供较为优质服务的需要。

目前，在西方工业化国家的私家侦探公司，普遍经营灵活，方式多样。它们少则几人、多则十几人，几张桌子，几部电话，几台电脑，一两位秘书支撑门面。多则数百人、数千人，拥有一流的专门人才，一流的作业器材，一流的服务水平，情报触角遍布全球。情报用户和委托人上至国家总统、情报机构、警察机构、跨国公司、金融寡头，下至中小企业老板、经理、店主、白领、公民、家庭主妇、主男，皆以雇用私家侦探为寻常之事。成为工业化国家国民的一种常态的生活方式。在这样的背景下，一些大的私家侦探公司甚至创出了自己的品牌，成为当地甚至是具有国际知名度的著名公司和著名侦探。

美国克罗尔国际金融侦探社、德国沃尔赫期侦探公司、法国社吕克侦探公司、英国梅尔豪期侦探公司等，都是世界著名的综合性超级公司。根据客户需

---

① 中国日报网站，2003 年 12 月 03 日

要，随时提供任何侦探服务，不受时间、空间、内容局限，拥有“可上九天揽月，可下五洋捉鳖”的手段和能力。

克罗尔国际金融侦探社，是由美国著名律师朱尔斯·克罗尔 1972 年创建。早期业务，主要是为公司提供企业收购、兼并及金融业务情报。其后迅速扩大，业务内容涉及反欺诈、反窃密、反情报、反假冒伪劣产品、反商标侵权、危机干预，近年来又扩展到计算机安全与计算机罪案侦察等。在欧洲、拉美、东南亚、日本、中国香港等国家和地区建立有分支公司。总部设在纽约曼哈顿区第三大道一幢大楼中。年收入超过 10 亿美元，一跃而成为当今世界知名度最高的侦探公司之一。

出色的侦探能力，为客户绝对保密的信誉，为它赢得了源源不断的生意。一些国家政府和首脑出于种种原因，也宁愿撇开本国强大的情报机构，转而将问题交由该公司办理。菲律宾前总统阿基诺查明前总统马科斯鲸吞国库，放在国外的秘密存款和资产；科威特政府查明罗马尼亚前总统齐奥塞斯库将数十亿美元的国库资金，秘密存在国外银行以供挥霍和炒卖外汇；叶利钦总统查明前苏联特权人物，将数十亿美元国库资金秘密存放于国外银行等，都是该公司单独的或与其他侦探公司合作，以其神奇的力量得以迅速查清。

在办案过程中，侦探们翻阅他人账目，揭露他人隐私是在所难免的工作手段。但他们一般都不会使用任何非法途径和手段获得。何况委托办案都是对自己的声誉至为关注的客户。诚信是一切商业活动的保证，在侦探业务中尤为重要。

克罗尔公司神探们的通天本领，使瑞士政府和银行家们丢尽脸面。面对秘之又秘的巨大的保密黑洞，克罗尔的神探何以得手？靠的是四件法器。

第一件法器是：与精心挑选的全球 800 多家计算机数据库联网，实现全球信息资源共享。总部的计算机中心占据曼哈顿一幢大楼的整个第 8 层，上百名高科技侦探以计算机为武器，昼夜不停地从全球各个角落传来的信息中，发掘他们需要的各种情报，然后进行整理、归纳、综合、分析和存储，从中发现和提取比金子更为重要的情报。除了开发公开半公开信息库资源外，电子侦探们个个具有黑客本领，通过窃取、破译他人的计算机密码，将手伸进可能远在千里之外的保密数据库，掏取他人的秘密。

第二件法器是：建立庞大的秘密情报网，广设耳目、眼线，运用非常手段猎取高级保密情报。秘密情报员的基本条件是知密近密，他们或居官显要，手握权柄，或有种种知密近密的条件可以利用，作用当然也非常人能比。瑞士政府、瑞士银行并非化外之地，世外桃源，人也非不食人间烟火。他们其中究竟有多少个克罗尔人员？克罗尔公司从不否认秘密情报网的存在，而且总是暗示其存在。秘密情报员的招募，一靠收买，二靠渗透。重赏之下，必有勇夫，瑞士银行的保密铁幕，无法抵御克罗尔侦探们的进攻。

第三件法器是：广设分支机构。公司在发达国家和世界重要城市中，大都设有分公司或办事处，使业务连片成网，分工协作。能以最快捷的方式，最有效的手段，与世界各地的分支机构、秘密情报员和客户取得联系。沟通信息，交换情报，满足客户的特别需求，尤其是满足跨国公司的业务需求。适应全球经济一体化形势的发展，在国际互联网迅速发展的今天，这一点更显得重要。

第四件法器是：精英荟萃，人才济济。公司在曼哈顿总部有专职侦探 220 多人，他们中间有著名的律师、著名学者、金融专家，有前政府官员、法官，中央情报局和联邦调查局的前高级首脑及资深侦探。在分支机构中高级人才也占较大的比重。如法国分公司的负责人就是由法国前对外情报总局高级官员担任。在俄罗斯的合作伙伴是前克格勃高级官员。这些人或业有所专，或知密甚多，又有广结人缘的优势可用。公司之所以定位于为各国政府、大中型公司和超级跨国公司提供情报服务，正是得益于这些专家、精英的存在。

由此而知，与侦探公司一样提供情报服务的各类预测公司、咨询公司等，虽然提供和经营的商品都是情报、知识，经营方式同是接受客户委托。所不同的只是情报的内容、着眼点、时间跨度上有所差异。至于情报来源渠道概为公开渠道、半公开渠道和非常渠道；情报的获取手段同样分为公开搜集和使用非常手段搜集。

世界上最著名的咨询公司、情报公司是美国的兰德公司、华盛顿国际商业和政府事务咨询公司、纽约弗劳斯特预测公司、欧洲国际报导和情报公司、日内瓦商业风险评估公司、基辛格咨询有限公司、日本的野村综合研究所等。美国的国际资料报告系统成立开始，便受到许多大公司资助，金额达 1 000 万美元，该系统拥有各类高级研究人员 200 多人。美国白宫、五角大楼、许多国家驻华盛顿大使馆都是其客户。基辛格咨询公司的班底中，有美国前国家安全事务助理斯考克罗夫特、前副国务卿罗杰斯、前助理国务卿伊格尔伯格、前英国外交大臣卡林顿勋爵、沃尔沃汽车公司总经理于林哈马尔、银行家坎宁安、著名经济学家斯特格等。由于该类公司人才济济，又有“脑库”之称。

这些私家情报公司利用秘密途径搜集有关情报，也广泛依靠新闻记者和学者进行公开研究。这些公司的工作人员四处活动，他们上达高官政要、下至贩夫走卒无不是他们探听情报的对象。他们将搜集来的原始材料，通过电脑整理、分析，储以备用。这些公司的活动范围相当广泛，又拥有一批精通国际事务的著名人士，他们提供的咨询服务不仅以消息灵通见长，而且有相当的深度、广度，因而受到工商企业尤其是超级公司的欢迎。许多公司都出大价钱，购买他们的情报资料，或委托其进行专题情报收集，专题研究，作为制订经营方针和决策的重要依据。

相对西方高速发展的侦探业而言，中国私人侦探业的发展呈现出地区发展不平衡的情况，最早出现在港台地区，台湾自20世纪60年代以来，已有560多家私人侦探所，比较著名的有全扬、全虹和一一九龙等。

中国内地是20世纪90年代初才正式出现私人侦探。从它仅有短短二十几年的发展历程来看，是一波三折、步履维艰。1992年，中国第一家私人侦探所性质的公司在上海挂牌成立，当时这个机构的名字叫"上海社会安全咨询调查事务所"，其创始人是上海警界知名度极高的端木宏峪。他以传统的私人侦探的形象，头戴鸭舌帽，穿着臃肿的棉衣，出现在案发现场，被上海人称为"大侦探端木"。他的私人侦探公司成员也多是曾经从事过警察工作的十分干练的人才，这些人成了1949年以后在中国内地"第一个"吃螃蟹的人。

1993年3月27日，成都"协力事务调查所"诞生。有趣的是，这个调查所就位于成都市法院与市公安局之间，创办人魏武军有着特种侦察兵的专业背景，他15岁在山东威海当兵，曾是三军标兵。21岁当侦查员，以后当侦察参谋，转业后学过表演，当过记者，1992年，当他得知上海开了第一家私人侦探所之后，自己投资5万元在成都开办了四川的第一家私人侦探所。

1993年7月3日，沈阳"克顿调查事务所"成立，创办人是号称东北大侦探的孟广刚。孟广刚曾经是沈阳市皇姑区、龙江派出所所长。

1993年9月，公安部答复国家工商总局咨询，并正式发布公通字[1993]91号文，即《公安部关于禁止开设"私人侦探所"性质的民间机构的通知》，中国第一家私人侦探机构"上海社会安全咨询调查事务所"随之夭折。

1994年，北京斯蒂尔商务调查有限责任公司成立。这家公司的前身是由创办人杨海1993年创办的"北京隆安律师事务所的社会事务调查部"。斯蒂尔商务调查有限责任公司从原先的律师事务所独立出来之后，为了生存，一再声明，自己不是侦探公司。

1998年3月15日，融合调查业务与互联网媒体的中国首席调查专业网站——中国侦探网(www.c007.com)在北京正式开通；同年，迪克调查事务所成立，这是黑龙江省第一家私人侦探机构。

2000年6月16日，《最高人民法院关于民事诉讼证据的若干规定》出台，允许将私人侦探的录音和录像作为"呈堂证供"，并于2002年4月1日施行。

2002年,“重庆邦德商务信息咨询有限公司”成立,成为重庆地区第一家私人侦探社。2002年1月,四川泸州法院重奖揪出潜逃债款老赖们的“私人侦探”。私人侦探适当介入公权民事调查,弥补公权力量的不足,有利于社会的积极作用正式得到法院的认同。

2002年8月,国家工商总局根据世界商标知识产权专业组织——尼斯联盟的要求,将侦探公司作为合法注册商标列入了新的《商品书服务商标注册区分表》。

2002年10月29日,中国商务信息调查行业研讨会在重庆召开。

至今,我国内地实际上从事私人侦探业务的调查类企业组织或机构近2～3万家,算上兼职和临时聘用人员突破20万,并仍然有继续发展和上升趋势。由于客观原因限制,内地私人侦探曾经在相当长的一个时期里都一直处在“犹抱琵琶半遮面”的状态,私人侦探业务运行也在维持状态。由于受到诸多限制,私人侦探业务活动不能名正言顺的开展,收入也不十分稳定、均衡,接案有按天计算的,10天8 000元,一个月6 000元;也有按单件案件计算的,3 000～4 000元一个案子较正常,300～500元一个案子的也有。总之,行业发展曾经受到严格制约,但2003年以后,行业发展出现了较大变化,原先调查事务所90%以上为“抓二奶”、“抓二爷”的委托业务,这几年开始被商业欺诈、知识产权维护等高端化业务逐渐分化,并渐渐成为主要业务。调查员的个体素质,已不再像过去绝大多数是“野路子出身”,鱼龙混杂了。高学历、高素质以及“特殊才能”的行业人才也开始加盟。很多名牌大学的毕业生,尤其是学法律专业的,因为“夭折”在国家司法考试,最终选择投身私家侦探行业。甚至有些高学历的女大学生也投身其中,“女侦探”谭芳就是其中的佼佼者。谭芳1995年毕业于西南财大,专业是会计。她的丈夫王盛富与她是大学同学,毕业后谭芳进了某事业单位做会计,王盛富去了一家通讯公司,专门负责话务催收。积累了几年“催收”经验和人脉后,拜了已在业内大名鼎鼎的“江南名探”韩冰为师,干上了“私家侦探”,主攻“商账追收”。谭芳不久也随丈夫“下了海”,两人注册了一个调查公司,做起了地地道道的职业侦探。

最近几年,国内的私家侦探逐渐规范,业务逐渐扩大,有的业务已经扩展到海外。随着行业外部环境的宽松,近年来,公安、司法以及工商等部门都已一改过去单一“管制”的态度,不支持也不反对,相互利用又彼此沉默。加之“谁主张、谁举证”这一司法原则的强化,能否搜集到有力的证据,成为民事诉讼胜败的关键。目前,人们的调查取证意识虽然增强了,但搜集、保存和运用证据的能力还较弱,许多当事人往往只好委托律师或其他调查取证人员进行调查取证,因此商务、民事类调查取证的需求越来越大。代号“思明”的张某是四川一带的“私人名探”，他创办的福尔摩思调查公司曾协助当地有关部门破获数桩大案。“思明”的公司其中大多数业务来源于大型知名企业，业务长期处于饱和状态。中国内地调查员（侦探）的收入也比过去要好得多，大的调查事务所里普通调查员最低的年收入已经达到五六万。目前在行业内，年收入几十万也已经是十分平常的事情了 。2008 年 4 月，司法部 “预防犯罪研究所培训中心” 还举办了调查业务的培训班，对来自全国各地“调查公司”的“法人代表”，也就是在社会上受到争议已久、神秘的“私人侦探”进行了“调查取证知识与法规”、“调查取证与人权保护、隐私保护问题”、“调查取证业务管理与营销技巧”、“调查取证时面临的主要安全问题与安全预案设计及自我安全防范技巧”等方面的知识培训。种种现象表明，中国的“私人侦探”将迎来一个历史性的发展机遇。

第二节　现代社会寻求私权保护的现实反映

通过把私人侦探作为现代社会人类文化中的一个现象来考查，我们在上述对私人侦探这一特殊行业的现状即物质存在做了具体的描述后，必须要考查私人侦探作为文化存在真正价值的核心内容——精神方面的存在。

一、现代社会对警察职能私人化的诉求

侦探小说，使人们能够较多地了解人们还不太熟悉的领域——私人侦探。与其说侦探小说开启了人们了解这个职业的窗口，不如说让人们更多地了解到现代社会的一种新的文化现象。“侦探”是个舶来词，在我国还被称作密探、包探、包打听等，它是西方工业化社会的产物。在我国，作为一种职业，最早也是出现在工业化程度较高的一些都市，如 20 年代在上海的“包打听”。从一开始，侦探就同警察的职业有着极大的差别。

作为国家专政的工具，警察职业是极为古老的。可以说从阶级、国家诞生的时候开始，警察就应运产生了。古埃及时代，古埃及人还过着原始人的生活，到公元前 4000 年进入金石并用时期，出现了青铜器，生产力发展，内部出现了财产分化，原来的以血缘关系相结合的原始公社逐渐解体，当美尼斯统一埃及时，世界上最早的中央集权的奴隶制国家就在尼罗河流域形成了。当时在战争中被俘的俘虏被称为“活着的被打死的人”，他们与负债的平民一起就沦为奴隶，被强制劳动，正是在这个时候，警察也就随之产生了。当时的“法老”具有至高无上的权

力，并将自己的权力触及社会的每一个角落。即使贵族谒见法老也要一律下跪，肚皮贴地，去吻法老脚边的尘埃。这样的权力统治是必须要靠一支力量来维护的。这个维护法老们的权力和统治力量的就是警察。虽然，这时的警察与军队还没有严格的区分，但警察在阶级社会发展的最初阶段作为社会的一种特殊团体就已经产生了。任何一个要了解现代警察职业的人都会把英国——这个世界上警察职业最早走向成熟化的国家作为考察的对象，这时就会发现，英国警察并不是盎格鲁——撒克逊人在不列颠岛建立自己的联邦之后才出现的，它实际上是罗马人政治扩张遗留给盎格鲁——撒克逊人的一项重要的政治文化遗产。公元5世纪前，不列颠岛还是罗马统治者统治下的一个边缘的省份。罗马统治者赋予军队以警察的职能，履行维护社会秩序、逮捕、押解罪犯的职责。不列颠土地上最早的警察应该说是古罗马帝国警察力量的一个分支，从那时起，经过了十几个世纪，警察这个特殊的职业在大不列颠土地上发展成世界上最早最成熟的现代警察。至今，无论是占世界主流地位以英美为代表的海洋派警察模式，还是以法国、德国为代表的大陆派警察模式，警察的基本性质始终都是恒定的，其职能虽有变化，但作为维护治安、预防和打击犯罪的职能也基本沿袭下来了。

而侦探本身并不是一支独立的社会力量，它本身并没有被赋予国家机器的一部分这样重要的地位，它的出现完全是社会进入工业化阶段之后的产物。当然，在侦探作为一种职业出现之前，侦探作为一种军事和警务的职业行为是已经存在的。军事行动中有侦查行为，警察在办案时也有侦查行为。在中国，探子、探报、探马等词在古代的军事斗争中是常见的，但也都只能作为提供情报的谋划战斗的单项行为。在这个意义上，侦探只能算作是古代军事或警务活动的一个伴随行为。如果要给这个行为作个界定的话，那么就是搜集情报、获取信息。显然，这样的界定，既不能说古代的探子就是警察，也不能说古代的探子就是今天人们都熟悉的“侦探”。充其量也就是个“线人”、“耳目”而已。“线人”、“耳目”角色，在现实社会仍然存在，但与侦探显然不同，“侦探”虽然不是独立的一支政治力量，但它已成为一个独立的社会职业，成为现代社会文明发展进程中的十分独特的文化现象。因为，这个职业的产生、发展和现状是对应着社会发展的需要并对现代社会产生影响和作用。《辞海》(1979版)对“侦探”一词作了如下解释：亦称“密探”、“包探”等。剥削阶级国家刺探情报和侦查案件的人员，被广泛使用于军事、政治、刑事和国际斗争中。[①] 这个解释存在三个可以质疑的问题。第一，“侦探”在现代社会中已不仅是个别人的个别特殊行为。它已成为一种社会特殊

① 辞海编辑委员会.《辞海》缩印本.上海：上海辞海出版社，1979：p545

的职业。第二,侦探这一职业应当是一个现代社会才可以定型的职业。前述对侦探作为一种行为的解释已经可以说明,即使在剥削阶级国家,作为一种职业,侦探也只是在阶级国家的现代进程中才出现的,并不能把侦探情报和侦查案件的人员都界定为侦探。何况,侦探作为现代社会的产物,是不分国界,不分剥削阶级国家或非剥削阶级国家的。第三,侦探在现实社会早已不单纯地作为一种行为被用于某种活动中,而是主动地为社会提供自己行业独特机能的一个职业,是主动、自在、独立的职业,而不是被动、附庸的行为。显然,《辞海》对侦探这个词的解释是不能符合侦探作为现代社会一种独立职业的特征的。换个视角来看一看,在英语语境下这个词是怎样界定的呢?在《新牛津英语词典》[①]我们可以了解到“detect”(侦探)这个词来源于拉丁语“detegere”,有“揭开”、“暴露”、“让某事泄密”三个义项。受“detegere”这个拉丁语词根的影响,“detect”表示“discover or identify the presence or existence of ”。作为名词,侦探是“a person, especially a police officer ,whose occupation is to investigate and police crimes”,在这里,正式地把以调查和抓获罪犯为职业的人或行为界定为“侦探”,更有意思的是,在“detect”词条后,还有一条词条,“detectorist”——“侦探家”,是“a person who uses a metal detector for a hobby”,这里出现“hobby”——“业余爱好”这个单词是个十分重要的信息,这在下面谈侦探与警察的关系时再论。纵观“detect”为词根的词条有 7 条之多。这本身说明“侦探”在西方社会中是比较发达并得到应有的认识的。而且,也基本符合“侦探”的现代社会职业含义。

在这里,我们一再地强调“侦探”职业的现代社会的属性,那么,这个属性具有怎样的内容呢?首先,它是现代社会文明的一部分,“侦探”这个名词最早出现在西方。目前可考的至少不迟于 19 世纪初,法国人弗郎西斯・维克多在巴黎开设了世界上第一家职业侦探所始于 1834 年,就是例证。从这个例证开始分析会发现,也只有是在英、法两国这样老牌的工业化国家,职业侦探才可能最先登上社会历史的舞台。著名的人类学功能学派的创始人马凌诺斯基把文化分成两大部分——物质的和精神的,他认为,社会文化的发展历程和文化要素之间是受文化的功能制约的,真正能够传播与演化的真正要素,正是社会制度——即由一群能利用物质工具,而固定地生活于某一环境中的人们所推行的一套有组织的风俗与活动的体系。[②] 文化的现实就存在于社会的物质和精神的关系之中。那么,我们可以简单地来看一下 19 世纪初的以当时英、法为中心的欧洲社会的情形。

---

① 新牛津英语词典.上海:上海外语教育出版社,2001:p503

② [英]马凌诺斯基著;费孝通译.文化论.北京:华夏出版社,2002:p105

始于18世纪中叶的英国工业革命，经历七、八十年时间，到19世纪30年代末才基本完成。世界上第一个由工场手工业占统治地位的国家转而变成了世界上第一个以机器大工业占统治地位的国家，资本主义制度在世界上第一次取得全面的胜利。英国成为"世界工厂"率先进入了工业化的社会，它在世界工业和贸易业中取得了世界性的垄断地位，伦敦当时已经成为国际金融中心。英国工业革命促进了生产力的巨大发展，也引起了阶级关系、社会关系的剧烈变化，工业资本家同金融、土地、商业资本家的对立日益激烈。作为社会新生力量，工业资本家要求废除一切商业专利公司的特权，降低关税，彻底地实行自由贸易，尤其是提出分享国家政权的要求，反映了社会新兴阶级力量对经济利益和政治利益的双重谋求。1932年，英国《选举改革法》的通过，保守党与自由党轮流执政，使新兴工业资产阶级更多地参与国家政权的管理；另一方面，作为第三个独立的社会政治阶级力量——英国无产阶级也为了获得经济和政治地位，展开了一系列的罢工抗议活动，可见，从1830年起，这三大阶级①的斗争和它们的利益冲突是现代历史的动力，至少是两个②最先进国家的现代历史的动力。③ 多方的利益冲突构成了19世纪初欧洲社会的历史画卷，这时，城市成为经济、政治、金融、财富最集中的地方，同时也成为各种社会矛盾最集中的地方。在一些经济发展迅速的大都市，公共秩序混乱，小偷、窃贼十分活跃，各种恶性的刑事犯罪和有组织的犯罪活动层出不穷，人们的生命和财产安全受到极大的威胁，尤其是大伦敦商业区、贸易区和中产阶级居住区中的人们的利益受到了威胁。而出于保护人们的生命财产安全、维护社会治安和适应工业化社会发展的需要，现代正规化的警察队伍也正处在初创之中。自1829年世界上第一个具有现代警察意义的伦敦警察局成立后，到1835年各地才根据英国《市自治机关法》分别建立起自己的警察队伍。但此时的警察队伍人员素质不高，地位不独立，还受到地方政客的控制，所以，人们要在警察队伍之外寻求另一种保护自己生命财富安全的途径，这时，职业侦探就应运而生了。可见，现代工业化社会的一种市场需求催生了一个独立职业的诞生。这种市场需求是以适应和满足正在上升的社会商品化的消费为特征的。"消费和媒介在现代社会中日益重要，已经引发了新的职业（或者改变了旧职业的作用和特点），它们涉及鼓励人们进行消费的需求，更经常的是，对

---

① 新兴工业资本主义、土地贵族和无产阶级——作者注

② 指英、法两国——作者注

③ 恩格斯. 路德维希·费尔巴哈和德国古典哲学的终结. 马克思恩格斯全集. 第21卷. 北京：人民出版社，1965：p344

大量各种各样商品的需求。——因而，这会使人想到，某些‘后现代’的职业已经出现”[①]。如今，在工业化发展程度较高国家，侦探业就已成为一个人气旺盛、长足发展的行业。在欧美一些国家，从事侦探及其相关行业的人员已超过警察的从业人数，仅人口三亿多的美国，侦探公司就有 3 000 多家，而日本仅东京一地就有 530 家之多，上至政府，下至公司企业，乃至个人，或公或私，都在极其广泛的社会生活领域利用侦探的服务来保护各自的利益。现代社会，自由竞争越激烈，对侦探职业的要求就越多越广泛。我们看到，竞争激烈，社会险恶，大到国家方针政策、外交底牌、党派挞伐、政府更迭、总统选举，小到百姓间偷鸡摸狗、杀人越货、坑蒙拐骗、金屋藏娇等等内幕密情中，都能见到侦探的身影。尤其在市场条件下的商品经济领域，产品开发、科技攻关、市场争夺、企业兼并、股市走向、多空斗法、投资置产、商贸洽谈、招标投标等都需要借助侦探的从业人员来提供相应的服务。同样，侦探从业人员也可以从这样的服务中获取巨大的商业回报。如联邦德国的一个超级私人侦探维单纳·毛斯，1961 年挂牌开业时白手起家，最初竟是在他母亲卧室改造的办公室里接业务办案子，但如今他已拥有了自己的豪华别墅、飞机，甚至还拥有私人机场和动物园。

二、对现代警察文化的补充和调节

马凌诺斯基在他的《文化论》中说“文化把许多个人转变为有组织的团体，而使之无止境地继续存在”，[②]人类社会的安全是需要不同的安全文化形式来保障的。私人侦探可以说就是社会对现代警察力量不足进行调节的一种安全文化形式。从现代社会的发展历程来看，侦探与现代警察几乎是相伴而生的。自 1829 年伦敦警察局正式成立，标志着现代警察的诞生，而侦探作为一种职业，也是紧随其后于 1834 年在巴黎出现。可以说，侦探与现代警察同是工业化社会的产物。但是，侦探与现代警察两种职业是“和而不同”的。“和”是指侦探与警察的职业二者之间有兼容交叉的属性。警察在官方制定的从事侦察行为的工作中担任执法者的角色，而侦探则是将警察执法侦查行动的单项行为固定成一种特殊的职业，成为借此在社会进行谋生的一种独立的社会文化的存在。这就是二者的不同。警察职业本身具有独立的社会地位和阶级属性，在经历了漫长的社会演变，警察形成了自己独特的文化系统和价值体系。既传统，又现代。现代警察文化是较为开放的一种文化模式，既是现代社会物质文明发展的结果，也是“三

① 多米尼克·斯特里纳蒂著；周宪等译. 通俗文化理论导论. 北京：商务印书馆，2003：p258

② 马凌诺斯基著；费孝通译. 文化论. 北京：华夏出版社，2002：p99

权分立”的政治文化的产物。我们仍然从最早建立现代警察制度的英国来看，英国政体本身是最早按照资本主义的“三权分立”的系统建立起来的一整套较为完善的政权机构。立法权、行政权和司法权的“三权分立”是英国政府的政权组织的基本原则，在这样一种具有民主政治文化背景的政权体制下，根据1829年《大伦敦警察法》而成立的大伦敦警察队伍在组建之初就在“独立”机构和“独立”法律的名义下开展工作，到1856年，英国《郡县警察法》和《郡市警察法》两部法律的正式颁布，世界上第一个真正意义上的现代警察体制才建构起来，但这个现代警察体制本身又是具有较强的“独立”特色的，各地方警察机构与大伦敦警察厅没有隶属关系，但在履行警察职能时，各地方警察与大伦敦警察并无二致。从现代警察的初创时期——大伦敦警察时代，它的创建者比尔就提出了十分重要的现代警察的理念，其中尤其强调了一点，就是发挥警察的服务功能，增加警察的服务职责，向公众提供安全服务，这也成为今天各国建立和完善自己的现代警察队伍的一个重要原则。显然，警察的职能从打击犯罪又扩展到为社会服务，警察也从打击犯罪的“战士”这样单一的社会角色转向“战士”与“卫士”兼容的角色。到20世纪下半叶，英国警察更是率先拉开了以提供服务为工作内容的社区警务革命的序幕。警察面向民众、面向社会功能的主体多元性和功能的多样性就成为历史发展的趋势。由于警察本身在警力、时间、人员素质等多方面不能够满足社会安全保障的需要，而社会中的基本生物需要——就是文化所滋生发展及绵续的条件——是间接满足的，于是发生了次级的或衍生的条件。① 于是，警察主体之外的非正式警察队伍就大量的产生：私人保安公司、市政保安组织、市政警察队、社区邻里守望。居民自治治安组织等就分担了正规警察的一部分职责，而正规警察也主动地“通过合同雇佣私人警察，从事警察内部服务性和社会服务性工作，直至押送犯人的工作”②。这样，侦探作为对正规警察的补充也就是十分自然的事情。侦探对于正规警察的补充是不同于邻里守望、市政警察队之类的警察衍生组织的，而是对警察专业化职能的重要补充。警察的专业化职能主要是体现在打击犯罪的专业技术领域，如在侦查实践中普遍应用的人体测量、刑事照相、模拟画像、模拟现场、指纹鉴定等刑事技术，这些专业化职能也构成了警察文化中十分突出的专业文化特色，而侦探则将这样的警察专业文化内容普遍地服务并应用于社会各个领域，从而满足了社会的需要，也满足了正规警察自我补充的需要，说到底，侦探职业从文化学角度来说，它本质上

---

① 马凌诺斯基著；费孝通译. 文化论. 北京：华夏出版社，2002：p47

② 宋万年等. 外国警察百科全书. 北京：中国公安大学出版社，2000：p311

是警察文化在工业化时代的一种社会扩张，或者说是警察文化中衍生出的一个文化亚种。

由于侦探与现代警察之间这种“和而不同”的现实关系，就使我们从侦探小说中看到，私人侦探与官方警察之间是各自独立又相互交往、和谐共处并存的。实际上，在今天的欧美一些国家，正规警察在下班之后就从事了自己的第二职业——私人侦察。可见，侦探与现代警察之间是相似的。然而，二者的社会属性和作用却是不同的。

第一，侦探始终保有自己独立的职业地位，它姓私而非姓公，是完全市场化的职业。只要有人出钱雇佣，它就拿人钱财替人消灾。无论在人格、地位、信仰，还是在利益、权属上，都是独立自由的。而警察则不同，它姓公，是官方的专政工具，是国家机器的组成部分。虽也有侦查的活动，也完全是政治利益的专业行为。当然，侦探之所以能作为一个职业从纯警察文化中独立出现，是与西方现代警察文化本身所赋予的“独立”的文化特色分不开的。

第二，侦探与警察在现实社会中发挥的职能作用不同。警察是打击犯罪来维护社会安全的，侦探则未必。侦探由于自己并没有被赋予执法的权力，就不可能直接地去打击犯罪，它的职能只能限制在侦破犯罪的层面上，或者说是偶尔协助警察打击犯罪。因为侦探是自主独立服务的办案主体，它的职业性质仅是为有需求的人去服务。既可为善，也很可能为恶。它的服务准则完全靠职业伦理和道德来制约，而警察办案的目的不仅是打击犯罪，并且，还要预防犯罪，既要当“战士”，又要做“卫士”；而侦探则未必要求是“战士”，更不是“卫士”，它只是遵循市场需求并运用专业技能服务客户的工具而已。当然，这个工具在现实社会中实际发挥的作用却是巨大的，甚至往往是警察也望尘莫及的。有人把警察与侦探进行了形象的比喻，说如果警察是捉老鼠的猫的话，那么，侦探就是会捉老鼠的狗。为什么是狗而不是猫呢？侦探本身并不是遏制、打击和防范罪犯的天然力量，它只能算是在警察与罪犯斗争中的第三支力量，而且似乎是多余的。中国老百姓俗话说，“狗拿耗子多管闲事”，侦探似乎就在社会中扮演这个比较尴尬的角色，但是，在动物世界中，狗的能量要远比猫大得多，而且，重要的是狗是忠实于主人的动物，侦探不仅会发现罪犯，而且也忠实于自己的服务对象，忠实于市场经济的要求和现代社会的游戏规则。在侦探小说中我们可以看到，有的私人侦探侦破了案件的真相，既没抓捕罪犯，又没向警方去告发，有时还有意地给罪犯提供帮助。如《东方快车谋杀案》中侦探波洛在侦查结束后发现在同一起谋杀犯罪中所有的 12 个人都涉及并参与了谋杀时，他给出了两个答案，其中的一个答案就是将这样一起谋杀案作为黑手党同伙之间的自相残杀来处理，使涉案的

12个凶手免受杀人罪的追究,帮助他们免遭罪责。如果这样的事情发生在警察身份的侦探身上,就是包庇和严重的失职,甚至构成职业犯罪,但是,私人侦探似乎可以例外。虽然在今天,即使是私人侦探这样做也是违法的,但多少反映出私人侦探在特定社会和时代具有不同于警察的地方。作为警察的补充,侦探的能量又是巨大的,可以说是神通广大。在办案能力和侦破效率上,警察甚至往往成了陪衬和被愚弄、被嘲讽的对象,这在侦探小说中也是随处可见的。人们经常可以在侦探小说中看到一些无能不胜任的警官,在办案时屡屡搞出纰漏,让案件不了了之。英国女作家乔艾思·波特(Joyce Porter)就以一种反讽手法的形式,塑造了苏格兰警场总探长威尔福瑞德·多佛(Wilfred Dover)这样一位妄自尊大、粗鲁肥肿、糊涂探长的系列小说。威尔福瑞德·多佛低智商、低品味的作风,从头到尾都是一副搞笑欠扁的模样,成为人们嘲笑无厘头警界的推理喜剧类型;而相比较,私家侦探却都聪明睿智,其现实作用也确实是令人难以置信的巨大。日本皇室选妃,克林顿竞选总统,调查菲律宾总统马科斯数亿美元的国外秘密存款等等,这些重大事件中都记载了私人职业侦探的功劳,而不是官方的情报人员;又如以中立政治态度立足,在世界公认保密能力最强、保密规范做得最好的瑞士银行,存储着世界上巨大的财富,同时也存储了世界上最多的秘密,但对职业侦探来说,瑞士银行业一样没有绝对保密可言。美国著名的私人侦探阿曼得·格兰特甚至夸海口说,只要他打一个电话,连专事保密和刑侦的美国联邦调查局的档案情况他都能比任何人更快地了解到。美国政府财税检查制度当中的年度大检查甚至也要借助私人侦探的力量,以至于法国学者扎克·别日耶说:"美国税务局懂得私人侦探的作用,专门成立了私人侦探经理处。偷税漏税者的伎俩可以瞒过联邦调查局、中央情报局和国际刑警组织,却瞒不过税务侦探的眼睛。"可见,在现代社会中,侦探这一职业在发挥着十分重要的作用,这种作用透出它已由过去功能上对警察专业化的补充开始向信息和情报进行垄断的迹象,也就是说,它正在由原先辅助性的社会安全服务的的内容中开始增加了垄断性文化内涵。

三、在法律的缝隙中行走

私人侦探业应该说与律师业的存在一样,都是一定司法制度下的衍生产物,是属于亚文化范畴的。它们都是行走在现行司法制度的边缘,一个肩膀依傍着司法制度,另一个肩膀依傍着社会和市场。有人说,私人侦探是跨在法与非法界碑上的职业,这一说法是十分形象的,这多少能够反映出侦探这一职业的生存状况。

就目前中国的情形来看，人们对侦探职业的存在有一些不同的看法：记者孙亚菲在中国《新闻周刊》发表了《"私侦"峰会触摸法律底线》的文章中就指责"私人侦探"在中国是一种不合法的存在；广东社会科学院法学所副研究员黄晓慧认为，"私家侦探"的出现是社会的需要，但"私家侦探"在目前情况下不宜发展下去，首先我国还没有《证据法》，什么才是合法取得的证据，什么是非法取得的证据，没有规范，也没有类似于《私家侦探法》这样的法规来约束"私家侦探"的行为。再者，我国的法律体系尚不够完善，人们的法制观念比较传统，法律意识比较薄弱，人们对隐私权还不够尊重，"私家侦探"保护一方的利益，就可能损害更多人的利益。① 参与制定《民法证据法》的中国人民大学法学教授何加弘是第一个在中国正式推介私人侦探有关知识的权威学者。他于 1991 年就编著出版了《私家侦探和私人保安》，是国内目前对私人侦探从学术层面进行科学论述的第一部学术专著。对私人侦探这一新兴行业他有自己独特的观点。2004 年 1 月，在中央电视台"央视论坛"做访谈时何家弘对私人侦探表达了自己一种包容的态度，他说："我们现在讲谁主张谁举证，主要是民事案件，民事案件就是调查权，你不能够侦查，你可以调查，其实这是当事人的一项权利，你既然要打官司，现在你要举证，就应该有取证的权利，所以由老百姓自己本来就享受的权利，我再把它委托给一些专业人员来实施，我觉得无可厚非。""因为私人侦探或者民间调查业是一种有偿服务，有人腰包里有钱，他又需要调查，所以这个需求是客观存在的。实际应该说从 80 年代开始就已经有这种社会需求。"对于私人侦探的名称问题他还这样认为："我们应该制定相关的法律，给它一个名正言顺的身份，无论是叫民间调查员，或者就叫广义的私人侦探也未尝不可，在法律上给他一个明确的地位，并且由一些相应的具体的规定来规范他的行为。我个人意见，我觉得还是叫民间调查员或者私人调查员比较稳妥。"

律师界人士对侦探业持有一定分寸的谨慎态度，他们从证据采集的信用和合法性上来认识侦探业，认为对私人侦探合法搜集到的证据只要运用得当，也可成为呈堂证供。也有律师认为，只要证据是合法的，而对方无证据反驳，法院应予采信，因此私人侦探就有一定的生存空间；学术界人士的意见是较为开明的，学者谢展辉撰文指出："在我国社会治安综合治理的系统环节中，私人侦探和国家警察同时并存可以相互促进，从而提高办案效率，更有效地打击犯罪，保护广大公民的合法权益，公力保护和私力保护是人类自我保护的两种形式。它们作为两种独特的社会实践，彼此之间有着广泛而密切的联系，公力保护与私力保护

① 熊学慧."私探"要与律师、警察"三分天下".中国侦探网

相互联系的恰当协调是符合现代国家发展要求的，公力保护是私力保护的前提和基础。私力保护是公力保护的补充和完善。”①

对于侦探及侦探行业这种新的业态形势的存在之所以有不同认识，是中国现有法律的界定存在的相互错位的反映。也就是说，侦探业目前所处的尴尬的处境是有关法律相互之间的不一致造成的。作为现代社会市场需求的一种新的业态方式，私人侦探业目前在中国仍被视为非法，其依据是1993年公安部发布的《公安部关于禁止开放“私人侦探所”性质的民间机构的通知》(公通字[1993]91号)，这份文件规定：严禁任何单位和个人开办各种形式的民事事务调查所、安全事务调查所等私人侦探所性质的民间机构。这份文件明令禁止的“业务范围”包括：受理民间民事、经济纠纷、追讨债务、查找亲友、安全防范技术咨询及涉及个人隐私方面的调查等。显然，根据这一规定，私人侦探属于非法的。然而，2001年，中国在正式成为WTO成员之后，最高人民法院于2001年3月16日发布并于2002年4月1日起正式施行的具有法规性质的文件《最高人民法院关于民事诉讼证据的若干规定》，在这个重要的文件中，有一个极为重要的司法解释，就是在最新民事诉讼证据规则中允许将私人录制的录音和录像作为“呈堂证供”的证据，这个法规性的文件传递了这样一个极其重要的信息：第一、这是诉讼体制中第一次允许私人化现象的出现，尽管目前还仅限于民事诉讼，但这确实是一个极大的进步；第二、明确了私人取证结果的合法性地位。这可以说是在新的社会背景、新的历史条件下对传统法规体制作出了一步重要的跨越。有人说这是在传统的旧的法规体制上撕开了一个口子。无疑，这对私人侦探来说是具有十分重要意义的。紧随其后，2002年8月，中国国家工商总局根据世界商标知识产权专业组织——尼斯联盟的要求，调整了商标分类注册的范围，将原来42类商品和服务商标注册扩大为45类，其中新增的和在原来基础上更为细化的允许注册类别包括了提供私人保镖、侦探公司、寻人调查等的“安全服务” 。因此，人们可以有理由认为，正式地被列入了与世界接轨的中国新的《商品和服务商标注册区分表》中的“侦探公司”，至少在工商行政管理领域，以“侦探公司”商标进行注册登记被视为合法。此后，重庆等地经营私人侦探性质业务的公司，如“重庆邦德信息咨询有限公司”等相继正式的以“侦探公司”商标注册成功。

上述可见，目前由于行政权与执法权存在不一致，在专业化服务方面，有关侦查权与调查权的不一致，导致私人侦探这一新职业在中国不得不暂时处于一种尴尬的生存状态，虽然最高法院和国家工商总局已经对侦探行为的有效性和

---

① 马明亮.私人侦探业之法理探析.中国侦探网，1999(12)

合法性在不同意义层面上有所规定，使得长期处于非法的侦探公司能够公开挂牌营业，使侦探公司由地下状态转为地上状态，但至今却没有一个人、一家公司在自己的名头上大胆地写上“私人侦探公司”地字样，因为公安部1993年的文件仍然存在，所以，没有人愿意去触这样一个雷区。但是，时代已发展了，最高法院、国家工商总局在中国“入世”后都及时顺应了国际化发展的要求，以往布雷设防的限制性条件还能否适应社会发展的需要吗？公安部1993年的通知中，在“严禁任何单位和个人开办各种形式的民事事务调查所等私人侦探所性质的民间机构”的同时，并对各地公安机构提出对现有此类机构“认真清理，会同工商行政管理部门予以取缔”的要求，这个要求显然与国家工商总局新颁发的《商品和服务商标注册区分表》是矛盾的，所以，可以预见，私人侦探作为中国当代社会的新生事物，其正式合法地位的认定时期已经不远，但私人侦探目前仍然还要在司法的边缘中行走，因为身份地位的合法并不意味着行为的合法，因调查权而涉及的公民的隐私权、财产权等等，都无一不规定了侦探这个职业目前还要继续行走在法律边缘的命运。我们从西方国家侦探职业的情况也可以看到，西方发达国家如英、美等国，法律、法规是较为完善，这些国家的私人侦探业也是较为发达的，但这个职业的生存至今也是依傍在法律的边缘的。

四、人类文明的符咒及其城市化的异变

宗教问题是十分复杂的人类文化现象，至今，人们对它的理解都不能统一。格尔兹认为，“宗教就是①一个象征的体系；②其目的是确立人类强有力的、普遍的、恒久的情绪和动机；③其建立方式是系统阐述关于一般存在秩序的观念；④给这些观念披上实在性的外表；⑤使得这些情绪和动机仿佛具有独特的真实性”[①]。马克思主义对宗教问题有一个十分著名的观点，即“宗教是人民的鸦片”。马克思认为：“宗教里的苦难既是现实苦难的表现，又是对现实苦难的抗议。宗教是被压迫生灵的叹息，是无情世界的心境，正像它是无精神活力的制度的精神一样。”[②]“人创造了宗教，而不是宗教创造了人。就是说，宗教是那些还没有获得自己或是再度丧失了自己的人的自我意识和自我感觉。”[③]西方社会人类学者认为，“宗教并非产生于幻想，更非产生于幻觉或妄解，而是出于人类计划与现实的冲突，以及个人与社会的混淆”。“任何形式的宗教，都是适应个人及社

---

① 格尔兹著；纳日碧力格等译. 引文化的解释. 上海：上海人民出版社，1999：p101

② 中央编译局. 马克思恩格斯选集. 第1卷. 北京：人民出版社，1975：p2

③ 同上

区的一些深刻的——虽然是派生的——需要的。”①“宗教是深深地生根于人类的基本需求,以及这些需求在文化中得到满足的方法之上。”②虽然至今人们对宗教的概念界定尚存歧义,但这并不妨碍我们对它的接触和了解。侦探小说从整体意义上讲,是一个比较庞大的系列,这个独具一格的体系以描写的方式观照着社会的方方面面,自然也同样观照着与人类文明几乎是同行相伴的宗教的有关问题。值得注意的是,在今天人们熟知的作家及其作品中,人们看到无论是英国的柯南道尔,还是日本的大薮春彦或西村寿行,他们在自己作品中涉及的有关宗教问题,都是宗教主流文化中的支流或亚种,甚至是异端邪说,而布满于世界的被人们普遍认可的四大宗教——基督教、伊斯兰教、佛教和天主教在侦探小说的笔下却鲜有描写,这是为什么呢?难道侦探小说家们对正统的或者说“正经”的宗教都丝毫没有关注和研究?他们研究与否,也许还不能确定的知晓,但给予一定的关注是肯定的,否则,在作品中即使是异端邪说也不会出现。那么,为什么他们会独对异端邪说感兴趣呢?或者说,他们创作的价值取向为什么是一些旁门左道的异端呢?这也许正是作家在试图告诉人们的现代工业化社会人的精神结构中的某种范式。

《血字的研究》是世界最著名的侦探小说系列《福尔摩斯探案集》的第一部,也是柯南道尔从事侦探文学创作获得认可和成功的第一部。小说自 1886 年 4 月定稿后到 1887 年历时近一年才得以出版,其中颇费周折。柯南道尔在从事侦探小说创作之前就曾不断地向他青睐的文学杂志《康希尔》投稿,同样,他把自己对侦探小说创作的第一次尝试的成果也依然投给了《康希尔》杂志,然而,该杂志主编认为这部小说“作为短篇故事太长,作为一本书则短”,没有录用。接下去柯南道尔又分别向当时的另外两个出版商费雷德里克·沃恩和阿罗史客斯投寄自己的作品,但仍未被录用,最后,他又将小说投寄给了沃德·洛克出版公司,《血字的研究》这次被沃德·洛克出版公司选进了《1887 年比顿圣诞年刊》出版。这部小说虽几经周折但终于面世了。人们最先似乎对小说中的故事比较有兴趣,《利平科特杂志》的编辑认为小说写得很好,然后向柯南道尔约稿,柯南道尔从此走上了侦探小说的创作之路,世界上这才诞生了一个了不起的侦探小说家。从今天的角度来看,柯南道尔以侦探小说创作的第一步之所以获得成功,恐怕与其小说中所反映出来的重大的社会内容是应该有联系的。这点可以从他紧接而来写出的《四签名》反映了殖民者对西非的殖民地掠夺这一重大问题中可以透出端

① 马凌诺斯基著;费孝通译. 文化论. 北京:华夏出版社,2002:p83-84

② 同上,p83

倪，说明柯南道尔在27岁出道之初，是注意到当时社会乃至世界正发生着的问题，并用侦探小说的方式客观地反映了出来，这其中之一就是《血字的研究》中的摩门教与社会文明和美国精神的冲突。

表面上看，《血字的研究》叙述的是一桩复仇故事，异教徒（非摩门教徒）侯波为了心爱的姑娘露茜杀了摩门教维伯和斯坦节逊。实际在这故事的背后，作者让人们看到了有别于传统宗教的异类——摩门教这个与人类文明有着极大背离的教种。摩门教（Mormon），它的教名为 The church of Jesus Christ of latter-day saints。它原来是基督教中的一个分支，在16、17世纪的宣教活动中，摩门教从基督教中分离出来，于19世纪由一个名叫约瑟夫·史密斯（Joseph Smith，1805—1844）的人正式创立。约瑟夫·史密斯出生于纽约的一个贫苦家庭，受教育程度不高。据称1823年9月，史密斯在美国纽约的住处看见异象，他被圣父圣子封为"真正的基督教先知"，后来又遇见 mormoni 的天使，这个天使给了他一本写在金页上的书，就是今天被人们视作诡秘的《摩门经》。据说《摩门经》用神秘的文字写成。1827年天使又赐予约瑟夫·史密斯一副神秘的眼镜，称为"乌陵土明"，才得以翻译天书般神秘的《摩门经》。1830年他正式创立了第一所只有6个人的摩门教会；1833年他出版了一本《诫命书》；1835年，他在出版的《教父为诸教约》中提倡一夫多妻制，由于它的教义信条有悖于基督教，摩门教在创立之初就被视为异端。从最初的情形看，它背离基督教《圣经》的信仰主要集中地反映在《摩门圣经》的信仰教条中。在早年对摩门教产生研究兴趣的美国著名作家马克·吐温的《苦行记》中对《摩门圣经》的内容有具体的描述。反映马克·吐温于1861—1865年在美国西部冒险生活经历的带有自传色彩的长篇小说《苦行记》与传说中摩门教的先知史密斯创立"摩门教"的时间十分相近，也与柯南道尔创作的《血字的研究》几乎就在同一个时段，看《苦行记》的第十六章中马克·吐温的一段相当详细的描述：

人们都听说过《摩门圣经》，可是除了那些被"选中的人"外，很少有人看见它，或者至少是很少有人费神去读过它。我从盐湖城带了一本走，对它充满了好奇。这是一本非常自命不凡的作品，然而读起来却很"沉闷"，教人打瞌睡，是一个索然无味的神灵启示录大杂烩。它是用三氯甲烷（麻醉药——译者）印刷的。如果这本经书是约瑟夫·史密斯制作的，他仅仅是从某些古老而又神秘的，镂刻在铜箔上的文字翻译下来的，这一翻译工作本身也同样堪称是个奇迹。

但是，这部能制造出所谓奇迹的书在马克·吐温那里并没有得到很好的评价。以马克·吐温亲自阅读《摩门经》的阅历来说：

这部书似乎是一部完全虚构的历史，内容平淡而繁琐。它以《旧约全书》为蓝本，紧步它的后尘又出了一个以《新约全书》的剽窃本，作者煞费苦心地要使他的语句具有与钦定译本的音韵一样的古色古香，结果却成了个四不像——一半是今文的明快流畅，一半是古文的古朴庄重。后者显得笨手笨脚，别别扭扭；前者虽然自然，但对比之下却成了一副奇形怪状。

……

《摩门圣经》相当乏味无聊，读起来令人生厌，但……它是从《新约》中"偷"来的，这丝毫不是过夸之词。

《苦行记》

马克·吐温以他亲眼目睹的经历告诉人们什么？《摩门圣经》只不过是一个虚假而枯燥无味的"伪圣书"，它是一个宗教思想的小偷从人类文化资源之一的《圣经》那里偷窃来加入了自己荒诞不经观念的毫无生气的东西，这就足以让人们了解到"摩门教"是个什么样货色的东西了。它其实是一个心存狂想自大意念的宗教狂热分子为人类文明制造出的一堆宗教垃圾。当然，这一点，马克·吐温可能有不同的见解。他还认为"摩门教"在创立之初是善的，后来到了史密斯的继承人杨伯翰那里才变成了大恶，提倡起"一夫多妻"来。这是因为他对"摩门教"的了解还不太全面。"摩门教"的制度和教条不仅仅是一部《摩门经》，其实还有《诫命》与《教文和诸约》。史密斯正式在《教文和诸约》中提出了"一夫多妻"的主张，但不管怎样，无论是柯南道尔，还是马克·吐温，这两个虽处不同国度但在同一时代——十九世纪末至二十世纪初的作家都分别地在各自的作品中涉及摩门教问题，表现出他们当时对这一特殊社会现象的人文关注。在《血字的研究》中，柯南道尔反映了"摩门教"产生过程中一段特殊的历史——迁徙和移民。对迁徙和移民这样的一个场景，柯南道尔在他的侦探小说写作中有难得见到的富有诗义的描写：

在这片碱地遥远的尽头，扬起了一层烟尘。最初很轻，远远看去，很难和远处的雾气分清楚，但是后来烟尘越飞越高，越来越广，直到形成了一团浓云，显然，只有行进中的大队人马才能卷起这样的飞尘。如果这里是一个肥沃的地区，人们就会断定，这是草原上游牧的大队牛群，正在向着这方向移动，但是在这不毛之地上，这种情形显然是不可能的，潇潇烟尘向着这两个落难人睡觉的峭壁这边前进着，越来越近了。在烟尘弥漫之中，出现了帆布为顶的篷车和武装骑士的身影。原来这是一大队往西方进发的篷车。真是一支浩浩荡荡的篷车队啊！前队已到山脚下，后队还在地平线那边遥不可见。就在这无边的旷野上，双轮车、四轮车络绎不绝。有的男人骑在马背上，有的男人步行着，展开了一支断断续续的行列。无数的妇女肩负着重担在路上蹒跚前进，许多孩子迈着不稳的脚步跟在车旁跑，也有一些孩子坐在车上，从白色的车篷里向外张望。显而易见，这不是一群平常的移民队伍，而像是一支游牧民族，由于环境所迫，正在迁居，另觅乐土。

——《福尔摩斯探案集〈血字的研究〉》

柯南道尔在这里描述的情景，正是“摩门教”内部分争后，1846 年以布里格姆·扬（又译作卜瑞格姆·扬——作者）为教主的一次宗教大迁徙。这一次迁移的结果，给美国这个现代文明最发达的国家添加了一个十分滑稽的结局——美国犹他州变成了摩门教可以自由繁衍的极乐世界。而犹他州的首府盐湖城变成了摩门教继伊利诺伊州的瑙伏城之后摩门教的大本营，一个完全奉行“一夫多妻制”的现代文明的怪胎，居然就在居世界现代文明之先的美国有了自己的独立王国，这真是令人匪夷所思的事。“一夫多妻”这个制度是人类蒙昧时期的产物，作为一种社会存在，或文化现象的存在，也是某些人为需要而达到其他目的的手段。“任何形式的宗教，都是适应个人及社区的一些深刻的——虽然是派生的——需要的。”[①]如果是一种社会需要。那么，是些什么样的人需要这样的一种宗教呢？

从摩门教创立之初，我们可以了解到，由于它是与基督教传统的教义背离的，不能兼容于美国占主流的基督文化的社会，就被迫地成为弱势的一个宗教群体，这样的一群又在现代社会文明的边缘，虽置身于一个移民文化传统的国度，却“像是一支游牧民族”（柯南道尔），无论在宗教地位上，还是在社会地位上，都只能是半开化的人类。这样的一群要维护他们自己和由他们自己形成的社区的需要，必然地要选择迁徙。这种迁徙是以对现代文明放弃与对保守、蒙昧的固执为代价的，是对蒙昧、贫穷和落后的认同和选择。这与早期的殖民主义外扩时手持《圣经》去开化蒙昧人是完全不同的。殖民者以《圣经》先导带去了现代文明，而两手持摩门经书的摩门教人则迁徙去美国西部大沙漠——犹他州，固守的是荒漠一样的贫穷和落后，要维护这样一种低劣的生活状态，以及维护整个摩门教族与现代文明的对峙，他们没有像早期的殖民者那样从精神上、理性上选择圣经、算术和写作，而是选择了物种的自然生命形成模式——大量的复制生命，以此来绵延自己及其社区（马凌诺斯基语）。他们把对人类命运在宇宙中所处地位的忧虑，转换为对女性的大量占有和对生命的大量复制。试图以这样的方式来建构一个真正男权的世界。将“一夫多妻”制度化，无论是过去公开的还是现在转而地下的形式，都是试图完全确保住男人主宰的世界。所以，在犹他州，在盐湖城，以及美国的内华达州等有摩门教群居的社区，它向现代文明显示的是一个

① 马凌诺斯基著；费孝通译. 文化论. 北京：华夏出版社，2002：p84

对性占有极大化的制度所控制的男权的王国。由于建构并维护这个男权王国的存在是以“一夫多妻”作为手段来实现的，所以，在摩门教中，女人始终成为紧缺的资源，“一夫多妻”的教规造成供需不平衡的矛盾，因此，教族内女人只能在教族内婚配，而且，还要尽可能让异教徒受洗皈依摩门。尤其是用异教女人来解决“一夫多妻”带来供需不平衡的矛盾，维护了“一夫多妻”，就维护了摩门教的宗教基础和社会地位，这显然已成了摩门教教义的一个核心。因此，反对“一夫多妻”必然就成为犯罪，这就使我们看到《血字的研究》中约翰·费瑞厄尽管受洗皈依了摩门，但他自己可以一直独身，而他的义女露茜·费瑞厄要拒绝“一夫多妻”的教规则即刻招来杀父之祸，反映出现代文明对蒙昧的决不妥协与蒙昧落后对现代文明的抗拒和扼杀，在现代文明与蒙昧落后之间形成了剧烈冲突，这种冲突不仅发生在摩门教中，而且也已延展到整个文明社会。侯波与露茜之间一见钟情，相互爱慕，表明了对现代文明的认同，而露茜的死就引发了现代文明与蒙昧邪恶的异端的直接而剧烈的血腥冲突。在侯波对锥伯与斯坦节逊的追杀中，我们还可以发现，骨子里浸淫着“一夫多妻”邪恶血液的锥伯们正在向文明社会里渗透，不仅在美洲，而且也渗透到欧洲。侯波这个浑身充满了坚定的、积极精神的人，具有百折不挠的耐心和毅力，同时又是一个非常讲究实际的人。在这个具有美国精神和品格的人身上我们看到文明对邪恶的斗争是多么的艰苦和持久。侯波复仇后的一个世纪之后，我们又一次真实地看到现代文明对摩门教这样的异端的斗争是多么的艰难。据《北京晨报》2001 年 5 月 21 日的报道，美国犹他州法院对摩门教徒汤姆·格林作出重婚罪判决，并说这是近 50 年来摩门教徒被推上法庭的第一人。然而，对于格林来说，与美国政府打官司他至少有 50%的赢率。因为此案的法官、大陪审团和检察官也有可能就是摩门教徒。就像当年审判马丁·路德金时一样，整个法庭的人都是天主教徒，在犹他州，有 75%的人都是摩门教徒，而在立法机构这一比例更高达 98%。据同一报道，仅在犹他州一地就有四万多一夫多妻的摩门教徒。虽然大多数的美国人对“一夫多妻”持反对意见，林肯总统也于 1862 年签署了《反对重婚法》，明确禁止多配偶制。1890 年，摩门教徒在教内外的普遍反对下，宣布废止“一夫多妻”的教规，但“一夫多妻”的非法行动依然一直以地下状态存在着，而且一些有良好教育背景的人们也加入其中，这恰好说明了人类对民主、自由及人权理想的追求与现实之间出现的错位与冲突，以及个人与社会的混淆，说明假如人类没有足以保持完整和奉为领导的某种信仰的话，这种冲突和混淆势必发生。美国社会学家塞缪尔·亨廷顿已经发现，文化的冲突或聚合是美国社会面临的一个重要问题。……历史上美国一直是一个有单一主导文化的国家，它是最初的英国定居者的产物，接着，相继的移民浪潮不断地渗入这种文化，并修正它。这种文化的核心要素是对欧洲文化的传承：英语、基督教、新教价值观、种族、民族、宗教和其他一些亚文化存在于这种几乎所有群体共享的主导文化之中。① 已经扎根于美国的摩门教虽然在纽约建起了它的第一个组织，但它的创建者约瑟夫·史密斯，正是苏格兰人的后代。故此，有人说摩门教是苏格兰人史密斯 1886 年到纽约时创立的。但不管怎样，摩门教这种具有新的宗教价值观的亚文化还是存在于美国主导文化的边缘，而这种一元文化的衍生物与美国人对多元文化的价值追求是有矛盾的。在摩门教那里，"一夫多妻"已由过去的繁衍的物种生理性需要变为现代社会中一种人权的需要。把人权这个文明社会最时髦的概念在工业化程度最发达的国度演绎为异端邪说的护身符。对应的，也即成为现代文明的一道符咒，它虽然尚不会对现代文明产生颠覆性的影响，但始终是存在于人类文明机体中的精神肿瘤。它的存在，就是对现代文明的精神健康的侵蚀，也是对文明社会所奉行的规范公然的对抗。

异端邪术与现代文明的对抗，像"摩门教"这样把"一夫多妻"作为教规的毕竟是绝无仅有的，更多的则是"一夫多妻"的非制度的变形模式，即群淫乱交。日本作家大薮春彦的《野情》，美国作家达希尔·哈梅特的《烧焦的脸》，西村寿行的《失踪的女人》等作品中，都可以看到人类文明社会中所奉行的"一夫一妻"不仅在 19 世纪，也在 20 世纪，乃至今天的人类社会，都受到与"摩门教"几乎相似的对抗。在《野情》中的一个不知名的荒岛上：

一群男子围成圈在踢球，没有接住球的那个人被同伴用乱刀刺死。神秘的孤岛上充满了杀戮的气息，东西两村的仇杀使密林间死尸横陈，惨不忍睹，女人们都一丝不挂地遭到男子野蛮的蹂躏。……被作为人身御供的真奈子，只见她身穿神女的服装在悬崖上跳着疯狂的鬼火舞，午后她将被推到崖下供奉龙神。

如果说，《野情》中还把人类异端放逐在远离人群的恐怖的不知名的小岛上的话，那么，我们在《失踪的女人》中就发现，异端邪说再也不是什么远在上个世纪美国西部犹他州那样荒凉的大漠里了，而是近至到了我们当下生活的社会，就发生在我们每个人的身边，与我们正零距离地强行伴随着。在天地教的乱交会上，北卷市的市长及首富左先生等一批大人物们以对女人的奸淫共享为乐事。他们强迫女人们作忠实的信徒，亦即做教中所有男人的妻子。女人成为名副其实的性奴隶。侦探小说中所描述的这一种异端邪术都较为突出而集中地反映了异端邪教对性索取的无度和性挥霍泛滥。这种性关系在非婚形式下无序的存

① [美]亨廷顿.再论文明的冲突.新华文摘，2003，第五期：p5

在，是对人类合法建构出的文明的婚姻制度和社会秩序的严重挑战和对抗。异端邪教往往是通过对人类正常婚姻关系乃至性秩序的挑战来逐渐消解人类、进行反社会的行为的。侦探小说中描写了异端邪术对主流社会的罪恶不仅是过去的，也是现代的。而且，至今还随时随地去侵蚀着社会文明的机体。侦探小说家们通过侦探取得对异端邪术斗争的胜利，表达了他们正确的人文立场，这是具有积极的现实意义的。

五、现代社会进步的助力器与人类文明的杀手

科学技术是生产力，科学技术的发展和进步，推动着社会的发展和进步。人类从旧石器时代以来，已经历了由低到高的三个不同的技术文化时代。这就是幻想的技术形式、经验的技术形式和科学的技术形式。[①]

幻想的技术形式由旧石器时代的物质生产所决定。其中，劳动工具的制造是近一万年历史长河中人类蒙昧时代的技术文化形成的直接动因。打制石器工具是为人类适应生存，企图征服和控制自然的一种方式。旧石器时代人类生存环境的恶劣，不仅要适应，还要为个人和种族的繁衍，为抵御来自自然界动物的伤害，时时处在现实的危险和对未知的恐惧之中的人类就有了基本的“文化迫力”（马凌诺斯基）。在这种“文化迫力”的驱动下，初民们通过打制工具来满足自己的需要，而一定物质的生产也一定要有相匹配的精神生产才能成为可能。打制石器工具时，初民们不可能像现代人一样有确定的目的和规范的设计标准等成熟的经验，一切都在不确定中产生不确定的结果。制作劳动工具的这种不确定性是还不太发达的思维随意性造成的，初民们依靠幼稚的想象力来打造工具，事先并没有先验的成果可借鉴，基本上是打制成什么模样就是什么模样。石器工具的作用是在劳动成果产生之后借助想象力去完成的，这种想象力即使是幼稚可笑的，但却是重要的。因为它毕竟可以使人类以此去控制幻想要征服的自然，就是在这样打造工具的过程中，初民们不断地获得了控制自然和未知宇宙的自信，并将这种自信又带入更大量的工具制造之中，也更进一步地满足人的更广泛的需要。旧石器工具的生产在想象力的作用下不断地进步，人类控制自然的能力日益增强，最初的幻想型的技术文化就转化为现实的生产力推动旧石器时代向新石器时代的发展。

当人类在不断地大量打造石器并以此作为工具和武器去劳动、去战斗时，人类最初的想象力就得到不断地被检验和验证。验证的结果不断地被固定下来就

---

① 蔡俊生等. 文化论. 北京：人民出版社，2003：p103

形成了某种经验。这种人类在打造工具的劳动和与自然、动物斗争中所形成的经验标志着人类的科技文化进入了一个崭新的阶段——经验的技术形成的诞生。

经验的技术形成从新石器时代到18世纪的工业革命，贯穿了人类社会发展的极其重要的阶段，是人类由自然人到现代人到社会人的重要发展时期。在这一漫长的历史时期，人类控制自然和社会的能力产生了质的飞跃。先验性的知识使劳动生产和各种社会活动变得越来越确定，一切生产、生活和社会行为在对未知的确定性增强的条件下，给一切行为预设行动明确的目标成为现实，这种在技术经验基础上形成的现实就建构出一种新的科技文化——经验的科技形式。这种科技形式与旧石器时代幻想型的科技形式的不同在于，它不仅仅是劳动经验的简单地叠加和刷新，而是在具有先验性的条件下，人类思维模式发生了质的飞跃。初民时代幻想式的思维模式被逻辑思维模式取代，逻辑思维通过对事物内在联系性的把握和控制，使人类的行动不仅超越了经验，而且，能够反过来直接地作用于人类的一切行为和活动。逻辑思维的产生使人类获得了真正科学意义上的各种技术和方法，这种科学技术和方法被人们不断地系统化、制度化，并最大化地用于人类一切活动，这样就使人类控制自然和社会的行为变得更加迅速有效，从而代替了经验的技术促进了社会的进步和发展，促进了文明时代的到来。

以经验为基础形成了一系列的科学思维的技术和方法将人类社会发展进程推动了一大步，它满足了人类控制自然和社会客观实在的需要，但与此同时，它又创造了新的需要。

19世纪至今，人类社会科学技术的发展已进入一个超越人类自己的阶段——科学的技术形式阶段。一些重要的科学发明、科学成果的出现，使人类社会可以在科学知识的基础上，建构新科学、新技术，自动化信息系统以及生物工程技术等等科学技术使人类对未知宇宙和人类本身的控制成为可能。而自动化信息技术与生物工程等科学技术极大地提高了社会物质生产的效率和质量，也同时提高了人类生活、工作和生存能力和质量，整个人类社会的发展得以加速。

科技文化带给人类社会的发展和进步无疑是巨大的，上述对人类和科技文化发展的三个阶段的简单描述，使我们看到的是科学技术的发展进步，是人类社会发展的一个能动的因素。自然，一个能动的因素一旦发生作用，其影响必然不仅仅是肯定的，也会产生否定的影响。科技文化对人类社会的能动作用也是一样，它既能促进和推动社会的发展，也能为人类的文明带来罪恶，甚至灾难。科学技术这种恶的一面，其实在它还在被广为赞美和歌颂的时候，就被我们的侦探小说家们预言般地描绘在他们的文本之中了。美国侦探小说作家玛丽·克拉克在《白色的阴影》这部小说中就叙述了这样的一个故事：妇产科专家埃德加·海利在进行着一项研究，即把流产的胎儿植入患不孕症妇女的子宫来实现人类的无形生育，一旦实验失败，就将产妇残忍的杀死。被人们誉为救死扶伤、拯救人类生命的医学家，为获取科学研究的成果，不是想方设法地去拯救生命，而是无视生命的意义，违反科学研究的基本准绳，竟然将先用于动物的活体实验直接地用于人类，不仅丧失了一个医学家最基本的职业道德，而且也丧失了科学研究最基本的伦理道德。科学研究变成了残忍的事，变成了人类丧失了理智的可怕行为。文明和科学，同时也制造着反文明、反科学的科学狂人和疯子。侦探小说人物中的托马斯·金斯利就是这样的一个疯子。波士顿纪念医院的心脏外科是国际一流的，托马斯·金斯利是这个医院里享誉盛名的胸科医生，他曾经拯救了许多病人的生命，但却将患有糖尿病的妻子卡茜置于死地。这个依靠德克西德林镇静剂和白可丹、毛尔温等药来帮助集中精力和注意力，才能保持最佳工作状态的疯子竟然把自己视为优化人类的法官和裁判。他只给他认为值得生存的人做手术，不给那帮有精神病的怪物做手术。他认为不能让免疫机制缺乏的人占用宝贵的床位和手术时间，因此，他宁可让能继续生存下去的人白白等待死亡也不去救治。这样一个自身已经失去心里平衡、口齿不清、做手术双手震颤得厉害的精神病人却裁决别人的生命，把自己当成了裁决生命的法庭，任意的甚至是儿戏般剥夺病人甚至是自己妻子生存的权利。原本应是救死扶伤的"天使"，却变成了摧残人类生命的刽子手、"魔医"，其高超的医术成了毁灭生命的可怕武器。托马斯之类的科学疯子所谓优化人类的反人类行为与当年的希特勒法西斯如出一辙。希特勒在纯化日耳曼人种的过程中，惨绝人寰地灭杀犹太人以及非日耳曼血统的人，对全人类犯下了令人发指的法西斯罪行。而托马斯这样的医学家们也同样地以对无辜生命的排斥和毁灭来达到优化人类的目的，是将科学引向了反人类的轨道，使科学与人类对立，并为人类带来了灾难。科学技术在发展的同时，已被异化为兽性的科学和技术，并使人类自身受到威胁。在柯南道尔的《爬行人》中，我们已经看到科学使人堕落为动物的恐怖情形。剑桥大学著名的生物学教授普莱斯伯利，鳏孤一人，61 岁时却不可抑制地爱上了莫尔非教授年轻美貌的女儿爱丽丝。为了能缩小自己与爱丽丝在年龄上的差距，恢复自己的青春，普莱斯伯利竟然用类人猿的血清自我注射，以求获得返老还童的旺盛精力，结果，却使自己变成了爬行于地、善于攀缘又会骂粗话的"动物"，以至于他珍爱的狼狗也把他视为异类一再疯了似的咬他。连狗对普莱斯伯利的行为都不予认同,更何况人类?正是人类自己的科学研究在异化着人本身。普莱斯伯利身为生物学教授,在为人类科学文明带来的成果进行着具有讽刺意味的试验,而普莱斯伯利教授的同行——一位远居布拉格的生物学家竟然成了普莱斯伯利的帮凶,散布、传播有悖人伦的动物性异化的类人猿的血清,这是对科技道德的皈依还是放逐?在侦探小说的故事中,人们看到了促进人类社会文明发展的科学家在从事科学研究的同时,也不断地打开“潘多拉”的魔盒,向人类文明释放着罪恶。横沟正史在《怪兽男爵》中让我们更加深切地感受到人类社会在科技进步的同时也正越来越直接地受到科技进步所带来的严重的恐怖主义的“威胁”。《怪兽男爵》写的是这样的一个故事:日本的一名世界著名的生理学家古柳冬彦因犯有盗窃罪和谋杀罪被处死刑。临刑前,他声称三年后将复活,到时将把全日本都闹个天翻地覆。果然,三年后,早已被处死的古柳冬彦真的复活了,并准备为全日本人民制造巨大的灾难。原来,古柳冬彦一直在做人类脑髓移植领域的技术研究,并已取得技术性的突破。案发前,古柳冬彦花重金从一个破产马戏团那里购得一个脸相、躯体都和大猩猩有几分相似的畸形人“猡猡”,准备用做人脑移植试验。当古柳冬彦被捕处死后,他的助手、医学博士北岛遵照他们事先的计划,将古柳冬彦的尸体运到一个孤岛,将古柳冬彦的脑髓移植到“猡猡”的头颅,结果,奇迹发生了——古柳冬彦真的借“猡猡”的躯体复活了,而且比原先的古柳冬彦更优化。这个近似于人兽之间的怪物既有科学家的大脑,又具有大猩猩的灵巧和力量,又一再地犯下了多桩罪行。更恶毒的是,他把全日本人民都作为自己报复的对象,他加紧研制鼠疫杆菌,准备让日本人民都感染上鼠疫,全部死光。就在他要实施用鼠疫犯罪时,被及时地抓获、制止。在这个古柳冬彦的身上,我们已经看到恐怖主义的身影,他们仇视社会、仇视人类,科学和技术在他们那里早已变成了反人类、反社会的恐怖主义工具。在侦探小说里,我们看到了人类社会科学和技术的进步和发展,但同时也更深切地感到人文的巨大失落,人类社会的健康发展受到极大的破坏;人类的信仰危机、道德沦丧达到了前所未有的程度;人类赖以栖居的地球已失去了诗意,生活中的真善美不是随科技文明的进步日益增多,而是渐失其踪影。约翰·奈斯比特说:“科技在不断提供消费可能的同时,也在消耗着人类的生命力,科技让你疲于奔命,科技让你冷漠疏远、抑郁疯狂,科技带来了具有潜在的毁灭人性的危险。”科技发展的一切似乎都在应验着英国科学家皮尔逊的责难:科学的成长消灭了生活的美和诗意。

第三章 主题论

长期以来，主题似乎是个十分高深的说法，经常总是与文学中属于“雅文学”一类相匹配的。侦探小说也谈主题，这在一般人看来，是有些感到滑稽的。因为侦探小说，乃至整个通俗文学，在传统观念中是多“俗”而少“雅”的。经常用之于“雅”文学领域的一些话题似乎就不能用之于“俗”文学，其实大谬。文学是什么？中国许多人一向把文学看得如阳春白雪一样的高雅，以为是“载道之学”，在西方人呢？并不以为然。实际上，文学本来就只是艺术类中的一个分支。艺术是什么？老百姓说不明白什么是艺术，但他们知道，艺术实际上不就是唱歌、跳舞、唱戏、画画之类的玩意？对，艺术的本来面目就是“玩意”，文学也是如此，小说更如此。小说是什么？古人最初也没把它当回事，就和最初把词当成茶余饭后的“玩意”一样，是不入大道的“玩意”。《庄子·外物》是最早对“小说”一词进行表述的：“夫揭竿累，趣灌渎，守鲵鲋，其于得大鱼难矣；饰小说以干县令，其于大达亦远矣。”“县”乃古“悬”字，高也；“令”，美也，“干”，追求。是说举着细小的钓竿钓绳，奔走于灌溉用的沟渠之间，只能钓到泥鳅之类的小鱼，而想获得大鱼可就难了。靠修饰琐屑的言论以求高名美誉，那和玄妙的大道相比，可就差得远了。春秋战国时，学派林立，百家争鸣，许多学人策士为说服王侯接受其思想学说，往往设譬取喻，征引史事，巧借神话，多用寓言，以便修饰言说以增强文章效果。庄子认为此皆微不足道，故谓之“小说”，即“琐屑之言，非道术所在”“浅识小道”，也就是琐屑浅薄的言论与小道理之意；孔子也如此评论小说曰：“虽小道，必有可观者焉，致远恐泥，是以君子勿为也。”意思是说，小说的价值只是记载民间里巷传播的事情，由于它言而不文而且行而不远，因此，君子便不愿意投身于小说之中。东汉桓谭在其所著的《新论》中，对小说如是说：“若其小说家，合丛残小语，近取譬论，以作短书，治身理家，有可观之辞。”他认为小说是“治身理家”的短书，而不是为政化民的“大道”；对小说这种形式作品的认识到东汉时的班固依然没有太大的转变，班固在《汉书·艺文志》中写到：小说家者流，盖出于稗官。街谈巷语，道听涂（同“途”）说者之所造也。这是目前我们认为史家和目录学家对小说所作的具有权威性的解释和评价。班固也认为小说是“街谈巷语、道听涂说者之所造也”，仍然是小知、小道。可见，小说本来无所谓雅俗之别，都是“玩意”。《四库全书总目》更把小说一分为三，曰杂事、异闻、琐语，反映出小说的不被重视。虽然从小说的描写内容来说，确实存在差异。有的小说专长宏大叙事；有的则专长民间叙事。叙事方式不同，其实都一样，写世间百态、人间变故。从这一点上讲，“雅俗同源”，不分上下。文学被人为地将之等而分之为“雅俗”二类，实在没有多少实际意义。从另一个角度来看，现实中，“雅俗”何以能分得山清水明？事实上，小说大多数都没有雅俗之别，真正能达到所谓雅俗的是什么？大俗则大雅，大雅即大俗。人们往往没必要刻意地制造出太多的高尚和伟大。巴尔扎克这样的大师算得上伟大了，他的作品《人间喜剧》连马克思都予以极度的评价，可说是伟大又高尚，但实际上，巴尔扎克写小说的最初动因却是为了偿债，把小说当成换取钱财的“玩意”，当成最基本的谋生手段，这是俗而又俗的事了。但巴尔扎克的作品内容写自己向别人讨钱了没有？没有。他是“不着一字，尽得风流”，就如做菜吃饭一样，这是俗不可耐的事，但做饭做菜如果能够像美妙的诗画一样，色、香、味、趣俱全，你能用一个“俗”字来代指这样的“玩意”吗？做饭做菜的这类俗事一旦变成了“厨艺”，就由“俗”而“雅”了，这就是“雅俗一体”的道理。或者可以这么说，“无俗则无雅”，有学者已经清楚地看到包括侦探推理小说在内的民间文化长久以来“就以其丰富的精神滋养着知识分子的灵魂，而且在知识分子精神与民间精神的联系中不断赋予民间以新的内涵。‘民间’既是自在的民间文化形态，也是具有审美意义的民间文化形态，还是知识分子的民间价值立场”。[①] 前辈学者甚至把俗文学引为中国文学之正宗。认为俗文学“表现着另一个社会，另一个人生，另一个中国”。“只有在这里，才能看出真正的中国人民的发展、生活和情绪。”朱自清更直言说：“鸳鸯蝴蝶派的小说意在供人们茶余酒后的消遣，倒是中国小说的正宗。”这不仅从小说发展的源流关系上可以得出结论，而且从内容上看也是这样。在俗文学作品中，往往反映出人的真性情，社会的真面貌，如果我们把俗文学当作了解人类本真面目的镜子的话，也并不为过。北大学者陈平原在接受文学报记者的专访时认为，武侠小说一方面属于类型小说，另一方面又属于通俗小说。他说：“在类型小说中隐藏着深刻而又真实的社会意识。因此，要寻找一个社会的大众心理、时代精神，与其到先锋小说中找，不如到武侠小说中去找。”[②]“武侠小说不能让我大彻大悟，但借此却获得了一种澄清的心

① 季进. 雅俗合流与大文化视角. 文艺报，2001.12.25

② 文学报，2003.04.24

境。”[①]陈平原先生为什么会有这样的体悟？他引用了一位评论者李零的话为自己的这种体悟作了解释。在俗文学里，“毕竟有人类最基本的兴奋点，也照样埋着人类的永恒主题。”[②]以此来观照与武侠小说同类的侦探小说也确实如此。胡塞尔在论述主题问题时说道：“我们意识到物质、躯体、人的事实性存在，技术的、文学的作品等等的事实性存在。我们遵循着我们的普遍原则，即每一种个别事物都有其本质，人们可在本质的纯粹性中把握它，而且在纯粹性中它必定属于一种可能的本质研究领域。”[③]从侦探小说内容来看，人类的一些最基本的特性得到了较为真切的反映，让人不得不惊讶侦探小说在反映人性本来面目和社会生活的广泛性方面一点也不逊色于其他的文学样式的。

第一节 人性内核的深度揭示

文学作品无论是哪一种体裁或题材，都是可以从中发现人、研究人的。高尔基曾经做过这样的建议：把文学叫做“人学”[④]，这是因为“文学的对象，文学的题材，应该是人，应该是时时在行动中的人，应该是处在各种各样复杂的社会关系中的人”[⑤]。这样的观点对于我们研究各种文学现象是一个很好的启发。在人类社会，任何现象的研究，如果脱离了对人本身的关注和研究，就是对历史的无意识。在对人的关注和研究问题上，马克思主义哲学本身就告诉我们：“它的确意味着现实的、完善的和完整的人。现实地生活着的人是历史的主题，也是历史规律这一现象的主题。”[⑥]侦探小说虽然在情节设置、人物形象的创造等很多方面都与一般的文学作品不相类似，但它也一样是以生动而丰富的人的行为和活动为轴心来进行创作的。最为中国读者广为熟悉的侦探小说的典型文本《福尔摩斯探案集》[⑦]中几乎没有一个故事是脱离了人的活动而纯粹地进行故事叙述的，在曹正文的《世界侦探推理小说大观》中，涉及英、美、法、日、中等15个不同

---

① 文学报，2003.04.24

② 同上

③ [德]胡塞尔.纯粹现象学通论.北京：商务印书馆，1997：p101

④ 钱谷融.论“文学是人学”.北京：人民文学出版社，1981：p2

⑤ 同上

⑥ 弗洛姆.马克思关于人的概念.二十世纪哲学经典文本.西方马克思主义卷.上海：复旦大学出版社，1999：p327

⑦ [英]柯南道尔著；丁钟华，袁棣华等译.福尔摩斯探案集.北京：群众出版社，1979

国家的128位作家一共395部作品，也没有哪一部小说是游离人这一主线的。如果我们把每一起案件当作一出大戏的话，那么每一桩案件的大幕都由人而起，由人而落。而且，侦探小说中，往往能够在并不太长的篇幅中尽可能复杂地写人大量的人物，各色人等在既定有限的时空内进行了最大限度的活动。《血字的研究》是福尔摩斯探案故事中的一篇著名小说，这部小说中不包括有具体描写而没有具体姓名的，仅有名字的人物就多达50人，仅仅从出场人物之多这一现象来看，远比一般篇幅小说中出现的人物要繁杂得多。如果我们说侦探小说突出了"现实地生活着的人"这一符合历史主题，符合文学即人学这样的命题，是十分确切的。但是，侦探小说文本中所有涉及的人以及活动着的人的行为意义，却是与一般文学作品有较大差别的。这种差别就是现在小说文本中人物描写的指向上。人们通常接触到的非侦探小说的文本，即使是武侠小说这样的文本，在表现人的本质层面的角度上多是双向，"历来一切伟大的文学作品，也的确都是以赞美和歌颂好人好事，鞭挞和斥责坏人坏事为其职责的"[①]，正像高耐依所说："好人虽然遭到不幸，大家是爱他的，同情他的；坏人虽然得志，大家一定是恨他的，讨厌他的。"[②]从上述的观点，我们可以知道，在一般的或伟大的文学文本中，都会出现两个角度，即一个是褒美向善，一个是贬丑厌恶的，这确实是具有普遍性的解释。但这种情况在侦探小说中却并不十分明显。在侦探小说中，遭到不幸的人与其人的道德、品行往往没有太多的关系，也即之所谓好，不一定能得到人们的同情或爱；而坏人也不一定就得志。实际上，侦探小说中大多数所谓的坏人不仅不可能得志，甚至往往丧志、丧命。侦探小说的创作中有一个特别能够震撼人心灵的写作视角，那就是对人性中的一个核心问题"人性恶"予以真实、生动地揭示，也就是说，侦探、推理小说乃至中国古代的公案小说中，都描写了人的丑的、恶的一面的。在《七亩肥田》[③]中，曾经手足情深的两兄弟为了家中的七亩田各不相让，兄弟反目，最后对簿公堂；《御群凶顿遭惨变，动公愤始雪奇冤》[④]中的婆婆汪妇竟然与一帮流氓恶少合谋要强奸自己的儿媳妇。

在迄今我们所见到的侦探小说、推理小说及其中国本土的"公案小说"等同类的小说文本中，几乎每一个文本都无一例外地展示了人性丑的一面。不只是丑陋，还有罪恶的一面。甚至可以这么说，任何一部侦探小说文本，往往都是某

---

① 钱谷融.论"文学是人学".北京：人民出版社，1981：p5

② 同上，p5

③ 刘世德，竺青.古代短篇公案小说选.清代白话卷.中册.北京：群众出版社，2001

④ 同上

个或N个罪犯具体犯罪经历的罪行记录史。对侦探小说的文本，是完全可以从刑事犯罪学的角度来加以解读的。曹正文主编的《世界侦探推理小说大观》中共收录了395部作品，除自杀之外，竟有259部之多的小说涉及的犯罪是“谋杀罪”，占其作品总数的三分之一左右。“谋杀罪”无论在什么社会，特别是在现代社会，都是多种刑事犯罪中性质最为恶劣的一种。以曹正文主编的《世界侦探推理小说大观》为例，我们对各类侦探小说文本做一个粗略的统计，便可以发现各类侦探小说文本所涉及的犯罪中，几乎遍及了今天律法中所规定的所有重罪罪种。在《世界侦探推理小说大观》中占文本总数三分之一的“谋杀罪”中几乎将现有律法中的所有各类杀人犯罪全部囊括，此外还涉及恫吓、强奸、绑架、诈骗、间谍、盗窃等各类不同类型的犯罪。有些小说文本中，尤其是当代的侦探小说中，涉及的犯罪还不仅仅是一个罪行，而是涉及多个罪行犯罪的“案中案”。《女人的烈焰》(高木彬光)里的潮田典子设计了一个又一个的杀人案件，如《奇异的印章》中就涉及纵火罪、盗窃罪和杀人罪；《妇产科的阴影》涉及强奸、交通肇事、敲诈和谋杀罪等等。从侦探小说所涉及的犯罪来看，有两大特点：一是手段多“特别残忍”[①]；二是侵权、侵财犯罪居多。以“杀人罪”为例，在众多的侦探小说文本中，多数涉及“杀人罪”的往往是以“特别残忍”的手段造成严重恶劣的后果的。如在《凶暴》中充满野性和血腥进行报复的衣川恭介一人就先后杀了有名有姓的就有十几人，加上没有姓名的警察、猎人等等多达二三十人，这样还不算完，他还暗暗发誓要继续向5个未死的舟桥一伙报仇。他“独自闯入品川精化经理岛津的山庄，击穿了对方的腹部，又当着岛津的面强奸了他的妻子。他发泄完愤怒的火焰，一阵扫射后才驾车离去。”[②]在小说中，衣川恭介完全变成了一个最后连自己都搞不清楚到底杀了多少人的杀人不眨眼的魔鬼。此外，在杀人犯罪的故事文本中，90%以上是以侵权、侵财为其犯罪动机或目的的。其中有为占有感情(情杀)杀人的；有为谋取权利杀人的；更多的还是“谋财害命”。在以非法侵占他人财产这一性质的杀人犯罪行为中，小说直接涉及到的还不仅是金钱，还有大量的遗产、字画、文物等等；在非法谋取遗产这一类性质的犯罪中，又涉及房产、地产等等。总之，大量侦探小说的文本所反映的内容，足以从事实上揭示“人性恶”这样的问题。让人们从小说文本的解读中自然地发现一个人们似乎不愿正视的但又确实存在的令人感到震惊的问题，即作为“现实地生活着的人”，无论古今中外，人类似乎都有一个共同的遗传基因，这就是“恶”本性。同人类基因实验研究

---

① 《中华人民共和国刑法》第四节第二百三十四条，1997修订

② 曹正文.世界侦探推理小说大观.上海：上海辞书出版社，1995：p371

一样，侦探小说的文本正是用文学的手法，而不是科学的手法，对揭示人类精神内核基因链中的一个遗传性的图谱——恶本性的图谱进行了真实生动的描绘。

曾经有个说法是，每个人心中都住着一个土匪。你看《乱世佳人》里那个楚楚可人的郝思嘉小姐，也曾跪在故乡的大树下发毒誓，让上帝见证她有朝一日可能变成“土匪”——即使杀人，也绝不让自己的家人挨饿。

对于人性中的“恶本性”，古代中国的哲人荀子和西方的基督教学说，都认为是与生俱来的。或谓之“原罪”，或谓之“天生”。《圣经》上说：那受十分之一的利未，也是借着亚伯拉罕纳了十分之一。因为麦基洗德迎接亚伯拉罕的时候，利未已经在他先祖的身中（“身”原文作“腰”——《希伯来书》第 7 章第 9～10 节，作者注）。按照《圣经》的说法，当亚当犯罪的时候，全人类都与他一同犯罪，死亡也入了世界，因为罪的结局就是死亡。每一个人都有罪，都是罪人，即使是怀在母腹之中未出生的胎儿，都是有罪的。我们每一个人承受了从父母而来的生命，也承受了与生俱来的罪性，这就是人们常说的“原罪”。中国古代哲人也看到了相同的问题。“人之性，恶；其善者，伪也。”（《荀子·性恶》）；“君子小人一也。好荣恶辱，好利恶害，是君子小人之所同也。人之生固小人，无师无法则唯利之见耳。尧禹者，非生而具者也，夫起于变故，成乎修为，待尽而后备者也。”（《荀子·荣辱》）荀子认为人性只限于食色、喜怒、好恶、利欲等情绪欲望，不论“君子”“小人”都一样。所以荀子说：“人之生也固小人。”“人之生也固小人”就叫做“性恶”。他还说：“今人之性，生而有好利焉，顺是，故争生而辞让亡焉。生而有疾恶焉，顺是，故残贼生而忠信亡焉。生而有耳目之欲，有好声色焉，顺是故淫乱生而礼义文理亡焉。”（《荀子·性恶》）意思是说，本性的发展必然发生“争夺”、“残贼”、“淫乱”等现象，足以证明本性是恶的。性恶之恶就其本义而言，是指人类作为一种生物，所本来具有的生存本能。是生物就要生存，就一定要求生。既然一定要求生，也就没有必要否定它，回避它。韩非对人性恶的观点比荀子更加鲜明。《韩非子·奸劫弑臣》说：“夫安利者就之，危害者去之，此人之情也。”《韩非子·外储说左上》说：“人为婴儿也，父母养之简，子长而怨。子盛壮成人，其供养薄，父母怒而诮之。子、父，至亲也，而或谯或怨者，皆挟相为而不周于为己也。”《韩非子·备内》说：“医善吮人之伤，含人之血，非骨肉之亲也，利所加也。故舆人成舆，则欲人之富贵；匠人成棺，则欲人之夭死也。非舆人仁而匠人贼也，人不贵则舆不售，人不死则棺不买。情非憎人也，利在人之死也。”既然人性本恶，那么就只有接受其恶的本性，惟其如此，才合乎天意。如果说荀子的观点有先验的、唯心主义成分的话，那么，现代犯罪学理论是如何来认识这样的问题的呢？

西方马克思主义哲学研究学者在研究人的问题时发现了马克思与许多当代

的社会学家和心理学家不一样的地方在于马克思把“人作为人是一个可认识、可以确定的实体；人不仅能够按照生物学、解剖学和生理学来加以规定，而且能够按照心理学来加以规定”①作为认识人本性的出发点的。也就是说，我们在剖析人本性的问题上可以从若干不同学科视角进行研究。如果从现代犯罪学角度来看的话，那么，我们就一样可以发现人类的犯罪是不可避免的。人类社会的犯罪现象及犯罪行为只能够防范，而不可能被杜绝。这一点已成为现代警察职业内人们的共识。那么，也就是说，人类的犯罪是必然的。从人类犯罪的心理机制来看，“正常人与犯罪者都存在着侵犯他人利益以满足自己欲望的犯罪倾向。只要情境诱惑力达到一定的强度，‘好人’也会犯罪。”②日本学者平尾靖说得更加明确，他在《违法犯罪的心理》中说道：“在任何优秀的人物中，都存在着犯罪的倾向。某人变成犯罪者时的过程的性质，与没有越轨的个人进行正直行为时的过程的性质基本上是相同的。”在侦探小说的文本中，我们可以看到许多在一般社会价值体系中应该被作为所谓“好人”的人犯罪。这些人中有律师辛普森（克里斯蒂《胖厨娘神秘失踪案》）；有皇家军官希尔纳上校（克里斯蒂《神秘的西塔福特》）；有法官沃格雷夫（克里斯蒂《孤岛奇案》）；有受人尊敬的科学家奥尼维太太（克里斯蒂《四巨头》）；有医生雪柏（克里斯蒂《迷雾》）；有伯爵西尔维亚斯（柯南道尔《王冠宝石案》）；有传教士施莱辛格（柯南道尔《弗朗西斯·卡法克斯女士的失踪》）；有教授莫里亚蒂（柯南道尔《最后一案》）；有国会议员中谷（森村诚一《“蔷薇蕾”的凋谢》）；有政治家官房长官平木（西村寿行《荡魂》）；国务大臣羽岛（西村京太郎《致命阴影》），等等，在众多有身份、有名望、有地位的人身上，似乎根本看不到一点善的地方。人不论其贵贱贫富，好像都生来是追恶逐臭的苍蝇。这一点与非侦探小说是有不同的。在非侦探小说中，往往注重把一个人的性格变化过程交代清楚，即好人是如何一点一点变坏的，或坏人是如何一点点变好的。在非侦探小说中，对人的描写，实质上就是人物性格演绎的描写，更多的是告诉人们社会外在的因素对人性的影响。如在《红与黑》写于连如何演变；《水浒》中的108将们是如何“官逼民反”，最后又被迫招安；……等等。而在侦探小说中，几乎不写人是如何变恶的。公案小说中，就有不少就直接写市井流氓、地痞无赖们如何作恶。如《醉醒后》第九回“逞小忿毒谋双命，思淫占祸起一时”中写的是一个京师里的“讹棍”：“这人姓王，排行第四，越中人，流寓京师，人叫他小王四。他生来有一种羊肠大行的心术，假做出一种洞庭溟渤的襟怀。上交的是一

---

① 陈学明. 二十世纪哲学经典文本. 西方马克思主义卷. 上海：复旦大学出版社，1999：p332

② 罗大华. 犯罪心理学. 北京：中国政法大学出版社，1999：p94

辈权势监厂内官毛实，生事府卫勋戚管家，中间有一辈紧要衙门胥吏番旗，下至一干打得起、枷得起、会捕风、会捉影、泼皮无赖。故凡遇有些痕迹的，这不消说是他口中食了。买休，则捱身打合；不买休，便首的首、证的证，不破家丧身不歇。甚至安分富民，又会借事飞扎。——便有几个有风力的城上御史，拿他不倒。”① 又有《二刻拍案惊奇》卷中“赵五能合计挑家衅，莫大郎立地散神奸”，写的是一个犯罪团伙：“在城有一伙破落户，管闲事、吃闲饭的没头鬼光棍，共是十来个，专一捕风捉影，寻人家闲头脑，挑弄是非，扛帮生事。”②在西方侦探小说中，一般对犯罪恶人的背景都不加交代，让人感觉故事中人物就好像是直接奔恶而来。如《红发人》(保尔·密切尔)中的杀人凶手竟然是受害人之一露易丝小姐的异父哥哥梅里狄茨·洛斯。这个洛斯在小说中没有作任何介绍，人们既不知道他的职业，也不知道他的生活背景，总之，这个凶手的一切都不用介绍，他的存在以及若干年后的出现似乎都是为了犯罪，他的存在就成了一个罪恶的存在。这样的情况在西方侦探小说中可以说是屡见不鲜的。侦探小说中的恶人似乎都因犯罪而生，奔犯罪而来，其犯罪又都既成事实，很少有未遂的。人类本性之恶在侦探小说中成了一种必然。

侦探小说中呈现的名目繁多的犯罪事实，决不是展览残忍和血腥，而是通过揭示“人性恶”的一面，成为人们对人类本身的一种浮世观察，从而具有人类自我反省和自我控诉的社会价值。

第二节 “恶”的多角度扩张

恩格斯说过：“恶是历史发展的动力借以表现出来的形式。这里有双重意思，一方面，每一种新的发展进步都必然表现为对某一神圣事物的亵渎，表现为对陈旧的、日渐衰亡的、但为习惯所崇奉的秩序的叛逆。另一方面，自从阶级对立产生以来，正是人的恶劣的情欲——贪欲和权势欲成了历史发展的杠杆，关于这方面，例如封建社会和资产阶级的历史就是一个独一无二的持续不断的证明”。③ 侦探小说从主题内容来说，是对犯罪行为的文学描写，本质上也就是对人类的一种非正常行为的描写。“文学是人学”，人是什么？意大利哲学家葛兰西早在上世纪初就对此发出了哲学的追问，他说：“人是一个过程，更准确地说，

① 刘世德，竺青. 古代短篇公案小说选. 清代白话卷. 北京：群众出版社，2001：p35

② 同上，p1061

③ 马克思恩格斯选集. 第四卷. 济南：山东人民出版社，1976：p233

人是他的活动的过程。”[①]这种活动的源泉是下面这种个人的意识:“这种个人意识着、希望着、仰慕着、创造着(在他确实认识、希望、仰慕、创造等等的范围内而言),而且把他自己看成不是孤立的,而是充满着由他个人和由物的世界供给他的可能性的,而他对此是不能不具有某种认识的。”[②]人在“由他人和由物的无限提供的可能性”中将必然地应该认识到,人是“一个猎人、渔夫或者是牧人,或者是一个批判的批判者,只要他不想失去生活资料,他就始终应该是这样的人。”[③]也就是说,人要保有他自己的生活资料,“必须努力地追求”“自我实现”(黑格尔),人就“不是他应当成为的那个样子,而是他应当成为他可能成为的那个样子”[④],也即成了一个“异化”了的人。黑格尔认为,人的历史同时也就是人的异化的历史(弗洛姆语)。在异化的世界里,“每个人都力图创造出一种支配其他人的、异己的本质力量,以便从这里面找到自己本身的利己需要的满足。因此,随着对象的量的增长,压制人的异己本质的王国也在扩张,而每一个新的产品都是产生相互欺骗和相互掠夺的新的潜在力量。”[⑤]在侦探小说中,我们确实可以看到,“产品和需要的范围的扩大,成为对不近人情、过于讲究的、违反自然的、想入非非的欲望的精心安排和总是考虑周到的迎合”[⑥]。在侦探小说的犯罪描写中,我们看到罪犯全都“渴望占有和使用新的物”,他们都是“被用以满足自己的综合需要的物所束缚和弄得虚弱的消费者”[⑦],但是,他们又往往都是要风得风,要雨得雨,要犯罪就能够实施犯罪的,说他们都是犯罪的成功者一点也不为过,他们在异化于社会价值和人类共同道德的犯罪活动中,企图去把握世界,从而使世界成为他自己的世界。把想要自我实现的内容“从可能实现的黑夜过渡到现实性的白昼”(黑格尔),这时,一切价值就遭到了贬低:“人只知道一种使他自己与外部世界发生关系的方式,这就是占有和消耗(使用)外部世界。”[⑧]。侦探小说对主题的描述,使我们看到了“占有和消耗”的种种恶行劣迹。人的恶的本性在一

---

① 葛兰西.狱中札记.人是什么.吴晓明主编.二十世纪哲学经典文本.上海:复旦大学出版社,1999:p94

② 同上,p98

③ 马克思,恩格斯.德意志意识观点.马克思恩格斯全集.第3卷.北京:人民出版社,1960:p37

④ 弗洛姆.马克思关于人的概念.陈学明主编.二十世纪哲学经典文本.西方马克思主义卷.上海:复旦大学出版社,1999:p351

⑤ 同上,p357

⑥ 同上

⑦ 同上

⑧ 弗洛姆.马克思关于人的概念.陈学明主编.二十世纪哲学经典文本.西方马克思主义卷.上海:复旦大学出版社,1999:p358

定的社会条件作用下得以充分地扩张。

一、利欲熏心，图财害命

在众多的侦探小说，推理小说，以及公案小说中，以侵占他人财产为目的的犯罪占了相当的数量。在曹正文主编的《世界侦探推理小说大观》中收录的395个侦探推理小说中，涉及非法侵财的命案竟达111件之多。中国明清以来出现的“公案”侦探小说中，涉及侵财的命案也不在少数。在侦探小说中，为什么会有这么多的作家及其作品都不约而同地将笔墨较为集中地去描写侵财命案呢？这固然是社会生活的反映，但是否也是人性的最基本恶的反映呢？犯罪心理学的理论告诉我们，在犯罪心理的机制构成方面，人的求生存的欲望是一种具有原动力性质的犯罪心理，这种生存需要的欲望，就是利欲心，是使人犯罪的一种内驱力。美国犯罪心理学家希利认为：“正常的欲求不会导致人的犯罪，只有在正常欲求受到妨碍时，谋求不正当的补偿性满足的行为就成为犯罪行为”；研究少年犯罪行为的美国女学者布朗西在多年研究青少年犯罪的基础上，提出自己的观点，她认为犯罪来源于“不能满足的愿望和欲求”，“这种不能满足的愿望和欲求包括：在家庭或其他社会关系中的安全感，完成自我的满足，从家庭的束缚中解放出来，占有财产的欲求等”①。还有的犯罪学家认为，“人之所以产生犯罪心理是由于人的侵犯性本能突出发展之故”，“人的这种侵犯本能，在社会的约束和监督之下，是处于隐蔽状态的，但在发怒与激烈斗争时，就会不自觉地流露出来。”②可见，在一些犯罪心理学研究者来看，犯罪是一种趋利性的本质行为。

人类对财富和物质的奢求似乎是与生俱来的。正如马克思在《关于费尔巴哈的提纲》中指出的那样，人最强烈的心理动机是获取金钱和享受。从这里，我们似乎可以区分出“纯物质的”和“物质和精神的”两个方面是人类行为体制构成中的两大强烈动机。侦探小说中大量的侵财型命案正是在人类的强烈的“物质的”动机驱使下表现出的“物欲型”非正常的行为结果，这种物欲型的非正常行为，以非法侵占他人财物为目的，就成为“物欲型犯罪”。

“物欲型”犯罪，无论是当代社会，还是人类历史发展的其他阶段，无论是在发达的资本主义国家，还是在经济落后的国家，都“始终是刑事案件中主要的罪

① 罗大华. 犯罪心理学. 北京：中国政法大学出版社，1999：p73

② 同上，p72-73

种之一，同样，在我国历年的刑事案件的统计中，也处在第一位。”[①]日本犯罪学家吉益脩夫(1899—1974)在对383名罪犯分析研究的基础上提出的“犯罪生活曲线理论”中指出，罪犯犯罪有四个方向，其中，单一方向(反复进行同一犯罪)具有持续性，而持续性单方向的犯罪中，财产犯居多，这与我们在小说文本中看到的物欲型犯罪情况相吻合。所谓物欲型犯罪是指犯罪的目的指向为纯粹的一些物质性需要，即满足衣、食、住、行等方面的物质需要，提高个人消费的水平，或者纯粹地为了聚敛财富，不择手段，图财害命，丧尽天良。

克里斯蒂的著名侦探小说《尼罗河上的惨案》演绎的就是谋财害命完整的犯罪计划是如何被实施的。西蒙和杰奎琳这一对恋人，为了满足他们生活、生存的欲望，精心谋划了一套完整的谋取他人钱财的计划。西蒙与杰奎琳两人串通好，先让西蒙同杰奎琳的好友、继承了万贯家财的富姐林内特结婚，然后设计在西蒙和林内特蜜月之行的尼罗河旅游的船上将林内特杀掉，使西蒙顺理成章地成为林内特万贯家财的继承人。西蒙和杰奎琳在实施他们的犯罪行为时，可谓是不择手段的。西蒙先套取林内特的信任和爱情，这是第一步；在尼罗河上度蜜月时，企图放眼镜蛇谋杀林内特，这是第二步；谋杀不成，西蒙直接行刺，这是第三步；为了掩盖杀人的犯罪行动，又不惜连杀女仆露易斯和饶舌的女作家奥特伯恩太太以灭口，这是第四步；在罪行败落后，杰奎琳杀了西蒙后又自毙，这是第五步。在这个命案的整个犯罪过程中，人的道德的沦丧到极点，西蒙、杰琳奎为了图财，而后自保，他们侵占他人的财产是以剥夺他人的生命为目的的，冷血残忍，竟达到了疯狂的地步，是极其典型的“物欲型”犯罪。

中国读者所熟悉的大部分侦探小说作家的作品中也都有对侵财性质的“物欲型”犯罪过程的描写。在英国作家作品中，《月亮宝石》(威廉·威尔基·苛林基)围绕举世闻名的“宝石”展开了错综复杂的抢宝、盗宝、守宝的追杀争斗；《空屋》(柯南道尔)里的莫兰上校以赌设局骗钱为生，也为骗钱获利而杀人；《死的怀念》(克里斯蒂)中，露克茜·维克托母子为了夺取亲侄女罗斯、玛丽姐妹的巨额财产，毒死了亲侄女罗斯、玛丽；《命案目睹记》(克里斯蒂)里的医生坤坡觊觎爱玛小姐的财产，先杀了自己的妻子安娜·斯绰文斯卡，又相继谋杀了阿佛利·哈牙德等爱玛家族的其他继承人。

在法国作家作品中，《折光暗语》(莫里斯·勒布朗)，让我们看到一个有身份、有地位、有金钱的金融家雷普斯坦男爵为了几百万法郎是如何杀害妻子和自己的秘书兼管家的；《结婚戒指》(莫里斯·勒布朗)表面上演绎的是一桩抢夺孩

---

① 罗大华.犯罪心理学.北京：中国政法大学出版社，1999：p168

子抚养权的离婚案件，实际上是道里尼公爵对儿子将具有的遗产继承权的谋图；《亚森·罗宾大战福尔摩斯》(勒布朗)是一部很有意思的小说，法国私人大侦探罗宾竟然与英国小说中的比利时大侦探福尔摩斯两个人为了100万法郎的彩票及以后的价值35万法郎的蓝钻石斗智斗勇。

在美国作家作品中，《希腊棺材之谜》(艾勒里·奎恩)中的副检察长佩柏为了百万元价值的一幅名画先盗窃后杀人；《古宝迷踪》(罗伯特·费希)围绕世界著名的文物珍宝“士利曼收藏”的下落得失，几经辗转，涉及的人物遍及整个欧洲。其中，苏联红军军官，纳粹党卫军以及一般平民和学者等都在这批价值连城的宝物面前各有表现，充满了欺骗、狡诈和凶残；《女警员孤身探秘》(爱德华.D.霍克)描写女警探劳拉卧底了解到“海上毒窟”利用年轻美貌的女人设局赌博又杀人谋财的案件真相；《蝙蝠之女》(保罗·安斯脱)写的是一个富翁弗莱第如何男装女声，头戴面具伪装自己，把自己的前妻们一个一个地杀害以追回死者从他那里分去的钱财。

在中国作家作品中，《舞后的归宿》(程小青)写的是李其范为了跳舞王后王丽兰的家产和儿子的婚约杀了自己的亲侄女的故事，开头一段写得很有意思：在霍桑和包朗的眼中，上海是一个利欲横流的罪恶都市。在这个五色炫目的都市社会中，人们在金钱的诱惑下，变成残忍无情的罪犯，或者变成犯罪罪行的牺牲品。跳舞王后王丽兰是这样，《白衣怪》(程小青)里的裘日升兄弟以及他们的叔叔也是这样。程小青让裘日升兄弟与他们的叔叔之间为了金钱进而产生的谋杀；《裹棉刀》也是程小青的作品，写的是丈夫包养了外室，入不敷出杀妻图财的故事。

“公案小说”应该讲是中国本土最早的侦探小说，公案小说故事文本中也有很多是以“物欲型”犯罪为主要内容的。

在刘世德和竺青主编的《古代短篇公案小说选》中就有大量的“物欲型”犯罪的“公案小说”：一个一贯专门诈人钱财、害人性命被百姓称作张一索的东厂刽子手不仅对百姓敲诈勒索，就是“各衙门衙役遇着公事，都要使费与他”(《张一索恶根果报》)，诸如此类，不一而足。

日本一些著名的侦探推理作家的作品中也都表现出他们对“物欲型”犯罪有所关注。《凶器》(江户川乱步)主要描写美丽漂亮的美弥子与青木这对狗男女为得到美弥子丈夫佐藤的财产而先行苦肉计，又刺杀佐藤的故事；《迷宫之门》(横沟正史)描写了一个家族成员内部为了争夺遗产的继承权而展开的血腥杀戮。《买盆栽的女人》(松本清张)中的主人公樽江是个将金钱视为人生唯一的女人，她在同事中放贷收利，为8 000万日元杀了姘头衫浦；《特大珠宝案》(西村京太郎)是用珠宝失窃来套取巨额保险的案子;《恐怖的幻谷》(森村诚一)由亿万富翁椎名的财产引发出了一系列扑朔迷离的命案;《化石的荒野》(西村寿行)里一群军人、美国联邦调查局雇员以及黑社会成员们为寻找5吨黄金而发生错综复杂的谋杀;《孤独的旅馆女主人》(赤川次郎)描写因盗窃银行的钱财而产生杀人的案件。

此外,在其他一些国家的作品中,还能看到诸如《罚球区谋杀案》(捷克瓦茨拉夫·海尔普列特),《一起特大要案的侦察始末》(前苏联阿·别祖格洛夫),《答案只有风知道》(奥地利约马·西梅尔),《梅格雷的烟斗》(比利时乔治·西默农),《反锁的房间》(瑞典佩尔·瓦廖迈高娃)等作品,都十分突出地反映了人在物质利益的驱使下,六亲不认,手足、父兄、情侣、夫妻等等正常人伦道德全都为追铜逐臭的恶本性所替代,让人们看到的是在物质社会中血淋淋的一幕幕残忍的景象,暴露了人如自然界动物一样的恶本质。在侦探小说中,人类强烈的"物质欲"拥有的渴望是表现在社会生活的各个方面的。

(一) 对遗产的追求

纵观各不同国家不同侦探小说作者的文本,会发现一个问题,欧美及日本作家作品中对因为遗产导致的纷争杀戮明显地要多于一般东方国家。在中国,朝鲜等国家作品中,作家似乎对遗产夺命案涉及较少,这是一个有趣的现象。"遗产"问题其实就是财产的问题,这是既古老又现代的问题。对"遗产"的争夺,就是对财产的争夺。但它与人们彼此争权夺利的一般行为又有不同。现实中,人们争权夺利往往着眼于未来的权利可能给人带来的"期值",或者说是利益的"期货",而"遗产"是眼前既有的,是"现货",一旦拥有,便能一夜暴富。而且,即使是已经很富有,生活已很富足的人,也很少有人能放弃对遗产的追逐,这在某种程度上反映出人的现实性的生存特点。人是在现实社会的活动中谋求生存和发展的。而对"遗产"的追求,又反映出人不劳而获、坐享其成的贪婪。如《庄宅鬼影》(美国维多利亚·霍尔特)写的是发生在古堡科尔克蓝德王室府邸里的凶案。王府的家庭医生史密斯一直认为王室遗产古堡和世袭的爵位应归自己所有,故而杀了王室继承人加百列,谋图爵位和古宅;《黑色美洲豹》(柯南道尔)中的艾华本来已经十分富有,有自己的庄园,还有许多珍贵的南美标本和动物,但是,他为了能够成为富甲一方的大富翁萧爵爷的第一继承人,就设计想要将有求于他的表弟马绍杀了。

(二) 对保险金的算计

显然,这类凶杀案发生在较发达的国家。它是以谋取保险受益人的间接地位达到直接得到保险金继承权为目的的,或者说,它是以非法剥夺保金受益人的权利而达到自己获益的目的的一种犯罪。侦探小说中这类犯罪人物多产生于最亲近的人们中间。《亡灵出没的古城》(美国迪克逊·卡)围绕3.5万英镑的生命保险金,家族内出现了毒杀,保险公司调查员查普曼为了获得一半的保险金设计用瓦斯毒气先后杀死自己的两个亲叔叔;西班牙作家卡梅洛·巴拉提那斯的《大脑里的档案》是一部很有意义的作品,这个作品里出现的一种生命保险很特别,一般仅限于夫妇之间签订的这种保险却让一些生意伙伴、合作人也很青睐,因为这种保险的夫妻双方各享有一半的保金,即一方死去,幸存者可得到一半保险金或财产,而另一半则归死者继承人所有。圣·塞布瑞安医院的正、副院长之间就签订了这样的一张保单。为了这张保单中整个医院的财产和与之对等的现金,院长梅纳夫妇杀了副院长奥列瓦;《纽》(日本松本清张)描写了这样的一个故事,一个叫梅田安友郎的人在东京做非法的麻药生意,因上当受骗,钱财一空,遂欲自杀。由于法律中规定自杀不能获取保险金,为了让自己亲人能得到他生前在保险公司投保的1 500万日元生命保险金,他要自己的妻子梅田静子来杀他以造成他杀的事实。梅田静子为了这1 500万日元生命保险金,竟然就故意将丈夫勒死。这是一桩读来令人震惊的事,在金钱面前,道德、法律、亲情、伦理,一切都变得那么苍白无力,生命无以抵御金钱的诱惑:人一旦为金钱所主宰,再严密的法律制度也会被钻空子。

(三) 对有价证券的非法侵占

对股票、债券的非法侵占是对金钱占有的高级形式,本质上虽然都是金钱,但股票和债券与现金往往不等值,随价格波动,价值会发生较大变化,而且它的变现能力比黄金或其他物品要强。从某种意义上说,占有股票和债券,就是占有有价证券的变现能力和未来股票权益。因此,能够在这一领域实施侵财犯罪的更多的是智力型犯罪的一些人物。西村京太郎的《危险的拨号盘》告诉人们这样的一件事情:三田村石油公司的营业部长高见泽通过与太阳石油公司勾结,买进了本公司超过20%的股票,企图与太阳石油公司管理的股票合在一起,变成公司的大股东来操纵股东大会,达到最终将三田村经理赶走以独霸公司的目的。这是现代社会中争权夺利的新的形式,它是通过获取超半数的股权从而获得公司事务的绝对话语霸权,操纵股东大会,最终达到控制公司经营权的目的;乔纳森·拉苇默的《谁是杀妻者》中的鲍鲁斯顿是证券公司经理韦斯特兰德的合伙人,又是韦斯特兰德未婚妻艾米莉——自己真正的妻子的股票委托人,他杀了艾米莉,不仅可以掩盖自己用不值分文的被盗股票调换公司60万股票的罪行,而且还可以继承一大笔财产;《山之内家的惨案》(日本木会山良昭)描写的是山之内家族为了家族公司的70%的股份展开的谋杀。山之内观光开发公司孔长清彦的妻子佐知子是清彦叔侄二人共同的女人，佐知子玩弄手段，先让叔叔达彦杀了亲侄子清彦，为了达到与堂兄贞男结婚的目的她又伙同贞男杀了自己丈夫的叔叔达彦，意欲谋取家族企业70%的股份。在这个家族内部被颠倒了人伦的男女关系上，人们看到了人在财富面前丧失了人的起码的行为准则，财富具有可以使人打乱一切正常的社会伦理秩序的巨大的诱惑力，财富似乎成为破坏、颠覆常规的潜在的恶魔，其实，财富本身并没有善恶，侦探小说中出现大量的人对财富病态式的追求，反映的不是财富本身的恶，恰恰正是人的丑陋和渺小。

（四）对文物艺术品的掠夺

文物艺术品在正常的情况下，一般是有价而又无价的，因为它们往往反映了一个国家和民族在人类历史上的连续，是传承历史和文化的象征，一旦遭到毁弃，将会造成一个国家和民族在人类历史文化链中不可弥补的空白，因此说，文物的真正价值是不能完全准确地被估量的。说文物有价，是指文物的市场价格。文物市场价格的高低并不足以真实地反映其文化的价值，但是，正因其价格的现实性存在，历来都会诱使一些并不真正热爱艺术、热爱文化的人们去抢掠、拼杀。盗窃艺术品目前已经成为全球主要的犯罪活动之一。在美国联邦调查局FBI公布的全球“十大艺术品被盗案”中，这些艺术品价值总计6亿美元，其中包括达·芬奇、伦勃朗、蒙克、凡高等艺术大师的传世之作。公布这份被盗艺术品清单是为了寻求公众帮助破案，并抑制每年交易额达到约60亿美元的黑市交易。人们也可以看到，在任何一场战争中，人间败类们从来都没有放弃过对文物——这种人类文化的共同遗产的掠夺。第一次世界大战时，英国人对俄国、西班牙王宫进行了强盗般的洗劫；第二次鸦片战争中八国联军对圆明园的毁灭性洗劫；第二次世界大战中，德国人对英、法两国历史文物的洗劫，以及前苏联对德国文物的洗劫；就在本世纪初美、英对伊拉克的海湾战争中，伊拉克博物馆珍贵的馆藏文物也出现了大量失盗的事件，据新华网2010年3月11日报道：

上万件伊拉克文物价值，无法估算，被盗时间：2003年3、4月间，地点：巴格达。在2003年3～4月间，数以万计的伊拉克文化和历史珍宝被疯狂的暴民们洗掠一空。其中最惨重的损失无疑是伊拉克国家博物馆的上万件珍贵文物，它们是美索不达米亚文化的记录，至今追回来的不到4 000件。比如名为“Warka之头”的大理石雕塑，就是一名伊拉克闪族妇女的头部还原雕塑。历史专家认为艺术品的流失是全人类的损失。文化宝藏惨被践踏，伊拉克国家博物馆被视为世界文化宝库之一，始建于20世纪20年代，其藏品涵盖了两河流域从新石器时代，到苏美尔城邦、巴比伦帝国、亚述帝国，直至现代阿拉伯等各时期的珍贵文物，被联合国教科文组织列为世界第11大博物馆。

可见,在对文物——这种人类文化的共同遗产的掠夺中,反映出大至国家,小至个人,文物的“掠食者”们都更看重文物在现实社会中的价值,只不过这一点在具体个人身上反映得更直接,更赤裸裸罢了。《从海上漂来的木乃伊》(美国爱德华.D.霍克)描写的是因文物而带来的一场兄弟间的谋杀。在秘鲁,哥伦布航海时期以前的艺术品是禁止买卖的,巴西人塞吉尔却一直通过走私倒卖秘鲁文物牟利,在一次走私16件文物的大宗买卖中,塞吉尔的弟弟卢尔兹欲将16件文物占为己有,便杀了哥哥塞吉尔。手足之情在利欲之下堕落得是多么的低贱、一文不值!《深夜,艺术馆》(日本五木宽之)是一部令人感慨的作品。朝鲜人敏雄有志要把日本掠夺朝鲜的文物写成一本册子,结果被古董收藏家云井派人用车撞死了,敏雄的日本妻子志津江为了完成丈夫的遗愿,卖身寻找杀夫凶手,意欲揭开古董收藏家云井侵略者的真面目,自己也为此付出了巨大的代价。读来让人不禁击节,慨而叹之。《荡魂》(西村寿行)中的官房长官平木在二战中盗窃了大批的印度尼西亚博物馆文物,为了掩盖犯罪事实,不惜杀了一个又一个的知情者。

(五) 对宝藏的偏执搜寻

冒险探奇这类“寻觅”性质的小说命题是西方文化,也是西方文学的一个传统主题。尤其在科幻小说中表现的人类对世界未来的探求,是人类进取精神的反映。侦探小说中也有“寻觅”的命题,但却反映了人类对金钱和财宝的贪婪,让人们看到的是在发财欲、暴富心的驱使下人对拥有巨大财富的渴望,是“人为财死,鸟为食亡”生态下的众生丑态。西村寿行写的《化石的荒野》,上自国家,下至黑社会成员,从国内到国外,各色人等都在寻寻觅觅。起因是二战时,日本战败前夕,日军一架装载了五吨黄金的飞机在紧急着陆后,机上的5名飞行员及黄金便失去了下落。日本政府以及当时驻日美军都派出力量,数日搜寻无果,只好放弃。此后,熟知此事的三名日本军官秘密商议,私下联手寻找,并请来了美国人吉姆斯——当年美国黄金搜索特遣队的指挥官担任顾问帮助指导搜寻。找寻黄金前后历时十几年,仍无进展。这时候,三个日本军官的地下搜寻联盟发生了分化,一个已升任日本自卫队第一空降团长,有了实力就另立门户自开地盘,利用自己的军队继续搜寻;另一个人供职于美国联邦调查局的儿子利用其父亲的关系把第三个人赶出联盟后,自己也另立山头,雇用了一批黑社会分子与父辈们分庭抗礼,争相搜寻当年的黄金。这个故事虽没有结果,但几代人历经几十年,上自政府、国家、军队、将军,下至平民、黑社会成员,都孜孜以求,锲而不舍,不可谓不执著。在这样的执著中,看不到公德心、良心、正义,有的只是对财富的偏执性的追求。《偷宝石的猫》(克里斯蒂)围绕价值 75 万英镑的宝石展开了惊心动魄的追杀寻觅。宝石的拥有者——一个中东国家的阿里王子在国家政变后因飞机失事丧命，政变者即开始了一场大规模的追宝行动。从国内追到国外，在宝石保管人女学生珍妮弗的身边，从学生到教职工，从学校到社会，绑架、杀人，案发连连、妖风四起，竟然把英国的一所著名的女子学校弄得到了面临解散的境地。政变者寻觅珍宝的行为变成了一个又一个犯罪行为的扩展和延续，其不懈和执著，表现出政变者恶本性的至深至重。在西村寿行《荒野复仇》中，什么父子、同事等正常的人伦关系都早已不复存在。一群活动着的人就如同一群具有强烈兽行的动物。他们通过疯狂占有的行动还复了人的自然属性，使自己由文明社会的人等同于蒙昧时代的人;《拿破仑半身像》里的信波因为一颗科隆那王妃的黑珍珠，居然能够像一只猎犬一样一个个地去追踪六个藏匿黑珍珠的拿破仑半身塑像的下落，不惜代价地盗窃杀人;《奇异的印章》里的人物更是执著，先是兄弟两人为了劫掠的大量财物和稀世之宝反目成仇，哥哥杀了弟弟。围绕弟弟鲁本的稀世之宝，兄弟二人的后代子孙们，无论直系还是旁系，也都参与了进来，都不懈努力地探寻，祖辈的仇恨和杀戮直至第四代人却仍然还在延续着。

二、纵情乱性，道德沦丧

文学作品中，爱情是一个永恒的主题。在侦探小说中，人类之爱却更多地变成为纯粹的情欲，而情欲往往又是与人的“物质欲”交融为一体的。人对感情的占有就如同对物质的占有和渴望一样，有时，就是直接地把情欲转变为个人谋取物质的一种手段或媒介。侦探小说的描写中让人们看到了小说中人物在情欲烈焰的燃烧下，变得更加面目可憎，就如妖精一样，现出了人类被隐藏了的更为丑陋的原形。《糜乱》(日本黑岩重吾)写了一个 18 岁的高中女学生涉及欢场的一幕幕丑剧：宇田奈美江是个标致性感的美人，早在读中学时就和大学生利库有了两性关系，后来又与流氓朗野上过床。她不仅对男女之间神秘的性关系一点也不陌生，不害羞，相反却对男女性事充满了极大的兴趣，她凭借自己漂亮的长相、性感的身材，对出入酒吧、舞厅的男人大胆诱惑，当男人要与她“玩一玩”时，她竟自己开价。在与男人做交易时，她感到满足的是男人的性技巧。

在爱情的主题中，男女关系又是情欲主题的一个基本要素。在男女关系上，也是最能反映出人的自然属性的。“男女之间的关系是人与人之间直接的、自然的、必然的关系。在这种自然的、类的关系中，人同自然界的关系直接的含着人与人的关系，而人与人之间的关系直接的就是人同自然界的关系，就是他自己的自然的规定。因此，这种关系以一种感性的形式，一种显而易见的事实，表明属人的本质在何种程度上对人说来成了自然界，或者，自然界在何种程度上成了人的属人的本质。”①男女之间这种人的关系，是感性的，带有自然的规定性。这种自然的规定性“通过私有财产及其富有和贫困——物质的和精神的固有和贫困的运动，正在产生的社会为自己找到这一形成过程所需的全部材料。”②而私有财产，只有当我们拥有它时，“当我们消费它时，它才是我们的。”③“因此，一切肉体和精神的感觉为这一切感觉的简单的异化即拥有感所代替。”④“一切情欲和一切活动都必然湮没在发财欲中。”⑤侦探小说的文本中暴露和揭示男女之间的关系正如马克思所说的上述情形。

在《世界侦探推理小说大观》的近400篇小说中，性爱、情乱的内容也是侦探小说里最多的内容之一，其中，情杀案就占43篇。在这样的一些侦探小说文本中，男女之间的感情关系，往往变得错综复杂。《黄色的蔷薇》(日本结诚昌治)这部小说描写的是一个女时装设计师中川彩子，她在新闻界的帮助下，尤其是得到了日本第一流妇女杂志《摩登》的支持，获得了“时装女王”的称号。围绕这样一个在时装界崭露头角的年轻女设计师，许多人都打起了她的主意。《最新时装》杂志的记者佐佐木良平，《时装周刊》的渡边以及某纺织公司宣传科长友光唯彦等都对中川彩子有非分之想。而《摩登》杂志主编宫尾英治是中川彩子取得成功的主要支持者，也一直深受中川的尊重，两人之间形同师生。但宫尾英治在受到佐佐木的怂恿后，尊严、友情和道德便一起丢得无影无踪，心中潜藏着邪恶的念头，决定向中川提出“那种要求”，在遭到拒绝和抵抗时，宫尾便将中川活活扼死。以往的友情、尊严似乎成为非法拥有的一种索取的资本，男女之间正常的人的关系在这里显得是多么的脆弱不堪。

侦探小说文本中男女关系情感的纠葛，往往是多线条发展的，男女关系显得十分的混杂。一女与多男或一男与多女的多角关系比比皆是。《红庄的悲剧》(日本井上靖)这部小说是神秘色彩和悲剧色彩都相当浓重的一部小说。他描写了在一个女人主宰的世界里的荒淫和无耻。郊外别墅红庄的女主人秋代夫人先后在五个男人中玩感情游戏，在有了新欢以后，必然地杀死旧情人。在她的身上，人们看到的似乎不是人类的行为，而几乎是昆虫世界中那种被称为“黑寡妇”

---

① 马克思.1844年经济学——哲学手稿.北京：人民出版社，1979：p72-73
② 同上，p80
③ 同上，p77
④ 同上
⑤ 同上，p88-89

蜘蛛的行为。当雌性“黑寡妇”蜘蛛与雄性交配后，必杀雄性，《红庄的悲剧》使人看到人类的行为在情欲的驱使下已堕落到动物的境地。韩国金圣钟创作的侦探小说《欲望的深渊》是很有意思的，一个喜欢冒险的记者洪承杓在帮助刑警山本调查一起杀人案过程中，先后与两个女人“疯狂做爱”，在得到女人的肉体之时，也得到了他想要的情报线索，结局竟是具有“黑社会”性质的“赤军派”头目“由美子”放过洪承勺而自杀，令人不可思议。

侦探小说中男女之情的混乱关系往往是令人意想不到的，婚外淫乱的情节在小说中俯拾即是。(《污染的海峡》)(西村寿行)中西园石油公司的青江忠则为霸占白川靖夫的妻子弄瞎了白川的眼睛，而被青江忠则杀害了的安高恭二的妻子惠美子与青江忠则早有奸情；《断崖落魂》(黑岩重吾)写的是夫妻婚后互为不忠，因婚外偷情而引发的命案。石原工业部长十川与后妻泰子一向关系不睦，石原通过寻花问柳来填补内心的空虚与寂寞，而泰子在受到丈夫十川的冷落后，重新又投入旧情人的怀抱。自此，夫妻两人各自寻欢作乐，而十川的情人夏江又与证券部长内藤是暗夫妻，最后十川死于情人夏江的阴谋之中。《躲在身后的眼睛》中的山田的妻子亚美与十四子是同学，然而她哪里知道，她老公山田早已与十四子有了婚外性关系，而且，十四子的表姐妹“贷款之家”的社长长谷川也是山田的情人，一场谋杀就在情人之间展开。“婚外情”及其淫乱的情节在中国“公案小说”中也是有较多描写的。《剐淫妇》描写的与情夫合谋杀夫的故事；《御群凶顿遭惨变，动公愤始雪奇冤》中的婆婆汪某年轻时就“做些不伶不俐的勾当”，出嫁后，毫不收敛，与一帮狐群狗党竟然调笑取乐，全无顾忌，与多人通奸，甚至公然在家中与姘夫同居，毫无廉耻。在一个社会里，男女关系往往可以判断出社会和人的整个文明程度。侦探小说文本中反映出来的纵情乱性的现象，反映了社会生活方式的糜烂。《糜乱》中的女中学生奈美江以性事为乐，以性技巧为满足，又以肉体替男人服务，最后又因性生恨，以性报复。在小说中，“性”纯粹成了工具，可以淫乐、可以拥有、还可以随心所欲。

侦探小说中男女关系的混乱达到极致的是体现在丧失正常人伦道德的乱伦行为。《红庄的悲剧》、《孽缘》(森村诚一)、《歌星梦》(赤川诚一)等都反映了这样的一些内容。其中，最典型的是《春梦疑案》(泽佐保)。这部小说写了这样一个故事：全通广告公司职员小尾美智雄的老朋友国分久平与一个花匠的女儿水江私通，水江未婚先孕，小尾出于对水江的爱慕，娶了水江，并把国分与水江的私生女鲇子视为己出。水江死后，小尾强奸了养女鲇子，并且两人长期地维持着一种畸形的关系。对外，小尾、鲇子是父女，又是同一家公司的职员、同事；对内，则是不伦的情人。而鲇子生父国分知晓了小尾与鲇子这种不耻的关系后，鲇子为了灭口,先杀了养父兼情人的小尾,又杀了生父国分。

在松本清张的《高雅的姐弟俩》这部小说中,更为离奇写了亲姐弟之间畸形的关系。姐姐桃世与弟弟生驹才次郎长期居住在东京幽静的高级住宅中,生驹50多岁,相貌英俊,有美男子风采,却一直独身未娶,姐姐桃世容貌端庄,风度高雅,姐弟俩平时情谊深笃,但不久姐姐桃世却被杀了。原来这对姐弟长期以来一直保持着年轻时就产生了的亲密的肉体关系,当弟弟将要与别的女人结婚从而结束姐弟之间这种不伦关系时,遭到了姐姐桃世的反对。弟弟为了不再继续地被姐姐占有,“为得人生中最后的幸福”,就杀了自己的姐姐,也结束了姐弟之间几十年的这段畸情。

在分析恶主题时,不难发现,大量反映男女关系方面出现的性罪错的侦探推理小说以日本为最。这在其他国家侦探推理小说中是比较突出的,也许这与日本特殊的文化背景和社会习俗有关系。在日本,人们对不伦关系似乎比其他国家更能够持有一种宽容的态度,著名的日本女艺人、人称“步姐”的滨崎步最近透露,她妈妈有意再婚,对象竟是滨崎步福冈中学时的同窗前男友N先生。滨崎步出席日本“avex音乐”股东大会时向工作人员透露:“我的前男友将成为我的新爸爸!”滨崎步的前男友在滨崎步妈妈经营的生活用品店工作,谱出忘年恋,两人感情稳定,可能结婚,步姐也乐见其成。在日本居然能够出现500名男女同时在一间仓库内集体做爱这样看起来十分荒诞的事情(见《金陵晚报》2006年6月19日报道),与其说是挑战吉尼斯世界纪录,不如看作是对人类传统性道德、性伦理和性观念的挑战。从这一惊世骇俗的挑战中,我们似乎可以从日本民族创世始祖造人神话中窥见大和文化在性文化、性观念、性道德、性取向等方面的与众不同之处。

日本人相信,大和民族起源于伊耶那歧、伊耶那美兄妹二人。创世纪时,上天命他们制造日本,他俩站在天庭的浮桥上面,用神赐予的琼矛搅动海水,发出阵阵风鸣海啸,当巨大的神叉提起时,落下的股股海水聚积成岛屿,兄妹二人来到岛上,树起一个形如阳具的“御柱”,将天地分开。二人围柱绕行,伊耶那美看着哥哥道:“啊!好一个漂亮男人!”伊耶那歧赞叹妹妹:“好一个漂亮女人!”伊耶那歧再问妹妹:“你的身体是怎么形成的?”妹妹回答:“我的身体已经形成,但是还有一处没有形成。”伊耶那歧接着说:“我的身体已经形成,却有一处长得多了,我想把我长得多的地方补给你,可以吗?”伊耶那美回答说:“可以。”于是在太平洋的狂风怒涛中兄妹俩生下了狭长的日本列岛。此后,哥哥又通过洗鼻洗眼创造出太阳女神和她狂放不羁的兄弟——风暴之神须佐之男,其因恶行被从天上赶了下来,他向天照大神献上了一把宝剑表示悔过自新,这把宝剑就成了皇权至高无上的象征。所以，在日本作家的侦探推理小说中出现大量的情色描写甚至有悖人伦的情节就似乎不为奇怪了。如果说正常的或不正常的男女关系都以感情为基础，是纯粹地追求爱情的话，也许还可以另当别论，但实际上却完全不是这么回事。

在众多的“情杀”文本中，不难发现在男女纵情乱性的背后，有一只操纵着男女关系的邪恶之手，这就是金钱。“情”与“财”像是对双胞兄弟。在侦探小说中，是很难把“情”与“财”这两者分开来的。侦探小说中情和爱都是存在的，但是往往多沾上了铜臭，很难找到纯情的男女关系。人与人之间的感情，男女关系的产生、发展及结束，大多与金钱、财产发生着一定的关系。日本森村诚一《孽缘》很生动地反映了金钱与情欲交织互为一体的情形：猪原·纳尔逊饭店的常务董事木本为了夺回被猪原家抢去的饭店，让自己的情人友纪子诱惑猪原。猪原破产后，木本终于如愿以偿地登上经理宝座。而友纪子本是他人之妇——敏彦的妻子，当友纪子与木本的关系被发现后，便产生了一系列的连环命案。《噩梦设计者》中财川是商界巨富，多津子是财川家族的尚未入户籍的财川一郎的妻子，她想谋取财川家的巨额财产，在丈夫死后与水木合演了一出让水木冒充财川一郎的假戏，他们俩相互勾结，合谋杀害了相关知情人以及家族财产的获益人后，水木又将多津子谋杀掉。《盗卖赛马情报的女人》(松本清张)写的是一对男女发生了肉体关系后，两人之间实际上还存在金钱的借贷关系。“英吉纯粹是为了金钱，他对这个比他大 5 岁的女人提出了要求：你能借我一笔钱吗?”星野慷慨地答应了，并讲明：“(借贷——作者加注)3 个月，月息 5 分。”男女的情欲性乱关系和金钱关系界限分明的同时存在于两人之间。由此可以见到，人在金钱与情欲之间是多么的混乱。

三、情仇爱恨，还复相报

侦探小说中，主要以复仇为主题的文本也是引人注目的。美国作家艾勒星·奎恩的《黑猫的请柬》，S. 史德村《引蛇出洞》，L. R. 赖特的《嫌疑犯》，英国作家柯南道尔的《血字的研究》、《米尔沃顿》，阿加莎·克里斯蒂的《东方快车谋杀案》，格雷厄姆·格林的《一支出卖的枪》，等等。日本作家中几乎所有知名的侦探小说家对复仇主题也都有涉及。如江户川乱步的《怪指纹》，横沟正史的《三根头发》、《怪兽男爵》，松本清张的《苍凉夜色》，高木彬光的《女人的烈焰》，西村京太郎的《蓝色列车上的谋杀案》，森村诚一的《黑血的证明》、《凶险人生》，胜目梓的《遭劫女》，大薮春彦的《凶暴》、《以牙还牙》，西村寿行的《迷惘的梦》，草野唯雄的《爆杀预告》，太谷羊太郎的《黑色协奏曲》，等等，在这些复仇题材的作品中，我们看到有的因情感的纠葛由情生恨——《黑猫的请柬》中的约翰先后侮辱了露西姐妹俩人，约翰既是露西的姐夫，又是露西的旧情人。约翰在露西姐妹之间玩弄感情游戏，最终在露西设计的一场家庭游戏中被杀；有的是为情感、钱财的落空怨愤生仇，《引蛇出洞》中的金融家凡德西·罗特里克早年诱奸了自己家的女厨师玛德尔，许诺自己的妻子死后迎娶玛德尔，但凡德西直到临终也没有兑现自己15年前的诺言，而且在遗嘱的财产分配中，玛德尔所得到的与仆人一样少得可怜，凡德西压根就没有把玛德尔放在眼里，他既不兑现自己的诺言，也不从金钱方面给玛德尔以补偿，以致令玛德尔愤然报复；有的是为个人的不幸而报复杀人，《破镜谋杀案》中的电影明星妖媚可爱，但她的个人生活也颇令人同情。她先后嫁过五六个丈夫，收养了不少的孩子，但自己唯一亲生的孩子却是个低能儿，这一度令她精神崩溃。在她渐渐恢复健康复出影坛时，无意中得知儿子不幸的原因，原来是她怀孕的时候被患有德国麻疹的贝寇克太太感染，导致她生下了低能儿。为此，她就设法毒死了贝寇克太太；还有的是被人暗算，以黑治黑，以暴制暴的，《一支出卖的枪》中的莱文原来就是黑道中人——职业杀手，他有奶便是娘，他受雇佣去暗杀国防部长获得了200英镑的报酬，万万没有想到的是他因此被人设计暗算遭到追捕，最后他报复杀掉了幕后的政治阴谋家马尔库斯爵士。

日本的侦探推理小说作家是一个庞大的作家群，在这个作家群中，一些知名作家不仅无一例外地创作过复仇题材的侦探小说作品，而且还写得别有意味：在《怪指纹》中，实业家川手庄太郎的父亲庄兵卫在许多年前因盗窃杀人罪被处死刑，但当年被庄兵卫杀死的山本的子女们却并未就此罢休，而是把川手家族作为偿还山本夫妇生命的复仇对象，导致了一场血腥的家族悲剧。在这场家族式复仇杀人案中，著名侦探家像隆一郎竟然就是主要的家族复仇成员之一——山本的儿子山本始。法律的制裁似乎不足以消解个人和家族的仇恨，涉身司法界的职员为报私仇也铤而走险，不惜杀人暴尸，手段更为残忍，不能不令人深思。《血案·高速公路》中的业余摄影爱好者山鹿恭介为了能一夜成名，出人头地，在其老师、新闻摄影家古家库之助的怂恿下制造了一起重大车祸，抓拍的摄影作品“猛撞”从而获得“年度最高奖”。车祸受害者之一的山内明子的未婚夫沼井正平在调查得知车祸真相后，报复杀死了山鹿恭介和古家库之助。《鬼面谋杀者》中放射能化学权威千鹤井壮一郎离奇死后，巨额财产下落不明。从此，千鹤井的异母弟弟泰次郎一家占据了壮一朗的海边别墅；壮一朗妻子香代子被送进疯人院；长女绯妙子发了疯。长年寄居在壮一朗家的化学家柳光一深爱着绯妙子，对壮一朗家的遭遇深感激愤，便借用女鬼面具，施用化学技术手段向泰次郎一家复仇。在侦探小说诸多的复仇题材文本中，我们很少看得到法律约束的存在。当个人或自己的家族遭到某种侵犯时，一切法律程序便弃之脑后，替代而行的是个人行为。将个人的感情和对事物的评判凌驾于社会法律之上，在侦探小说中，许多完全可以诉诸法律途径解决的，甚至已经得到法律的裁决、已被公正解决了的恩怨情仇，最后却都以夺人性命为报复的目的，这不禁让人感到法律在人类之恶一旦膨胀起来时显得是多么的软弱和虚无，也让人在以杀人夺命的报复中深感人类嗜血恶行的凶残。

第三节 智慧的狂想曲

侦探小说描写的故事都涉及违法和犯罪的案件，与一般新闻报道和专业教学中的案例写作不同的是，纳入到侦探小说文本的案件全都是智能型犯罪的案件。当然，在许多犯罪学家的研究中，已经把犯罪与精神病理科学结合起来，确实发现了病态人格犯罪人群的存在，认为人的犯罪是人的精神缺陷所致。所谓精神缺陷是指精神病、人格障碍(病态人格)、低能(精神发育迟滞)以及一些由重度(麻醉剂、酒精等)所引起的各种精神障碍。如德国的精神医学家施奈德(Schneider，1887—1967)就把“低级的欲望强烈而缺乏适应调节或抑制力薄弱；情绪不稳定，对刺激的反应不均衡，常因小刺激而激起大反应；意志缺乏独立性与坚持性，极易不负责任，反社会性强，不能适应集体”[①]等归咎为导致犯罪的“病态人格”。应该承认，在犯罪人群中，确实有一些人格病态的甚至是变态的罪犯存在，但这并不能说这些人智能低。第一次世界大战后，智力测验逐渐成为一种科学研究的手段，但在许多智力测验的报告结论中，也表明一个相同的结果，这就是在犯罪中低智能罪犯所占的比例有越来越少的趋势。换言之，犯罪智能化的现象是全世界普遍的趋势。侦探小说的描写反映了这样的社会真实，而且也高于这样的真实，如违法案件在侦探小说文本中一般是比较少见的，而社会生活中违法案件却是比犯罪还大量的存在的，但违法案件一旦进入侦探小说的文本，就变得智能型、戏剧化。《别了，可恶的人》中的饭野利用妻子喜欢读侦探小说的爱好，就编造了一个侦探故事，让妻子主动提出离婚；《离婚争战》中的安喜欢自己同学的妻子夏子，就利用裸体照片和假吃安眠药等手段离间夏子夫妻，从而达到让夏子离婚与自己结婚的目的。这两部小说叙述的都是离婚的故事，没有凶杀，甚至连违法都谈不上，但是，主人公为了达到能够离婚的目的，可谓绞尽

① 罗大华.犯罪心理学.北京：中国政法大学出版社，1999：p72

了脑汁，用尽了心机。

一般违法案件一旦进入文学创作的领域，都似乎有了“大智慧”。而专门以刑事案件作为主要叙述内容的侦探小说文本更是显出其大智大慧的特色。这一特色可以用一个字概括——就是“谋”的特色。无论侦探小说中的罪犯是男是女，他们的犯罪行为实际上都是在“谋罪”。盗窃、抢劫杀人的，可以叫直接“谋财杀人”；套骗证券保金的、行诈杀人的可以叫间接“谋财杀人”；政治权利斗争中杀人的，可以叫“政治谋杀”……等等，不论犯罪动机是什么，但都是在“谋”取目的。这种罪恶之“谋”往往出人意料。同样，罪犯的对手，往往是私家侦探这一类的角色，他们也在“谋”，谋什么？谋如何找到线索，谋如何找到科学、正确、合理的方向性的分析和判断，这种与罪犯的罪恶之“谋”相对的正义之“谋”往往同样地出乎意料，令人折服。当然，小说中的“罪恶之谋”所显示出的智慧能量是令人惊叹的。

一、预谋性

这是成人犯罪的第一个特点。成年人在实施犯罪前，大都经历一个从产生犯罪念头和动机，明确犯罪目的，到犯罪决意形成，着手实施犯罪预备的过程。它主要表现在这样的两个方面：

（一）有明确的犯罪动机

成年人在思想、心理方面都已经成熟，排除因酗酒等原因造成暂时性神智丧失的情况，成年人一般不会盲目地实施犯罪，其犯罪行为在一开始就有明确的指向性，即自己很清楚“为什么”、“为谁”犯罪的问题，以及犯罪行为要达到的目的。这在大量的侦探小说文本中都可以得到印证。女性旅行评论家江木奈歧子（《玫瑰旅游团》松本清张）年轻时做过妓女，与藤野由美是做妓女时的姐妹，二人又因怀孕曾到原橙子的妇产科医院堕过胎，彼此之间知根知底。江木奈歧子后来尽管改名换姓，从事了旅游业工作，但她的妓女出身将使她身败名裂。因此，当她刚接到带团的任务，拿到游客的名单后，看到名单中藤野由美等过去好友的名字后，就有了犯罪的目的指向：一是借口拒绝担任随团讲师；二是借刀杀人，以图灭口，保全自己的名誉，犯罪目的十分清楚。

（二）犯罪过程的周密性

由于犯罪动机、目的明确，罪犯一般事先就设计了较详细的计划，对怎样作案，怎样掩盖动机和目的，作案后怎样逃匿，以及如何选择犯罪的最佳时机，如何准备工具，如何踩点、摸清现场情况，如何物色犯罪同伙人等方面，都表现出老谋深算、深思熟虑的特点。小说中的罪犯未曾作案，但已在精神上、物质上做好了准备；尚未行动，退路都已设好。苏东坡在担任杭州知府时，曾经审理过一桩用

"望月鳝"[①]杀人的案件,凶犯张俊生为了独吞婶母秦氏的全部家产,企图用"望月鳝"毒死堂弟夫妇,不料堂弟媳妇没吃,便嫁祸于堂弟媳妇,说是堂弟媳妇在菜里下了毒,害死了堂弟。当堂弟媳妇秋英说出张俊生送的黄鳝一事时,张俊生插话:"不错,是我送的黄鳝。我共买了两条黄鳝,一条给兄弟吃,一条我和母亲、婶母同吃,同是黄鳝,我们吃了无事,而兄弟吃了就丧命,这如何解释?"是的,一般人是无法解释这内中曲折的,但做医生的张俊生自然不能不知道"望月鳝"的厉害。苏东坡也只是在查看了药书经典后才发现"望月鳝"虽与一般黄鳝难以分辨,但却是致人命死的毒物,最终对这一桩用"望月鳝"杀人的案件做出正确的判断(刘清廉、赵国心《望月鳝》)。《躲在身后的眼睛》(山村美沙)里"贷款之家"的社长长谷川,生意兴隆,因而受到表妹十四子的妒恨而被杀害。山田是长谷川的情人,了解十四子与长谷川的表姐妹关系,为了稳住山田,掩盖真相,十四子就委身于山田,以美色封堵山田的嘴。事先还造出舆论,说结婚男人会向信用社借高利贷,又打匿名电话,造成山田因借款而杀人的假象。

二、狡猾性

成人犯罪首先是有预谋的特点,大多是经过深思熟虑后付诸实施的,而且,还具备一定的反侦查能力。因此,在犯罪实施过程中,每一个细节环节、每一种手段的运用都用心算计,这主要表现在:

(一) 行为的谨慎

成人犯罪,即使不是累犯、惯犯,但也能够从个人的阅历或书本中积累了较为丰富的经验和知识,加上现行法律对犯罪的制裁也逼迫他们处处小心翼翼,往往对作案中可能暴露自己的细节加以完善,对可能出现的意外情况也会先设机动应变的措施。甚至会为了犯罪中的某些难题去主动请求专家或寻求书本。如《斯泰尔斯庄园奇案》(克里斯蒂)中凶手阿弗雷德与表妹合谋,故意让霍华德在买毒药时留下阿费雷德的签名,卖个破绽,将约翰引入侦查人员的视线,而使自己在调查中被排除;维福尔小姐(乔治·西默龙《伦迪先生》)是个有歇斯底里症的病态人格的人,她因爱巴里翁医生而怀恨他的两个孩子,故意用"错误很多"的半法语半英语的方式打电话定糕点,然后借口糕点不符合要求,再退掉糕点,就在糕点店伙计在门口等候的时间里,她把黑麦麦芒放进糕点中,导致人血液中毒,肠子多处穿孔死亡。而一个被称为伦迪先生的旧式乞丐在毫不知晓的情况下,却成了她传送杀人糕点的工具。

---

① 一种黄鳝——作者注

（二）行动的隐蔽

成人世界本是个面具的世界，为了逃避法律的制裁，不被抓获，罪犯往往会使尽浑身解数，用各种障眼法来迷惑他人，保全自己，这就表现为对各种犯罪技术和手段的使用，真可谓是层出不穷，花样百出。有利用言论制造假象影响舆论的，有利用金钱收买的，有用美色引诱的……而实施犯罪的主谋往往就隐遁在层层迷雾之中。如《没有影子的罪犯》（西村京太郎）中的前原利用民俗来弥补“时间差”，他在甲地——横滨杀了旧情人加藤雪，又要制造自己没有作案时间证据，便使用与甲地背景相同的工地场景照片来作为自己不具备作案的时间证明，但却被一个初中生指出照片场景与照片说明中的地点有出入时，前原便先绑架了中学生星野男，又打电话让星野男的父亲交二亿日元赎票，之后，又以星野男父亲报警为由撕票，又造成一个绑票案来，既杀人灭了口，又掩盖了自己杀害加藤雪的线索，而且还将舆论诱导到绑架案上来，分散了人们对加藤雪被杀的注意力，不能不说是机关算尽。柯南道尔《诺伍德的建筑师》中的建筑师奥德克欠下许多债务，急于将大部分财产转入外地，就制造被旧情人的儿子谋杀的假象，自己隐匿在事先建造的地下室里躲藏起来，等到事情过去后，他就可以改名换姓，重新开始。

侦探小说中显示的“罪恶之谋”，还体现在团伙作案的方式上。克里斯蒂著名的《东方快车谋杀案》就是最典型的案例。一起绑架案的被害人小戴西的12位亲属和朋友为了替小戴西讨回公道，就自发地组成了12人的“陪审团”，对杀人犯卡赛悌进行追杀。于是，这12个人在一列横跨欧洲大陆的东方列车上实施了经过周密安排、精心筹划的超级谋杀。令人感到十分迷惑的是，这12个人共同谋杀了卡赛悌却居然都能够拿出不在现场的证据，其设计之周密、组织安排之精巧、预谋时间之长久、演技之高超，完全达到了相当高的犯罪技术水平。这个12人的犯罪团伙正是充分运用了集体的犯罪智慧，才使得案件在侦破过程中迷雾重重，各种假象层出不穷，确实是一般犯罪主体难望其项背的。

侦探小说文本提供给人们的种种犯罪事实，用犯罪学观点来看，都达到了一定的“犯罪深度”。日本犯罪学家安倍淳吉根据自己多年的研究提出了“犯罪深度”理论。他将犯罪行为深度分为四个阶段，即纯业余阶段、非专业阶段、半职业性阶段和纯职业犯罪阶段。从侦探小说文本的犯罪内容来看，都在第一——第三这三个阶段，“纯业余阶段”的犯罪行为较少，这也从犯罪的“深度”层面反映出侦探小说中成人犯罪的智能化的特点，说明侦探小说中“罪恶之深”的疯狂。

侦探小说的魅力在于充满智慧。无论是罪犯，还是侦探、警察，都在用心智互相较量。是“角智”而不是“角力”，使人在正反双方的智力游戏中看到了智慧的强大。阅读侦探小说，实在可以算作是一种成人的智力游戏，是一个求解的游戏。犯罪无论是X,还是Y,都只是一个未知的符号,重要的是侦察破案这样的一个求解的过程,如果没有这样的过程,即使罪犯自投罗网,给出现成的答案也会令人感到索然无味。侦察破案这样的求解过程,就是“谋”。与真正的数学方程式求解不同的是,数学给予的条件仅限于“数”和概念的范畴,是相对的无穷小,而侦探小说中罪犯给予的条件却很少局限于数的范畴,它可能是化学的、物理的、社会的、反逻辑的、心理的等无法确定和限制的各个范畴和领域,是相对的无穷大。从这个意义上讲,侦探小说的求解过程更复杂,更无既定的公式可循,更变化无常。侦探小说的求解中所给已知条件的这种不确定性和未知性,也就增添了侦探小说的神秘色彩。换言之,侦探小说文本中的罪犯越聪明、智慧的能力越高,其在作案中所给侦破人员留下的已知条件就越不确定;侦破的已知条件越不确定,侦破或然性的存在就必然增大,从而求解的难度越大。而求解难度越大,求出的解才越会令人感到快乐,越能使人获得一种“成就感”。侦探小说中的案件无论多么的复杂,但几乎全都有解。这就更使人看到人类智慧的伟大。俗话说:“道高一尺,魔高一丈”,对付“罪恶之谋”最有力量的武器还是来自于智慧的本身,它体现在两个方面:一是侦探们很少使用暴力,甚至几乎不使用暴力。柯南道尔笔下的福尔摩斯、克里斯蒂笔下的波洛、莫里斯·勒布朗笔下的亚森·罗宾、爱伦坡笔下的杜宾、青山刚则笔下的柯南等等经典侦探人物无不如此,就是一般侦探小说家笔下的侦探也几乎都是不动刀枪就能够神奇地侦破案件的;二是将侦探纯粹地进行着解谜活动。《日晷的秘密》涉及一幅神秘的画,是法国大革命时期一个农业税务官刘易斯·戴纳蒙在被逮捕前的5分钟留下的绝笔,画上一个古老院子里的亭子、日晷、水池、水井、石阶、石凳什么的,还有15-4-2这样的几个数字,对于画上面的这些信息,刘易斯·戴纳蒙的后代们怎么也不能够搞清楚到底暗示的是什么,结果让亚森·罗宾很轻松地就破解了刘易斯·戴纳蒙家族100多年来也没有破解的难题,此时的侦探完全成为另一种形式的解密高手在施展着超人的智慧和非凡的才华。

第四节　罪孽与丑恶的多视角观照

侦探小说虽然不擅宏大巨制,但却是人们了解、体察真实人生和社会的一种途径,因为其他各式小说都还没有侦探小说这样最为普遍而直接地暴露社会与人类的丑恶。它不以恶意地丑化人和社会为目的,而是把某种丑、某种罪恶作为已知的事实呈现出来。从创作效果上看,它已不像一般文学作品中反映真实那么的“虚假”，而是“模拟”真实，再现真实。所以，一切都反映得那么客观、实在，具有强烈的现实性。

一、普遍趋利色彩的行为动机

从人的行为动机和目的来看，人的合法行为与犯罪行为不是能够被截然分开的。相反，两者之间却有基本的共同点，即“两种动机都是为了满足个体的生理性和社会性需要或物质与精神需要；作为人的动机，都具有内部结构的系统性与推动行为实施的动力性。”①两者之间只不过是“满足”的方式不同。“合法行为动机选择的是合法的满足途径和方式，对个体过于强烈的需要具有抑制力”，②而“犯罪动机选择的是非法的满足途径和方式，个体缺乏对强烈需要和不良需要的调节控制能力”③，犯罪心理学中有关“利欲性”的理论也认为：“人的求生存的需要欲望是犯罪心理的原动力。”④这种生存需要的欲望包括“在家庭或其他社会关系中安全、完成自我的满足、从家庭的束缚中解放出来、占有财产的欲求等”⑤，虽然过分地强调人的生存需要的欲望是片面的，但这也确实能对我们解读侦探小说中那样多的利己和享乐的犯罪提供启发和帮助。现实社会中人的行为是多样化的，但在侦探小说的文本中犯罪所显示给读者的主要是利己的“我向”的物的社会犯罪行为，利他行为十分罕见。而物都是异化于社会普遍的道德和规范、趋于生存本能的同化之中。人对于整个社会普遍的道德和规范的异化，从思想根源来看，是建立在个人利益至上的“个人主义”立场上的，一切都以自我为中心和前提。马克思把这种自我中心主义描述为“人类本质变成了个人生存的手段。异化劳动把人自己的身体从人那里异化出去，就像把他之外的自然界，把他的精神实质，把他的人的本质异化出来一样。”⑥在这里，“异化了的人相信他已经成为自然界的主人，然而却变成物和环境的奴隶，变成世界的软弱无力的附属品”。⑦

以自我为中心的利己主义和享乐主义不仅不会有“利他”的行为，而且，还与整个社会的文明敌对。因为“文明不得不防御个体，而且它的规则、制度和命令

---

① 罗大华. 犯罪心理学. 北京：中国政法大学出版社，1999：p105

② 同上

③ 同上

④ 同上，p73

⑤ 同上

⑥ 马克思. 1844年经济学——哲学手稿. 北京：人民出版社，1979：p51

⑦ 弗洛姆. 马克思关于人的概念. 二十世纪哲学经典文本. 西方马克思主义卷. 上海：复旦大学出版社，1999：p355

都旨在以这种任务为目标。它们不仅旨在影响财富的某种分配,而且旨在维持那种分配;确实,它们不得不对征服自然和财富生产作贡献的任何东西加以保护使之免受人们的敌意的冲动。"[①]道德、秩序、规范等等这些"人类的创造很容易被摧毁"(弗洛伊德语)。在侦探小说中我们可以看到,那些有地位、身价的人们,那些职员、商人和官员们的异化程度,已远远超过马克思所讲的工人阶级及手工劳动者。在个人消费这一方面,"手工劳动者和政府机关工作人员之间是没有差别的。他们全都渴望物,渴望占有和使用新的物。他们是被动的承受者,是被用以满足自己的综合需要的物所束缚和弄得虚弱的消费者"[②]。在物的面前,无论劳动者还是资本家,都会变得不道德、退化、愚钝(马克思语),一切既定的道德和规范都遭到了极大的嘲讽、戏弄和贬低。人以自我为中心,把发财、享乐作为生活的最高目的,便不能发展其真正的道德价值,正如马克思所指出:"如果我根本不存在,我又怎么能成为有德行的人呢?如果我什么都不知道,我又怎么会有纯洁的良心呢?"[③]在异化的状态下,生活的各个领域——经济领域和道德领域——是互不依赖的,"每个人都力图创造出一种支配其他人的、异己的本质力量,以使从这里面找到自己本身的利己需要的满足"[④]。侦探小说的文本,就生动地反映了物化了的个人私欲极度膨胀了的人的丑行和罪恶。

森村诚一在《丽影》中写了这样一个人物——家长,家长是东方电气公司的职员,原有一个女友相马优子,家长为了自己的事业和地位,杀了优子,与资本家的女儿订了婚,后来家长又升任了公司的科长。同是森村诚一在他的另一部小说《被歪曲的空白》中也描写了相似的故事。东日商事总公司总务部的单身汉田部守与大阪分公司的打字员中城泰子是对恋人,泰子已经有了四个月的身孕,田部守却在一次工作中,被主宰公司大权的藤本专务的女儿看上,藤本为了女儿,要让田部守做他的女婿,田部守认为这是个人发展的一次绝好的机会,于是就要让泰子先打掉孩子,然后与之分手,谁知泰子不同意堕胎,田部守认为泰子破坏了他的前途和幸福,就把泰子骗到火车站杀了。这个故事同前一个故事一样,都是把个人利益作为至高无上的准绳,一切可能给个人幸福和事业带来羁绊和障

---

① 哈贝马思.认识与人类兴趣.北京:二十世纪哲学经典文本西方马克思主义卷.上海:复旦大学出版社,1999:p387

② 弗洛姆.马克思关于人的概念.二十世纪哲学经典文本西方马克思主义卷.上海:复旦大学出版社,1999:p358-359

③ 马克思.1844年经济学——哲学手稿.北京:人民出版社,1979:p51

④ 弗洛姆.马克思关于人的概念.二十世纪哲学经典文本西方马克思主义卷.上海:复旦大学出版社,1999:p357

碍的都在清除之列，即使是情人、爱人也决不手软，只不过，后一个故事更加残忍，更绝没人性。在中国社会，也有许多为名利、地位抛弃爱情，追逐新欢，另攀高枝的故事。如《斩美案》中的陈世美对秦香莲的遗弃，一方面既反映了人对名、利、地位这些外在之物追求欲望的强烈，人的基本情感的低下，人被物化的冷酷无情，另一方面又让人们看到爱情是多么的低贱和无足轻重，人一旦被外物利诱，所谓的爱情就会被弃之如粪土。在侦探小说的文本中，让我们看到人与人的关系，即使在最纯洁的男女爱情上，人都会在"利己"的原则下去谋取所谓的幸福和名利。同样，当个人的利益将要遭到侵犯或受到危及时，为了自己的利益，同样也是以牺牲他人来达到"自保"目的的。《三色猫智破连环案》(赤川次郎)写了发生在羽田女子大学里的事情。这个女子大学有一个由女大学生组成的卖淫小组，由于连续两起卖淫凶杀案的发生，卖淫小组的领导雪子为了转移警方视线，竟将自己的情人——学校文学部长森崎智雄骗杀，以此暴露校长阿部俊三的贪污案，企图搅浑水使自己得到解脱。

更有甚者，为了满足个人对权力的追求，保住既得的地位，丈夫可以互杀对方妻子作为交易的筹码。《派阀抗争杀人事件》(森村诚一)中两家小公司浅香商务公司与野田水产公司合并后，立川精也常务董事与岛内重作专务都想取代里见洋三当经理，岛内让水产部部长若山和根岸科长炮制立川的丑闻逼其放弃对经理职权的争夺。根岸从下属尾崎慎一的妻子那里获知自己的妻子根岸笑子与山川苟合，便令自己的属下尾崎慎一杀了笑子。立川作为杀人嫌疑犯被拘禁。里见退出经理的职位，岛内代之。若山当上了代理董事。根岸坐上了部长的位置，慎一也升任了科长。而慎一的妻子静子在这场权力斗争中，知情太多，竟被根岸拿着她丈夫慎一交给他的家门钥匙开门把静子杀了。在这里，职位、权力与亲情、生命相比，职位、权力成为人生最大的追求目标，人应有的道德、规范都被个人的物欲所淹没，人类应有的文明泯灭在私欲之中。在侦探小说难以尽数的小说文本中，又有几桩案件没有"利己"的内驱力呢？小说中的那些罪犯个人的生活又有多少不是"仍然受职业命令和地位竞争道德所摆布，被占有欲的个人主义价值和可获得的取代性满足所控制"①呢？

二、政治背后的无形推手

赖希说过："高级的政治学并不产生于外交宴席上，而是产生于日常生活

① 哈贝马斯.作为意识形态的技术与科学.二十世纪哲学经典文本.西方马克思主义卷.上海：复旦大学出版社，1999：p446

中。"①政治并不是什么远离尘世超俗的东西，它与现实社会有着千丝万缕的联系。甚至与社会中的垃圾和丑恶也相兼容。侦探小说就比较真实地反映了钱权交易的黑金政治。《泣血的蔷薇》(日本胜目梓)表面上是写企业之间的竞争，实际上反映的却是企业与政党、政治家之间存在的肮脏的钱权交易。太平洋物产公司和竞争对手第一商事公司同时争相向南朝鲜推销大型发电设备，为了在推销战中赢得主动，太平洋物产公司的经理桐原向日本前总理大臣南原贿赂1亿日元，想通过南原收买南朝鲜官员，此事被一个叫小野田的人探知，小野田便以此敲诈桐原，桐原便指使右翼政治团体——"天诚党"的成员宫里将小野田杀了，为了灭口，桐原与南原又将宫里杀害。

《黄金犬》(西村寿行)也描写的是一桩武器交易幕后政治家与黑社会的勾当。五年前土地开发公司总裁的小老婆在政治家远泽要一参加竞选时出资巨额捐款，结果却被害死；通产省与东南亚某国进行武器交易，其中25亿日元手续费的大部分都落入了远泽要一的口袋，而知情的通产省武器课长永山雄克和商业杂志《船舶周刊》记者大桥忠夫都遭到黑社会组织八州组暴力团的追杀而死，这一切的背后原来都是远泽在其后进行的策划。

《腐蚀》(森村诚一)中的名取龙太郎是执政党民友党的实力派人物，也是传言中的下届总裁候选人。名取龙太郎先让自己的女儿冬子嫁给土器屋，因为土器屋的父亲经营的产业巨大，有"战后钢铁业界的新星" 称誉；而后又用美女和金钱拉拢国防厅要员中桥，向中桥索取防卫厅最新武器"A—1"计划，以使自己能够推销"A—1"武器；最后，又让女婿土器屋拉拢好友核武器专家雨村，争取在名取的选民区建原子反应堆，让信和财团掌握首创权，这一切的目的都是为自己在下届总裁选举中获得足够的政治活动经费。金钱成为操纵道貌岸然的政治家们政治活动的无形之手，一些所谓的政治家们尽管满口政治、道德，但全都是金钱的奴隶，而且，政治、权利与金钱、暴力的主动合谋，使我们看到黑金政治的险恶和肮脏。

三、犯罪抑制机制的普遍缺失与暴力的泛化

从治安学的角度来讲，社会违法与犯罪的现象是不可避免的。对于犯罪和违法，只可以防范，不可能杜绝；可以被控制，但不可以绝灭。现在，人们已普遍的认识到：违法和犯罪也是人类社会的一个文化现象。违法和犯罪无论危害的是国家利益，还是公众的利益，最终都是危害全社会的或者说是全人类的利益。

① 赖希. 性革命. 二十世纪哲学经典文本西方马克思主义卷. 上海：复旦大学出版社，p535

违法和犯罪作为一种社会文化现象，在本质上属于社会失范范畴，即它是社会生活的失范状态的一种表现。这种状态是以反人文安全为其特色的，如违反人类生活规则和规律的战争、暴力和恐怖活动等等。由于犯罪现象是一种在自然生命基础上产生的社会文化现象，且是有着内在规律的社会文化现象，那么，抑制、打击反人文安全的一切违法犯罪活动的办法或手段还应该通过一定的社会文化的手段来完成。警察对于控防犯罪是能够产生积极影响的一种文化手段，但要对犯罪的源头进行治理还要有一种连贯的社会性政策[①]。美国学者 J. M. 布坎南也指出，社会哲学家的任务是拟订一种制度化结构，这种结构能够控制人的道德追求和效益追求，以便使这两个目标同时得到实现，并促成一个"更好"的道德世界，使人们能够在一个实际上受局限的方面不受挫折地达到他们的目的。但是，现实社会对"道德追求"和"效益追求"还没有在广泛的社会文化制度和有效的约束机制中得到很好的建构，相反，在对付违法和犯罪现象中，我们更多地看到的是侦探或警察这较为单一的社会制约机制的存在，这从另一个方面反映出对犯罪抑制的社会整体性的机制较为缺少，至少仍然还是无力的。这就必然的出现警察天天在，犯罪时时有。男人女人，大事小事，动辄暴力相向，杀人夺命。

（一）妄加判断、随心所欲

杀人犯罪，一般情况下，是受害人与被害人之间的矛盾冲突已经不可调和并已经达到你死我活的地步时发生的暴力行为。因为当现实的道德和规范已不足以对冲突的一方行为予以约束，也无法约束时，暴力方就会失去自我调节和控制，铤而走险。但是，一旦社会道德和规范等对人们普遍的失去约束，暴力事件便会频频发生，不一定是矛盾双方的冲突不可调和，有时，甚至是本不该出现的暴力也变得随时随地地发生。如在美国爱德华. D. 霍克的《犯罪质子》中的沃尔酒吧的老板乔·达戈尼以经营酒吧作幌子，从事赌博和其他的一些非法勾当，当记者萨姆驾车来到酒吧前的停车场时，乔·达戈尼以为萨姆是来监视他的，便用刀戳进萨姆左肋，将萨姆杀死。一个人仅凭个人的猜测，就可以将自己认为可疑的人一下子杀了，将人的生命视如草芥一般，这不能不让每一个社会成员对自身的安全感到严重的威胁，也同样不能不让每一个社会成员彼此都感到恐惧——人们生活的社会是一个多么没有人身保障的社会，这确实反映了西方社会存在的真实并已经成为人们普遍感到焦虑不安的问题。

---

① 肖建国. 中国现代化进程中的犯罪研究. 上海：复旦大学出版社，1999：p244

（二）滥杀无辜、丧心病狂

在反社会规则、恐怖和暴力等反人文安全的各类犯罪活动中，最无辜的还是普通百姓，尤其是那些缺乏自卫能力的妇女和儿童。因此，在暴力和犯罪事件中，妇女和儿童遭受到的迫害往往十分严重。威尔伯・史密斯《无形魔掌》中的英国反恐怖武装"雷神"部队少将彼得・斯泰德心爱的女儿梅莉莎・简遭到绑架，绑匪为了使彼得听命于恐怖组织头目"哈里发"，先剁了梅莉莎的一截手指，浸泡在瓶子里寄给了彼得，并要挟以后还将剁梅莉莎的手、手臂乃至脑袋。一个美丽的年幼少女不仅被作为犯罪分子要挟的筹码和工具，还竟然遭到残忍的摧残，罪犯在绑架之时何曾想到这对一个幼小孩童将带来多大的伤害，在忍心地砍下梅莉莎手指时何曾想到这是一朵尚未开放的娇嫩的花朵，何曾想到自己也为人父母，何曾想到会遭到全社会的谴责？在这里，一切都变得肆无忌惮，无法无天。在已建立了一定制度和秩序的社会，这样令人发指的暴力行径却能在光天化日之下得逞，这是对法制，对全社会道德的公然挑衅和蔑视，也是文明社会的耻辱。

约・马・西梅尔《答案只有风知道》中的基尔伍德等德国的一批商业巨头由于各自的商业目的和商业纠纷，共同合谋杀害德国银行巨头赫尔曼，他们用炸药引爆了赫尔曼乘坐的豪华游船，不仅将赫尔曼炸死，而且连同船上的另 10 位无辜的乘客也一起被炸死。一些在社会上举足轻重的巨商大贾们在个人利益面前，一个个都置社会最基本的道德于不顾，滥杀无辜，草菅人命，连最起码的人权意识也丧失殆尽，在这些所谓的社会名流的意识中，自我的生存权是第一行为法则，剥夺他人的生存权利竟然被自觉不自觉地作为了一种不谋而合的共识，可见，一些用金钱、地位包装起来的大佬们本身就是人类文明、人类生命的最大的威胁者。他们明地里是商人，暗地里却干着危及社会和人类的恐怖暴力的勾当，实则是制造社会恐怖的暴徒和人类的垃圾。今天世界的恐怖组织中，我们也都不难看到巨商大贾们的身影，制造"9・11"恐怖事件的拉登本人就是一个大富翁，他的基地组织在世界各地策划的恐怖暴力事件就杀害了无数的无辜生命。此外，还有遍布各地的其他的一些恐怖组织，都是危及人类社会人文安全的社会暴徒和人类的垃圾，侦探小说中所描写的内容从这一个方面来看，可以说既是对已经发生的历史事件的反映，又是对现实社会的观照。

（三）伦常乖舛、六亲不认

按照弗洛姆的观点，不同年龄和文化程度的人都面临着一个同样的问题，即如何克服人之间的分离，如何达到和谐，如何超出个人生活并发现一致。[①] 弗洛

① 刘福堂译. 爱的艺术. 合肥：安徽文艺出版社，1986：p8

姆对自己提出的问题找到了答案，这就是爱，人类要学会爱的艺术，因为，他确实看到在当代的文明中，人们"又认为几乎每一件事情都比爱重要：成就、名望、金钱、权力——几乎人们的所有精力都被用来研究如何实现这些目标"①。结果社会、人与人之间出现普遍的"紊乱状态"（弗洛姆语）在这种紊乱无序的社会中，经济学家根据人们对经济利益贪得无厌的追求，证明了"人的本性是竞争性的，相互充满敌意的。"②即使父母子女、兄弟姐妹，这些人间至爱亲情也会变得面目可憎。侦探小说 G. C. 索恩利《改名换姓的人》的描写中就反映了这样的情景：沃尔德是一名英国军官，应征上了前线后受伤不归，人们都以为他已阵亡，作为长子，他名下所继承的他父亲的全部钱财、宅邸也自然的全部由他弟弟雷德劳律师继承，雷德劳也爱着沃尔德的未婚妻，在继承哥哥的遗产的同时，雷德劳也把哥哥的未婚妻娶进了家门，后来随着沃尔德伤愈回来，雷德劳害怕既得的财产、住宅、美貌的妻子等随之而去，便给哥哥沃尔德喝了掺有大量安眠药的饮料，导致沃尔德在车祸中丧生。诸如此类的故事还有爱德华. D. 霍克《从海上漂来的木乃伊》中的弟弟为了占有 16 件珍贵的秘鲁文物杀兄夺财的；有为了亿万家产弟弟谋杀哥哥的《巴斯克维尔的猎犬》（柯南道尔）等等。在这些罪恶行径面前，我们丝毫看不到手足之情，人间至爱，有的只是金钱和杀戮。兄弟间的感情本应是"以没有独占性为特征的"③。清代学者程允升说"世间最难得者"是"兄弟"，即使兄弟间偶有纠缠矛盾，也决不能以相残相死来解决，"兄弟虽有小忿，不废懿亲"④，"仁人之于弟也，不藏怒焉，不宿怨焉，亲爱之而已矣。"⑤兄弟手足之情本应无比的珍惜，但是，在被金钱主宰的灵魂里，已没有了兄弟之情。在小说中，我们看到的却是金钱具有对世上一切事物的强烈的排他性，这种强烈的排他性竟然也体现在父母与子女的关系上。《人性的证明》中的八杉恭子是东京著名时装师和时装评论家，她的事业已十分辉煌，经常在电视上亮相；她与郡阳平结婚后生有一儿一女，家庭也很幸福，但是，在 16 岁那年，她曾经与黑人威尔逊恋爱，生了一个有黑人的皮肤和体格，但脸型却是典型的日本人的混血儿——乔尼。后来因父母阻挠八杉恭子与黑人结婚，威尔逊便带乔尼离开了日本，没想到，24 年后，乔尼竟来到日本寻根认母，八杉恭子为了自己的地位和名声，竟然亲手杀了自己的

① ［美］弗洛姆著；刘福堂译. 爱的艺术. 合肥：安徽文艺出版社，1986：p4-5

② ［美］弗洛姆著；刘福堂译. 爱的艺术. 合肥：安徽文艺出版社，1986：p76

③ ［美］弗洛姆著；刘福堂译. 爱的艺术. 合肥：安徽文艺出版社，1986：p39

④ 左传·僖公二十四年

⑤ 孟子·万章上

儿子乔尼。人间最为珍贵的母爱、母子情在这里演变成一场血淋淋的杀戮，这是何等的残忍！人们都认为母爱是最伟大、最圣洁的，母爱有“利他的无私特性”①。可悲的是，被名利腐蚀了爱的灵魂的人，不仅不能“给予”，而且也不会去“接受”，剩下的只有“索取”。为了自己的名和利，竟然向自己的亲生儿子“索取”生命以自保，这是怎样的一种罪恶？在这样的罪恶中，我们看到人的灵魂一旦被极度的利己自私的意识蚀空就意味着愚蠢和毁灭，毁灭自我，也毁灭他人。

克里斯蒂《畸形屋》中的乔瑟芬是富商老里奥奈兹的孙女，仅仅因为她的爷爷不让她学芭蕾舞，她竟然在老里奥奈兹注射的胰岛素中混入伊色林眼药水，将自己的爷爷杀了。仅仅就为了一个小小的要求，或者说是个人的一种需要没有能得到满足，就去杀人，而且杀的是自己的爷爷，这在任何社会都是不能容忍的犯罪。从理论上讲，情绪型犯罪的人多是一些有不良情绪、易被激怒和控制力差的人，他们在挫折状态下产生强烈的情绪体验，但如果这样的不良情绪能得到及时地缓解和转移，就不可能转向外部的攻击反映，既不可能将犯罪指向阻碍实现或满足个人愿望的外在的人和事，也不会导致犯罪行为的发生。然而，正是在乔瑟芬对自己的爷爷心怀愤恨，甚至在自己的日记里都写下了“爷爷不让我学芭蕾舞，所以我下定决心要杀死他”的时候，我们丝毫看不到此时能够缓解和转移的犯罪倾向的外力在她身上产生影响和作用，说明应有的社会道德、法制观念等等对乔瑟芬这样的少女来说是多么的缺失，如果有基本的法制观念，伦理观念，亲情意识，那么，社会可能就少了一个罪犯，多了一点亲情。

西村寿行《荒野复仇》中的年轻寡妇伊都曾经被 3 名日本军人轮奸，生下了仁科草介。仁科长大后，成为日本警察厅的刑警，他在执行特殊任务时，发现政治家中臣晴文就是自己的生父，他心中充满了屈辱和孤独，当同父异母的弟弟中臣克明以平分 5 000 公斤金块为交换条件，请求仁科放过中臣晴文时，遭到拒绝，最后，仁科终于亲手杀了自己的生父中臣晴文。在这样一桩儿子杀父亲的案件中，我们看到父子之间充满了敌视和仇恨。仁科从小便决心杀死包括父亲在内的三个日本军人，为母亲报仇，经过几十年之后，已是一名执法者的司法人员，最终并没有因为自己比一般人掌握更多的法律知识而多了一些法律意识和自律的行为。相反，他仍然遵循个人的是非判断和价值标准去执行自己的个人法律，以暴力的方式去代表司法的公正。这实在是对法律本身莫大的嘲讽。在价值的天平上，法律规范的共同遵循的社会价值最终倒向个人评判一边，执法者却成为违法犯罪者。在个人好恶，罪与罚这一意义上，百姓与执法者、执法者与罪犯似

① [美]弗洛姆著；刘福堂译. 爱的艺术. 合肥：安徽文艺出版社，1986：p42

乎没有什么不同，这真是法律的悲哀。

侦探推理小说以及中国的“公案小说”等，从主题倾向来讲，它就是对存在于社会的各种罪恶的较为真实的暴露。对极度利己的个人主义、拜金主义影响下形形色色的人的真面目给以还原，通过对沉溺于物欲和犯罪欲之中那些找不到自我精神家园的一个个丑陋灵魂的审视，暗含了一个十分重要的问题：社会犯罪是社会共生性的生态环境恶化的一种现象，仅靠法律甚至某一两个神奇的侦探、清廉的判官是难以为社会和人类构建完整的制约机制的。相反，在整个社会生态恶化的环境下，侦探也往往显得十分的微不足道和渺小。只有建构全社会和谐共生的各种健康的社会生态环境，人们即使在发达的物质社会中，也能够一直坚守向善、向美的精神家园，罪恶才可能减少，正义才能真正的弘扬。

第四章 思维论

侦探推理小说与其他体裁小说的最大不同就在其益智的作用。一般文学作品对人的影响大都还是消遣娱乐的多，读者作为受众在潜移默化中受到文学作品思想内容的熏陶，常有受动意味。而侦探推理小说却能让人们在阅读中身临其境、不知不觉中将自己也默认为小说情节发展中的一方，犯罪方或者追捕方，用自己的大脑和智慧自觉地演绎情节可能的发展趋向，犯罪如何逃出罗网，以及追捕的侦探最终擒获凶犯，读者在与作品中人物互动的过程中获得最终的快感和满足。所以人们对于侦探小说来说，不仅仅是去欣赏，而更是去参加一场智力游戏，确切地说应该是正、反方的一场智力竞赛。美国的西点军校及日本、中国的许多警察和军事院校现在已有不少学校都已开设了一门课程——“孙子兵法”，以汲取对敌斗争的智慧，实际上，尤其在警察院校，侦探推理小说是更应该作为必修的课程来开设的，它不仅有益于一般普通读者，尤其对将要从事警察职业的人来说，研习侦探推理小说对专业领域里的知识技能是一种很好的补充和辅助，对培养专业思维，或者就叫侦查思维是十分有帮助的。从读者方来看，公安院校学生对侦探推理小说的阅读比重占所有小说之首。据对不同公安院校的1 200名学生的调查，公安院校学生平时阅读的文学作品中，侦探推理小说占40%以上①，可以看出，公安院校学生在阅读和兴趣指向上是具有较突出的专业向度的。只是价值立场、价值判断上还有待指导。纯兴趣出发的阅读是可以被积极利用开发的精神资源，对侦探推理小说在科学思维的训练价值上的认识只有较为系统地把握才可以发挥侦探小说这一文学样式的特殊的文学功能和社会价值。

以往，人们总人为地夸大文学与自然科学的区别，甚至使之对峙，这是对人文学科领域在知识上的偏执，也是对自然学科领域知识上的片面。侦探推理小说就是一个很好的例证。侦探推理小说虽是文学的，探讨的是罪恶、人生意义、

---

① “江苏省公安院校科学精神和人文素养整合研究”课题组. 公安院校学生综合素质状况指挥调查问卷. 2002. 3

爱情、伦理等社会问题，关注的是个体生命的精神、感情，但它也具有自然科学影响人的思维、心智的功能。从这一意义上来说，侦探推理小说是居文学之林的独具自然科学之魅力的一种文学样式，尤其从思维学的角度来加以认识，它的价值就愈加显现。

被称为“为思想而活着”的 19 世纪法国批评家丹纳把艺术的、文学的、美学的东西都称为“精神科学”，他认为，自然科学的原则、方向与谨严的态度被精神的科学所采纳使用的话，那么精神科学就能够具有与自然科学一样的稳固的基础，也能够同自然科学一样的进步。① 从侦探推理小说这一文学样式的历史发展来看，它正是具有自然科学的一些元素，才能够与时代的进步、与科学的进步同步发展，共同进步。

虽然，关于思维科学的理论是近 20 多年来才发展起来的新的学问，但人类的思维活动和方法是早已就存在于人的社会活动之中，而侦探推理小说就是展示人类思维活动魅力的一所大观园，在这个充满智慧的、以文学方式构建的精神王国中，我们可以发现人类的思维活动及方法的基本特征。

第一节　思维的一般特点

一、多样性特点

思维科学本身是兼容社会科学和自然科学的，从社会形态的归属上讲，它们都是社会文化的一种形态。由于人类意识对人认知的影响和作用，不同意识形态的人都产生不同的思维方法。人的认知能力的大小又受文化、环境因素的影响。因此，不同意识形态和不同文化、政治背景的人在思维上都会呈现不同的特点，总体上，可分为金字塔式的三个层次。第一层次是思维方法的最高层次，即哲学思维，如归纳与注释、分析与综合、抽象与具体等辩论思维方法，这一层次是思维方法的最高层次，也是具有高度的概括性、普遍的适用性的层次。第二层次是特殊思维的方法，它是就科学的三个基本分类作为指向来确定的，即自然科学、社会科学和思维科学。由于自然科学和社会科学有各自学科的特殊性，产生了一些与各自相适应的同质型特殊思维的方法，例如数学、物理学、化学等等在解决问题时会根据具体的公理、假设，有时被我们称之为定律来进行思考、演算

① 丹纳. 艺术哲学. 北京：人民文学出版社，1983：p11

和实验，而政治学、文学、哲学、逻辑学等等在解决问题时会更多地遵照有关“真理”或者“主义”来进行分析思考和论证。第三个层次是个别思维的方法，也就是涉及各具体学科和各项具体的工作的异质型的思维方法，如同属自然科学的化学、生物学、物理学等等，同属社会科学的管理学、文学、政治学等，都是具有各自专业适用的思维方法。但是，对具体问题的认识和思维，绝不是两极分化的。恰好相反，却是多极并存的，对同一个问题的思考与分析，存在科学的和非科学的思维，灵巧的和笨拙的思维，有益的和有害的思维等等，而且，学科之间本身也不是绝对独立或排斥的，本身是相互交叉和渗透的，适用于自然学科的也可能适用于社会人文的学科。如在物理学、数学等纯自然科学的研究中，不仅仅需要公理、假设、定律，有时借助形象思维对自然科学的研究会产生令人意外的结果，同样，在管理学、经济学、社会学、人类学等人文学科的研究中，数理思维等抽象思维都是必不可少的，尤其在文学创作如侦探推理小说的创作中，逻辑思维也是不可或缺的。实际上，思维的这种多样性特点在侦探推理小说中是普遍存在的。

二、中介性特点

从反映论角度来看，思维是外物作用于意识后的有一定指向性的投向，认识的主体和客体之间原先处于独立、不相联系的状态，是思维将主客体之间沟通、联系了起来。列宁认为，在人类的认识活动中，客观上存在三要素，一是认识事物的主体(人脑)，一是认识对象(自然界)，三是认识的工具(思维方式)(列宁哲学日记)。思维是沟通、认识主客体之间的桥梁和纽带。人的思维方式如果不讲方法，认识主体与客体之间就难沟通，主客体之间就会呈现分离割裂的矛盾状态。一旦方法科学，主体与客体就会统一。

三、复杂性特点

思维本身是丰富、多样性的，那么，人在认识事物的活动中对思维方法的运用也必然会是复杂的。对某一事物、某一个问题，往往要由多种思维方法通过多维度地分析思考，才能获得某种思维的成果和实践的效果。实际上无论是自然科学，还是社会科学，一些重大理论的创见，一些科学的发明、发现，一些重大问题的解决，往往都是多种思维方法的综合运用。如魏格纳发现并提出著名的“大陆漂移说”是对自由联想、解释性假设、越轨思维、生疑提问以及张弛结合等多种思维方法的共同作用的结果。侦探小说中一些重大疑难案件的侦破以及一些案中不断套案的所谓“连环案件”的侦破也都是运用多种思维方法才可以奏效的。

四、历时性特点

思维方法本身是一定历史时期内科学和社会发展的产物，是与当时的社会、科技的进步相联系的。从历时性的角度来看，思维科学是随时代的发展而发展的，它也经历了由低级到高级、由简单到复杂、由科学的贫困到科学的自觉的发展过程。如古代混沌的整体性的朴素辩证的思维方法，到 19 世纪中叶则又演变成自觉辩证的思维方法。可见，社会生产力和科学技术的发展进步，影响到思维科学的成就。此外，社会政治法律制度、意识形态、民族文化传统和国际交流等因素也都会影响思维方式的改变。侦探推理小说短短 150 多年的发展历史，正反映了人类思维方法在一个半世纪以来的发展和进步。

将思维科学这些抽象的、概念式的内容用来分析观照侦探推理小说的具体文本，我们可以毫不含糊地说，侦探推理小说就是思维科学的形象化的诠释和描述。

第二节　侦探推理小说思维方法的运用

一、生物学教授与雅努斯思维

柯南道尔《爬行人》的故事发生于 1903 年，61 岁的英国剑津大学著名生物学教授普莱斯伯利在多年的鳏夫生活之后，狂热地爱上了莫尔非教授的女儿爱丽丝。爱丽丝是个聪慧美貌的姑娘，身边总是不乏年轻帅气的追求者，但姑娘却喜欢上了性格刚强果断、好胜心强，甚至有点古怪的老头——普莱斯伯利教授。家庭、亲友们都不曾反对，唯一的缺憾是两个人年龄悬殊太大，作为生物学教授的普莱斯伯利自然深知身强体壮对心上人来说意味着什么。为了弥补年龄的差距，不让心爱的爱丽丝有任何委屈，他要找回年轻人的感觉。他知道，在物种优化的研究中，有一种方法可以使一般生物，包括人产生超自然的力量，这就是在同种同属的生物中提取某种抗衰老的物质运用于同类属的生物身上，就一定能获得超强的生命力。他了解到在捷克布拉格有一位生物学家正从事类人猿血清提取的研究。类人猿血清具有一定的抗衰老、使人返老还童的作用，普莱斯伯利就请布拉格的这位教授给他定期地邮寄这一药品，他每几天就注射一次类人猿的血清。果然，从此他获得了异于人类的非常矫健的攀缘本能和极其充沛的精力。但同时，他也堕落成一个动物。

这个侦探小说里普莱斯伯利生物学教授的思维方法与美国学者 A. 罗宾堡

1979年命名的“雅努斯思维”具有相似之处。“雅努斯”是罗马神话中的“两面神”，他的脑袋前后各有一副面孔，这两副面孔一个看着过去，一个面向未来，代表着两个不同时空维度，所以，“雅努斯思维”又叫“两面神思维”，它是对直接对立、相互排斥的事物、现象和观念共时性的把握和认识，通过把相互矛盾的两个方面结合起来考察的一种思维方法。这种思维方法启发人们在把握客体的认识对象时，要将直接对立的、甚至相互排斥的两个方面联系在一起来思考，在肯定之中，也包含着否定，否定之中同样也包含着肯定。人区别于动物的是其社会性的属性。社会人如果能够自觉地排斥或否定其动物的自然属性越多，就越能够获得更多的社会属性，也就能够更多地获得被称之为人的东西。因此，人的社会性对其动物性的本能是严格规范甚至排斥的。普莱斯伯利教授将人与动物两种不同属性中的矛盾统一在生命机能的实验中，结果导致了自己人性的丧失。此类研究早在达尔文的时代就已经存在。达尔文在看到马尔萨斯关于“某一物种在有限空间里无限增长，将因某物种内部的竞争而最终灭亡”的观念时，就产生了相反的看法，他发现物种内部的生存竞争，既能使生物机体灭亡，也能使生物机体趋向完善，其中那些不能适应这一选择的便被淘汰，能够适应的则生存下去，从而提出著名的论断：“物竞天择，适者生存”。在科学界，尤其是在生物、医学界，“雅努斯思维”方法是重要的科学发明、科学发现的有效方法。英国乡村医生爱经华·真纳对天花疫病进行研究发明了预防天花的方法——种牛痘；盘里西林发明治疗肺结核病的药物——青霉素。中国也有一位勇敢的医学工作者，在对付severe acute respiratory syndrome，简称“SARS”病毒时，他把已经治愈的SARS患者的血清注射到自己身上，从而获得抗SARS病毒免疫性研究的重要的研究成果。

雅努斯思维是一种辩证思维，在侦探推理小说中，一些涉及生物、医学犯罪的罪犯都存在这样的思维方法的可能，罪犯方据此可能会制造出骇人听闻的、甚至闻所未闻的重大犯罪。因为这一思维的成果往往有重大的创新意义，有原创性的色彩，而刑侦人员了解学会运用这样的思维方式，在侦办此类思维形式的案件中就能理清办案思路，明确办案方向。

二、德兰尼侦探与生疑思维

美国作家劳伦斯·山德斯创作的《第二重罪》叙述了这样的一个故事：著名画家维克多·梅特兰在他的画室里被人杀害，纽约市警察局请来了已经退休的大侦探德兰尼侦破此案。德兰尼在现场勘查时发现了两个细节：一是画室中没有陈列这位大画家的作品；二是画室地下有三张人体写生素描。他走访了被害人的妻子、儿子、母亲、妹妹、恋人、艺术同行等，一无所获，又去了解维克多死后遗产处理情况。调查了解到死者的财产将由维克多的妻子阿尔玛和儿子继承。这时，维克多产生了一个疑问：维克多的母亲和妹妹住在乡下，生活也不富裕，而维克多一幅画能卖 10 万美元，他会不会给母亲和妹妹留下一些钱或画呢？从这一个关键的疑问开始，德兰尼逐层深入调查，发现维克多瞒着妻儿将自己画室的画送给了母亲和妹妹，由此对维克多·梅特兰这批画的去向进行推理分析，终于找到了正确的侦察方向。在这个案件中，侦破工作的一个重大的转折是来自于德兰尼的一个疑问：在维克多的遗产继承中，他的直系亲属母亲和妹妹没有获得财产继承，而维克多并不是一个不念亲情的人，那么他为什么不分割一部分财产给自己的母亲和妹妹呢？德兰尼用的就是侦探工作中最为常见的疑问思维的方法。疑问思维是对事物的一些反常情况或破绽产生怀疑从而积极主动地提出问题帮助思索的一种常用的思维方法。爱因斯坦说过："提出一个问题经常比解决一个问题更重要，因为解决一个问题也许仅是一个科学上的实验技能而已。而提出新的问题、新的可能性以及从新的角度看旧的问题，都需要有创造性的想象力。而且标志着科学上的真正进步。"如果说，人类社会的发展历史是不断由低级向高级、由落后向进步的发展史的话，那么，从认识论角度来说，人类文明的进步历史同时也就是不断地质疑过去，质疑谬误的历史。古今中外，人类社会的任何一次重大的进步可以说都是对某一事物产生疑问不断探索研究的结果。牛顿由苹果落地追索出万有引力；伽利略对"地心说"的质疑创立"日心说"；卡特由水壶盖的跳动发明蒸汽机，等等，都无一不与提出疑问有关。当然，能够提出疑问与能够发明创造解决一切问题的万能钥匙不是一回事。能够提出疑问只是一个必要的条件，是发现、发明的必要前提。大疑大进，小疑小进，无疑不进，这是必然的。但是，并不是任何疑问都能直接产生最终的正确的效果。疑问思维只是我们认识事物的一个中介，至于是否最终能使认识达到正确的彼岸，还要看能否找到事物发展的规律。德国的魏格纳在生病住院期间，反复研究病房墙壁上的世界地图，提出为何大西洋两岸的形态如此相似的疑问，经过他的分析研究，终于找到了规律，创立了新地质理论"大陆漂移说"。对事物感知的对象提出自己的疑问，这是我们分析问题的第一步。如果没有起始的第一步，就不可能找到解决问题的下一步。

三、杜宾与直接定向强思维

著名的《莫格街谋杀案》叙述了巴黎郊区莫格街七号发生的一桩凶杀案，这里的一幢 4 层楼的公寓里住着的两个女人——列士巴奈太太和她的女儿列士巴奈小姐在一天深里夜同时被杀了，列士巴奈小姐被杀死后塞进了烟囱的管道里，凶手行凶后顺避雷针的铁管滑下逃跑，卧室的墙上留下漆黑的手指印。从凶手指印之间的距离判断，不是个正常人的手。一个正常人的手指距离不可能那么长。杜宾判断，凶手有惊人的矫健的身手，过人的臂力，野蛮的兽性，违背人道的手段，分析得出结论：这个凶手不是人，而是一个怪物。杜宾随手从地上捡起一本画报，递给琼斯看。画面上有一只黑猩猩。于是，他在当地报纸上登了一个招领广告。果然不久，一个水手模样的大汉前来认领，杜宾对他说，莫格街杀人案与来人没有直接关系，但也不能说一点牵连也没有，只要把事实真相讲清楚，来人就可以领回黑猩猩。来的水手就道出了莫格街七号这起命案的原委。黑猩猩是他从东印度岛带回来的，莫格街惨案发生的那个深夜，他见猩猩拿着剃刀学着他的样在刮"胡子"，十分危险。他想如不马上夺下剃刀就会惹出大祸，不料，他用鞭子示意它放下剃刀时，猩猩一见鞭子吓得跳出窗户逃到街上，结果酿成了大祸。莫格街惨案终于真相大白。

在这部小说中，杜宾运用的直接定向强的方法侦破了案件。所谓直接定向强的方法，就是根据以往的知识和经验或某一指导原则，已判断出解决某一问题的方法所在的方向，于是直接敏锐地选择这一方向进行思考和分析的思维方法，如果用符号表示的话，就是 A→X→Fa。A 为已知要素，X 为新发现要素，Fa 为寻求的答案。其中，已知要素 A 与新发现要素 X 之间有着直接的联系。可以将思考分析迅速地带入识别该新要素的模式，判定答案 Fa 直接蕴含在已知要素 A 之中，从而遵循这一方向寻求到正确的答案。在杜宾办案过程中，已知的要素 A 为载有东印度群岛茶色大猩猩说明的画报，新发现的要素 X 为凶案现场留下的大猩猩的手指印以及只有水手才会有的用来系头发的缎带结，杜宾正是在新发现的要素——现场痕迹中找到了与已知要素 A 中直接的联系，从而找到了答案 Fa——招领广告。水手到杜宾这里来认领大猩猩就是对杜宾找到的答案的正确性的验证。

从这个案件可发现，直接定向强的思维方法的运用，带有鲜明的倾向性。在侦破案件方面效率比较高。刑侦人员在破案过程中经常使用的"协查通报"、"通缉令"等方式，就具有一些直接定向强的思维的特点。

四、普露丹小姐与还复再造思维、排序法思维

康奈尔·伍尔里奈《印痕之谜》中的普露丹小姐是个图书管理员，一天，一个妇人在归还图书时中间缺了第41～42页。中午时，普露丹小姐拿起这本书，发现第 43 页上有几处细小的划痕，似乎是用雕刻刀之类的利器划过的。出于好奇，她买了一本同样的书来，将第41～42页撕下放在原先那本书的第 44 页后面，然

后在两张之间夹进复写纸，用钢笔小心地按照第43页上的划痕再划一次，结果出现一行字："医治带候很坏宝贝去元她健康你的50复音方。"她看了这些字很失望，似乎没有一点意义。之后，她又仔细研究：既然这些字是被刀切下来的，当然就可以随意排列，经过多次尝试，她终于排出了满意的结果："你的宝贝健康很坏，带50万元去医治她，候复音。"原来，这是一封绑架信。

在这个看似十分偶然的事件里，普露丹小姐实际运用了两种思维方法找到了答案。第一种复原思维方法，就是先考虑一个创造原点，从创造原点出发，进行再生的或再造式的思维方法。它是把再造复原的起点移到被再造的物质对象的原点，从物质对象的原发点出发重新思考问题。通过还复原物质形态特征的方法找到新思维、新发现。普露丹小姐如果不重新买一本书的话，就无法将被撕缺的书的原貌还复成最初的形状，就不能将书的原始形状还复出来，也就不可能发现一行看似没有意义的字来。这种还原思维方法已被各国刑侦人员广泛的运用。在许多被破坏或被伪造的犯罪现场，刑侦人员往往都用重建现场的方法还原现场，从而揭示案件发生的真相。当代世界著名的华人刑侦大师李昌钰就是"现场再造"的顶尖高手。他在已侦破的一些重特大刑事案件（如"七滴血"案件的侦破等）中，都借助还复再造的思维方法取得了成果。

聪明的普露丹小姐在好奇心主使下，在无意识之中通过对一组看似没有联系、毫无意义的语言符号不断地重新排列组合，终于发现了一封"绑架信"，这又是运用了排序法思维的结果。排序分析思维是探索一组事物链的组分、排列顺序、前后间的因果链锁和演变过程等规律的一种思维方法。所谓序列是对某一系列内部的一种或一组要素标以数字符号或字顺标号，这一系列标号就是序列形式。在自然科学的研究当中，如自动数据处理、数学等科学领域运用十分广泛。我们在一般意义上讲的序列，就是指按照一定规则顺序排列的遵循事物内部规律的一组事物链。文字符号的排列组合是按语言的语法规则进行排列的，不同的组合都会产生不同的意义。普露丹小姐最初面对的一组文字符号是无序的，没有规律的。那么如果根据语言的语法规则和语言特点对无序的文字符号重新排列，使之由无序变为有序，语言意义就在这样的组合中生成显现了。当然，这其中还要有归纳和诠释。在对文字符号进行分析时要对序列中每个语言信息的个体情况进行仔细分析。如对文字符号本身的词性、词义进行分析，在此基础上再进行归纳，然后运用已知的语言规则、语法关系反过来演绎每个文字符号的组合现象和过程。可见，序列分析与归纳法、演绎法密不可分。只有将归纳和演绎结合到序列分析之中，序列分析才可行有效。序列分析法的运用可以预见未知事物的存在（例如普露丹小姐通过文字符号的组合排列获知将要发生的一桩绑架案而去报案)并能够为案件的侦破提供依据和搜索的方向[1]。

普露丹小姐是位十分善于分析思考的人,在运用序列分析的基础上她获得了"绑架信"的信息后,即获知了一桩犯罪案件的存在后,她又开始着手进行业余侦查的行动。首先,她去查看了已被撕下第41～42页的这本书的出借记录,从出借证的记录中发现,这本书在一个半月内共被借出过6次。于是,她便根据借阅人登记的姓名、住址和借书日期去逐一查访。当查访到第四位借书人——敦纳·佛罗伦丝女工时,房东太太反映在5月17日晚上曾经有两个男人来找过她,当晚她就搬走了。第二天,普露丹小姐又去查访了剩下的另外两位读者,都没有发现疑点,被排除在外,现在就只有第四位读者敦纳女士还有疑问没排除在外。她于是便住下守候。当有一个男人来取敦纳东西时,她跟踪追随,最终找到了被害者。在这一个过程中普露丹小姐首先进行了一种降维的方法,即是对处于高维或多维状态等问题简化为低维的方式来处理的一种思维方法。任何事物都存在于不同的维度中,通常我们把空间作为三维,将平面和直线分别称为二维和一维,于是,把空间问题化为平面或直线问题的方法,就是一种降维方法。在日常生活的运用中,我们把在一定条件下较多方位、较多侧面的思考简化为较少方位、较少侧面思考的方法,也就是一种降维的方法。因为在实际解决问题时,影响目标的因素有很多,尤其是人力不够的情况下,如果对多种因素同时进行不同侧面、不同角度的分析,会带来巨大的困难,这时运用降维的方法,就可以将一些已知的因素固定下来,只重点对其中某些因素进行分析、筛选,就可以化繁为简,化难为易,发挥出探路的作用。普露丹小姐只是个小小的图书管理员,要凭借个人的力量去侦破"绑架案",其难度是可想而知的,但她很巧妙地把一个本来看起来十分复杂的问题一下简化在相定固定的框架内,即6个借书人身上,将原来摸不着边际的多维复杂的问题放置在直线形的一维空间中,展开自己的调查,从而降低了工作难度,也很快地找到了可疑的人。

五、腰原与谐音思维

森村诚一在《催眠术杀人案》中描写了这样一个故事:神奈川县A市的家具商佐久间宗一被他的妻子晴美杀害了。晴美被捕后,警方发现她已失去记忆力。负责此案的腰原警部开始了侦破调查。调查中,佐久间宗一的女佣人反映,出事当晚,晴美手握沾满血迹的刀,一手拨着电话号码,一边说着"幸福"二字,拨完号码的同时就挂断了电话。腰原从"幸福"一词联想到该词的发音在日语中与

---

① 张永声.思维方法大全.南京:江苏科学技术出版社,1990:p194-195

“4887”相近，好像是个电话号码，随即一查，发现开业医生立川力松的电话号码是21—4887，难道是立川医生与晴美丧失记忆有什么联系？腰原从这里开始展开对立川医生的调查，终于查清楚了案件的真相。

在这部小说里，帮助腰原找到案件突破口的就是那个与电话号码“4887”谐音的两个字“幸福”。腰原运用的“谐音联想思维法”获得了成功。谐音思维是对某种事物通过相同或相近的音韵之间的转换，使陌生的变为熟悉的、抽象的变为形象的一种思维方法。腰原将文字符号“幸福”通过联想转换成数字符号，一下打开了思路，找到了新的突破口。当然，这种由文字到数字的转换，还需要发挥想象。两个互不相干的事物还要靠想象才能把二者联系起来，说明“谐音思维”是可以作为一种技术性的手段来运用的。目前的一些网络语言，如“520”（“我爱你”）、“770”（“气气你”）等等都是运用谐音思维的方法来进行网络交流的。对付网络犯罪的“网络警察”如果不熟悉、不了解这一种思维方式，是很难对付利用网络进行新的犯罪行为的。最近美国联邦调查局FBI就专门请了几个8年级少女指导特工们学习最新的“网络语言”，结果使FBI特工们在对付网络色情犯罪的“天真图画行动”中一下抓获2 200多名有“网络恋童癖”犯罪行为的人，一改过去对付此类犯罪活动束手无策的局面。再如西村寿行的小说《死情》里的侦探也运用了谐音的语言技术。他通过一个人临终前的一句话“库拉西布兰克”给进行调查的侦探以启示：由“布兰克”英文黑色的译音联想到“黑唇”，由“库拉西”谐音想到一个小岛的别名“饥饿岛”。最后揭开了发生在“饥饿岛”上“恐怖黑唇”的历史秘密。

六、十津川与联想思维、顿悟思维

西村京太郎在《蓝色列车上的谋杀案》中叙述了这样一个故事：东京多摩河中发现了一具年轻女尸，在死者手提包里发现两张名片，一张是记者青田的，一张是运输大臣武田的。这使十津川警探想起了两年前发生的一桩诈骗案。诈骗犯当时使用武田名片骗得5亿日元后失踪了。眼前的这桩谋杀案与两年前的诈骗案是不是有关联呢？十三津川由此展开了深入调查，最终发现一个叫高田悠一的律师与武田关系密切。在多摩河被杀的女人叫田久保凉子，是高田的同伙。当高田发现凉子想要背叛自己时，就杀了凉子。高田悠一是这起谋杀案的凶手。但这与两年前的诈骗案有什么关系呢？就在谋杀案查出了头绪的时候，两年前诈骗了5亿日元后就失踪了的高梨的尸体也被发现了。这时，十津川警探一下想起两年前保守党竞选的事，顿时恍然大悟：武田所在的保守党在当年竞选中资金缺口很大，为了筹集到大笔的资金用于竞选，武田和高田悠一可能共同策划了两年前的诈骗案，骗取了5亿日元，武田就是当年诈骗案的主谋。

在这部小说中，十津川警探借助联想思维的方式，将两年前发生的诈骗案与眼前的谋杀案联系到了一起，这里面离不开对事物之间某些相同因素或联系的发现。两年前发生的诈骗案与两年后发生的谋杀案当然性质不同，但两案都有相同的一个因素，这就是在两起案件中都发现了运输大臣武田的名片，这就是两案中使十津川警探产生联想的相同因素。所谓联想是通过对事物之间的关联分析，拓展人的思维活动，从而获得新思路的一种思维方法。从心理学角度讲，这是创造性的心智机能的一种体现，他可以在已知的元素中建立起彼此的联系，可以由A及B，也可以由A及B、及C等等，不断延伸而获得新的发现。这种思维是人脑特有的一种思维能力，是对输入到人脑中的各种信息进行编码、加工与换取、输出的活动。联想根据客体的不同，可以分为接近联想、类似联想、对比联想、因果联想和自由联想等。在刑侦工作中，联想思维是串案、并案的心智基础。许多不同地域、不同条件下看似互不相同性质的案件，往往是通过联想思维的方式串、并案之后才取得重大突破的。如1996年发生的"白宝山涉枪杀人案"就是一个十分典型的案件，这起案件是在把发生在新疆和北京的多起涉枪杀人案串、并案以后才得到突破的，是我们在现实中运用联想思维的方式进行刑事破案的典型的案件。

十津川警探在用联想思维方式把一起诈骗案和一起谋杀案联系到一起后，虽然能够将案件幕后涉及的人纳入了自己侦查的视野，但还不能搞清楚武田、高田悠一等人在这些案件中所扮演的角色，也就是讲，罪责情况还不清楚。直到两年前诈骗5亿日元的高梨尸体被发现，十津川警探这才恍然大悟，一下找到武田作案的动机。这里，十津川警探又借助了"顿悟思维"的方法使自己的思路一下豁然开朗。"顿悟思维"是人借助直觉启示对思考中的问题得到突如其来的领悟、理解的一种思维方法。它是一种潜意识思维，在时间上具有突发性、过程上具有瞬间性，其实是对问题思考的一种量的积累。生活中，人们对某个问题已经研究很久，苦苦分析而没有结果，忽然在某一个瞬间，因别人的一句话、一篇文章、一个动作等在头脑中突然出现，闪电般的点的触发，一下使人茅塞顿开，大彻大悟。十津川警探就是因为高梨的尸体被发现一下触发到他对幕后人物武田在案件中所起作用的理解，好似在迷雾中的一道闪电，一下把苦苦思索的诈骗案接通到了武田的身上，结果，一通皆通，眼前的谋杀案和过去的诈骗案都迎刃而解。

顿悟思维来自于心理学的格式塔学派的"顿悟说"理论。它的基本理念认为整体不决定其个别的元素，而局部过程决定于整体的内在特性(苛勒)。从文学创作的角度来看，顿悟就是灵感，是人的潜意识活动在一定条件下得到外显意识功能的合作，经过一定思维过程，能量的积累，在思考成熟时的突然沟通，涌现于意识，成了灵感的爆发。顿悟和灵感并不神秘，也不只是文学家、艺术家才有，只要正常人都具有这种脑功能。当然,人对某个问题的思考分析一定要达到相当的量的积累,甚至达到“饱和”状态,才可能会有灵感顿悟闪现。而且,平时要广泛留意各种信息和现象,了解掌握的信息越丰富,才越有可能启动大脑的某个闸门,人才能一下“开窍”。[①] 千百年来,“顿悟”作为人类解决科学和其他问题的一种独特方式,基本得到广泛认可。它具有一些与常规解题方法不同的特征,比如说“顿悟”前常有百思不得其解的阶段;灵感突如其来的时候,自己往往并没有意识到在想问题,事后也无法说清究竟是怎么得到答案的。

顿悟思维在中国其实早已有典范。中国佛教有禅宗一派,就提出“顿悟”禅主张。禅宗六祖惠能本人尽管不识字,但是却能够做出“菩提本无树,明镜亦非台,佛性常清净,何处有尘埃”的偈语,并且说出“心是菩提树,身为明镜台。明镜本清静,何处染尘埃”的感悟,确实是“明心见性,顿悟成佛”。一个文盲何以能够先成僧后成祖?这是与他平时很有意识地甚至是很刻意地去听别人诵念佛经分不开的,听别人诵念佛经这实际上就是一个学习的方式和过程,有这样的一个过程,才能在瞬间实现永恒,大彻大悟。

然而,大脑在“顿悟”过程中的工作机制是否与用常规办法解题时不同,在科学上一直不甚清楚。一些科学家甚至认为,二者在认知机制上完全一样,差别主要在于人们的主观感受的强烈程度上。美国西北大学和德雷克塞尔大学的科学家的一项最新研究,以比较有说服力的证据表明,“顿悟”其实和大脑不同寻常的工作方式有关。

科学家们在网络学术刊物《公共科学图书馆生物学》上介绍,他们让 18 名研究对象玩一种字谜游戏,内容是找出一个单词,使它能与列出的其他 3 个不同英文单词搭配,分别重新组合成三个有意义的新词。每名研究对象在解题过程中都需要报告他们经历过的“顿悟”般时刻。研究者利用功能磁共振成像和脑电图技术对研究对象大脑活动和脑电波的监测显示,“顿悟”的出现与大脑右半球颞叶中的前上颞回区域有密切关系。当研究对象“顿悟”出答案时,这一区域活动明显增强,并在“顿悟”前 0.3 秒左右突然产生出高频脑电波。通过常规方式获得答案的研究对象则没有这些情况出现。

科学家们由此得出结论认为,“顿悟”的产生有赖于大脑神经中枢独特的活动机制,这一机制为大脑“顿悟”时的独特认知过程提供了支持。他们推断,前上颞回区域能促进大脑将看似不相关的信息进行集成,使人们在其中找到早先没有发现的联系,从而“顿悟”出答案。

---

① 张永声. 思维方法大全. 南京:江苏科学技术出版社,1990:p20

科学家们称，新研究首次表明，大脑独特的计算和神经中枢机制导致了灵感降临的那些“突破性时刻”。

七、福尔摩斯与聚合思维

《四签名》中的华生有一只没有修过的老式怀表，他要福尔摩斯研究一下这只表的旧主人的情况。福尔摩斯很快就指出来，这只表是华生哥哥的，而且他还能够精确地分析出这只表是华生的父亲留给他哥哥的；不仅如此，他甚至还能够说出华生哥哥的放荡不羁、穷困潦倒最后因好酒而死的事实。福尔摩斯为什么能这样准确地进行分析判断呢？这是他运用了聚合思维方法的结果。所谓聚合思维就是选取他人的智慧，把大量的概念、事实，通过分析、综合、抽象和概括，形成科学的概念和体系，并将大量的思维成果和外界客观的信息，通过摄取与排除、联想与储备、理解与运用等思维转换，经过巧妙的结合，形成新的科学成果的思维方法。福尔摩斯从表背上刻写的 H. W. 两个大写字母推断 W 代表华生的姓，表是 50 年代制造的产品，是华生家上辈的遗物。因为习惯上人们都将珠宝类的东西传给长子，而长子往往袭用父亲的名字，所以福尔摩斯推断出这只表是华生哥哥的结论。这里，福尔摩斯将宝物遗传和姓氏世袭的一般文化习惯引入到对表上的旧主人的判断上，获得正确的结论。接着，他对华生哥哥的性格进行了的推断，他又摄取了哪些外界的客观信息来帮助推断的呢？华生哥哥的这只表，价值 50 多金镑，但表的下边缘有两处凹痕，整个表面还有无数的伤痕，表明是这只表的主人常把金表同钱币、钥匙一类硬东西放在口袋里，对如此贵重的金表又这样不经心，反映出华生哥哥放荡不拘的性格。至于对他生前境况的推断则是根据当铺的规例做出的判断。

试想如果福尔摩斯不是把文化习惯、当铺行业的惯例等这些知识储备一起调动起来，怎么能对一只普通的金表作出如此正确的判断呢？聚合思维就是从整体与部分，整体与环境的相互联系、相互制约中，综合地考虑对象，但也不是任何知识都能组合到一起。只有那些有内在联系的知识，才可能互相接通，有心人往往能把过去的、今天的、未来的等各种各样的信息综合到自己要分析、理解的目标上，从而获得成功。

八、钱形平次与汰略思维

野村胡堂的《钱形平次捕物控》中有这样一个故事：日本的隅田川渡口发生了翻船事故，有一个溺死的女乘客身份不明，更重要的是这名女乘客的钱腰带里装了十两黄金。办案人员无奈之下便在各地张贴告示，要求死者家属前来认领。

不久，便有两个男子同时前来认尸。他们一个自称佐助，是个木匠。他说，死者叫阿惠，是他的妹妹，下个月就要结婚，那十两黄金是他父亲卖了田地，准备给妹妹的陪嫁费用。另一个男人叫赤木正次郎，是个失去士籍的武士。他也说死者是他的妹妹，叫雪代，她嫁给了市川村的一家地主，因为丈夫对她不好，她离开了他，这次是特意投奔自己——雪代的哥哥来的，她带的十两黄金是她离婚的赔偿费。面对这两个人的叙述，办案人员左右为难，他究竟该相信谁呢？反正他们之中肯定有一个人在说谎。到底是谁说谎呢？办案人员这时请来了大名鼎鼎的钱形平次侦探。钱形平次围着躺着的女尸转了几圈，又让两个人把刚才对办案人员说的话重复了一遍，立刻就指着赤木正次郎说："想吞掉别人黄金的，正是这个狗彘不如的家伙。"

钱形平次是怎么知道赤木正次郎说谎的呢？原来他是根据日本女人在当时的婚俗习惯，才排除干扰，鉴别出真假的。因为当时在日本，结了婚的女人就有染黑牙齿、剃掉眉毛的风俗。当钱形平次刚进屋子时，就注意到死者是个尚未出嫁的女子，所以当两个人复述完之后，他立刻就做出真伪的判断。从逻辑上讲，这是运用了"汰略思维"的方法。所谓汰略思维，就是将复杂的问题清理出一个头绪，然后分析、推敲、否定，最后得出一个正确的判断。这种思维的方法在侦破工作中是经常使用的。通过假设，把零星的细小的材料连贯起来，淘汰掉与案件无关的材料，步步深入，就能够找到最终的罪犯。

九、柯列斯尼柯夫与发散性思维

《射击场的秘密》是前苏联作家斯·阿列夫耶夫创作的一部侦探小说，在小说里，前苏联国防部试验新武器的一个射击场被人偷拍了照片差点送出国外，柯列斯尼柯夫中校奉命侦破此案。他来到了射击场察看，射击场平时一共 5 个人，却全被拍在一张照片上，能不能把暗地里偷拍的人排除在这 5 个人之外呢？柯列斯尼柯夫寻思还不能这样下结论。他发现照片上的许多景物是变化的，活动范围也很广，移动速度很快，为了证实这一看法，他让射击场场长依照三张场景间隔距离很大的照片去拍照，场长飞快地跑动，拍完三个镜头却花了 10 分钟。柯列斯尼柯夫想，如果是混进射击场的敌人，他为什么要用飞快的速度在场内四处奔跑，再跑过来和大家拍一张 5 人合影呢？接着，他把场内的 4 位技术员叫来，让另一个年轻敏捷的技术员把被查获胶片的全部镜头都重复地拍了一遍。这个模拟的摄影师忽东忽西地奔跑地拍着，许多镜头还都必须蹲下或者几乎匍匐在地上才能拍成原样的场景，这样拍下来，怎么也得花上一个小时，柯列斯尼柯夫在琢磨，这个偷拍的人干吗要上蹿下跳地拼命折腾自己呢？而拍摄下来的镜头，真正具有军事价值的实物却并不多。这是为什么呢？三天后，他看见了一只猫和一只警犬在射击场。他又开始调查，在进行新武器试验那天，是否有什么动物在射击场活动，由此，引出了一条装了假眼的警犬的线索，由这条警犬深入调查下去，终于抓获了隐藏在背后的敌人。

在这部小说中，我们看到柯列斯尼柯夫对问题的思考从一个角度一会儿跳到另一个角度，先对场内人员有怀疑，又对照片拍摄的非常规性有怀疑，接下来通过模拟偷拍对偷拍者奇怪的行为有怀疑，最后怀疑到动物身上。这种从不同方向、不同方面进行思考，从而寻找正确答案的方法就叫发散思维的方法。发散思维是根据问题提供的信息，探索若干个可能性的答案，同时又很难肯定其中哪一个答案是最正确的。爱迪生在做电灯试验时，最棘手的困难是不知道什么样的材料适合做灯丝，为此，他广泛地试用了 1 600 种耐热材料，6 000 多种植物纤维，甚至连头发丝也都试验过。每一次试验都是在一个新的思路启发下进行的，他产生过几千种新的思路，做了几千次的试验，最终，才找到了“钨丝”这一材料。发散性思维可以最大限度地拓展人的思路，使人摆脱过去的陈规俗套，克服“心理定势”，这在侦破工作中是非常需要的。尤其是面对越来越多的智能性的新型犯罪现象，刑侦人员只有摆脱习惯性思维的羁绊，不拘一格，多方设想，使思维广泛发散，思想得到解放，人对事物的认识才能不落窠臼。柯列斯尼柯夫先从射击场内部的工作人员分析，又从偷拍者角度分析，思维可谓活跃又广泛。如果他不能这样发散性地去思考问题，就不可能为解决问题侦破案件提出有价值的新思路。

当然，发散性思维也并非全都是最合理，有时甚至是谬误的。如《“黑塔”探案》(宋慈)中的缉捕“黑塔”，在杨家庄办理一起命案，农民杨广福吃了媳妇杨氏的饭菜后，立即倒地身亡，经过调查，“黑塔”排除了杨氏毒死丈夫的嫌疑，初步认定是仇杀。对于凶手下毒的经过他是这样思考的。第一，他可能是来过杨家的人，待杨氏盛好饭菜暂时离开时放的毒药。第二，可能是路上同杨氏相逢的人，乘杨氏不备，投下毒去。第三，可能是同被害人一块吃饭，或者在被害人吃饭时赶来的人，神不知鬼不觉地下了毒。[①] 这一连串的“可能”就是运用了发散性的思维。但是，经过进一步地侦察，上述可能性又一个个地不复存在了。侦破的结果与他对问题最初的思考是大相径庭的。说明仅靠发散性思维还是不够的。

十、拉基京与诡诈思维

尤·奥尔洛夫《小巷里的凶杀》里的侦察员拉基京接手了这样一桩案件：一

---

① 余鹤仙，朱家栋. 世界侦探故事大王. 上海：少年儿童出版社，1992：p179

个名叫杰尔卡的工人夜里遭到袭击,颅骨严重损伤,生命垂危。案件分析中,侦察员们对犯罪动机不能认定,有的认为是抢劫杀人,有的认为是报复杀人,就在调查毫无进展之际,医院护士反映,有个叫古西科夫的人到医院急诊室反复打听被害人情况,还不停地说,如果早一点背他上其他医院就好了。古西科夫就是将杰尔卡背送到医院的,他的好心“过了头”,让拉基京产生了怀疑,开始对古西科夫进行调查。调查中发现古西科夫的妻子娜塔莎与另一个男子关系暧昧,古西科夫曾扬言要报复那个男子。拉基京想,那个男子会不会就是杰尔卡?为此,他在询问古西科夫时故意让人当面透露出杰尔卡还活着的信息,果然,第二天一早,古西科夫就来到检察机关自首了。

拉基京用什么方法让古西科夫自首的呢?用的是“诡诈思维”的方法,也就是以假乱真、佯意示形、调动敌人,达到以实击虚、克敌制胜的思维方法。这在古往今来的各种战例中都是屡见不鲜的。正如孙子兵法中讲的“兵以诈立”一样。从心理学角度来说,当人们遇到情景刺激,容易受过去经验模式的影响而产生某种习惯性的感知,这种现象叫做思维“定势现象”,它直接地影响知觉和思维的选择。诡诈思维就是运用人的知觉定势原理,人为地造成假象,使对方产生错觉,造成判断上的失误来达到自己预期的目的。当拉基京已经对古西科夫有所怀疑时,他一方面严密封锁杰尔卡伤势的真实情况,一方面又故意在古西科夫面前透露杰尔卡没有死的信息,目的就是使古西科夫产生错觉,判断失误。古西科夫原以为杀了杰尔卡死无对证,他也可以逃脱法网,谁知杰尔卡没被杀死,这就逼使他来到检察院自首。后来,当他得知杰尔卡虽然没死,但却成了植物人时,他怔怔地望着拉基京,说不出话来。在拉基京“诡诈”下,古西科夫只得认罪伏法。

十一、罗姆与充分条件假言推理、假言易位推理思维

罗斯·玛奎德那鲁德《拐骗犯的真面目》中的G社长的儿子被人绑了票,绑匪索要1 000张100美元的旧币,要求用普通邮包寄出。G社长考虑再三,不敢报警,而请了私人侦探罗姆来侦破。罗姆化装成百科辞典的推销员去交付赎金的地址查看,一打听,绑匪指定寄钱的地方子虚乌有,不光地址,连人名也都是假的。这时。绑匪又一次打电话威胁G社长,罗姆想,绑匪会是谁呢?首先,他考虑G社长是否有仇人。他问G社长夫妻:“请问,你们可有仇人?”“没有。”“你们仔细想一想。”夫妻两人想了半天,仍然说没有仇人。接着,罗姆又想,兴许是无意中得罪了谁?那这个人一定是G社长的熟人。罗姆就问:“那打电话的口音,您一点也不熟悉吗?”G社长把熟人一个一个地在脑里排队,排下来，失望地说：打电话的不是熟人的声音。在一个又一个假设被否定后，他终于想到了谁是真正的罪犯了。当G社长问他，谁是罪犯？罗姆说："谁能够取到赎金，谁就是罪犯。"

在整个案件的分析判断中，罗姆一直在运用着逻辑推理的方法在不断地分析着。首先，他连接用了两个假言推理的方法，将G社长的仆人和熟人排除在犯罪嫌疑人之外。所谓假言判断，"它不是对事物情况作出无条件的判定，而是反映某一事物情况是另一事物情况存在的条件的。所以，我们可以说假言判断是判定某一事物情况为另一事物情况条件的判断。"①假言判断中有充分条件假言判断、必要条件假言判断等多种。罗姆用的是哪种假言判断呢？罗姆用的是充分假言判断。所谓充分条件，就是有了前件A，就必然有后件B；而没有A，是否有B不能确定(既可能有B，也可能没有B)。② 其公式：如果A，那么B。也就是说，一个真实的充分条件假言判断，当其前件A真时，后件必真，当其前件A假时，后件可真可假。如果G社长有仇人，那么他的儿子就可能被仇人所绑架。通过问答，罗姆知道，G社长没有仇人，即前件A假，那么后件"G社长儿子被仇人绑架"亦假。从而排除仇人作案的可能性。在对熟人作案可能性的判断上，罗姆仍然运用的是充分假言判断。"如果G得罪了谁，谁就一定是熟人。"G没有得罪人，A假，所以B假。G社长从电话里也听不出是熟人的声音，最有意思的是罗姆在将仇人、熟人作案的可能性排除后，又用了一个假言易位推理的方法排除了真正的犯罪嫌疑人。所谓假言易位推理，"是变换假言判断前后件的位置而得到的一个新的假言判断的推理方法"③。它是通过对假言判断条件的逆换而获得一个逻辑结论，它的逻辑公式有两种，一种是如果A，则B；如果非A，则非B，或如果A，则B；只有B才A；另一种是只有A才B。如果B，所以A，或者只有A才B，只有非B才非A。那么，罗姆运用的是这其中的哪一种方法呢？罗姆说"谁能够取到赎金，谁就是罪犯"。显然用的第一种：谁如果能取到赎金A，那么谁就是罪犯B；反之，如果谁不能取得赎金，即A为假。那么，谁也就不是罪犯，B则为假。由此，他很容易地得出结论。要使A为真，那就是有一个人为真，即绑匪指定寄赎金的那个街区的邮递员。因为只有他才能将假名、假地址的邮包送到莫须有的地方，他才是取赎金的人，因此，他就是罪犯。果然，第二天将那个邮递员抓获审问，一切都如罗姆判断的一样。

---

① 十一院校. 普遍逻辑. 上海：上海人民出版社，1979：p85

② 十一院校. 普遍逻辑. 上海：上海人民出版社，1979：p86

③ 张永声. 思维方法大全. 南京：江苏科学技术出版社，1989：p327

十二、莱博维茨与可靠性思维

美国作家伯克逊的侦探小说《一个无辜灵魂的受刑》中的电影放映员霍夫曼因一件命案受到怀疑:他有一辆福特牌小汽车,有一件棕色大衣,有一副玳瑁框眼镜,还有一支零点二五口径的科尔特自动手枪。这一切都与命案中受害人的母亲提供的情况相吻合,而且,还有两个证人也提供了不利霍夫曼的证词,一个是巡警麦科乌克指认命案发生的下午,他在通往"情人小路"的公路上看见一辆福特牌小汽车,开车人就是霍夫曼。另一个证人是与霍夫曼在一起工作的电影卷片工惠德特,他说在凶案发生前几天,霍夫曼曾向他打听"有什么僻静的小路可以带姑娘?"于是惠德特就告诉他"情人小路"。这一系列的证词最终使霍夫曼被判杀人罪。霍夫曼一直不服上诉,在监狱里呆到第五个年头时,他写信请求著名大律师莱博维茨为他作无罪辩护。莱博维茨在研究了全部案卷的基础上,又进行了大量的调查取证,在最后一次开庭审判时,他对不利于霍夫曼的证人证词全盘否定,从而使霍夫曼得到无罪释放。

莱博维茨是凭借什么神奇的方法使霍夫曼无罪释放的呢?他用的是可靠性思维的方法。所谓可靠性思维方法,是指"借用可靠性(即在给定的时间区间和规定的动用条件下,一个装置有效地执行其任务的概率)的概念来分析思考问题的一种思维方法"。[①] 即对某事物、对象进行分析判断时,只能以确切、可靠的信息资料作为思考、判断的依据,而不太可靠的信息只能作为一种参考,是不能做依据来看待的。莱博维茨正是抓住了这一点,为霍夫曼做了令人十分信服的辩护。他的辩护是通过指出证人证词的假,即不可靠,来确定对霍夫曼判决的假,从而反证出自己辩护的真,即可靠。如果自己辩护的可靠性得到支持,那么,霍夫曼就是无罪的。用公式来说的话,就是,要证实结论A,现在已知甲是作案人,已有证据B1,B2,……Bn证明,现新发现证据Bn+1,若Bn+1与B1,B2,……Bn相比很相似,则新证据为A增加的可靠性不大;如果Bn+1与B1,B2,……Bn有很大的差异,则新证据为A增加的可靠性就很大。莱博维茨要证明霍夫曼无罪,就必须提出与原来证人指证的证据有较大的不同或完全不同,才能支撑自己对霍夫曼的无罪辩护。对此,他在辩护时先向麦科乌克发问:为什么在杀人案发生的半个月之后,麦科乌克才说他在出事地点附近见过霍夫曼?又问,检察官法克是否命令他到司法机关去辨认过霍夫曼?对此,巡警麦科乌克回答支吾其词,漏洞百出,使陪审团的人对证词的可靠性产生怀疑。接着,莱博维茨又否

---

① 张永声.思维方法大全.南京:江苏科学技术出版社,1990:p575

定了卷片工惠德特的证词，他说，霍夫曼曾经揭发过惠德特有过偷窃行为，惠并因此受过拘留，惠德特对此一直耿耿于怀，而且，他在命案发生的时间，已是好几个月不与霍夫曼说话了，哪来的"情人小路"一说呢？这样一来，陪审团中有谁会相信一个曾经当过小偷被抓过而且极不诚实的人的话？惠德特证言的虚假性一下被揭露无遗。至于玳瑁眼镜也已经为另一个电影卷片工哈里证实，发生命案的下午，他看见霍夫曼的那副眼镜仍挂在放映室的挂钩上，而霍夫曼只有一副玳瑁眼镜，也就排除了霍夫曼在现场的可能。最后，对作案工具——手枪，莱博维茨也提出质证：一位从事了 32 年武器研究的专家用霍夫曼的手枪打了 50 发子弹，弹痕相同，与现场发现弹壳的弹痕完全不同，也就是说现场行凶另有一把科尔特手枪。而且，更出人意料的是，莱博维茨把霍夫曼的那支零点二五口径手枪交给霍夫曼时，霍夫曼根本不能用，再追问，原来这把手枪的保险栓在右边，而霍夫曼是个左撇子。这与现场弹道图证明凶手右手射击的结论更是南辕北辙。莱博维茨这一举证，都与当初对霍夫曼判决时的证据有极大的不同，在否定、推翻了过去证人证词的虚假不可靠时，有利于霍夫曼无罪的举证的可靠性也就得到了证实。这种"可靠性思维"的方法在侦破工作中有着十分重要的意义。

十三、阿希那与共变思维

美国 M. B. 伯斯特《牛仔之死》叙述了这样的故事：阿希那是个年近半百的农场主，也是很有影响的业余侦探。连当地的保安官在遇到棘手难办的案件时，也都要去请教阿希那。这天，弗吉尼亚州的地方保安官遇到了一桩难办的案子。有个牛仔被人用生牛皮绳在脖子上缠了三道活活勒死了。保安官抓了一个嫌疑犯，但这家伙死活不承认。根据尸检结果，判定死亡时间在当日午后四时左右，而这个嫌疑犯说他当天下午四时前后在 G 镇，怎么可能把十公里外的牛仔勒死呢？而且，保安官一连调查了好几个人，都证明他从中午到尸体被发现时为止始终没有离开过 G 镇，也就是说，这个嫌疑犯没有作案的时间，也就不可能作案。正在一筹莫展的时候，阿希那被请出来了。他和这位保安官做了一个物理试验，将勒死牛仔的那根生牛皮绳子找出来，横在地上，量好了长度之后，又让人提了一桶水来，把牛皮绳放在水里浸泡了一会，再取出来同原先测量的绳子的长度作了一次比较。结果浸湿了的生牛皮绳比干燥的时候长了一截，这就对嫌疑犯在被害人死亡时间是否在场这个问题作出了合理又科学的解释。因为凶手正是利用了一点"热胀冷缩"的物理知识进行犯罪的。他在中午之前就将牛仔绑在树上，用浸湿了的生牛皮绳在他的脖子上绕了三圈，但当时并没勒紧，所以当时牛仔并未被勒死，做完这一切后，凶手就离开了现场，堂而皇之地在 G 镇上抛头露面，故意让人看见他一直都是呆在G镇的。而这时，在炎炎烈日下，生牛皮绳开始干燥，一点点地收缩，最后就将牛仔勒死了。凶手此时却正在十公里外的G镇呢。对凶手来说，他是通过时间差造成自己不在现场的假象来进行犯罪的，而对于阿希那来说，则是通过"共变思维"的方法来解读了时间差里的"玄机"。阿希那运用的共变思维，是人们判明现象之间因果联系的一种方式。人们在探究事物的因果联系时，在被研究对象发生一定程度变化的各个场合中，如果其中只有一个情况伴随着发生一定程度变化，而其他的情况保持不变，那么，这个唯一变化着的情况就是被研究现象的原因(或结果)。也就是通过研究两个现象之间的共变关系来确定其因果联系，以因果联系的确定性为客观依据，当原因作用的量发生变化时，其结果在量上也伴随着发生变化。这与盖·吕萨克第一定律是一个道理。法国物理学家盖·吕萨克在多次实验后发现，一定量的气体在压力不变的情况下，气体的绝对温度与它的体积成正比。如果气体温度越升高，那么它的体积也就越少；如果气体的温度越降低，那么它的体积也就越小。[①]

阿希那不是单纯地只懂得"热胀冷缩"，而是将"热胀冷缩"的物理原理放到现场的具体时间和地点来分析，通过生牛皮绳在自然状态下与温度上升后出现的反向变化，揭露凶手的狡猾伎俩，从而正确地解开凶手不在犯罪现场的"时间差"之谜。阿希那确实聪明，但是也应该看到，共变思维的结果有时并不一定是唯一充分的。它也有或然性的一面，要增加这一思维结果的可靠性，还要注意共变的限度。掌握好适度的原则，既要注意事物之间变化的临界点和关节点，还要注意共变具有单向和双向的发展趋势。这样才能使共变思维的信度更高。

十四、埃德、琼斯与类比思维

美国契史塔·海姆滋在《不可思议的凶器》中写了这样一个案件：美国纽约哈莱姆区的黑人警探埃德和琼斯在值班时接到报警电话，一个妇女说有两个流氓正在她的隔壁打架。埃德和琼斯赶到时，发现地上直挺挺地躺着一个年轻人，头上有明显的伤口，埃德上前摸了摸，发觉他已经死了。仔细地察看了死者头部的伤口，断定是一种比较坚硬的钝器砸死。询问那个凶手是用什么凶器行凶的，凶手一声不吭，埃德和琼斯就在没有一点像样家具的房间里搜寻，除了一个压扁的空菠萝罐头盒外，就没有任何可疑的东西。琼斯拿着扁罐头盒问凶手，凶手萨姆嘲弄地说："那家伙脑袋硬得像石头，这么个空罐头盒子哪能把他砸死呢？"可是，报案的妇女又分明没有看见有人走出这间房子，也没看见有什么人向窗外扔

---

① 张永声. 思维方法大全. 南京：江苏科学技术出版社，1990：p364-365

东西。那么，砸人致死的凶器是什么？又藏在哪里呢？琼斯、埃德考虑了一下，这时只见琼斯一把抓住萨姆的衣领，将他拎起来，埃德上去一阵闪电般的拳击，都打在萨姆的胃部，萨姆疼痛难忍，“哇”的一下把尚未消化的菠萝全都吐了出来，——凶器终于找到了。原来萨姆先用菠萝罐头猛击死者头部，砸死他后，就立刻打开罐头里的菠萝一下子全吞进肚子，企图使警察无法找到杀人凶器，最终逃避法律的制裁，谁知还是被识破了。那么，埃德和琼斯是怎样识破凶手萨姆的伎俩的呢？

这里，埃德和琼斯用了类比的方法找到了杀人凶器。平时爱读书的埃德曾经看到过这样一个案例，是一个极其凶悍的妻子用冻得硬邦邦的带骨羊肉活活地打死了自己的丈夫，为了逃避罪责，她随手就把这个冷冻的带骨羊肉放进烤箱里，等到警察来到后，除了烤箱里的熟羊肉外，怎么也找不到砸死她丈夫的凶器。由这一案例，一下子启发了他们，熟羊肉与现场发现被砸扁了的空罐头盒虽然形态不同，但不是一个道理吗？这个道理就是“类比”。所谓类比，是根据两个对象在一系列属性上是相同的，而且已知其中的一个对象还具有其他的属性，由此推出另一个对象也具有同样的其他属性的结论。[①] 如果将之公式化的话，就是

A 对象具有属性 a、b、c、d

B 对象具有属性 a、b、c

所以，B 对象也具有属性 d

A 和 B 在这里分别代表两个类，也可以是两个个体，类比推理在类与类之间、个体与个体之间以及类与个体之间应用。冷冻的带骨羊肉与尚未消化的菠萝罐头是两个个体。

当冷冻带骨羊肉具有硬、可食、易变形、可用（当凶器）属性

菠萝罐头具有硬、可食、易变形时

则 B 也就有可用（当凶器）的属性

所以，埃德和琼斯很轻松的就把凶器的证据找到了。

十五、玛丽与假设验证思维

马罕茂德·萨里德在《夜半火车》中描写了这样的故事：埃及开罗警察局遇到了一起十分离奇的案件，国家直属银行的一节装载黄金的车厢被盗，这节车厢挂在一列有武装警卫的专列上，专列一共是七节车厢，被盗的是第四节，也就是

① 十一院校. 普通逻辑. 上海：上海人民出版社，1979：p202

说在被盗车厢的前后各有三节车厢，除了装有黄金的第四节车厢是密封的外，其他几节车厢上都各有 4 名武装警察负责警卫。但就在这样严密的警卫下，居然少了一节车厢，直到专列到达目的地才被发现。这听起来有点近似于天方夜谭的事竟然就是发生了。刚当上刑警的玛丽是个爱动脑筋的姑娘，为了搞清楚罪犯作案的地点，她大胆地作了一个假设：以被盗车厢确实在专列中间为实施前提，设想在 1 000 多公里的行程中，排除了罪犯白天作案的可能性，罪犯就只有在夜间作案。夜间作案的地点必须要能满足在占轨的条件下，卸下中间车厢后，必须能够与专列错位，即不在同一轨线上。如何才能满足这一条件呢？只有在检修地段，因为检修地段都铺设旁轨，一般也不会引起人的怀疑，而且还能同时满足另一个条件，就是专列必须是在减速行驶时才能完成卸车厢到旁轨的过程，这一般就必须是在有弯道的地点。如果满足以上这两个条件，天方夜谭似的不可为之事就可能变成现实。玛丽的这个假设是否成立呢？另外两名办案的警察同玛丽一起勘探车厢可能被脱卸的地段——苏德法市。这个市是一个土匪出没的山区小市，她们在一个小山岗旁果然发现了一段曾铺设有旁轨的痕迹，再由此追踪下去，一切水落石出。玛丽的理论假设在侦破实践中得到了验证。

在这样的近似荒诞可笑的小说情节里，蕴含着科学性的思维方法，即假说思维，或者又叫“科学假说”。它是以已有的事实材料和科学原理为依据，对未知的事物或规律性做出的假定或解释或说明。① 虽为“假说”，但绝不是毫无根据、违背科学原理或逻辑混乱的胡乱瞎说。“科学假说”是以事实和科学知识为前提的，它对未知事物的推测分析并不依赖于人的主观或社会意识，而是客观事实制约着主观的分析和判断。或者说，是在主观对客观事实的接受前提和服从前提下进行的推理。玛丽在提出自己的假设时，首先是从专列第四节车厢被盗的这一事实出发提出假设，不确认这一事实前提，假设就失去了依据。事实上，假说在一开始就伴随着验证的构想，希望能将“假说”在实验中变为“真理”。玛丽就是通过大胆的设想，又进一步实地勘验，验证了“假说”的真实性和可靠性，从而获得对案件侦破方向预见性的认识。在许多科学研究中，假说性的思维方式都是一种重要的思维形式和逻辑方法，它是人们认识、接近客观真理、探索真理的重要途径。运用这一种思维方法，可以使我们对未知的事实和规律能够提出自己的预见和推测。当然，由于“假说”所依据的事实是有限的，不全面的，因此，假说是一种相对性的存在。其验证的结果可以是真，也可能是假，不可能是绝对的、完全的。说到底，它不过是人们的认识水平在受到主客观各种条件的限制下

---

① 十三院校. 普通逻辑. 上海：上海人民出版社，1979：p209

由科学假想向科学实验认定中的一种过渡性的探索，“当人们找到了更好的假说时，这种假说就可以不要了”①。

十六、哈特曼与描述性假说思维

法国的雅克·安多瓦纳在他的《占星术的启示》里写了这样的一起案件：1969年的一天，在德国汉堡的一座兵营里发生了一桩奇特的枪杀案：4个看守军需仓库的士兵被人用枪打死，一支最新式的带有红外线瞄准器的冲锋枪从仓库被盗走。登记军需用品进出的记录本也一起失踪，而距离仓库不远的地方就住着不少士兵和军官，他们竟然丝毫没有察觉有什么异样。按说军营这样本来就戒备森严的地方，凶犯怎么会进来的呢？国防部和司法部联合组成的一个调查委员会估计是极“左”的暴力恐怖集团所为，而且凶犯人数不少。在场的汉堡刑侦队侦探哈特曼对案件却有自己的见解，他根据四个被害者身上发现的弹头分析，凶器是同一把枪，因此，凶犯可能只是一个人。以凶犯并没拿走仓库里大量的火箭筒、轻机枪等情况看，凶犯也不是什么团伙犯罪的行动。这个凶犯能轻易得手，可能是枪上装有消声器，但凶手在哪？会是怎样的人呢？

第二天，十分嚣张的凶手给报社写了一封公开信，信的末尾签署的是一个看起来很奇怪的名字：八舍的执行者。哈特曼在与自己的太太谈起此事时，不料他的太太对凶犯自有见解。她指出：“八舍”是占星术的用语。占星术中把太阳的运行路径叫做黄道，黄道又被十二等分，每一等分就叫“舍”。由此，她推断出凶犯是八舍，即蝎子舍的。这个人神经不太正常，却对占星术感兴趣，如果是在兵营里当过兵的话，根据推算今年还不满25岁，那么，这个凶犯大概是1944年至1949年10月2日到11月22日之间出生的。哈特曼觉得占星术这一套与科学侦破简直就是两码事，但在一点找不到头绪的情况下，他觉得也不妨试一试。结果，竟然真的找到了线索。破案后的事实证明，哈特曼夫妇对凶犯的推理是符合实际的。

这听起来似乎有点离谱，占星术是个迷信的东西，怎么能与科学破案混为一谈呢？其实，这不是什么相信迷信，而是在整个思维过程中，哈特曼和他的妻子运用了描述性假说思维的方法。描述性假说思维是假说思维的一种，它是根据已掌握的事实材料和有关的科学知识，描述所研究对象的状态、数量、特征等等，作为进一步分析研究的根据。哈特曼和他的妻子在进行描述性假说分析时，也

---

① 达尔文生平及其书信集.第二卷：p287.转引：张永声.思维方法大全.江苏科学技术出版社，1990：p379

是根据已知的事实和有关的知识进行的。一是通过现场观察分析,从死者身上的弹头及仓库军火失盗的事实推测出凶犯可能是一个人;二是根据凶犯给报纸写的那封十分嚣张的信的署名"八舍的执行者"这一事实,来推测凶犯与占星术之间的关系,再由占星术的一般常识推测凶犯的年龄特征。总之,描述性假说并不是无中生有,异想天开,它必须是在已有的事实条件下才能进行的。这一种思维方式在刑侦破案中是经常需要用到的,尤其是对一些突如其来的"无头"案件,除现场留下有限的证据外,对凶犯的身貌特征、作案动机等等一概茫然的情况下,描述性假说往往在这样的一些疑难棘手的案件中几乎是通用的一种思维方法,它确实可以有助于办案人员找到相关的线索。如 1999 年破获的陕西宝鸡市杀人焚尸案就是一个典型的案例。这个杀人焚尸案发生在野外,发案时下雨,现场勘查时间距离发案时间已经有 6 天,现场勘查之前又刚刚下过雨,证据获取难度大。公安机关根据现场的痕迹对犯罪嫌疑人进行了模拟分析画像,最后扩大了现场搜索的范围,通过调查,将犯罪嫌疑人赵某与公安机关的模拟分析画像对比,最终抓获了赵某。在许多刑事案件中,侦查人员都会采用模拟画像的方式来进行调查,这实际上就是描述性假说的一种变化方式。

十七、穆森恩与同一性思维、契合思维

比埃尔·贝乐马尔《古文物上的血影》中的穆森恩是国际刑事警察组织罗马事务局经验丰富的警官,他在有一年的短短四个月内先后接到意大利和瑞士两国的四起凶杀案,第一起凶杀案发生在意大利首都罗马。53 岁的考古学家恩佐·卡诺莎教授在路上被一辆小车内打出的一长串手提冲锋枪子弹击倒毙命;第二起凶杀案发生在瑞士的罗加诺,遇难的是一位古玩商人,正当他在自家临街的平台上浇花时,被街上开来的小车上的枪手用手提冲锋枪打死;第三起发生在 6 月的意大利米兰近郊通往李纳特机场的高速公路上,死者是米兰的一位实业家,也是基督教民主党的头面人物。当时他遭到迎面开来的汽车上的枪手开枪扫射,与这位实业家同车的人也全部死亡;第四起案件发生在这一年 8 月,一位意大利著名收藏家、商人在蔚蓝海岸附近的私人游艇上被人开枪打死。这四起凶杀案发生在不同国家、不同时间和地区,为什么不报本国当地警方侦破,而是报国际刑警组织呢?原来,在这四起凶杀案中,意大利和瑞士警方发现凶手所使用的武器是同一把手提冲锋枪。由此,国际刑警组织认为,这几起枪杀凶案的罪犯不是一人,而是一伙,因而并案成一起重大的跨国"国际罪犯"案件进行侦破。

在案件侦破中,对于若干似乎互不相干的几桩案件,有时往往通过并案获得突破,这就需要借助"同一性思维"。所谓同一性思维是指想要证明具有某种性

质的东西是某对象，而这样的对象又是唯一确定时，那么可以设法将该对象构造出来，然后再去证明构造出的对象具有所述性质，由于该对象是唯一确定的，所以就可以知道所构造的对象与所需要证明的对象是同一个东西，从而使问题获得证明的一种思维方法。这种思维的逻辑基础来源于这一方法的运用最终要归结为断定构造的对象和要证明的对象这两个概念是同一概念。[①] 在穆森恩一连接触的四起枪杀案中，凶手用来作案的都是"手提冲锋枪"。这个要证明的对象即作案凶器并没有因时间、地点的不同而在内容上有所改变，没有一会是"手提冲锋枪"，一会是"微型冲锋枪"，对凶犯作案凶器的判断始终唯一、确定，这运用到现实的侦破中，就叫"认定同一"。例如在云南昆明翠湖宾馆发生的两名日本女游客被害案中，侦察人员通过提取被害人包间 229 房间里的鞋印、指纹与同一宾馆 332 房间里提取的鞋印、指纹进行比对鉴定，结果是一致的，这叫同一认定，因此，332 房间未办手续就自行离去的"李森"被认定有杀人犯罪的重大嫌疑，此案能在短短几天内告破，与侦察人员当初对凶犯同一性的认定这一正确的思维方法的运用有关。

穆森恩警官在审阅了连续四起枪杀案的报告后，他有了新的发现：一是在后 3 个被害者的通讯录和电话记录里，都记载着第一个被害者、考古学家卡诺沙教授的名字、地址和电话号码；二是他们虽然分别是考古学家、古玩商人、实业家、收藏家，但对古文物的爱好和追求是一致的；三是后三位被害者的收藏品中，都有大量引人注目的中美洲地区古代玛雅文化文物，考古学家卡诺沙教授恰恰是玛雅历史和艺术的研究专家；更重要的一点，后三位被害者的收藏品中都有一块古代玛雅石碑的残段。经过玛雅文化专家的鉴定证实，这三块布满精雕细刻的象形花纹的大石块，竟是同一块石碑上彼此相连的三段。由于四起看似各不相关的凶杀，却都具有上述四个相同点，这就给了穆森恩警官带来了一个新的启示：这四起案件，看来都集中地围绕一个关键性对象——古玛雅文物。于是，就开始着手从古玛雅文物这个方面进行侦破，结果，案情大白。穆森恩对案情的分析被证明是正确的。

这里，穆森恩运用的又是什么样的思维方法呢？这次他运用的是契合思维方法，又称求同法。它是用来判明事物之间因果关系的一种逻辑方法。当被考察的现象或事物出现于两个或两个以上的场合中，而其他情况都不同，只有一个情况是共同的，那么这个共同的情况就是被考察现象的原因或结果。穆森恩在对四起凶杀案的分析中，发现尽管凶案发生的时间、空间不相同，但四桩案件集

① 张永声. 思维方法大全. 南京：江苏科学技术出版社，1990：p560-561

中于“古玛雅文物”这一点上是共同的，如果用契合法的逻辑形式来表达的话，就是：

场合	先行(或后行)情况	被研究对象
(1)	A、B、C	a
(2)	A、D、E	a
(3)	A、F、G	a
(4)	A、H、I	a
……	……	

所以，A是a的原因

如果，再以上述逻辑方式带入穆森恩的分析的话，则为

场合	先行情况	被研究对象
(1)	枪杀考古学家5月18日	古玛雅文物
(2)	枪杀古玩商5月下旬	古玛雅文物
(3)	枪杀实业家6月	古玛雅文物
(4)	枪杀收藏家8月	古玛雅文物

所以，古玛雅文物是枪杀的原因

上述契合思维的逻辑形式表明，被研究的对象可以出现在多个场合，在先行情况只有A相同时，就可以作出判断，先行(或后行)情况A可能就是a的原因。显然，运用这样的一种思维方法，有助于侦破人员从各种错综复杂的环境中，排除不相同的因素，找到相同的情况，并以此作为探求因果关系的根据，其目的就是求同除异，异中求同。当然，这种思维方法具有或然性的特点。这是它的思维缺陷，为此，就要通过增加被考察场合的数量来提高可靠性程度，可以比较的场合越多，获得的结论信度也就越高。

十八、老人与必然性推理思维

巴罗内斯·奥尔茨《二百英镑》中讲述的是伦敦的一家咖啡店老板到警察局报案，说他的钱箱被人打开了，放在里面的二百英镑没有了。警察怀疑是夜里发现的一个青年人开的，结果搜遍了青年人全身，竟连一分钱也没有找到。第二天，人们纷纷议论此事，有人说，小偷可能把偷到的钱藏到什么地方了；也有人说，小偷准有个同伙，钱一偷到手就被转移了；接着又有人提出疑问，钱箱里除了这二百英镑纸币，还有硬币，这小偷为何只偷纸币，不偷硬币？这确实令人感到费解。专门报道社会新闻的女记者菠蒂·巴顿去请教一位奇特古怪的老人，经

过老人的点化，菠蒂去被疑为案犯的小青年家门口守候了两天，终于发现那个小青年就是小偷。老人是怎么点化菠蒂的呢？他说："你想想，这小偷为什么只偷纸币，不偷硬币？没有一个小偷不是贪得无厌的。考虑到这一点，我想起这家失盗的咖啡店门前不是有个邮筒吗？作案人早就踩好了点，他事先把写好自己姓名和地址的信封装在自己的口袋里，然后遛进店里，把偷到的钱装入信封，一见到警察，就连忙把信封扔进了邮筒里，虽然被警察抓到了，但也查无证据。"

这个能够破解小偷作案之谜的老人，其实并没有什么奇异的方法，他只是将必然性的推理运用到对案情的分析上而已。所谓必然性推理的方法就找出前提与结论之间存在的蕴涵关系的一种推理方法，也就是真的前提就必然地推出真结论。因为在这一推理过程中，从真前提出发，运用的推理形式是演绎推理或完全归纳的推理方式，因而也就必然能够推出结论。《二百英镑》中的老人先设了一个真前提"一切小偷都是贪得无厌"，也就是说，既然是小偷就不可能只偷纸币不偷硬币，硬币没有被偷走，并不能说小偷不贪，在这一个真前提下，他得出一个必然的结论。无论偷纸币、硬币，都是小偷。所以那个小青年偷了纸币，一定是小偷。结果，菠蒂的追踪与老人的推测是一样的。当年，文成公主进藏和亲时，唐王给藏王的求婚使者禄车赞出了三道难题，也用的是必然性的推理，如其中有这么一道题：让禄车赞到一个有 500 匹马的马群中去辨认多匹小马的母亲。这时，禄车赞就先叫人把小马和母马分成两群，先让母马吃饱吃好，却把小马关在围栏里忍饥挨饿，就在小马个个饥饿难熬的时候，禄车赞让人打开围栏门，把小马放了出去，这时，吃饱喝足的母马昂首高叫，招呼各自的小马，小马就各自迅速地奔向自己的母亲。

十九、杜丘与反思思维、相关思维

西村寿行《追捕》中的日本检察厅刑事部检察官杜丘冬人莫名其妙地被人指认犯有抢劫罪后潜逃在外。他明白自己陷入到一个圈套之中，但不清楚，为什么会有人陷害他？他回顾了一下手头正在办的四个案子，其中有一个矢村警长和其他刑警都认为是自杀，但是只有杜丘认为是他杀的案子，涉及厚生省商事局药事科科长北岛龙二，被害人的同事青山祯介，还有东邦制药公司营业部长酒井义广，而在自己被指控抢劫的那天晚上，他正在跟踪酒井，也许就是酒井雇佣了人给他设置了陷阱，此外，再也找不出什么人可能会是这次阴谋的主使了，于是，他就想到必须只有找到指认他抢劫的水泽和寺町才能把真相搞清楚，从这开始，他为找回自己的清白，找到真正的凶手，与阴谋者经历了一场生死较量。

在杜丘被陷害刚刚潜逃时，他为了搞清楚自己为什么会遭人陷害，首先对自己最近以来经办的案件进行了反思，作为一个真正的检察官，在办案过程中必然会遭到罪犯的仇恨，也只有仇恨他的人才会陷害他，那么谁会有仇于他呢？那就只能在以往经办的案件历史中，在过去的经历中去分析思考，这就是反思，然后，在反思的基础上，结合“相关分析”的方法，对自己手上正经办的几桩案件的多种现象加以分析研究，试图能多找到与自己可能构成仇人关系的存在。结果，他在四起案件的各关系人中，找到了与自己可能存在杀身之仇的一件案子，即酒井与他的关系，也即只有酒井涉及的案子才能使他陷害杜丘，这就是相关思维的分析。所谓相关分析，就是指现实之间在数量上存在的一种并不严格的依存关系，它们之间的关系数值不是确定的，也就是说，对于某一现象的每一个数值，可以有另一个现象的若干数值与之相对应。相关对象之间关系表现为一种变量的关系，根据变量关系形态的程度，就可以了解到现象之间存在怎样的相关关系及其程度，从而以此指导未来工作，制定行动的正确方向。杜丘作为一名检察官，他与所有的作案人员都存在一种正与负、敌与友的关系。但是，并不是所有办案人员与杜丘的关系都能由敌我正负关系变成生死关系。虽然这些关系的发生可能性是存在的，但没有量的变化、发展，原来较为恒定的关系程度不可能深化，而只有当不断深入调查，被调查对象深感威胁时，才会使一般的调查人与被调查人之间的关系程度转化为敌我生死的关系。杜丘之所以能从经办的四起案件中的反思中很快地判断加害于他的可能关系人，是与他的相关分析思维分不开的。

二十、符融与变更思维

房玄龄在《巧妙的破案计谋》中写了这样一个故事：傍晚时分，河北冀州城里的行人渐渐稀少，一个拿着包囊的老太太走到僻静处突然遭到抢劫，老太太大叫：“抓强盗啊！快来捉强盗。”正此时，来了路过的一个青年，他照着老太太手指的方向追了过去，很快，就把劫匪抓住了。当这个青年人把劫匪押到老太太面前时，周围立马聚集了不少路人，劫匪这时反咬一口，说年青人就是强盗，年青人气愤得要揍强盗，围观的人都说让老太太辨认，老太太本来就是老眼昏花，加上天色昏暗，哪里还能认出来谁是真的强盗？无法断定，众人就说到州府去请符融来断这个案子。符融正在灯下看书，听到这事，一看这两个人果然形体、长相差不多，便说，这事好办，他笑着对这两个人说：“你们两个人赛跑，谁先跑出凤阳门，谁就不是盗贼。”只有一个时辰，办案人员就把真正的强盗押了回来了，众人不解，真强盗也不服，说我只是跑得慢，怎么就成了强盗了呢？符融说：“好个刁滑恶徒！你在被人追赶时，难道会放慢速度等人家追上抓你吗？你抢了老太太的东西，跑出一段路后，但还是被人追上抓住了，证明你跑不过人家，所以，我叫你们俩比赛，谁快，谁就不是强盗，而是抓强盗的好汉。”

这里，符融很巧妙地把一个看似很棘手难办的事一下子就化解了，借助的是变更思维的方法，它就是把一个追捕问题变更为一个比赛问题来解决，或者说是将A变更为一个比A更容易解决的另一个问题B，通过容易解决的比赛问题B来达到解决棘手问题A的目的，这一类的问题，如就原问题直接分析、推测的话，一般比较复杂，也不容易有强说服力，而如果换个角度，改变一下思维方式，那么，就会使看起来复杂的问题变得简单，这也是我们对问题由繁向简、由难向易、由隐向显、由未知向已知进行思考分析时的一种很轻巧的方法。这种思维方法通常有两种形式，一种A问题与B问题是等价变更，变更后的值即答案和结果完全相同；另一种A问题与B问题是不等价变更，变更后的值即结果并不完全相等，但B问题的解决一定能很容易地为A问题找到答案，不管是哪一种形式，变更思维的方法都会使人在处理和解决问题时显得更加智慧。

二十一、马科夫斯基与辐集思维

波兰作家叶·埃迪格《一桩手枪案》中的华沙市民警总局的马科夫斯基遇上了非常棘手的案子。1965年11月的一个雨夜，华沙市郊民警分局卡利夏克民警在回家途中遭袭，当场死亡，随身携带的手枪被抢，下落不明。此后1966年，1968年，1969年，直至1972年，一伙犯罪分子用卡利夏克被抢去的那把手枪分别制造了四起抢劫杀人案，在最近的一起抢劫杀人案中，有人提到有一辆新的樱桃色的“菲亚特-125”型汽车。由此，马科夫斯基去要了一份最近一年内购买樱桃色“菲亚特-125”轿车的全部人员名单，以此名单为基础，根据几起枪案现场出现过的作案工具之一的“瓦特堡”，“施科达”和“华沙”牌汽车情况，通过保险和交通监管机构获得了拥有上述品牌汽车的车主，并将二份很长的名单缩短成一份，再让最近一次枪案中的幸存者——某家工厂厂长提供了一份有上述牌号汽车的熟人名单，他通过将这两份名单进行仔细地对照，很快就发现非常重要的情况，困扰了几年的枪案从此有了侦破的眉目。

马科夫斯基在这个分析思考的过程中，综合了多种思维方法。首先，他将历史与逻辑统一起来，自1965年发生第一起枪案以来，已经经历了七八个年头，共计发生了四起枪案，同一伙罪犯，同一种凶器，在不同时间，使用不同的交通工具作案，这就是此案事实的客观存在，以这一事实为依据将几起枪案并案起来进行分析和判断、推理，这就是逻辑思维的形式。其次，在将历史与逻辑统一在一起的条件下，马科夫斯基把1965年以来发生的四起枪案中的问题都牵引回来，向某一个思维点“同一性”的认定发起思维攻势，以此对多年来的分析研究进行梳理，这种方法是辐集思维的方法。从理论上讲，就是以已有的若干事实或命题为起点，把问题所提供的各种信息集合起来，遵循传统的逻辑形式，沿着单一或归一的方向进行推导，集向某一中心点，从而找到满意的或最好的答案。马科夫斯基就是将多年来四起枪杀案的各种信息聚合到一起，尤其是把各种作案车辆的信息聚合到一起，然后沿着同一认定的方向去理顺头绪。从这里可以看出，辐集思维与发散性思维方式是联系紧密的。发散可以提供多种有价值的假设和方案，辐集是对发散的整合和筛选。马科夫斯基由追踪"菲亚特—125"小车，想到追踪在四起枪案中出现的小车，再想到由幸存的厂长提供的对小车熟人情况的线索，这就是一个发散性的思维，然后在此基础上进行同一性认定，这就是整合，也就是在发散基础上的辐集。辐集思维的方法能够帮助人们从纷乱繁杂几无头绪的现象中去粗取精，提纲挈领，可以使人的思路逐渐变清晰，对问题的本质研究渐渐显现，最终获得方向性的突破。

二十二、赫沙与演绎推理、求异思维

波兰作家E.艾季格伊创作的《追捕"带疤人"》中的派出所所长赫沙，两年来接到十几起抢劫案。据称凶手都是蒙面的，一高一矮两个人，骑着摩托车。杀人时，用的是同一把枪。在短短的时间内，竟发生这么多起抢劫杀人案件，令当地警方十分恼怒。通过对凶手几次作案情况的分析，赫沙提出自己的看法。他估计，冬天以后歹徒不会继续作案了，因天下雪，骑摩托车会在雪地上留下车胎印，要继续作案的话，也会在明年开春道路雪化后；另外他判断出那个蒙面的矮个歹徒是个女人，在以后的案情的发展中，果然验证了赫沙的推断。

这里，赫沙在分析中选用了两个三段论法的演绎推理：在留下车辙痕迹的季节，歹徒不作案。冬天骑摩托车作案容易留下痕迹，所以骑摩托歹徒冬天不作案。果然，警方在一个冬天对案件的侦破都没有什么进展，因为歹徒确实没有在冬天出来活动，警方也没有发现什么新的线索，说明赫沙的推理成立。演绎推理分析，亦称"演绎法"，是运用十分普遍的一种思维方法，它是揭示前提与结论之间必然性联系的一种推理方法，也就是从一般性的前提推出特殊性或个别性结论的一种思维方法。一般讲，在这一种推理分析中，前提所涉及的知识和范围大于或等于结论所涉及的知识和范围，前提和结论之间有蕴含关系，在推理形式合乎逻辑规则的前提下，由断定其前提的真必然就可以推出其结论的真。冬天下雪，下雪后雪地里容易留下车辙印，这是一般性常识，由此一般性常识推导出骑摩托车的歹徒在冬天不大作案就是个别的结论了。

赫沙最有价值的分析还不在这个三段论推理，而是在下面对矮个歹徒的判

断，他是根据什么来判断矮个的蒙面人是个女的呢？他分析道：每次作案，矮个从没说过话，总是带疤的高个子冲在前头，那是为了避免矮个遇到危险，据此可估计矮子或许就是高个凶手的妻子或情人。而且，在几次实施抢劫中，歹徒只抢现金，不注意珠宝，但也有几次抢劫却不一样，有一次是抢了被害人一个古式珍珠戒指，还有一次抢了另一个被害人的波斯独创的手镯，最近一次神父被抢去的是一串蓝宝石项链，抢这些珠宝的，都是矮个歹徒，她并不是全要，而是只挑最值钱最好的东西，如果罪犯是男人，则会挑选金表或其他一些贵重的东西，并不一定只挑选珠宝，这就说明矮个歹徒很可能是女性。案件侦破的结果正如赫沙所料，矮个歹徒就是当地著名的女美容师卡罗里。在对凶手性别的分析中，赫沙运用了求异思维的方法。"求异思维"又称"差异法"，它是对事物之间存在的因果关系进行分析的一种方法，如果被研究的对象在它出现的场合与它不出现的场合中，其他情况都相同，只有一个情况不同，这个情况在一个场合中出现，而在另一个场合中不出现，那么，这个唯一不同的情况，就是被研究对象的原因或结果。简单地说，就是要从事物相同之中找到相互不同的情况来，通过同中求异的方法，来判断事物现象之间存在的因果联系。在十几起抢劫案中，作案歹徒的人数、体貌特征、作案凶器等等都相同，甚至在实施抢劫时的行动作法上也总是相同的，都是高个子打冲锋，矮个子似乎在受到保护，这两个歹徒在作案中只有一点不相同，就是在抢劫目标的价值取向上表现出男女的区别，矮个子歹徒抢劫一些贵重珠宝，说明她对这一类财物的偏好和喜爱，反映了女性的一些性格特征。所以，据此做出矮个歹徒是女性罪犯的推断是正确的。通过求异分析的一般逻辑形式可以更清楚地表述这一点：

场合	先行(或后行)情况	被研究对象
(1)	A、B、C.	a
(2)	__、B、C	__

所以，A是a的原因(或结果)

与赫沙所长的分析对应，则应为

场合	先行(或后行)情况	被研究对象
(1)	共同作案A、抢钱B、骑车C	矮个女歹徒a
(2)	共同作案A、抢项链B、骑车C	矮个女歹徒a
(3)	共同作案A、抢戒指、骑车C	矮个女歹徒a
(4)	共同作案A、抢手镯、骑车C	矮个女歹徒a

所以,B是a的原因

当然,求异分析也不是十分完全的,如B有时并不一定总是全部的原因,还可能有被隐藏而未被发现的不同情况存在,这就要求在运用这一种思维进行分析时,还要深入地研究全部的原因,才能使对事物的因果关系把握得更可靠。

二十三、滨松与自由联想思维

日本的岛田一男创作的《现场的陈述》中的滨松是特别侦查部从事"复容"研究的侦察人员。一天他正在工作时,他对面楼上发生了一起命案,经过现场勘查和分析,抓住了犯罪嫌疑人加代。加代为了夺走四亿日元的珠宝,把一个叫田山宗太郎的人杀了,尽管他承认杀了人,但就是拒不交代珠宝的下落,当大家感到束手无策时,滨松像玩游戏一样对加代进行了一次审讯:

滨松问:"糖果应该到什么地方去买?"

加代答道:"食品店。"

"饿了怎么办?"

"吃东西呗!"

"鱼生活在什么地方?"

"水里。"

"鸟呢?"

"山林里。"

"鲜花插到什么地方?"

"花瓶里。"

"珠宝呢?"

"五重塔!"加代脱口而出。

至此,珠宝的下落得以知晓,滨松带了仪器到附近的五重塔搜索,果然找到价值连城的宝石。[①]

滨松的审讯近似于游戏的方法,实际上是把"自由联想"的方法运用到讯问侦查来了。所谓"联想思维",是奥地利精神病专家、心理学家弗洛伊德提出的,用来治疗精神病的一种方法,心理专家称之为CQT联想测验,滨松把这一种方法用到讯问中来,就是让被讯问对象能想到什么说什么,对被讯问对象的思路既不限制又不引导,只要求被讯问的对象把自己感受到的每一件事情都直说出来,这中间不需任何判断。通过这样的方法使人在压力较小、精神较宽松的情况下,

① 余鹤仙,朱家栋.世界侦探故事大王.上海:少年儿童出版社,1992:p110

将最原始状态的心理活动及其内在的构成因素反映出来，使一些具有内在联系的材料在不同时间和地点上重现。表面上看，讯问对答的现象显得很乱，没有规律，没有逻辑联系，实际上，在不知不觉中就能把最初最直接的一些材料再现出来。确实如此，加代在毫无章法的联想状态中，自然而然地就将藏宝地“五重塔”脱口说了出来，使警方找到了赃物。

二十四、迈克与迂回谋略思维

美国作家 S. 史德林在《引蛇出洞》中叙述了这样一个故事：金融家凡德西·罗特里克的佛基尔别墅发生了投毒案，专门为凡德西做的食物被人投了毒，狗吃了后就死了。投毒案发生这天，凡德西的私人护士爱姆丝也接着失踪。私人侦探迈克·史莱特来到别墅调查一番后，公布投毒的凶手就是爱姆丝，她很可能已经死亡，该案可以了结。同时，他建议凡德西 24 小时之内解雇全部人员，重新换一批。接下来，别墅里原来的管家、厨师、仆人、医生等等全部都爆发了对凡德西父女多年来的不满和怨气。到了深夜，投毒杀人凶手终于暴露了出来，厨师玛德尔在刺杀凡德西时，迈克及时赶到，抓获了凶犯。

在整个事件中，迈克并没有直接地从正面去接近目标，虽然他知道凶手就在别墅中的六个人中间，但他巧妙地绕过了办案可能会陷入的困境，从凶手意想不到的地方入手，通过解雇全部人员，以此逼使凶犯露出真相，这就是一个迂回思维的方式。在心理学中，直线性思维是人的习惯思维方式，人的思维活动都存在着一定的惯性，这种思维惯性的干扰，会影响人们创造性思维的产生，而迂回思维，符合事物本身复杂曲折波浪式螺旋性上升的发展规律，可以使人避免受到困难的纠缠和困扰。如果迈克对别墅里除凡德西父女之外的六个人一个一个地去甄别，一个一个地去侦破，不是不可以，但会十分的艰难和费力，而转换一下思维方式，迂回一下，就可以使觊觎凡德西财产的凶手迫不及待地跳出来。解雇人员是假，逼将是真，这其实也就是谋略思维的一种体现。侦破人员在侦破工作中，要想能提高破案率，就要使自己进入到一种积极的工作状态，要进入积极的工作状态，就要充分地发挥自己的主观能动性，最大限度地扬长避短，最大限度地使自己始终在侦破工作中处于主导地位，尽量地使对手产生错觉和大意，迫使其出现过失。迈克迂回法战术的运用其实就是充分地发挥了自我主观能动的谋略作用的体现。迈克在这一谋略思维下，通过迂回，造成了凶手将被解雇的错觉，诱惑凶手上当受骗，而迫不及待地再次去犯罪。

思维及思维方式是一门科学。侦探推理小说充分地向人们形象地展示了这一科学的复杂性和丰富性。抽象的思维科学到了侦探推理小说中，就变成了散发着智慧魅力的可感生动的图景和画面。通过侦探小说文本中对思维科学方法运用的解读，我们可以看到，每一个案件侦破的成果，实际上都是智慧的结果，是思维的外在形式。正是智慧的力量，形象化的告诉了人们这样的一个理念：在侦探小说文本中所反映出的世界之恶，是完全可以依靠智慧之力予以遏止并战胜的。所以，我们可以说，侦探小说的文本，不仅是文学层面的也是科学思维层面的，它完全可以被用来作为思维学的教材来学习，而有志于刑侦工作的人就更可以将侦探推理小说作为模拟训练，提高专业实践能力的一种必读书。当然，在解读侦探小说的思维方法时，我们一般只就小说中主要借助的思维方式做一些诠释。实际上，任何一个文本中所描写的案件侦破过程都是多种思维综合的运用，而且交叉融合十分紧密，有时甚至都很难分出彼此。所以，对侦探小说文本中个案的思维分析，多数也只能取其一不及其他了，至于有些思维方式如求异思维与差异思维，集全思维与辐集思维等等，有共同交叉的内容，由于我们不是做纯粹的思维学比较分析，也就不再妄言了。

第五章 叙事论

从叙述学的角度来说，侦探小说故事的写作就是力图设计一种叙述性诡计，是作者利用文章结构或文字技巧，把某些事实刻意地对读者隐瞒或误导，直到最后才揭露出真相，让读者有难以形容的惊愕感。那些被隐瞒的真相并不一定是什么“凶手的名字”和“行凶的动机”，也可能只是“凶手的真正性别”，“被害者的真正职业”等等，甚至故事描写的可能不是“罪案”而是其他事情，虽然较常见的还是以杀人事件为主题的故事。经过爱伦坡、柯南道尔、克里斯蒂等人成功的创作实践，很快侦探小说就有了一种特定的写作模式，英国作家 S. S. 范丹不仅写侦探小说，而且也是一个文学评论家，他在研究了当时众多的侦探小说作品后，发现了一些共性的东西，从而提出了一个类型创作的基本准则，这就是著名的《侦探小说二十准则》，对创作侦探小说提供了有益的借鉴。范丹认为侦探小说就像玩桥牌一样，得循规蹈矩，不能使用欺诈的伎俩。它的构思要新颖独到，布局要合情合理，这样才能吸引读者，同时使他们输得心服口服。写侦探小说有许多规例，这些规例是不成文的，但是很明确，这是每一个稍有自尊和尊重读者的作家都应该遵从的。为了强调 20 准则的规范意义，范丹甚至把他的 20 准则作为“二十戒条”加以叙述。他认为，侦探小说创作应当遵循这样的“戒律”：

1. 作者应该把所有线索交代得一清二楚，使读者和书中的侦探具有同等的破案机会。

2. 读者所受的蒙骗应该仅止于罪犯施诸侦探本身的那些诡计。

3. 侦探小说不应扯上暧昧和爱情，否则就纠缠不清，使一些纯粹智力的竞赛复杂化。侦探小说的任务，是把罪犯绳之以法，而不是为了有情人终成眷属。

4. 犯罪的人不应该是侦探本人，或者是警方中的一员。这是一种欺骗读者的卑鄙手段。

5. 破案要靠逻辑推理，不能凭意外或者巧合，假如是罪犯自首的话，动机应该充分。否则，就有如哄骗读者去寻宝，到他放弃时，才让他知道宝藏竟在他的口袋里。这种玩笑是使不得的。

6. 侦探小说当然不能没有一个查案的侦探。侦探搜集蛛丝马迹，加以分析，最后揭露坏蛋的真正身份。侦探一定要靠分析线索来破案，否则就和小学生偷抄习题答案没有区别了。

7. 罪案一定要是谋杀案。谋杀案越血腥越残酷，效果就越好。比谋杀案轻微的案件实在不值得读者花费精神和时间。美国人爱讲人道主义，一宗恐怖的一级谋杀案必定会激起他们的义愤。哪怕是多么宽厚善良的读者也不会甘心让凶手逍遥法外，势必兴致勃勃地投入追查。

8. 破案的方法要合情合理。诸如读心术、扶乩、招灵、看水晶球那类巫术，乃是侦探小说之禁忌。和读者斗智的应该是个凡人，读者在玄学的第四维空间里和神仙、幽灵斗法，又岂有得胜的机会呢?

9. 进行推理的主角只可有一个。假如动用三四个甚至是一群侦探来思考，不但会分散读者的注意力，而且会影响本来连贯的思路。读者不知道和自己斗智的对手是谁，就会感到额外的困难。再者，读者要以一敌众，车轮大战，会感到疲于奔命。

10. 罪魁祸首应该是个举足轻重的人物。这个人物该是读者所熟识的，并曾经引起过兴趣的。将罪责推到一个从未出现过的人物或者无关痛痒的角色，是作者一种无能的表现。

11. 凶手不可是仆人、看门、跑腿、侍从、护林人、厨师之类的人，因其犯下的罪案是不值得写成书的。否则读者会觉得白白浪费了时间。凶手最好是个平时绝不会受到嫌疑的重要人物。

12. 谋杀案可以有很多宗，但罪犯只宜有一个。同谋和帮凶是可以有的，但是罪责一定要集中、归咎到一个黑心肠的凶手身上。这样，读者的义愤才有宣泄的对象。

13. 在侦探小说中加进黑社会，会把罪责分散，这样只会糟蹋一宗本来十分精彩的谋杀案。一旦牵涉如黑手党、剑魔罗刹匪帮之类的黑社会集团，小说实际上已变成惊险小说或警匪小说，不再是侦探推理小说了。罪犯当然要有个机会作公平斗争，但让他有黑社会做靠山就过分了点。一般稍有自尊的高级谋杀犯是不屑与黑帮同流合污的。

14. 犯罪和破案的方法都要合乎科学。换句话来说，假科学和纯粹想象出来的杀人方法一定要避免。毒药要出自《药典》。“超镭”之类的新发现元素只存在于作者想象之中，是不适合用于侦探小说的。作者一旦像儒勒·凡尔纳那样异想天开，就已经是越出了侦探小说的范畴，闯进幻想小说的领域去了。

15. 罪案的真相在阅读小说的过程中应该都颇为明显，瞒不过特别聪明的读者。一般的读者假如在获悉真相之后把小说再看一遍，他会发觉真相原来一直都摆在他面前。一个犹如侦探一样精明的读者，不用把小说读到结局就能料到凶手的身份。有关侦探小说的基本理论中有一条是这样的：一本构思得合情合理的侦探小说是无法将真相瞒过所有读者的，总有读者比作者更敏锐聪明。假若作者把案件和所有线索都交代得清清楚楚，读者凭着独立分析、淘汰排队和逻辑推理等思考方法，应该可以和侦探同时指出真凶的身份。这就是侦探小说的动人之处，也就是那么多不屑看流行小说的人会毫不脸红、津津有味地看侦探小说的原因。

16. 侦探小说不宜有大段的描写和借题发挥、累赘的人物性格刻画和气氛的营造。这些东西只会使情节呆滞，妨碍推理，就像在球赛中高歌自然之美或者在填字游戏时大谈词源和缀字那样令人讨厌。侦探小说是要陈述案情，加以分析，进而得出结论。读者阅读侦探小说，追求的不是动人肺腑的抒情、华丽辞藻的描写，而是紧张刺激的斗智娱乐。适量的描写和人物刻画是需要的，但只要能使故事有真实感，读者能够投入，就已经足够了。

17. 凶手不应该是个职业罪犯。劫匪盗贼犯下的凶杀案由警局凶杀科处理就可以了，用不着有劳作家和业余侦探爱好者。凶手的声誉越显赫越妙。道貌岸然的教会支柱、社团领袖或以乐善好施闻名的独身富婆乃上佳人选。

18. 假如读者到最后发觉罪案竟然只是宗自杀案或意外事件，定会大感失望。这样一个反高潮的结局，实在有负读者的厚望。不但会向作者讨还书价，还会严厉声讨作者。

19. 侦探小说里的谋杀应该出于私人动机。国际大阴谋或间谍之间的残杀是属另外一类的小说。谋杀案应有现实感，使读者能投入，有一个机会去宣泄内心压抑已久的感情。

20. 下面列出已经用滥了的模式，一个稍有自尊而勇于创新的作者都会不屑采用以下 10 条：

(1) 侦探凭着在案发现场遗留下来的烟头和疑犯吸的香烟牌子来破案；

(2) 侦探制造幽灵还魂的假象来恐吓疑犯，使其露出马脚；

(3) 凶犯利用伪造的手指模来欺骗警方；

(4) 凶犯用假人来制造不在现场证据；

(5) 侦探凭着狗没有吠这个现象，揭露潜进的人实是熟人；

(6) 真凶原来是无辜被告的学生兄弟或长得一模一样的近亲；

(7) 使用皮下注射器和蒙汗药；

(8) 密室谋杀案在警方破门而入后才发生的；

(9) 通过测字联想来破案；

(10) 凭着弄通一封用密码写的信来破案。

这个准则在相对长的时间内都适用于侦探小说的创作和研究。然而，时至今日，随着时代的发展，今天的作家们已经不再囿于过去的创作限制，而是更多地寻求自由叙述的空间了。因此，对侦探小说的叙述方式有必要进行新的审视和分析。

第一节　文体与故事

在叙事学研究领域，叙事文体(Text)是我们从事研究的基础对象，对任何一个从事叙事研究、分析的人来说，一部小说，一首诗，一部电影，乃至一切文本形态的叙事作品都是我们研究的直接出发点。“文本”(Text)的含义从今天的角度来看，它已不仅是语文中所限定的词义，是与图表、注释等相对的正文，其义项其实早已有所延伸并扩大到凡是有成文文字的语言符号，一些插图、注释等等一旦出现在文本中，就成为文本的一部分，因为它与文本一起，在试图完成某种叙述。在侦探小说的文本中，我们就可以看到不少带有插图和注释的作品，《福尔摩斯探案集》中有不少这样的插图和注释，谁能将这些插图和注释分割开，说非文字的内容不是一种叙述呢？它已经与文字的叙述合成为一体，形成互文性的一种叙述文本形式。

叙述，是信息的交流和传递的一种方式，它可以通过多种手段和形式来完成，既可以是言语的，也可以是非言语，或是副语言形式的表情、动作等神态和肢体来进行信息的表达和传递，无论这种信息传递通过何种手段和形式，总是通过由此及彼这样的路径。此，就是叙述的施动者；彼，就是叙述的受动者。叙述由施动到受动的过程就是信息传递的过程。在这个过程中，有两种情形，一种是闭合型的我向叙述，即施动者与受动者都是同一个人，就是通常人们说的那种“自言自语”；另一种是外向型的他向叙述，就是施动是一个人，而受动是另外一个或多个人。叙述的意义在于交流信息。这种交流既可以是口语讲述，也可以是书面讲述，使信息交流的媒介——信息符号形成一个可以描述某个事件的“话语”。“话语”是可以将故事结合进其中的艺术组合与结构，这种组合与结构借助于诸如视点、时间、变形、类比等手段来进行。

关于“故事”的概念，有比较明确的定义，《辞海》(缩印本，1979 版)中的“故事”有两个义项，一个是“叙事性文学作品中一系列为表现人物性格和展示主题服务的有因果联系的生活事件，由于它循序发展，环环相扣，成为有吸引力的情节，故又称故事情节”。另一个义项是“文学体裁的一种，侧重于事件过程的描述，强调情节的生动性和连贯性，较适于口头讲述”。文学作品中的故事，其实就是具体的事件，这种事件可以是已经发生，或正在发生的，也可以是可能发生的，这些已经发生的或可能发生的事件被“话语”组合进一定的艺术机构，并被借助观点、时间、变形等手段进行描述，在福尔摩斯的《巴斯克维尔的猎犬》这个侦探故事中，那只令人毛骨悚然的猎犬是在现实中，在家族的历史记忆中，在具体的凶杀案件中一次次地被不同的人以不同的视角进行描述，虽然描述巴斯克维尔猎犬的视角不同，但都以诡秘而不确实的语言方式竭力地描述一个极其恐怖的猎犬形象，人为事件的凶杀真相被巧妙地掩盖在恐怖的语境中，故事成了一个在叙述话语文本之下的一个并不能直接读到的抽象存在，它可以通过其他方式，如对故事真相的诠释、复述重新构建。《巴斯克维尔的猎犬》最后一章的《回顾》就是这样一个非常典型的例证。在这一章中，福尔摩斯说，“关于猎狗这个案件，我倒愿意尽可能正确地把它告诉你们”，然后，他就把整个案件的来龙去脉完全叙述出来，从而在叙述中解答了破案过程中遗留在人们脑海中一个又一个的悬念和问题，帮助小说的阅读者全面建立起一个完整的故事。

第二节　叙事功能与侦探小说

20世纪初，欧洲的一些语言学家开始致力于文学的具体功能的研究，俄罗斯的弗拉基米尔·普罗普(1895—1970)以俄国100多个民间神话传说为根据，总结出了31个“功能单位”(functions)，普罗普认为，功能就是“对情节发展有一定意义的人物行为”①。另一位法国语言学家巴特则把所有长短不一的叙述段落均称作“功能”。

人物的行动在具体的事件中进行着，而且有一定的基本模式，如果把人物分成角色的话，那么普罗普的基本模式就可以是：

A角给了B角某物，某物将B角带到了某处。

这其中有一个比较恒定的程序，就是某人(B角)凭借从另一人(A角)处得到的某物到达某处，实现其理想，人物的角色和身份虽然可能会发生变化，但基

① [法]达维德·方舟著；陈静译．诗学——文学形式通论．天津：天津出版社，2003：p33

本模式不变，普罗普正是在对 100 多个俄罗斯童话的异同进行比较后得出了自己的看法。他认为人物的功能是故事中比较稳定的因素，是构成故事的基本成分；功能的数量不是无限的，尤其在童话作品中，功能的数量并不多，而且功能的排序相同，叙事结构也都属于一个模式[①]。侦探小说和童话小说在文体学的分类上都属于类型小说，将普罗普的序列结构模式拿来分析侦探小说，就会发现两者间是多么相似，在《巴斯克维尔的猎犬》中，医生杰姆士·摩梯末向福尔摩斯叙述巴斯克维尔家族的恐怖传说并报告查尔兹·巴斯克维尔爵士的死讯，引发了福尔摩斯的兴趣，从而使福尔摩斯开始着手进行侦破工作；在《血字的研究》中，一个军曹给福尔摩斯送来了一封信，这封信报告了在希瑞克斯顿路的尽头，劳瑞斯顿花园街 3 号发生的一件凶杀案，由这一封信引发了福尔摩斯的又一段探案的经历。上述两例的叙述模式大体相同，都事先有一个报案人，然后由受案人（侦探）根据案情开展侦破工作，其基本叙述的序列结构可以成为以下模式：

A 角向 B 角报案称某人（物）被杀（被盗）。B 角由被害人（物）开展调查侦破。

但是，如果侦探小说都以上述序列结构进行叙述的话，就过于简单，情节就不会那么引人入胜了。实际上，侦探小说的叙述结构是呈网状结构的，布莱蒙在《叙述可能之逻辑》的研究中就把这种网状结构序列形态表现为：

- 可能性
  - 变为现实
    - 目的达到
    - 目的没有达到
  - 没有变为现实

如果将人物的行动和具体事件组合到上述的网状结构序列中的任一方面，就会有故事；如果这种网状结构序列越细，其序列层次就会越多，就会形成大序列中会有若干的小序列，小序列可以一个接着一个，形成一个“故事链”，这样，侦探小说的故事情节才得以一环又一环在错综复杂的情节中发展下去。在这里，叙事的功能是怎样的呢？功能是故事叙述的最小单位。在任何情况下，三个以上功能的结合都可以产生基本的叙事模式，只有让叙事功能不断地去组合、重新排列，才会不断地产生新的故事，在《巴斯克维尔的猎犬》中，我们已经知道其叙事的基本模式是：

A 角向 B 角报案称某人被杀，B 角由被害人开展侦破。

---

① 谭君强. 叙事理论与审美文化. 北京：中国社会科学出版社，2002：p14

在这个大的叙事序列中,又出现了若干的小序列,当亨利·巴斯克维尔爵士以巴斯克维尔家族中“最后仅存”的子嗣来到伦敦时,他与福尔摩斯的见面成了不是报案的报案,亨利一见面就说起他到伦敦后遇到的一些怪事,以及他收到的一封奇怪的用铅笔拼贴成句子的信。福尔摩斯却饶有兴趣地去从泰晤士报入手很轻松地就把铅笔拼贴信的谜底解开,这一段叙述就构成:

A 角(亨利)以怪信向 B 角(福尔摩斯)报案。B 角由怪信之怪入手侦破。

当亨利与华生同住进巴斯克维尔庄园后,华生夜间发现管家白瑞摩形迹可疑,就对亨利说了他的发现,然后两人合计抓现行,结果真相大白,这段叙述就构成:

A 角(华生)向 B 角亨利报案称白瑞摩可疑,亨利就与华生一起监视白瑞摩,最后揭开了疑团。

可见侦探小说的叙事正是通过这种一个一个环环相扣的小序列的组成,才使情节变化多端,险象环生,高潮迭起。

第三节 叙事者与侦探小说

在叙事学者看来,叙述不仅是说话。“啊,蓝天,白云”;“青纱帐啊,甘蔗林”这样的诗句在叙事学看来是不能作为叙述来研究的,在叙事学那里叙述是阐述某个具体的事件,以事件为中心进行的言语行为才能算是叙述。“我饿了”,“我喜爱的侦探小说家死了”,这些言语都因事而叙,为“事”而叙,叙述实际上就是在叙事,这件事可能是已经发生的,也可能是正在发生的,或是将可能发生的。各类小说中的叙事者就是那些在小说中担任叙事任务的一些有具体角色的人,是讲述故事的一种身份,是构成叙事作品的一种功能,即为“表达式构成本文的语言符号的那个行为者”或“其他媒介中与之相当的行为者”①,任何一部叙事作品,无论长短都不能没有叙事者,而且,往往还不止一位叙事者。在侦探小说中,几乎就很难找到单一的叙事者,每部侦探小说都是若干个叙事者在讲述一个又一个案子,侦探故事越扑朔迷离,故事情节越复杂,往往涉及的案中案就越多,案中案越多加入的叙事者就越多,在《巴斯克维尔的猎犬》中,最初和最后的叙事者都是两位,一位是我——华生,一位是福尔摩斯,接着出现了一个报案人——杰姆士·摩梯末医生,正是他向华生和福尔摩斯讲述了巴斯克维尔家族流传的传

---

① 谭君强.叙事理论与审美文化.北京:中国社会科学出版社,2002:p50

说——摩梯末医生成了第三个叙事者，而摩梯末医生在讲述巴斯克维尔家族的传说时却又引述了一份祖传的家族家书，是一份手稿，手稿中讲述的是一个奇特而古老的故事，而手稿故事的讲述者就成为一个隐含的叙事者。为了证实手稿中叙述现象的真实性，摩梯末又引出了另一个隐含的叙事者——德文州纪事报上关于几天前查尔兹·巴斯克维尔爵士死亡的简短叙述；随着亨利·巴斯克维尔的到来，又接连出现了意想不到的事，亨利·巴斯克维尔向福尔摩斯讲述了他刚到巴黎就遇到三次被盗事件；当亨利·巴斯克维尔一行回到阔别的家族庄园的路上，马车夫作为一个新的叙事者又讲述了一个从王子镇刚逃走三天正在被缉拿的一个犯人；当华生正在摄政街进行暗中调查时，正是斯台普吞这个生物学家讲述了沼泽地里发生的种种恐怖的事件；围绕着沼泽地，管家白瑞摩天天晚上要去窗口发信号又被迫讲述了沼泽地里发生的那个秘密——那个正在被缉拿追捕的沼泽地逃犯正是白瑞摩的内弟塞尔丹；为了调查查尔兹·巴斯克维尔死前约会的真相，莱昂丝太太讲述了她与查尔兹之间的关系；正是爱较真打官司的弗兰克自诩式的讲述他在那台庞大的望远镜上观察的发现，使华生发现了福尔摩斯的藏身之地。在《巴斯克维尔的猎犬》中，9个叙事者在不同的时间讲述着不同的故事，使得情节变得错综复杂，环环相扣。粗略地统计一下，《血字的研究》中的叙述者是50位，《四签名》中的叙述者17位，可见，侦探小说的叙述者是比较多的，尤其在情节复杂曲折的案中有案的故事中，叙述者更多是复数，很少是单数。

小说的叙述者就是故事的讲述者，他是叙述故事时的一种言论身份，这个身份与作者是有区别的，尽管在许多作品中，尤其是侦探作品中，以第一人称作为叙事者进行叙述的情形比比皆是，但这个以第一人称进行的叙事者决不能被视为作者，而作者也不能简单地被视为是以第一人称进行叙述的叙述者。

小说作者是小说创作的主体，是享有作品创作权的写作身份人。叙事者是小说中具有语言身份的言论主体，从叙事学理论的角度来认识，叙事者是小说中的一种符号，是一种功能物，只有将小说作者与小说的叙事者明确地区别开来，叙事研究才能产生意义，这里不可避免地要涉及一个问题，就是作者可能会将自己的亲身经历作为叙事者讲述的故事来叙述，这时，作者与叙事者如何才能界定呢？柯南道尔、爱伦坡都有过侦缉案件的经历，近年来出现的一位俄国的女侦探小说家玛丽尼娜原先也是一位从事侦破工作20年的刑事警察，他们的作品中讲述的故事似乎都能反映出他们当年所经历的一些案件，那么他们作品中的叙事者是否就可以看做是作者本人呢？"五四"新文学运动时期，当时的鲁迅、郁达夫、丁玲等一大批“五四”小说家都偏爱以第一人称的方式从事小说创作，尤其是郁达夫的小说更被人们当成“自传式”的小说进行分析，这是否就可以说小说中的那些带有强烈的作者个人色彩事件的叙述者就是作者本人呢？以《沉沦》为例，那个有着明显性自闭、性苦闷的文学青年，在作品中是以“我”的叙述身份进行的，这个“我”难道就可以被认为是作者郁达夫吗？近来的研究表明人们显然已经不这样认为，人们更倾向认为小说《沉沦》中的“我”不只是个人，而是一个群体，是当时留学海外受欺凌、受压迫的一批留学生自恋、卑怯、丧失民族自尊和不自信的共同形象，实际上，早年留学日本的郁达夫在情场上绝对是个少女杀手，小说中的那些性郁闷在作者的日常经历中是难以见到实证的，就像鲁迅创作《伤逝》一样，有好事者分析得出结论，说涓生就是鲁迅自己，理由是作者好像没有那番感情的经历如何写得出涓生那般感受来？何况还是以“手记”这样更私性主观的文学形式？难怪连鲁迅对此都要感到委屈地说“做人真愈做愈难了”，这是对叙述者等同于作者的一种很无奈的反驳。实际上，叙述者与作者的经历对应说是很难成立的，南京的一位女中学生，却竟然令人惊讶地写出中学生的情色小说。在她的小说中，有许多性经历、性场面甚至细节，你能说这样的一个叙述者就有过丰富的性经历吗？显然，作者与叙述者是两码事。在叙述学中，叙述者就是小说文本中声音的符号，不同的叙述者在小说中会用不同的言语方式发出自己的“声音”，从这个意义上来说，叙述者就是小说文本中“声音”的主体，而不是写作的主体，与作者没有等同意义。

小说中讲故事的“声音”有时是一个，有时是多个，也就是叙事者可能是一个人，也可能是多个人，即使在一部作品中，也可能有多个叙事者，这一点已是明确了的，但叙事者用怎样的人称形式讲述故事却是一个比较复杂的问题。一般说来，小说中的人称形式越多，小说情节越丰富，小说结构也越复杂。在普通的叙事作品中，可以用一种人称形式讲述一个或若干个故事，但一般往往是离不开多种人称形式并用的。在侦探小说中尤其是这样，不同的人称形式涉及叙事者的类型，人称形式多样，叙事者的类型也变得多样复杂。曼弗雷德·雅恩认为，作者创作作品可以有三种“叙述情境”——第一人称叙事(first-person narrative)，作者叙事(authorial narrative)，角色叙事(figural narrative)；多勒泽尔将叙事模式归类为如下三种：第一人物和第三人物讲述；叙事者是否是小说中的一个人物；叙事者表达或隐蔽主观态度、评价和批评等。而且，还划分出第一人称和第三人称形式，即：

- 叙事方式
  - 第三人称形式
    - 客观的
    - 修辞的
    - 主观的
  - 第一人称形式
    - 客观的＝旁观者的
    - 修辞的
    - 主观的＝个人的

斯坦泽尔的三种类型则是作者“无所不知”的叙述情境，叙述者为人物之一的叙述情境，依据一个人物的观点所做的“第三人称”叙述。① 可见，叙事者类型的划分是一件十分有争议的事，因为文学叙述本身就是丰富多样的，而叙述者就是使文字叙述摆脱单一叙事的呆板模式，追求多样性、奇特性的表现方式。侦探小说的情节之所以复杂奇异，也与叙事者的多样性是分不开的，而特定叙事者的设置更可以曲折入微地表现人物事件的复杂世界。《血字的研究》中“再录华生回忆录”和《巴斯克维尔的猎犬》中的“华生医生回忆摘录”以自传体和日记体的方式对案情调查的进展和结果进行叙述，同时把叙述者时时自责的复杂心理表现得非常细腻。在文学作品中，叙事者还可以有意识地表现出与读者观点的错位，强化“读者参与”的目的，就是让读者将叙述者的观点倒转述来，对事物进行独立的思考，从而更深入地思索情节的发展过程。这一点在侦探小说中表现得尤为显著。可以这样说，侦探小说中如果没有叙述者与读者的这种错位，就失去了侦探小说的一大魅力，就如同我们在阅读日本的侦探小说作品时所体会到的一样，在日本大量的侦探小说中乱伦、情杀等故事充斥其间。而且，经常被叙述者以平淡冷漠或者惊羡欣赏的口吻被讲述着，读者在阅读这类文字时，只要是正常人，就自然会对叙述者的立场和观点表现质疑，从而引发对日本民族文化、民族心理的深入思考。这一点，也正说明了侦探小说作为一种文学类型之所以百年不衰，正是它始终具备了现代小说的这一种叙述功能。

叙述者的类型无论如何区别，都是以具体的人称为其标志的。所不同的是同一人称的叙述者在作品中的地位产生的作用和观察的视角不同而已。在第一人称的叙述者中，我们可以将叙述者分为两种角色，一种是主角，还有一种是配角。主角叙述者就是作品中的主人公，在中国侦探小说中，有不少的“我”作为叙述者，这个“我”就是作品的主人公，它往往表现为主人公在讲述自己的故事。《浦江擒鲨》中的“我”是潜入敌特组织的一名侦察员，“我”通过回忆讲述了上海

---

① 谭君强. 叙事理论与审美文化. 北京：中国社会科学出版社，2002：p53-55

解放时期敌我双方展开的特工战。最终"我"机智勇敢地擒获了代号"鲨鱼"特首的经历;《"小人蛇"的覆灭》中杜成维也一样是以"我"这样的主人公作为叙述者的。县公安局女侦查员茹芬在作品中讲述了自己受命潜伏到香港黑社会"小人蛇"的拐骗集团,协助公安局的同志们一举破获"小人蛇"拐骗集团,救获10多名被拐骗儿童的故事。这些小说中的叙述者都是以主角的身份叙述自己的故事,让人身临其境,身同感受,虽是虚构,但强化了小说的真实性;配角叙述者就是作品中的次要人物,这个叙述者不一定是事件本身的亲历者,但可以作为事件的线索或者直接就是一个故事的中介,通过"我"的叙述将故事逐渐地讲述出来。《福尔摩斯》中的"我"——华生就是最典型的,正是华生这个"我"的叙述者才使我们了解到福尔摩斯侦办的一个又一个案件。而华生显然是属于讲述故事的一个"中介",或者说就是一个工具,这个工具以"我"第一人称的方式来表达,是突出"在场"的效果,也一样是增强小说的真实性和亲历感。

在第三人称的叙述者中,角色种类的划分已经不能适应叙述者本身的情况了。因为第三人称的表现方式是最为丰富和复杂的。它是叙事作品普遍采取的叙事方式。人称叙事,从某种意义讲,也就是立场叙事,立场不同,叙事角度不同。从这个意义上讲,人称叙事又可以说是角度叙事。第三人称叙述者就是因其叙事角度的多样性才使叙事文本的表现方式变得丰富而复杂的。那么,从叙事的角度观点出发第三人称的叙述者一般有哪些角度呢?有学者将第三人称叙述者的叙述角度分为三种,即全知全能型、有限的或选择性的全知全能型以及纯客观型。[①] 所谓全知全能的叙述者,是指叙述者表现得如同全能的上帝一般俯视着芸芸众生,可以洞察一切,料事如神。侦查小说中有大量这样的描述,尤其是通过一个人的体貌特征、穿戴打扮甚至一件物品、一个细节就能十分准确地对人物的身份、经历甚至性格特征做出判断,在《四签名》中华生与福尔摩斯之间有一场对话是这样的:

福尔摩斯对华生说:"你今早曾到韦格摩尔街邮局去过……你在那里发过一封电报。"

华生:"我真不明白,你怎么知道的?"

福尔摩斯:"我观察到在你的鞋面上沾有一小块红泥,韦格摩尔街邮局对面正在修路,从路上掘出的泥,堆积在便道上,走进邮局的人很难不踏进泥里去,那里的泥是一种特殊的红色,据我了解,附近再没有那种颜色的泥土了。这就是从观察上得来的。"

---

① 杨文虎.从元素到观念.上海:学林出版社,2003:p71

华生："那么你怎么推断到那封电报呢？"

福尔摩斯："今天整整一个上午我都坐在你的对面，并没有看见你写过一封信。在你的桌子上，我也注意到有一整张的邮票和一捆明信片，那么，你去邮局除了发电报还会做什么呢？"

这样的例子在《巴斯克维尔的猎犬》也有典型的描述。当华生正在摆弄一根手杖的时候，福尔摩斯正背对着华生坐着，但福尔摩斯却发问道："啊，华生，你对它的看法怎么样？"华生惊讶地反问到："你怎么知道我在干什么？我想你的后脑勺上一定长了眼睛了吧。"福尔摩斯当然后脑没有长眼，他确实是通过这一点一滴的小细节突出了福尔摩斯的神妙之处，以至于人们都将很能办案的侦探称之为"神探"，就在华生与福尔摩斯就一根手杖来分析手杖的主人职业身份等细节时，作者用先扬后抑的方式对华生与福尔摩斯这两个全知全能的叙述者的能力进行了一番比较，先是福尔摩斯诱导华生先说出自己的分析来：

"华生，告诉我，你对咱们这位客人的手杖有怎样看法呢？"

当华生很骄傲自得地说出了自己的分析，认为手杖的主人是一位功成名就、年岁较大的医学界人士，并且很受人尊敬，福尔摩斯却对华生的判断予以全盘否定："亲爱的华生，恐怕你结论大部分都是错误的呢！——那个人肯定是一位在乡村行医的医生，而且他确是常常步行的。……送给这位医生的这件礼物与其说是来自猎人会，倒不如说是来自一家医院；由于两个字头'C. C.'是放在'医院'一词（在英文中，医院一词的字头也是H）之前的。因此，很自然的使人想起了Charing Cross这两个字来。"

由此，福尔摩斯推断：那个人在下乡之前曾经在城里行过医。接着，福尔摩斯继续推断说手杖主人曾从一家城市医院转到乡村去行医，这礼物①"是在这个转换的当儿送的"，并且他不会是主要医师，可能是个住院外科医生或者是住院内科医生——地位稍稍高于医学院最高年级的学生；而且他在五年以前已经离开。他是一位青年人，不到30岁，和蔼可亲、安于现状、马马虎虎，他还有一只心爱的狗。对于这只狗，福尔摩斯甚至说它比犬大，比獒小。

仅从一件小小的物品及其细节就能推断物品主人的年龄、性格、职业、经历甚至物品的来历，这就是全知全能的叙述者，而且它还能预料将要出现的人或事。在侦探小说中，往往是先有全知全能的叙述者对静态物及过去已发生事件的具体推断，然后就会通过一个又一个紧随而来的人和事对已发生的判断结论进行验证或描述，就在华生与福尔摩斯对一根手杖进行推断并需要对福尔摩斯

---

① 指手杖——作者

的结论寻求验证的时候，人证就来了。随着摩梯末医生的出现，福尔摩斯先前对他的各种推断全都一一验证了。

全知全能的叙述者不仅无所不知，而且还能处变不惊，有着稳如泰山般的气概。纵观整个福尔摩斯侦办的案件，真正能够与福尔摩斯较上劲的，或者说真正能够被称得上福尔摩斯对手的只有一人，那就是被称为最危险的罪犯——莫里亚蒂教授(《最后一案》)。在与莫里亚蒂较量中，福尔摩斯对莫里亚蒂将要采取的每一个行动都能够心中有数，了如指掌，甚至对将要与莫里亚蒂进行的一场生死搏斗也完全预料到，但是，尽管面对的是智能超常，本性凶恶的对手，福尔摩斯也无所畏惧地一往无前，正是他对敌人了解得越多，才越能够表现出他的大无畏的英雄气概；在与莫里亚蒂决斗中人们都以为福尔摩斯已经死了，但是三年后福尔摩斯竟然又出现在贝克街。并且，福尔摩斯清楚地知道莫里亚蒂同伙中还有仅剩下的一个人——莫兰上校在伦敦。对莫兰上校这个伦敦第二号最危险人物的杀人动机和行动方向福尔摩斯竟然也能够掌握得一清二楚。福尔摩斯最终能够十分从容而机智地应付，赢得胜利(《空屋》)，充分体现了一个神探的神机妙算和无所不知、无所不能。

所谓有限的或选择性的全知全能型的叙述者，是叙述者以较为狭小的视野和较单一的角度讲述一个问题，探求外在事物的内在因素或人物的内心世界。这种叙述者或可以称之为是“半全知全能”型的叙述者，他们的叙述视角又分为单视点叙述和多视点叙述两种情形。侦探小说中一些报案人叙述大都可以算作是单视点的叙述，他们都是从自己的角度来讲述某一起自己智力、能力都难以破解的案件；多视点叙述是若干第三人称的叙述者各自从自己的视角来描述某同一事物，如《巴斯克维尔的猎犬》中对猎犬的讲述就有多个版本，既有巴斯克维尔家族内的手稿版，又有摩梯未的医生版，还有斯台普尔版等等。

所谓纯客观型的叙述者，在侦探小说中也是非常多的，克里斯蒂在《东方快车谋杀案》的开头写到：

东方快车，正在横跨欧洲的铁道线上隆隆前进。在一节卧铺车厢里，除了乘务员比埃尔以外，比利时侦探波洛、列车主任布克、大富翁雷切特，还有他的秘书、仆人等 12 位乘客，都各住一个包房。这天清晨，白雪茫茫，东方快车仍像昨晚一样，被雪封住了，停在铁路上无法前进。①

在这里，叙述者作为一个不作任何主观判断的旁观者，用直叙的方式讲述某一件事，而且，还以这样叙述方式把侦探小说中案中有案、环环相扣的故事场面

① 余鹤仙，朱家栋. 世界侦探故事大王. 上海：少年儿童出版社，1992：p450

一个又一个提供给读者。在《东方快车谋杀案》的开头之后不久，纯客观的叙述就很冷静地把一个又一个乘客被杀的场面接连不断地讲述出来，以此使小说获得神秘性。

在叙事之中，第二人称的叙述者本质上是不存在的，“你”只是叙述的接受者，而不是叙述者，在《福尔摩斯探案集》的全三卷中，以及曹正文先生主编的《世界侦探小说推理大全》所涉及的395个侦探故事中，没有一个故事是以第二人称叙述的，可见，在侦探推理小说作品中，叙述者的人称同其他文学作品中的人称大致相同，主要也是以第一和第三人称进行叙事的。

第四节　叙述时间与侦探小说

任何小说，本身就是一个自含性的时间符号系统，信手拈来一处，都可以发现被隐含了的时间符号。如在《三国演义》第三回《议温明董卓化丁原，馈金珠李肃说吕布》的开头：

却说前将军、鳌乡侯、西凉刺史董卓，先有破黄巾之功，朝汉将治其罪，因贿赂十常待幸免；后又结托朝贵，遂任显官，领西凉大军20万，常有不臣之心。是时得诏大喜，点起军马，陆续便行。①

在这段文字中，我们如将“先…后…常…是时…”连接起来，那么，这一段中的时间叙述就是十分明显的了。中国古典小说里是这样，在西方文学中的也是这样，除以时间为序进行叙述的《十日谈》以外，任何一个西方小说体都可以进行时间符号的解读：

世界银行就在这样的情况下，一直到了举行第一次股东大会的时候，股东大会决定在4月25日举行。20日那天，哈麦冷已从东方回到巴黎，……这一次临时董事会开得有声有色……平常有两种股东会：常务董事会，大约在每月的15日举行，这是最重要的一个董事会，参加会议的是一些真正的首脑人物，是主持业务方面的董事；全体董事会，大约在每月的30日举行，是一种场面铺张的会议，那些向例不说话的、作装饰的董事都来出席，赞成那事前已经准备好的工作，签上自己的名字。这一天，长着贵族式小脑袋的博安侯爵，首先到了；……最后开会了。②

① 罗贯中．三国演义．济南：山东人民出版社，1980：p22

② 左拉．金钱．北京：人民文学出版社，1980：p190-191

试想，如果这一段文字中，将那些前后不断出现的时间拿掉，那么，这一段文字就成了毫无叙述逻辑可言的痴言乱语，小说的时间性表现在一般文学作品中已经如此明显，在侦探小说中表现得则更尤其突出。

柯南的推理还没有最后完成，有一名警员过来对西村说："西村探长！从现场来的联络，说知道了浅间从列车跳下的时间！计算列车的速度和尸体的位置，跳车时间大约是早上4时10分左右，与目击者提供的凶手逃入房内的时间完全吻合。"

柯南正是通过时间上出现的漏洞质疑："难道凶手真的可以在短时间内抛出尸体，再自行在房内消失？这怎么可能？人不可能有这种超能力！"①从而判断出凶手还有另外的作案手段和方法，然后引导警方更近一步深入地分析调查案件的；著名的《东方快车谋杀案》中更可以说是以时间来进行侦探叙述的典型案例。

火车启动后下起了大雪。晚上8点，火车到达贝尔格莱德，9点15分火车继续前进。到半夜，由于铁路被雪盖没，无法开动。

火车上的旅客都醒了，这时列车员发现一起凶杀案，被害者就是雷切特。据列车员讲，昨晚12点雷切特还活着，他的手表碎了，指针指着1点15分。

波洛运用他大脑袋里的"灰色"细胞，进行逻辑推理，他发现"12"这个数字太奇妙了。于是他趁南斯拉夫国际刑警还未到来之前，把12位旅客请到一起，说出了他的两种推论。

第一种推论是：雷切特死于1点15分，凶手是一个有超级技巧的职业杀手，……

第二种推论：雷切特死于12点15分，至于那只表是因为东欧时间比中欧时间早1小时，雷切特忘了拔。那个列车员在12点37分听到雷切特说话的声音，其实是其他人模仿他的声音回答的。至于凶手，正好是12个，也就是你们在座的12位。②

可见，时间这一要素，或者说时间的叙述功能在侦探小说中更是直接影响着故事情节的发展和侦破结论的。

小说之所以能成其为艺术，不仅体现时间的符号，更是对时间进行组合、转换的艺术。我们应该认识到小说时间与物理时间是有区别的。让我们来看看《简明大不列颠百科全书》对时间的诠释：

---

① 青山刚昌著；孙亭等编著；名侦探——柯南探案集3.通辽：内蒙古世界儿童出版社，2002年第4版：p149

② 曹正文.世界侦探推理小说大观.上海：上海辞书出版社，1995年第11版：p248-249

Time: measured or measurable period. More broadly, it is a continuum that lacks spatial dimensions. Philosophers have sought an understanding of time by focusing on the broad questions of the relation between time and the physical world and the relation between time and consciousness. Those who adopt an absolutist theory of time regard it as a kind of container within the universe exists and change takes place, and believe that its existence and properties are independent of the physical universe.

Britannica Concise Encyclopedia *Times literary Supplement I 1659*
上海外语教育出版社 2008 年

在这段对时间的阐述中，我们可以知道，广义上讲时间是已经测量好的或是可测量的一系列缺乏空间的尺寸。哲学家要求了解时间与世界以及意识之间的广泛联系。那些采取绝对理论时间观点的人将时间视之为一种在宇宙中存在并且变动发生的容器，他们相信时间是具有物理属性的独立于宇宙的客观存在。诺贝尔奖获得者，英国著名的物理学家霍金在他的《时间简论》一文中说：每个观察者都一定有他自己的时间测度，这是用他自己所携带的钟记录的，而不同观察者携带的同样的钟的读数不必要一致。每个观察者都可以利用雷达发出光或射电波脉冲来说明一个事件在何处何时发生。事件的时间可认为是脉冲被发出和发射被接受的两个时刻的中点：而事件的距离可取这来回行程时间的一半乘以光速（在这个意义上，一个事件是发生在空间的单独一点以及指定时间的一点的某件事）。我们必须接受，时间不能完全脱离开和独立于空间，而必须和空间结合在一起形成所谓的时空的客体。在“时间箭头”这一章中霍金再次说：每个观察者都一定有由他携带的钟记录的他自己的时间测量：不同观察者携带的钟不必要一致。这样，相对于进行测量的观察者而言，时间变成一个更个人的概念。①

霍金从物理学的角度阐发了时间的意义，对我们进行文学作品叙事时间的分析也是不无裨益的，因为小说中的叙事时间是双重性质的，法国电影符号学家麦茨（C. Metz）在他的《电影语言》中说道：

故事是一个双重的时间序列——被讲述的事情的时间以及叙事的时间（所指的时间与能指的时间）。这种双重性不仅在叙事文中使极为平常的所有时间畸变成为可能（主人公 3 年的生活在小说中用两句话或者在电影中“反复”用蒙

① ［英］史蒂芬·霍金著；许明贤，孙桂均译. 时间简史. 长沙：湖南科学技术出版社，2006

太奇的几个镜头就可以概括)，更为根本的是，它使我们将叙事的功能视为将一种时间构建为另一种时间。[①]

因此，我们把小说作为是故事时间和叙事时间两种时间的变形转换艺术来认识是再恰当不过了。小说作者在创作过程中完全可以根据需要将现实时间进行调整，既可以把时钟拨慢，也可以把时钟拨快，甚至还可以将时间凝合或扩张，一切都可以视叙述的具体需要进行安排。小说叙述中时间的双重性质使作者在创作中可以有更灵活的叙述空间，小说人物、情节的安排可以最大限度地被嵌入作者的艺术构思之中，从而使小说的结构获得更复杂多样地表现，内容也更丰富。正是通过对叙述时间的分析，我们可以获知侦探小说艺术技巧和艺术成功的关键是作者对时间的转换和组合。这种时间上的转换和组合最显而易见的是体现在故事时间的先后次序同叙述事件线性布局之间的关系上。在叙事学中，这对关系就被称之为时序。所谓故事时间，就是事件按其发生、发展、变化的先后顺序所排列出来的时间，也就是“被描写的时间性”[②]；所谓叙事时间，或者说文本时间，是作者在叙述文本中所出现的时间状况，这种时间状况可以不受故事时间的局限，而是以他者的身份在客观的立场上表现出来的，也就是“描写这个世界的预言时间性”[③]。这两种时间之间既可以互相一致也可以不一致。而在侦探小说的文本中，我们看到的这两种时间关系往往是不一致的，因为一致的话则将减弱侦探小说的复杂性和曲折性。

侦探小说的复杂性和曲折性在时序上的不一致在叙事学中被标为“错时”现象，法国结构主义大师热奈特曾引用过一个经典的例证说明什么是“错时”：

阿喀琉斯的愤怒是我的主题，只因这惹祸招灾的一怒，使宙斯遂意如心，却带给阿开亚人那么多的苦难，并且把许多豪杰的英魂送进哈得斯，留下他们的尸体作为野狗和飞禽的肉食品。诗歌女神啊，让我们从人间王阿伽门农和帕琉斯之子伟大的阿喀琉斯的决裂开始吧。是哪一位神使得他们争吵的？

是阿波罗，宙斯和勒托之子，发动这场内讧的，当时是因那人间王对这位神的祭司克律塞斯无理，神就惩罚他，对他的军队施放一种凶险的瘟疫，要歼灭他的部下。[④]

---

① 谭君强. 叙事理论与审美文化. 北京：中国社会科学出版社，2002：p151

② 托多罗夫著；黄晓敏译. 文学作品分析. 张寅德编选. 叙述学研究. 北京：中国社会科学出版社，1989：p61

③ 同上

④ 荷马. 伊利亚特. 北京：人民文学出版社，1958：p1

在这里，荷马指出的第一个叙述对象是阿喀琉斯的愤怒，第二个是阿开亚人的苦难，它是由前者引起的；第三个是阿喀琉斯和阿伽门农的争吵，它是引起愤怒的直接原因，在时间上应该居先；接着，继续追根溯源，寻找争吵的原因：瘟疫；最后是对克律塞斯无理，瘟疫的起因。[①] 开篇的这五个组成要素，按照它们在叙事文本中出现的顺序，标示为 A、B、C、D、E，而在故事中，它们按时间的自然顺序出现的位置是 4、5、3、2、1，这样，大体上可以概括为这样一种序列关系 A4—B5—C3—D2—E1。它近似于一个反向的规则运动。[②]

再看柯南道尔在《四签名》中“寻求解答”这一章中，他让福尔摩斯、华生两人与摩斯坦小姐一道乘车来到街上：

A 我们所处的环境是奇特的，B 我们既不知道上哪里去，又不知道去做什么。C 若说是被人愚弄吧？又好像是不可能，想来还不至于白跑一趟，总可以得些重要的结果的。摩斯坦小姐的态度还是像以前一样的坚决和镇定。D 我竭力设法鼓励和安慰她，我给她说我在阿富汗冒险的故事。E 可是，说实话，我自己也正因为我们所处的环境和难测的命运感觉紧张和不安，以致我所讲的故事未免乱七八糟。F 直到今天，她还把我告诉她的那个生动的故事用作笑话呢：G 我如何在深夜里用一支双筒枪打死了一只钻到帐篷里来的小老虎。H 起初，我还能辨别我们所经的道路，可是不久，因为路远多雾，再加上我对伦敦地理的生疏，我就迷了方向，除了行程似乎很长以外，其余的我就一概全都不知道了。福尔摩斯并没有迷路；车子经过的地方，他都能喃喃地说出地名来。他道：“罗切斯特路，这是文森特广场。I 现在我们似乎是在从沃克斯豪尔桥路走向萨莉区去。J 不错，正是这样地走。我们现在上了桥面，你们可以看见河水的闪光”K 我们果然看见了灯光照耀下的泰晤士河的景色，可是我们的车仍在向前奔驰，不久就到达对岸令人迷惑的街道上去了。L 我的伙伴又道：沃兹沃斯路，修道院路，拉克豪尔街，斯陶克维尔街，罗伯特街，冷港街，我们的路径不像是向着高尚区域去的[③]。

对上面这一段叙述的文字，我们可以根据其中的时间或时态关系把文字分成几个小的叙述事件，在每个小的叙述事件前分别用从 A 到 L 的大写字母标示，这样，总共可以分出 12 小段，我们再用 1(过去时)，2(现在时)，3(将来时) 标示不同的时间位置和时态状况，那么，这一段叙述的“错时”就可以下面的时序被

① 荷马. 伊利亚特. ——作者注

② 谭君强. 叙事理论与审美文化. 北京：中国社会科学出版社，2002：p154

③ 柯南道尔著；丁钟华，袁棣华等译. 福尔摩斯探案集. 北京：群众出版社，1979

反映出来：

A2—B3—C3—D1—E2—F2—G1—I2—J3—K3—L3

在这样的一种叙述结构中，每个事件出现的先后顺序与叙述时间的自然顺序不相吻合，呈现出过去、现在、将来三个不同时态交叉循环的状况。

侦探小说中的错时关系主要表现为两种形式，一是倒叙，一是预叙。所谓倒叙就是将小说已经发生的事件结果放到叙述的开始进行叙述，对故事本身的进程来讲，这个事件是先前就已发生的，是事件的一个阶段性的后果，侦探小说在切入故事时几乎全都用倒叙的叙述方法。

《血字的研究》一开始就是一起惨案的后果——劳瑞斯顿花园街3号发现一具男尸。该尸衣着整齐，衣袋中装有名片，既无被搬动的迹象，亦未发现任何能说明致死原因之证据。死者是谁？又是如何进入这间空屋的？他是如何被杀的？凶手为何要杀他……这一系列的问题正是福尔摩斯要去调查和侦破的。

工藤新一和小兰正参加游戏公司的欢庆舞会。

突然，不远处传来一阵女性的惊恐的叫声。

对于这种叫声，小兰实在是太熟悉了，她曾经无数次听到过，而且每听一次这种尖叫，就必然会有一次传奇的经历。

——《电梯杀人事件》[①]

我们在这里可以把青山刚昌侦探小说的倒叙模式形象化，改为“女性的尖叫”。因为，小说的每次尖叫都会将一桩命案呈现在读者的面前，你看：

很快，一个惊人的消息在餐厅里传开了，这间餐厅的某个电梯间里，发生了命案。

最先提到此事的是一个由外面进来的年轻妇女，她似乎是故意压低嗓子，但又恰到好处地让许多人听到了，“你知道吗，出大事了，刚刚发现有人死在电梯里面了”……“是个50多岁的胖子，眉心有个洞，流了很多血，大概是中枪了吧”。

“听说是一间什么公司的社长。”

——（同前）

你看，同样是女性的尖叫：

施放烟火的声音一阵阵传来，突然，在这爆炸声中，传来一阵女人惊恐的尖叫，烟花爆炸的声音已经响了，而这个女人的尖叫，比烟花爆炸的声音还大，可见事态绝非一般。

---

① 青山刚昌著；孙亭等编著；名侦探——柯南探案集．通辽：内蒙古少年儿童出版社，2002：p341

听到尖叫声，所有人全都愣住了，纷纷转过头向声音发出的方向望去。

“怎么了？园子姐姐。”他①问道。

“里……里面……”园子指着厕所里面说，她的手在发抖。

柯南推开那扇门，猛地见到千寻小姐坐在厕所的一角，她的胸前有一大摊血，身后的厕所壁上也有一大团喷射状血印，在她的脸部旁边，有一条象蛇一样扭动的血印。……此刻，千寻小姐早已香销玉殒魂归西天了。

——《社长千金事件》②

在侦探小说中为什么会有大量的倒叙的写作方式呢？第一，倒叙具有补充叙述的功能，它可以对事件的前因后果进行补充描述，既可以对被省略、被遗漏的事件进行补充，也可以对动作、行为进行追根溯源。在侦探小说中，杀人凶手被抓获后有的凶手会对其杀人的动机有一番交代，如工藤新一在飞机上揭露了天野小姐杀人的事实后，天野小姐开始主动地将自己的杀人动机坦白出来，她说：“对，和洋是我杀的，”她开始承认，“原因出在3年前得奖的那张照片”。

天野杀了和洋，是因为和洋三年前制造了一起纵火案，在这次纵火案中，天野哥哥被夺走了性命，所以，天野很不甘心哥哥的被杀，而开始与和洋交往并一步步实施谋杀计划，最终杀了和洋，替他哥哥一家报了仇；乔治·西默农的《夜幕下的十字路口》也是这样的故事结构。在这个故事的最后，梅格雷探长通过审讯凶手，将案件的真相及其全部过程都作了回顾式的交代。原来女强盗爱尔丝负伤后，从比利时逃到了法国，牵头组织了一个近10人的犯罪团伙，专门从事贩毒、盗窃及窝赃销赃等犯罪活动。半个月前，报载伦敦宝物失窃。爱尔丝估计是她的前夫依萨克作的案，便策划抢劫杀人。她先写信给依萨克，假称有人要收购珠宝。依萨克信以为真，携带珠宝而来，结果落得人财两空。这时，爱尔丝害怕了，就想了个洗刷疑点的办法，就将爱尔丝情夫安徒生的旧车装上依萨克的尸体，将祸水引向无辜的安徒生。后来，依萨克的太太来了，由于她知道爱尔丝给她丈夫写信的事情，于是也被爱尔丝一伙杀害。而两次充当杀人凶手的都是汽车修理工费罗里。③ 第二，倒叙具有对比性叙述的功能，侦探小说中，侦探对案件的一些不寻常情况的调查往往是通过倒叙反映出来的，这种反常情况，一种是行为，一种是现场的状况。如凶手平时好逸恶劳，从不做家务，而侦探在调查时

---

① 柯南——作者注

② 青山刚昌著；孙亭等编著；名侦探——柯南探案集．通辽：内蒙古少年儿童出版社，2002：p287-288

③ 曹正文．世界侦探推理小说大观．上海：上海辞书出版社，1995年第11版：p354

邻居反映了一件事:某年某月邻居看到凶手在家洗一件某某颜色的衬衫,等等;再如,侦探为了合理推断进行一些现场重建的工作,也就是将已被破坏或被伪造了的现场复原到始发现场的最初情形,对这样一些情景的描述就不得不用倒叙的方式,而这样的情况,人物的行为,现场的状况都与人物的一贯行为表现和眼前的现场进行对比,有利于小说遵循着一条线索去查破案件。第三,倒叙还有复述的功能,就是对某一事件、片段反复倒叙,使某一事物的意义得到不同的阐释或改变,这在电影中是经常使用的语言,即"闪回",侦探小说中多次地对同一事件进行回忆、思索,这种倒叙的方式使被复述的事件的意义在复述中发生变化。

《巴斯克维尔的猎犬》中有一句话不断地在小说中出现。最初是摩梯末医生——查尔兹爵士遗嘱的受托人和执行人在向福尔摩斯报案时读的那份1730年手稿的结尾的一句话,老查尔兹爵士在手稿中劝自己的子孙们要多加小心,"千万要避免在黑暗降临,罪恶势力嚣张的时候走过沼地"——这是故事的开头,用巴斯克维尔家族手稿中的这一句话引出一个神秘而恐怖的灾难性的家族警告,使人闻到死亡的气息。以后这句话就像是一个咒语一样使小说更添了一份诡秘、恐怖的色彩。当华生陪查尔兹爵士的继承人亨利爵士离开伦敦要去巴斯克维尔庄园去时,临行前福尔摩斯关照了一句:"亨利爵士,要记住摩梯末医生给我们读的怪异而古老的传说中的一句话——不要在黑暗降临,罪恶势力嚣张的时候走过沼泽。"这样的复述并不意味着福尔摩斯对巴斯克维尔家族警告的认同,而是对尚未明白这句话到底有多少真实性之前对当事人华生的一种生命关怀。从写作角度来看,也是通过这样的一种复述性的叙述进一步渲染作品神秘恐怖的气氛。

叙事错时关系的第二种形式是预述。所谓预述是指将后来发生的事件提前叙述的一种叙述方式。《红楼梦》第一回甄士隐对跛足道人"好了歌"作的注解和第五回中"贾宝玉夜游太虚幻境"看到的金陵十二钗图文,都将红楼梦故事中一些重要人物的秘密信息预先透露出来。《红楼梦》中故事的叙述既是展示小说中人物命运的轨迹,也是一一地印证着第一回和第五回里的预述。同样,侦探小说中这种预述性的描写也是经常运用的。在横沟正史的《血腥的遗嘱》一开始,就有一段这样的预述:

著名侦探金田一耕助收到谷馆律师事务所律师若林丰一郎的一封信,信的大意是:犬神左兵卫的一家人,即将发生悲惨命案,而且丧命的不止一个人!①

这里小说在开头就预示的一个结果,在3天后便一一发生了。犬神左兵卫

① 曹正文.世界侦探推理小说大观.上海:上海辞书出版社,1995年第11版:p431

一家接连被杀了3人，律师若林丰一郎信中所警告的事一一被应验，人物的命运遭遇在故事中一个个被展示出来。从预述的叙述方式上，不难发现在作品中具有这样的一些功能。

第一、预言的功能。在侦探小说中对一些高明的被称做神探的人物都是比较多地用预言性的叙述方式突出神探超出常人的智能来塑造其形象的。《福尔摩斯探案集》中的每一个故事发生之前或之中，总会有一个好像是游离故事之外的近似于卖弄的预述部分。《血字的研究》是华生与福尔摩斯进行合作的第一个案件记录。华生起初对福尔摩斯的个人特点、爱好、修养等方面以及其作为一个侦探的职业能力并无多少了解，为了在一开始就让华生医生——其实是让读者对福尔摩斯惊人的洞察力产生一个深刻的影响，这时就安排了这样一个情节，当福尔摩斯还在自诩似的自吹自擂时，华生很不感兴趣，就换了一个话题：

"我不知道这个人在找什么？"我指着一个体格魁伟、衣着朴素的人说。他正在街那边慢慢地走，焦急地寻找着门牌号码。他的手中拿着一个蓝色的大信封，分明是一个送信的人。

福尔摩斯说："你是说那个退伍的海军陆战队军官吗？"

我心中暗暗想到："又在吹牛说大话了。他明知道我没法证实他的猜测是否正确。"

这个念头还没有从我脑中消失，只见我们所观察的那个人看到我们的门牌号码以后，就从街的对面飞快地跑了过来。只听见一阵急促的敲门声，楼下有人用低沉的声音讲着话，接着楼梯上便响起了沉重的脚步声。

这个人一走进房来，便把那封信交给了我的朋友。他说："这是给福尔摩斯先生的信。"

这正是把福尔摩斯的傲气挫折一下的好机会。他方才信口胡说，绝没有想到目前这一步，我尽量用温和的声音说到："小伙子，请问你的职业是什么？"

"我是当差的，先生"，那人粗声粗气的回答说，"我的制服修补去了。"

"你过去是干什么的？"我一面问他，一面略带恶意的瞟了我同伴一眼。

"军曹，先生，我在皇家海军陆战轻步兵队服务过，先生，没有回信吗？好吧，先生。"①

福尔摩斯对一个陌生人职业的判断看似吹牛却有着较高的准确性。类似的预言般的叙述在福尔摩斯那里可以说是比比皆是。在《巴斯克维尔的猎犬》的开头，也有一段看似与案件并无任何联系的预言性叙述。这一次是由一位客人遗

---

① 柯南道尔著；丁钟华，袁棣华等译. 福尔摩斯探案集. 北京：群众出版社，1979：p22-23

留下一根手杖而引发了福尔摩斯对手杖主人身份职业性格的推断，他甚至还能断定手杖的主人一定会找回来。随故事情节的发展，手杖的主人就真的找回来，并一一证实了福尔摩斯推断的正确。也正是在侦探小说中有大量的预言性叙述，才使一个个侦探变得有如超人一般神奇，才塑造出一个个被人津津乐道的神探。可以这样讲，预言性的叙述是侦探小说中非常突出的一种"造神"方式，通过这种方式，他使私家侦探们获得了广大读者的普遍尊敬和崇拜。

在青山刚昌的《餐车持枪杀人案》中，预述的作用得到充分的体现。柯南的父亲工藤优作是擅长创作推理小说的著名作家，10 年前，他写的一部美术店被打劫的小说手稿的前半部被人抢去，10 年后，当柯南与小兰、毛利一起搭乘"北斗星号"豪华列车去北海道旅行的途中发生了凶杀案，而这起凶案发案经过的每一个过程都与柯南父亲优作那篇未出版的小说描写的情景完全吻合，基本就是小说情景的再现，只不过凶手最初作案的目标由美术店变成珠宝店，其他一切案情都与优作小说中的一样，以至于在案件将要发生时，柯南脑海里都会闪现出当年那本小说中的某一段文字："枪声与惨叫声把在隧道内的杂声盖过……"，接着火车上的珠宝店老板出云启太郎就被枪杀了。凶手是谁呢？柯南的脑际又闪现出优作小说中一句熟悉的话，"那男人如同饥饿的猛兽，从黑暗的通道走出来……"，随之，"一个穿雨衣戴帽子和口罩的男子急冲冲地跑过来，他的手里还抓着一支枪"。太奇怪了，这不跟刚才所想的一模一样吗？柯南正好去追那个拿枪的人，他的脑海里又闪过一句话，"但是，前面已经不见那个男人的踪影"，"风和列车的声音和奏着刺耳的乐曲，似乎重演着曾经发生过的事……"①。整篇小说都像是在注释柯南父亲 10 年前预言性的描写。类似的情节在其他的侦探小说中也不乏可见，艾勒里・奎恩的《Y 的悲剧》中整个故事的展开都是与一个化学家约克・黑特写的一部推理小说中的设计情节相吻合的；同样，在横沟正史的《神秘化的五角银币》中，一桩凶杀案的发生，竟然也与小说中的主人公驹井启吉写的侦探小说《我的保护神》如出一辙，小说家虚构的故事竟然成为未来的一个事实，这种预言性的功能无疑只有在侦探小说中才能被自然地接受。小说中的侦探料事如神的过人本领似乎也才可以真正得到展现。无独有偶，近年来美国华人作家裘小龙写的《小红之死》其中一些情节事件居然也能在 20 年后一一被应验，这不能不说是侦探小说的一种特异功能。

预言性的叙述还往往暗含着一些宿命的意识，预言人物的某些行为、结局

① 青山刚昌著；孙亭等编著；名侦探——柯南档案集 3. 通辽：内蒙古少年儿童出版社，2002：p135-137

在劫难逃。检察官相泽的妻子失踪了,失踪前真奈子念叨着一句咒语般的话,"球在跳跃,在茫茫的海面上……"。奇怪的是,横田家族几代的女人们都发生失踪的离奇事件,而且每个女人在失踪前都念叨着那句话,不久都失踪了。好像那句话就预示着不幸的降临①;与一般小说中的预述不同,侦探小说中的预述如《血腥的遗嘱》中金田一耕助接到一封信函,结果信函中警告的事情接连一个个地发生。这些发生的悲惨的命案非但不是人物必然的结果,恰恰是侦探开始着手调查案件的开始,也可以说成为罪犯们走向被揭露和被抓获的开始。因此,侦探小说中预示性的叙述引导读者从对某一结局的关注转到对侦探侦破工作过程的关注上。

第二,预述的结构性功能。这种叙述功能是一种高度程序化的方式,可以解决叙事中无法转换应变的难题。叙事时,有时会因为一些不确定的原因无法将故事延续下去,或者说出现某种"失语",这时用预述的方式可以把事件重新激活起来,从而产生承上启下的结构作用。如通常在小说中会有几人在一起说某人的坏话,却被某人听到而"闯下大祸"之类的叙述结构,到底是谁闯了"大祸"呢?既可以是背后说坏话的人,也可以是偷听到别人说坏话的人,事件的进一步发展,无论怎样,情节都将会被进一步复杂化、丰富化。

从时间艺术的角度看,侦探小说在时序上的"错时"特征是明显的,但同时,它还要借助有效地调节时距或时长才可以达到叙事的最佳效果。

所谓时距或时长,就是指时间长短同故事在小说文本中所占篇幅长短的关系,即回答有关"多长时间的问题",如"一分钟"、"一小时"、"从……至……"等词都是常用来表示时间跨度的问题,这个时间跨度包含话语时间与故事时间(雅恩语)。研究、测定这两个时间的变化关系至今还是十分困难的,但时长中的外显的叙述活动形式却是易于把握的,时长变化中的外显的叙述形式有如下几种:

第一是省略。达维德·方丹说省略"就是指一段时间很明显地过去,而文中对此却丝毫未提及,根据这段持续时间是否确切,省略有可能是作了明示或暗示的,这就由读者从上下文中去判断了"②。在达维德·方丹看来,叙事时间 $TR=0$,故事时间 $TH=n$ 时,就是省略。这样的叙述情形在侦探小说的文本中俯首即是,《餐车持枪杀人案》其实就是对柯南父亲优作当年的一部推理作品进行现实演绎的一篇小说,至于柯南父亲优作当年的小说手稿是如何落入杀人抢劫犯之手的过程以及杀人团伙是如何根据小说中的描写进行犯罪策划的,这些过程

① 曹正文.世界侦探推理小说.上海:上海辞海出版社,1995:p727

② 达维德·方丹著;陈静译.诗学——文学形成通论.天津:天津人民出版社,2003:p43

和细节在小说中都被省略了，这样使小说叙述的节奏加快，可以推动情节迅速发展。侦探小说中，在犯罪现场除了有私人侦探出现外，也经常会出现警察的身影，但警察的存在经常被省略了，尤其是在福尔摩斯出现的现场中，警察的作为几乎全部被省略了，这样的省略使警察这种公权的象征被人为地弱化，完全成为一种衬托，从而更加突出了私人侦探的形象。这种现象在侦探小说中普遍存在，或者也可以这么说，在大多数的侦探小说中，尤其是西方的侦探小说中，警察几乎都是叙述中被整个省略的因素；此外，在一部分的侦探小说中，受意识形态或其他一些因素的影响，某些叙述内容及其细节也都是被省略的。如在中国以及前苏联和东欧一些国家的侦探小说中，涉及信仰禁忌、性爱等内容时，也都会被省略。近年来，侦探破案的一些具体手段、方法的使用细节在小说中也逐渐被省略了，这种省略完全不是从叙述技巧出发，而是为了服从某种社会意识形态的需要，利用省略的叙述手段来操纵叙述本身。

第二是概述。所谓概述是指在文本中把一段特定时间压缩成表现其主要特征的句子的叙述方法，达维德·方丹把它称作为“简短”的叙述，他说：“某一人物生活中的几天、几个月甚至半年都被缩小了，没有细节也没有对话，只用几页纸、几段文字甚至一句话，来做简短介绍。”[①]在方丹看来，概述中的叙述时间是小于故事时间的，因此从叙述外观看，概述的语言信息在叙述文本的语言信息总量上所占的份额是相当有限的，但这并不意味概述的描写无足轻重，相反，它在叙事作品中的重要性是不可低估的。罗振纲说“近山浓抹，远山轻描”，概述就像“轻描”与“浓抹”一样，都是叙述的基本形式。概述的运用一般主要发生在对人、对事的背景或外貌的介绍，对人的出生进行交代或回顾。侦探小说中出场人物众多，而每一个人物都不是可有可无的，都或多或少地与案件中的受害人、罪犯等产生这样或那样的关系，这些人物都成为侦破案件而存在的一个可以用来进行寻求解破答案的已知条件，换句话说都是进行侦破分析推理的逻辑链上的一环，因此，每个人物的出现，都有必要对此做一些介绍，这种介绍，有时十分简短，甚至就是一句话。青山刚昌的柯南侦探故事大都是在案发之前将该出场的人物事先一一安排出场，如在《空中劫机案件》中，和洋被杀前，就已对和洋做了介绍：

“对不起，请不要吸烟好吗？”在飞机中部，有一个胖胖的穿深色西装的男子对走道一边的男子说。后来才知道，这个提意见的男子名叫第泽恒夫，47岁，是一间公司的职员，而那个吸烟的男子名叫大鹰和洋，29岁，是一名职业摄影师。而坐在和洋右边的是他的女朋友，名叫天野继美，27岁，也是一名职业摄影师。

① 达维德·方丹著；陈静译. 诗学——文学形式通论. 天津：天津人民出版社，2003：p43

她此时也叼着一支烟，正吸着。①

短短的这段文字，就一下推出了3个人物：第泽恒夫、大鹰和洋、天野继美。这一段简洁的文字，不仅介绍了人物的姓名、年龄、职业，甚至还介绍了人物间的关系——和洋与天野小姐都是职业摄影师，干同一行工作的，而且还是一对恋人。此外这一段叙述甚至还介绍了和洋与天野共同吸烟的行为。这个吸烟的动作随后引发了机舱内一场小小冲突，又由这个冲突逐渐使和洋成为机舱里的一个焦点人物，正是这个人物引出一桩杀人案来，而这桩杀人案的背后又与和洋从事的职业——摄影有关。所以，侦探小说的概述“经常起一些戏剧性的过渡作用，因为其前后的场景非常紧凑而且充满戏剧性，……或者也可能是一种后述法，以便给书中人物在上场时有一定空位”②。

最经典的还是要算在《血字的研究》的开头对福尔摩斯这个人在正式出场前的概述式描写了。华生从印度回国后要租住一个房子，偶遇熟人小斯坦弗，小斯坦弗在撮合华生与福尔摩斯合租一起时，向华生说了这样一段话：

“您还不知道福尔摩斯吧？否则你也许会愿意和他做长年相处的伙伴哩。——他只是思想有些古怪而已——他孜孜不倦的总是在研究一些科学。据我所知，他倒是个很正派的人。

我相信他精于解剖学，又是个第一流的药剂师。但是，据我了解，他从来没有系统的学过医学。他所研究的东西非常杂乱，不成系统，并且也很离奇，但是他却积累了不少离奇古怪的知识，足以使他的教授都感到惊讶。

我看福尔摩斯这个人有点太科学化了，几乎近于冷血的程度。看来他对于确切的知识有着强烈的爱好。”③

小斯坦弗的这些话对福尔摩斯作了一个极其简洁的概括，在这些概括性的描述中我们对福尔摩斯这个人的个性、兴趣爱好、人品学识以及别人对他的评价都有了粗浅的了解，整个福尔摩斯探案集中的故事其实都是对小斯弗福概述内容的具体展开和补充。从时序上来讲，小斯坦弗对福尔摩斯的概括描述其实属于整部小说的预述，他着重将一些无需充分展开的事件用粗线条勾勒出来，这种概括的线条越粗、越模糊，后面的叙述才可能有较大的伸展空间，人物和事件才可能被叙述得更加丰满、圆润。

第三是场景。场景也是一种叙述，它不仅是被物化的某种静物场，也可以是

---

① 青山刚昌著；孙亭等编著. 名侦探——柯南探案集3. 通辽：内蒙古少年儿童出版社，2002：p75

② 达维德·方舟著；陈静译. 诗学——文学形式通论. 天津：天津出版社，2003：p43

③ 柯南道尔著；丁钟华，袁棣华等译. 福尔摩斯探案集. 北京：群众出版社，1979：p5-7

语言的一种时间固定的形式。这种语言的时间固定形式就是对话，而且主要是在对话阶段里习惯性地呈现出叙事文与被描述的世界之间的持续时间的一致性①。在达维德·方丹看来，场景就是叙事时间与故事时间实现了同时同步。对话是文学作品中最纯粹的场景形式，也是比较常用的形式，在有些小说作品中，甚至通篇都是对话的叙述方式，尤其是西方的文字作品，不仅常用，而且用得相对也比较成功，如狄德罗的哲理小说《拉摩的侄儿》等等。侦探小说中对话场景的叙述是大量存在的，除了一些其他叙事功能的对话外，在几乎所有的侦探小说中，侦探在进行案情调查时对当事人进行访谈都无一例外地成为侦探小说必不可少的一部分，这一点是完全符合侦探小说的基本模式的。

除对话外，侦探小说作品无疑必然地还要有大量的对静物场的场景叙述，这成为侦探作品的一个有机组成部分。每一起凶杀案发生后，对凶杀现场的叙述，就是侦探小说典型化的场景叙述。可以这样讲，侦探小说如果没有对犯罪现场场景的叙述，都是不够专业的。因为无论是调查对话，还是现场勘查，都是侦破案件必不可少的工作，这些场景都可以作为戏剧性情节的集中点，小说的叙述可以从这个集中点向其中任何一个方面延伸，《在东方快车谋杀案》中最有意思、最耐人寻味的是大侦探波洛对 12 名凶手的问话，小说的叙述方向在不断转换，最后结果却出现了最有戏剧性的一幕——12 名旅客都是杀人凶手。柯南是个非常善于访谈调查的，几乎在柯南办案的每个案件中，对话都会给柯南带来新的灵感，在《阴差阳错的爱情悲剧》里柯南与服部在重松先生的死亡现场有一段对话：

“看看啊！这些玻璃左上方穿了 3 个小洞。”柯南说。服部按过那块玻璃门，仔细看了看，颇有些惊讶地说：“这是怎样弄成的呢？奇怪，我刚才看过，但没有看到呀。”

“你没理由看走眼了呀！”柯南说。服部认真观察之后说到：“这洞其实是故意开在平常看不清的位置，如果是这样的话，在其他地方也应该有某种东西。”

他们两个走出了阳台，在阳台上小心地寻找起来。“奇怪！”柯南说，“凶手从这个阳台上逃走，又能逃到哪里？无论如何要试一试旁边的阳台。”你说什么？服部问。“你仍未想到吗？要从阳台实实在在向下爬一次啊！”

做好一切准备工作后，服部开始了这次实验，很快，他从三楼阳台到达了二楼阳台的栏杆上，然后转过身来对柯南说：“喂，比想象中要简单得多地爬了下来。”

---

① 达维德·方丹语

"如果是这样的话！难道凶手真是从这阳台逃走的？"柯南自言自语说。

服部轻轻一跳，落在阳台上，他刚刚抬起头来，却突然地看到对面树上的平台有什么东西。"呜？那挂在树上的是什么？"

"咦？哪里？"柯南在上面问。

……①

柯南与服部这一段对话，可以看出柯南的思索在不断地发生变化，他先由玻璃上的小洞想到凶手的逃跑路线，又由凶手的逃跑路线想到做模拟实验，通过实验又分析凶手逃跑的方向，又由凶手逃跑的方向发现了新的物证——挂在树上的血衣，案件就又有了一个新的突破口。

在侦探小说中，案发现场是一个十分重要的现场，它可以使侦探通过现场的已知情况思索发现隐蔽的未知情况。在《四签名》中，巴索洛谬被杀的现场，呈现的是一个非常恐怖的情景，华生从钥匙孔里看到：

淡淡的月光直照屋内，隐约中有一张好像挂在半空中的脸在向我注视，脸以下都浸在黑暗里。这个脸和我的伙伴赛迪厄斯的脸完全一样，同样光亮的秃顶，同样的一撮红发，同样无血色的脸，可是表情是死板板的。一种可怕的狞笑，一种不自然的露出牙齿的笑，在这样沉寂和月光照射下的屋里，看到这样的笑脸，比看到愁眉苦脸的样子更让人毛骨悚然。

这间屋子收拾得好像是化学实验室，对着门的墙上摆着两层带玻璃塞的玻璃瓶子。桌子上摆满了本生灯、试验管和蒸馏器，墙的一角有许多盛着酸类的瓶子，外面笼着藤格。其中一瓶已经破漏，流出来一股黑色的液体，空气中充满了一种特别刺鼻的柏油气味。屋的一边，在一堆散乱的板条和顶灰上，立着一副梯子，梯子上面的天花板上有一个洞，大小可以容人出入，梯子下面有一卷长绳，零乱地盘放在地上。

在桌子旁边的一张有扶手的木椅上，坐着房间的主人，头歪在左肩上，面露惨笑，他已变得僵冷，显然是已经死去很久了，看来不只他的面孔表情特别，就是他的四肢卷曲也和平常死人不同。他那扶在桌子上的一只手旁边，放着一个奇怪的器具——一个粗糙的棕色的木棒，上面用粗麻线捆着一块石头，像是一把锤子。旁边放着一张从记事簿上撕下来的破纸，上面潦草的写着几个字。

……②

---

① 青山刚昌著；孙亭等编著；名侦探——柯南探案集 3. 通辽：内蒙古少年儿童出版社，2002：p117-119

② 柯南道尔著；丁钟华，袁棣华译. 福尔摩斯探案集 1. 北京：群众出版社，1979：p180-181

面对这样一个现场，福尔摩斯思考的第一件事是这些人是怎么进来的？又怎么离开的？按照这个思路，他开始查看窗户，接着，在窗户上发现脚印，又由脚印分析凶手攀缘楼房入室杀人的方法，思路从一个方向向另外一个方向一个又一个不断地展开去。侦探小说中以现场为中心，把种种事件和思考集中为一种场景的综述，就使这样的场景有了纵向聚合的价值。

第四是扩述，也有称“延缓”、“延长”的，就是延长叙述时间的叙事。它是将千言万语的材料，这些材料既可以是过去的，也可以是现在的或将来的一些话语材料或事件都归聚在眼前，使眼下正在发生的事件本应在片刻间完成或结束的，结果事件完成的时间却被拖延滞缓下来，仿佛在最紧张的关头被阻挡了一下，叙事时间因此而被延长了，就有如电影的慢镜头，在最紧要处，却用了分切等慢镜头使原先发生的叙述速度滞缓。一般的文学作品里都很常见这一种叙述方式，如一对久未相见的老朋友在路上相遇，一下闪现一个又一个过去相处时的片断，就像电影的意识流手法一样，过去的时光像看书一样一页一页的被翻阅。在《豪华客轮连续事件》中，柯南已经找到船上发生的杀人案凶手，就在要说出凶手是谁这个关键时刻，“就是……”他刚刚说出这句话。船后面就传来了剧烈的爆炸声，“凶手到底是谁呢?”突然间被打断，很自然地插入对爆炸事件的大段对话和追述，然后才又转入到前面谁是凶手的话题上来，这种叙述方法在文学创作中叫宕开一笔，有意制造一些波澜和起伏，这种类似情况在侦探小说中很多，如经常会出现在某现场的死者身上搜查出某张照片，而这张照片又与多少年前的一桩案件中的人物有联系，就得将以前的事件插入叙述一番；也有在询问和讯问当事人时候，当事人提及到一桩案件，询问的侦探恰好又是当时参与办案的人员之一，脑海中自然而然地就又浮现出当年案件中的某些细节，这种扩叙的方式在《血字的研究》中也有很充分的体现。当杀死锥伯和斯坦节逊的凶手杰弗逊·候波被抓获就要被送去英格兰场时，读者对他杀人的动机还是一无所知，这时候，作者在“沙漠中的旅客”、“犹他之花”、“约翰·费瑞和先知的会谈”和“逃命”四个章节中将候波与锥伯和斯坦节逊仇恨的历史渊源以及摩门教派的一些情况才叙述了出来，这就一下将小说篇幅扩展了47页的内容，不仅如此，当候波在警察局作供词时，他又陈述了在伦敦实施谋杀的各个细节和步骤，就像叙述发生在别人身上的故事一样又叙述了近11页篇幅的内容，其实，罪犯已经被抓获，故事也可以到此为止，结果大量的扩述拉长了阅读时间，等到回到故事本身时，将近已经60多页的篇幅过去了，故事到了尾声时还居然能又一再地变得复杂而意味深远，如果《血子的研究》中没有这样的扩叙，小说就不可能写出17世纪以来欧美大陆上摩门教这个宗教组织及其活动的情况，小说的内容也就不可能变得更充实、更复杂、更有深刻的意味。在《福尔摩斯探案集》中，我们还可以读到一些关于英殖民主义时代进行殖民扩张的内容，如果没有扩叙，我们对一些案件发生的背景、思想意蕴也许了解得就会很有限。

第五是停顿，又有人称这是静述，就是只有叙事时间出现，而“故事的持续时间中断，描写的时间直接由叙述者来告知读者”。[1] 简单地讲，停顿就是没有故事时间运动的状况，故事时间跨度为零。停顿的主要形式有两种，一种是对事件、环境、背景进行的静态描述，达维德·方丹举过一个例子，他说：“正如巴尔扎克的描写规则所示，在《高老头》的开头有对伏盖(Vauquer)公寓的一段著名的描写，它在古典戏剧里就是起一个场景展示的作用。这就是静态的规则。”[2]就此让我们来简单考察一下被达维德·方丹推崇的“静态的规则”的著名作家巴尔扎克是怎样进行超越时间的这种停顿或描述的。结果我们会发现《欧也妮·葛朗台》中对故事的发生地索漠城的街道、房屋等静物景致的描写也如在《高老头》中的伏盖公寓一样，是抛开故事的进程不管，或者在尚未进入故事之前，以叙述者的视角去描写一个静态的场面，这个场面还暂时没有一个故事中的人物介入，故事的发生在此时还完全等于零，这种描写在欧洲自然主义小说作品中是十分普遍的，在中国的文学作品中，这往往会被称作为纯粹的景物描写，如王安忆小说的《长恨歌》的开头就是这样，那么在侦探小说中虽然不多，但也是可以见到的。这里的场景与一些涉及案件的案发现场是有区别的。案发现场有故事人物活动的时间出现，如(凶手)先从何处进入，又从何处离开，进入现场后又怎么犯罪，活动的痕迹等等。而只有停顿作用的场景描写才是铺垫人物活动的时代背景，或营造某种特定的氛围。这种描写在公案小说中表现的是另外一种特征，就是不少公案小说上来不是说故事，而是先引上一段诗文，然后就所引诗文引申出一些十分宽泛的劝慰的话语，再接下来才开始叙述具体的故事。如《三会审辨出李和桃，两纳聘方成秦与晋》开头引的是一段右调《西江月》；《陌路施恩反有终》第一回上来引的也是右调《西江月》；《杨树根头开竹花，毒蛇泥马是冤家》开头引的是一段七言诗。这些诗文与小说的具体人物以及内容是没有任何关联的，纯粹是一种铺垫或烘托。

停顿的第二种形式是叙述者进行的预见性的叙述。这种叙述干预不是故事时间发生的，而是通过叙述者对人、事件，甚至文本本身进行评论的方式来进行

---

① 达维德·方舟著；陈静译. 诗学——文学形式通法. 天津：天津出版社，2003：p42

② 同上，p42

的。这种干预超越了对主体中的行为者与环境的界定与事件的描述。① 在侦探小说中我们可以看到很多对人物、事件的评论。《豪华客轮连续事件》中有一段关于报纸上的竞猜活动的描写，要求猜出“昭和时代几乎所有日本人都拥有的，而现今几乎完全消失无踪的珍贵物品”，小兰猜是“唱片”，小兰父亲毛利说“如果是唱片，它就不会特别提到日本人了”，“现在日本人缺少的当然是‘武士道精神’呀”，毛利十分肯定地说。到这里，上下文之间出现了“确实如此”这一句话。这是一句评判性的句子，它既不是小兰在评价，更不是毛利自己在评价，而是叙述者在小兰与毛利的对话中插入的预见性的评论，它是叙述者对人物、事件作出的价值、规范和信念的一种评价和判断，是基于精神、心理道德上的评价、说明和解释，这种评价或评论在侦探小说中是随时随地可以出现在小说的字里行间的。再如小兰、毛利和柯南他们排队去确认自己的竞猜答案是否正确时，叙述者说：“毕竟只有十个名额，谁都不会将答案告诉其他人。”这是对人物行为的解释。在《断案之谜》中，柯南、小兰和毛利一起在研究一个音乐盒，叙述者这样写道：毛利是个音盲，他根本就不能理解音乐的奥妙。这个世界上他大概最能理解的就只是酒的奥妙。当柯南说“套上歌词看看”，叙述者又说“没办法，他也是音盲一个，这是他同毛利唯一相似的地方”。接着，在如何寻找秋悟时，柯南指出让高木刑警向寻呼台要地址的方法，叙述者又说到“果然还是柯南聪明”，这是把描写融进故事里，通过某个人物的观察和思想把它呈现出来，这种带有解释、评论性的干预或叙述所表现出的停顿在中国公案小说中不仅非常多，而且还表现出另外的一种语言特点，就是对“普遍真实”②的大量引用，也就是一种超越小说世界而进入真实世界的一种哲学观察。它将故事中的事件与存在于非小说世界中的真实一面加以比较，既然作为一种“普遍真实”，那么实际上也就意味着它所说出来的是一种人所共知的真实，而并不是什么一般读者难以理解的高深哲理，叙述者有时以社会上人所共知的规范，或千百年流传下来的已形成人们习惯看法的话语，来解释和概括人物的行为或事件的发生。在公案小说《三与楼》中，园艺高人虞素臣因资金不济，不得不将自己多年建造的园亭分拆一部分卖给了唐玉川父子，把一座楼台分成了三个楼，自得其乐。这时，叙事者插入了一个俗语：

俗语四句说的果然不差：
良田万顷，日食一升。
大厦千间，夜眠七尺。

---

① 谭君强. 叙事理论与审美文化. 北京：中国社会科学出版社，2002：p29

② [法]达维德·方舟著；陈静译. 诗学——文学形式通论. 天津：天津出版社，2003：p35

用一个俗语把虞素臣这个人物品性以及他盖楼卖楼的事件联系起来。

还是在《三与楼》中，唐玉川的父子买了楼后却与虞素臣结了仇。虞素臣死后家道衰败，唐家日富一日，这时叙事者又说道：

谁想古人的言语再说不差：

善恶到头终有报，只争来早与来迟。

这两句俗话，虽在人口头，却不曾留心玩味。若还报得迟的也与报得早的一样，岂不难为了等待之人？要晓得报应的迟早，就与放债取利一样，早取一日，少取一日的子钱；多放一年[①]多收一年的利息。你望报之心愈急，他偏不与你销缴，竟像没有报应的一般。等你望得心灰意懒，丢在肚皮外边，他倒忽然报应起来。犹如多年的冷债，主人都忘记了，平空白地送上门来，又有非常的利息，岂不比那现付现得的更加爽快！[①]

这一大段的叙述，先用了古人的畿语，又对畿语出了一番诠释，使千百年来流传的又为人们广为认同的一个"普遍真实"富有哲理地表达出来，却不让你感到深奥和枯燥，反而可以引起读者对故事发展结果进行验证性的阅读期待。故事本身在这时并没继续有所进展，从故事的时序角度来看，这样的停顿是干预性叙述，具有反叙述的功能。在公案小说中，自古道："上梁不正，下梁参差"[②]，正是："为人不做亏心事，半夜敲门也不惊。"[③]等等，这些话语在中国人看来都是耳熟能详的，不仅可以让读者产生深刻的印象，而且可以让读者从这样的一些"普遍真实"中去推测人物的行动与事件发生的原因。如果将这样的叙述作为"装饰性"或"修饰性"功能的意义来看待，是有一定道理的。

侦探小说在时间的艺术处理上是有明显的特色的，除了在时长、时距两个方面能够有效地进行调整和控制外，还在时间的频率上有自身十分突出的特点。所谓频率，就是事件在叙事文本中被叙述的数量与事件发生次数的关系。有的时候，事件发生了一次，但在叙述文本中被不断地多次叙述。侦探小说中这样的现象实在是很多。如发生了一起枪案，侦探在调查过程中会遇到若干被访问者，每个被访问调查的人都在不断地重复着那发生的案件，当然，受访者在重复事件的时候，每个人都会从自己的观察、立场和价值观出发，对同一事件做出不同的叙述，尽管被不同人从不同的角度叙述了多次，但仍还是一个共同的案件。这种同一事件被不同的人多次重复的情况也出现在知情人对凶手的描述上，有犯罪

① 侯会；守成校点. 古代短篇公案小说选. 清代白话卷. 北京：群众出版社，2001：p36

② 侯会；守成校点. 珍珠舶. 古代短篇公案小说选. 清代白话卷. 北京：群众出版社，2001：p99

③ 同上，p653

嫌疑人在现场出现过，犯罪嫌疑人的体貌特征被不同的人进行多次的描述，侦探可以根据这样的描述为犯罪嫌疑人勾勒出大致的画像，这就为寻找凶手提供了最直观便捷的参照物。在侦探小说中，有时候某一个事件本身会不断地出现在叙事文本中，成为一种形式上的重复。如法国著名侦探小说家莫里斯·勒布朗的不少作品中的一些作案现场都会留下“侠盗亚森·罗宾”或“亚森·罗宾”的大名；中国公案小说中也常见此类情形；某一个事件在叙事文本中不断反复出现，往往带有一定的指导信息。如在侦探小说中经常出现的一些数字、单词的重复，每一次重复可能都会对侦破工作带来新的发现。《日晷的秘密》中第一次出现红笔写的数字：15—4—2，当时就被认为是 1802 年 4 月 15 日这个日期，以后 4 月 15 日这个时间数字在小说中不断地出现，每一次出现都预示着对事件的侦查有了新的发现，侦破工作有了新的进展。

在侦探小说中还有一种情况，就是某一事件曾经多次发生，而在叙述中却只讲述一次，而不是发生几次就叙述几次，如《日晷的秘密》写到刘易斯·戴纳蒙“每年的 4 月 15 日，她经常与儿女一早出门到天黑才回家”，这是一个有规律的经常发生的事，而在小说中仅仅叙述了一次；在这部小说的后半部，描写了戴纳蒙家族为了寻找大革命时期被藏在院子里的整袋金银，一直在不懈地努力着：

从那时起到现在的 100 多年里，戴纳蒙的后代继续着每年 4 月 15 日的朝圣活动。他们挖遍了每一寸土地，却毫无收获。他们从父到子一代代全都失去了生活的动力，被贫困所征服。他们先后卖掉了房子、花园和其他几块地，但宁肯饿死也不肯转让这个角落。①

这里叙述的是在 100 多年里戴纳蒙家族每年 4 月 15 日都天天重复着的一件事——“寻宝”，但从这一事件的数量上来说，至少也有 100 次之多，但叙述者叙述仅仅一次。一是没有必要去重复年年都进行的一个故事，二是因为戴纳蒙家族年年 4 月 15 日重复的事件虽是有意义的，但却是不得法、不动脑筋，也不值得去叙述的。如果叙述，那么，“寻宝”这个事件的意义可能就会在一次次重复中被消解干净。叙述者正是这种以一次代百次的不等量叙述关系的对比，来为下文的叙述服务，突出侦探罗宾只一次就能成功寻得宝藏的过人的智慧。

所以，无论故事在叙事文本中出现的方式是怎样的，故事与叙事之间的频率关系如何构成，呈现在读者面前的都是被抽象出来的事件的一个共同点。任何被重复的事件都不可能完全的一致，这种被排除了每个事件的特殊点而保留了

① 曹正文. 世界侦探推理小说大观. 上海：上海辞书出版社，1995.11：p314

事件共同的相似性的重复，事实上建构的是一种符号化的意象，没有物象的具体可感性，而是由想象力形成了一种超越语言符号的内心东西，使小说更耐人寻味。

叙事时间在侦探小说作品中的运用应当成为侦探小说的艺术特征之一，时长、时距和频率无疑地成为侦探小说创作中艺术表现最丰富、最复杂的技巧。关注并研究叙事时间，将会引导我们对侦探小说作品进行深刻的内部机制的研究，有助于人们更准确、更深刻、更全面地解读侦探小说作品。

第六章 人物论

人物是文学作品中最具活力的要素。古今中外的文学名著都无不是为人类文化宝库中留下永久的人物形象而延伸其无限的文学生命力。外国文学作品中的哈姆雷特、堂吉珂德、于连、安娜·卡列琳娜、葛朗台……,中国文学作品中的贾宝玉、孙悟空、阿Q等等早已超越了种族和地区的界域,成为人类共同享有的思想文化资源。如果我们把"文学是人学"作为人类文学创作的一个元命题的话,那么,文学所塑造出的人物形象就是这个元命题的核心。一切从小说文本中透析人的方式,就都是对文学作品中的人物形象进行塑造和解读的方式。历来,小说作者们都有意无意地把最大的精力投注到人物的塑造上,这是因为人本身即是社会的最基本要素。当一个作家去观察社会、观察生活时,他首先注意到的就是具体、个别的人,人即是事件。在任何一个具体、个别的人身上,都可以反映出社会生活的部分内容来。《红楼梦》是一部人物画廊似的经典。里面先先后后写了448个人物,成了反映清朝末年封建社会制度由盛而衰的缩影。用黑格尔的话来说,每个人都是一个整体,本身就是一个世界。每个人都是一个丰满的、有生气的人,而不是某种孤立的性格特征的、寓言式的抽象品。俄国作家屠格涅夫在谈到他自己的文学创作的经历时,这样说道:譬如说,我在社会里遇见某费克拉·安得列夫纳,某彼得,某伊凡,忽然在这费克拉·安得列夫纳,在这彼得,在这伊凡的身上,有一点特别的东西,以前我从未在别人那里见到、听到的东西,使我发生惊讶。于是我对他注视,他或她使我引起特别的印象;我开始加以深思,然而这个费克拉,这个彼得,这个伊凡,随后渐渐的后退了,不知消失到何处去了,只有他们所引起的印象遗留着,渐渐的成熟。我将这些人物与别人对照相比,引他们走进不同的行动的范围内,我心里整个的小世界都是这么造成的。……随后,突然地,无从猜到地会发生描写这小世界的需要。[1] 可见屠格涅夫的创作都是从具体的人、具体的事和具体的印象出发的。上世纪80年代初,钱谷融先生在自己的命题论文中对人物在文学作品中的作用是这样说的:"对于

① 钱谷融.论"文学是人学".北京:人民文学出版社,1981:p54

人的描写，在文学中不仅是作为一种工具，一种手段，同时也是文学的目的所在，任务所在。”①“文学的对象，文学的题材，应该是人，应该是时时在行动中的人，应该是处在各种各样复杂的社会关系中的人。”②“所以人，可以说是具体的现实。”“正因为人是社会现实的焦点，是生活的主人，所以抓住了人，也就抓住了现实，抓住了生活。你只要真正地写出了人，写出了人的个性，就必然也写出了这个人所生活的时代、社会和当代复杂的社会阶级关系，就必然也反映了这个现实。”③侦探推理小说同其他体裁的文学作品相比较，虽然在情节上更玄虚、独特，但真正能在人们的记忆中留下不灭痕迹的却是一个个脍炙人口的人物，尤其是那一个个具有神奇智慧的侦探人物，正是这样一系列侦探人物形象组成了一个尤为光辉夺目的名侦探画廊，使侦探小说这种文学样式成为世界文学百花苑中的一道独特风景。

第一节　肯定性品格、多姿多彩的人物

一、一个工业时代的侦探神话——福尔摩斯

福尔摩斯是英国著名侦探小说家柯南道尔在一系列的侦探小说作品中塑造出来的享誉世界、脍炙人口的文学形象，这个形象所表现出的机智和神勇，以及对付多类罪犯的成功和卓越，塑造了一个工业文明时代令其他一切文学家们或现代警察们都望其项背、难以企及的现代神话。福尔摩斯成了现代警察和职业侦探们共同尊奉的一个“神”，并成为对一个职业褒扬的“代名词”。

在柯南道尔笔下，关于福尔摩斯的出生和个人经历，能够知道的并不多。只知道他生于 1854 年，出生在一个普通人家；他的哥哥麦克罗夫智商极高，福尔摩斯对之甚为敬重；福尔摩斯的祖母是法国人，曾祖父母均为画家，故福尔摩斯继承了这种艺术家的气质，他的侦探才能或许是这种才能的异化。

福尔摩斯曾经在贵族式的私立公学读书。他在牛津和剑桥大学学习，专攻化学，不喜欢交际，精于击剑和拳击。他 19 岁上大学的第一年，受同学父亲的影响，决心以侦探为业。毕业前，其分析和推理能力已经在同学中开始出名。1875 年大学毕业，两年后在伦敦大英博物馆附近的蒙塔古街开设侦探事务所，接办由

① 钱谷融. 论“文学是人学”. 北京：人民文学出版社，1981：p10

② 钱谷融. 论“文学是人学”. 北京：人民文学出版社，1981：p1

③ 钱谷融. 论“文学是人学”. 北京：人民文学出版社，1981：p65

同学介绍的案件。25岁时,由于侦破马斯格雷夫典礼案而崭露头角。1877年认识华生,并合租贝克街寓所。福尔摩斯向苏格兰场的警察雷斯垂德和葛莱森介绍华生,此二人在福尔摩斯侦探案中经常出现,福尔摩斯虽然调侃这些官方的警探,但又总是与警方保持着良好的合作关系。此后华生即作为福尔摩斯的拍档和传记作者出现。

1889年福尔摩斯35岁时,华生与《四签名》中的摩斯坦小姐结婚,随即搬离了贝克街,但仍与福尔摩斯保持密切联系。1891年,福尔摩斯在欧洲大陆漫游,在瑞士的莱辛巴赫瀑布与伦敦罪恶大王莫里亚克教授搏斗。柯南道尔本来是以此作为福尔摩斯的终结,不料小说发表后,引起读者的强烈抗议。伦敦金融界人士则神情黯然,在帽子上扎黑带以示哀悼。各地来信纷纷要求"福尔摩斯不能死"。柯南道尔被迫让福尔摩斯"复活",这也是文学史上的佳话。

福尔摩斯为躲避莫里亚克余党的纠缠,隐姓埋名浪游海外,足迹所至,包括中国的西藏、阿拉伯半岛和苏丹,后来又到法国南部研究化学。1894年,福尔摩斯40岁时重出江湖,此时华生已与妻子离别,回到贝克街寓所。此后福尔摩斯的事业又出现了新的高潮,连破大案奇案,名声远播欧洲大陆和北美。

1904年福尔摩斯50岁,退休隐居苏塞克思丘陵地带,享受田园生活,并以养蜂为娱,与华生偶有来往,共度周末。1912年第一次世界大战前夕,58岁的福尔摩斯由于首相的力邀而再次出马,在美国和爱尔兰展开调查,破获德国间谍案。1914年再次退休,著有《养蜂实用手册》。此后不知所终,"卒年"不详。

福尔摩斯的一生,是与社会中的犯罪作斗争的一生。在柯南道尔的笔下,这个与罪犯斗智斗勇的形象,是极其丰富多彩的。

(一)以科学家的姿态,从事实验性的求证

对福尔摩斯来说,每一次破案,都是一次科学的研究,是实证性的实验,在一次次的侦破过程中,没有一次不是从最基础的工作做起。科学研究最基础性的工作,从物质的角度来讲,一些验材是必要或必备的,没有必备的验材,研究就无从下手,刑侦破案工作也一样,在许多方面都是要借助科学实验的手段的,无论是化学物质的检测,还是物理性地重构——现场实验和重建,都要从既有的材料入手,如果把侦破工作作为数学式的诠释的话,可以说,世上所有的侦查破案都是论证求解的数学活动,而求解的前提是必得有已知条件,没有已知条件或者已知条件不足、不充分,则可能导致求证无解或误解,即求证无效。而已知条件的获取,必须来自发案现场——这个侦破工作的原点,或源头,在现场获取的"已知"越多,则才越有可能有解。当代刑侦工作已经非常清醒地认识到了这一点,美国的华裔刑侦大师李昌钰也是这一领域的专家,然而,当代刑事现场的重要性的认识，只不过是对历史正确性的一种重返或回归，早在150多年前的福尔摩斯那里就已非常清楚地告诉了人们：现代侦探应当极为重视一切侦破工作原点——刑事现场，这是一切刑事案件侦破工作的逻辑起点。

所以，在各类案件中，福尔摩斯在案情初始阶段总是对现场进行实地勘查，态度极其细致。在侦破格兰其庄园凶杀案中，我们可以看到这样的一个情形：

……福尔摩斯走进餐厅，从里面锁上门，认真仔细地检查了两个小时。结果为他由逻辑推理所得出的正确结论提供了可靠的依据。他坐在一个角落里仔细观察着，好像一个学生聚精会神地注视着教授的示范动作。我跟随着他，进行细致入微的检查。窗户、窗帘、地毯、椅子、绳子，逐个地仔细查看，认真思考。爵士的尸体已经移走，其余的一切仍是我们早上见到的那样。最使我感到意外的是，福尔摩斯竟然爬到坚固的壁炉架上。那根断了的仅剩下几英寸的红色绳头仍然连在一根铁丝上，正高高地悬在他头上。他仰着头朝绳头看了好一会儿，为了离绳头更近，他一条腿跪在墙上的一个木托座上。这使他和那根断了的绳子只离几英寸远了，可是引起他注意的好像不是绳子而是托座本身。后来，他满意地跳了下来。

又如《魔鬼之足》中福尔摩斯为了勘查现场的脚印"走进那所性命攸关的住房时那一刹那所发生的突然变化，就会看出他那冷静外表里面的热烈活力了。他顿时变得紧张而警惕，眼睛炯炯有神，板起了面孔，四肢由于过分激动而发抖。他一会儿走到外面的草地上，一会儿从窗口钻进屋里，一会儿在房间四周巡视，一会儿又回到楼上的卧室，真像一只猎狗从隐蔽处一跃而出。他迅速地在卧室里环顾一周，然后推开窗子。这似乎又使他感受到某种新的兴奋，因为他把身体探出窗外，大声欢叫。然后，他冲到楼下，从开着的窗口钻出去，躺下去把脸贴在草地上，又站起来，再一次进到屋里。精力之充沛，好似猎人寻到了猎物的踪迹。那盏灯只是普通的灯。他仔细作了检查，量了灯盘的尺寸。他用放大镜彻底查看盖在烟囱顶上的云母挡板；他把附着在烟囱顶端外壳上的灰尘刮下来，装进信封，夹在他的笔记本里。"

为了能获取到现场的"已知"条件，即使在办案中受到多种干扰或阻挠时，他也是想尽一切办法，必亲自去现场察看，如《玫瑰文身之谜》中，福尔摩斯来到苏格兰场受到阻拦，于是他来到右侧与小贩奥吉交谈。奥吉提出有偿提供有关案件现场的信息条件，要求"玩三张牌的西班牙赌戏。要是你赢了，消息就不要钱，要是你输了，你就出十先令。"福尔摩斯虽然说原则上"从不购买消息"，但"为了那些珍贵的新闻"竟然与奥吉作起了猜牌游戏。并且由此与忠于职守、坚持原则的守卫现场的警官进行沟通，只见他走到警官面前问："您想知道奥吉总赢的秘密吗?”警官:“有点吧。”福尔摩斯说:“如果我知道,我可以去见勒德吗?”警官说:“当然。”福尔摩斯通过揭穿奥吉玩牌的秘密与现场守卫的警官进行了交易,给现场守卫警官一个意外的获得赚钱的机会,使警官遵守诺言,最终同意福尔摩斯进入苏格兰场。

在福尔摩斯经办的案件中,似乎还没有一个案子是凭主观推测臆想就做出推断的,他在种种复杂的线索和现象中,总是能为自己找到实证性的东西来进行推理,无不充分体现了一种科学研究必须的求真务实的态度,他正是以这样的一种严谨科学的态度,借助科学实验的手段才创造出一个又一个的现代侦探的神话。

在许多案件中,我们都可以看到他做实验的情形,你看他做实验时全神贯注的态度:

福尔摩斯一声不响地坐了好几个钟头了。他弯着瘦长的身子,埋头盯住他面前的一只化学试管,试管里正煮着一种特别恶臭的化合物。他脑袋垂在胸前的样子,从我这里望去,就像一只瘦长的怪鸟,全身披着深灰的羽毛,头上的冠毛却是黑的。

——《跳舞的人》

为了获得科学实验的结果,他还往往要冒着生命的危险:

“我把这把椅子放在你对面,我们两人面对面坐着。你和我离毒药保持相同的距离。房门半开着,你能看着我、我能看着你。只要不出现危险症状,我们就把实验进行到底。清楚吗?好,我把药粉——或者说剩下的药粉——从信封里取出来,放在点燃的灯上。就这样啦!华生,我们坐下来,且看情况会怎样发展。”

不多久就发生事情了。我刚坐下就闻到一股浓浓的麝香气味,微妙而令人作呕。头一阵气味袭来,我的脑筋和想象力就不由自主了。我眼前一片浓黑的烟雾,但我心里还明白,在这种虽然是看不见的、却将向我受惊的理性猛扑过来的黑烟里,潜伏着宇宙间一切极其恐怖的、一切怪异而不可思议的邪恶东西。模糊的幽灵在浓黑的烟云中游荡,每一个幽灵都是一种威胁,预示着有什么东西就要出现。一个不知道是谁的人影来到门前,几乎要把我的心灵炸裂。一种阴冷的恐怖控制了我。我感到头发竖立起来了,眼睛鼓了出来,口张开着,舌头已经发硬,脑子里一阵翻腾,一定有什么东西折断了。我想喊叫,仿佛听见自己的声音是一阵嘶哑的呼喊,离我很遥远,不属于我自己。就在这时,我想到了跑开,于是冲出那令人绝望的烟云。我一眼看见福尔摩斯的脸由于恐怖而苍白、僵硬、呆板——我看到的是死人的模样。正是这一景象在顷刻之间使我神志清醒,给了我力量。我甩开椅子，跑过去抱住福尔摩斯。我们两人一起歪歪倒倒地奔出了房门。过了一会儿，我们躺倒在外面的草地上，只感觉到明亮的阳光射透那股曾经围困住我们的地狱般的恐怖烟云。烟云慢慢从我们的心灵中消散，就像雾气从山水间消失一样，直到平静和理智又回到我们身上。我们坐在草地上，擦了擦我们又冷又湿的前额。两人满怀忧虑地互相看望着，端详我们经历的这场险遇所留下的最后痕迹。

——《魔鬼之足》

如果我们不是事先了解的话，仅仅看这样的实验场面，有谁能够怀疑这不是一个近似于疯狂的科学家在大胆地做着极其危险的实验呢？

（二）以鹰犬般的敏锐，展示着分析和推理的成功

福尔摩斯善于分析和推理，令人折服的不仅仅体现在他对案件线索的排查和梳理，而是他仅从人物或其他事物的外在因素就能够对人的职业、年龄、行为习惯等做出准确无误的判断，实在是让所有福尔摩斯迷们叹为观止的。

在《恐怖马戏团》中，福尔摩斯根据“一张约五英寸长、四英寸宽的米黄色卡片，印着凸出的字体。上面印有姓名乔治·桑格勋爵，还有位于芬切利的一处地址”的名片，他认为“除了商人之外，你还见过谁有这么大的名片？”从而做出“我们的客人是位贵族”的判断，事实到底是不是这样的呢？

当瘦削结实、身材偏矮的客人出现在我们面前时，福尔摩斯显然并不惊讶。“我想你就是乔治·桑格勋爵吧？”对于福尔摩斯的这一询问，客人回答的声音很生硬，根本没有贵族派头，而口气却带着一丝威严。

……“福尔摩斯先生，我不想对你有任何隐瞒。实际上，我并不是贵族。”福尔摩斯点点头。“我知道，先生。原因有这么几个：第一，虽然你的裤子是圣·詹姆斯公司制作的，可你坐下的时候却拉了拉膝盖处的裤管。”桑格吃了一惊。“为什么不呢？这很自然。这样，膝盖处的裤管就不会膨起来了。”福尔摩斯微微一笑，说道：“这是很自然，但一看你这个举动，便知你不是贵族。还有，你显然扣紧了马甲上所有的纽扣，这一点同样也不像贵族所为。”客人笑笑，这使他瘦削的脸上起了皱纹，那样子有点像爱斯基摩人或印第安人。这是一张饱经风霜、历经严寒或酷暑的脸，看上去有73岁了，远看倒可能会显得年轻一点。他的头发和修剪整齐的胡须染色都没染好。更有甚者，他的眉毛也用了同样的黑色染剂，而且两道眉毛的颜色深浅不一。此外，他的两颊上有明显的胭脂痕迹，令他的模样越发滑稽。他对福尔摩斯说：“那么，先生，你还能从我的外表推断出些什么？”

福尔摩斯笑得更和蔼了。“你手上的老茧还告诉我，你长期以来与马匹关系

密切，除此之外没有什么了。华生，注意，这些老茧是多年来操持马群造成的。哦，对了，你曾为女王陛下服务过，因为你领带的钻石夹针上有维多利亚女王名字的缩写。我敢保证，尽管你在《贵族名录》中无名，但你仍自称勋爵而不怕受罚。所以，女王陛下显然知道你在用这个头衔，而且容忍了。女王并不经常给臣民特权，除非是军人、水手和发明家。我觉得你不像这其中的任何一类。但众所周知，她喜欢马戏艺人，因此我断定你一定是此类人。照你与马匹明显有关这一点来看，你可能是流动马戏团的老板。”

当然，回想这件事，华生“知道当时大多数人都是知道桑格马戏团的。然而，福尔摩斯和我的生活圈子很少有人与流动马戏团之类有什么接触。据我看，桑格并不相信这一点，所以他也就想当然地认为福尔摩斯的一些推断并没有什么了不起。但他并未这么说，而是直接讲明了来意。”

“不管你是怎么得出这个结论的，福尔摩斯先生，你说对了。我不仅是一个马戏团的老板，而且我敢说，我的马戏团即使算不上是世界第一，至少在整个欧洲是最著名和最出色的。”

在这里，我们看到，福尔摩斯对客观对象的观察是何等地细致入微。他先是从名片的尺寸大小对一个人的社会身份进行判断，接着，又从观察对象的服饰品牌（著名公司）、领带夹针上的缩写、手上的老茧以及人物的衣着风格、行为习惯对自己的判断进行更准确的验证，展示了他超人一样敏捷思维的才华，让人们在小说阅读中和他一起感受着数学分析般的缜密。

（三）以卓越的才华昭示着优秀侦探的底蕴

私人侦探早已经成为现代社会的一种正当职业，但能够跨入侦探行业的门槛真正从事这个职业的人并不是很多，从人才学的角度来说，任何职业的人才都应当具备职业人的素养和技能。实际上，职业技能往往是职业人比较容易获得的一项内容，他无非是将人进行工具化的专业能力的培养和训练，有的时候，这种专业能力的培养和训练仅仅变化成为一种单一形式的循环和重复，在相当时间的循环和重复之后也许就可以获得某种专业技能。而职业素养却不同，他更多的是依靠多种知识长期的学习和积累，从而满足职业人进一步发展的需要。因此，真正可以被称为职业成功人士的人，必然是一个获得了职业人的技能、也同时是具备了职业人素养的人。由此来说，私人侦探这个职业对专业能力和专业素养也应当是有着自己的行业特点的。那么，现代私人侦探应当具备怎样的素养和技能呢？柯南道尔通过福尔摩斯这个形象为我们诠释了现代侦探的基本素养和技能。在《血字的研究》中柯南道尔为读者开列了一个清单，这个清单的名称叫“夏洛克·福尔摩斯的学识范围”，它上面对福尔摩斯的知识结构做了非常详细的介绍：

1. 文学知识——无。

2. 哲学知识——无。

3. 天文学知识——无。

4. 政治学知识——浅薄。

5. 植物学知识——不全面，但对于莨菪制剂和鸦片却知之甚详。对毒剂有一般的了解，而对于实用园艺学却一无所知。

6. 地质学知识——偏于实用，但也有限。但他一眼就能分辨出不同的土质。他在散步回来后，曾把溅在他的裤子上的泥点给我看，并且能根据泥点的颜色和坚实程度说明是在伦敦什么地方溅上的。

7. 化学知识——精深。

8. 解剖学知识——准确，但无系统。

9. 惊险文学——很广博，他似乎对近一世纪中发生的一切恐怖事件都深知底细。

10. 提琴拉得很好。

11. 善使棍棒，也精于刀剑拳术。

12. 关于英国法律方面，他具有充分实用的知识。

我们一定不能忽视这个清单，它对于我们全面了解现代侦探、正确地分析研究现代侦探具有十分重要的意义。在这个清单中，我们可以清楚地了解到不同学科和专业知识在侦探行业中的不同地位，尤其是化学和法学具有的重要地位。也许人们对法医学(解剖学知识)和搏击技术(“善使棍棒，也精于刀剑拳术”)在侦探行业中的必要性一般都不会有什么疑义，但对于“提琴拉得很好”这么一个“学识范围”往往会产生疑惑，做一名侦探难道还要会拉提琴吗？侦探和拉提琴之间难道会有什么必然的联系吗？如果直接地寻找侦探和拉提琴之间的逻辑联系是比较困难的，但是，如果从影响人成功的根本因素来说，一个人成功与否并不完全取决于人的智商，更多地取决于人的情商(EQ)。从这个角度来看，拉提琴与做一个出色的侦探关系就很大了。换句话说，一个人的成功可能更多地取决于一个人的情商的高低。据研究，成功的人大都是情商较高的。从人们目前对情商的认识来看，“自觉、自我规范、自我激励、同情心、人际关系”这“五个Q”都不是纯粹的自然科学学习的范畴，但却影响着一个人的成功与否。人情商的高低，最终决定它对人类本身的关爱程度和感情的高低。发生于上世纪50年代的多元智能教育理论研究成果更是突出说明了艺术素养对一个人的成功具有不可忽视的重要作用。实际上，古今中外有大量杰出的人都是有很好的艺术修养的。创建诺贝尔奖的化学家诺贝尔,也创作过剧本和小说;杨振宁是著名的物理学家,却发表小说、诗歌、文艺评论,兼起了香港中文大学的中文教授;熊庆来、苏步青都是数学家,也同时都是古诗词学家;鲁迅、郭沫若原来都有医学背景,都是弃医从文的。而相对论的创造者爱因斯坦也是一个业余提琴手。上述种种,可见,具有一定的艺术素养对一个人的成功确实是能够起到作用的。由此,我们再来看福尔摩斯学识范围中的"提琴拉得很好"就不难理解了,同时,我们也就对本应该是铁血冷面的福尔摩斯为什么有时还能够表现出他的柔情有了正确的理解。人们可以在《显贵的主顾》里看到,一贯面无笑容的福尔摩斯居然插手起别人的婚姻来。当他知道梅尔维尔将军美丽的女儿陷入到声名狼藉的格鲁纳男爵的爱情陷阱里去以后,他冒着危险拿到了格鲁纳男爵的一本淫乱日记,以此使梅尔维尔小姐取消了与格鲁纳男爵的婚礼,挽救了一个美丽的姑娘。在《格兰其庄园》、《红圈会》等不少的作品中,福尔摩斯都对应当追究的当事人予以宽容和袒护,甚至还制造机会使当事人免于追究,他说"我想我在使一个重罪得以减轻,但也可能我是挽救了一个人。这个人将不会再做坏事了,他已经吓得丧魂落魄了。要是把他送进监狱的话,你就会使他变成一个终身的罪犯。再说,现在正是大赦时节,我们何乐而不为呢。"(福尔摩斯探案集蓝宝石案)人们当初对福尔摩斯的这些做法不能理解,但是了解了艺术对人的道德、情操所具有的潜移默化的作用,了解了艺术是可以让人更好地成为具有更多人性的社会人的时候,人们就能够比较正确地理解柯南道尔为什么要让福尔摩斯"提琴拉得很好"的道理。这一点也许正是柯南道尔试图向人们说明什么的人才能够真正成为杰出的大侦探的道理。

当然,我们在"夏洛克·福尔摩斯的学识范围"的这个清单上也能够发现,作为素质全面的人,福尔摩斯也确实还是存在不足和缺陷的,他在人文社会科学知识方面的明显缺失,使他的人格魅力,以及个人对社会的影响力和社会作用、人物形象的深度也都明显地受到了一定的限制。

(四)君子风范,质芳气华

中国人往往将品性高洁之人称为君子。如果认真地思量一下品性高洁这四个字,可能会更多地想到两个方面——金钱和女人。一个被人尊敬的君子至少在这两个方面应该是没有瑕疵、无人能够诟病的。真是无独有偶,柯南道尔居然也让人们从福尔摩斯身上看到了和中国人君子尺度几乎一样的君子风范,这就是福尔摩斯对待金钱和女人的态度。首先让我们来看一下福尔摩斯对待金钱的态度。福尔摩斯办案不是免费或义务,而是有偿服务,每接一个案子都是要钱的。

我们知道，私人侦探本是西方工业时代的产儿，是适应社会市场需要的一种社会职业。在商业文明发达的社会，私人侦探有着自己的职业价值。因此，他必然地要顺应市场的规律，追求自己应当获得的职业价格。私人侦探通过侦办案件来获得劳动报酬是理所当然的，而且追求最大的经济报酬也是无可厚非的。有人说，“视金钱如粪土”者才是君子所为。其实不然。君子也是人，他不可能脱离现实社会独立地存在，也完全没有必要故作姿态式的清高，因此，金钱就是金钱，怎么会成为如粪土呢？没有金钱的支撑，即使想要清高也没有可能。现实中一分钱难倒英雄汉的事例比比皆是，尤其在现代社会，金钱是人们安身立命的基本经济基础之一，是不论“君子”还是“小人”都不可回避的。这里我们应当认识的不是要不要报酬问题，而是用何种手段获取报酬的问题。中国还有句古话说“君子爱财，取之有道”就是这个意思。那么，福尔摩斯挣钱之道是怎样的呢？在《雷神桥之谜》中，顾主奈尔·吉布森先生和福尔摩斯有这样一段对话：

“福尔摩斯先生，我直截了当地说吧，"他张口便说，“办这个案子我绝不计较费用。你可以用钞票当火把去烧，如你需要照亮真理的话。这个女子是无辜的，这个女子必须得到洗刷，这是你的责任。你提费用吧！”

“我的业务报酬有固定数额，"福尔摩斯冷冷地说，“我绝不加以变更，除了有时免费。”

福尔摩斯完全有可能在这个业务中获得超值利益，但是，他坚守着自己的收费标准，面对大笔的钱财没有丝毫的非分之想，可见，福尔摩斯既是一个职业侦探，更是一个能够严守商业道德和商业信誉的人。在金钱面前，完全看不到半点唯利是图，甚至连商人最常见的斤斤计较也没有出现过。他对报酬的看法，除了按照规定的标准收费外，有时倒也是可以议价的，在《斑点带子案》中，福尔摩斯是这样对自己的客人海伦·斯托纳小姐谈价的：

“海伦·斯托纳小姐，我只能说我很乐于为你这个案子效劳，就像我曾经为你的朋友那桩案子效劳一样。至于酬劳，我的职业本身就是它的酬劳；但是，你可以在你感到最合适的时候，随意支付我在这件事上可能付出的费用。”

他没有任意地漫天开价，相反却从低议价，但是，对海伦·斯托纳小姐这样的顾客，他也表示进行慈善服务，既不要高价，也不免费不要价，而是很有自己的准则，那就是“支付我在这件事上可能付出的费用”，说的是何等的好，表明了服务收费是与自己的劳动付出一致的价格观点，即使在今天，这样的价格观也是完全能够被接受的。柯南道尔让我们从福尔摩斯从事私人侦探的服务活动中看到了一个规矩、本分的生意人，也看到了什么才是君子的“爱财”之道。

在对待女人的态度上，福尔摩斯表现得也十分“君子”。这倒不是说他像某些虚伪的人一样面对女性能够“视而不见”，相反，对漂亮的女性他也会毫不掩饰地表示出自己的赞美。在《冒险史——波希米亚丑闻》中，福尔摩斯对华生描述他一生中遇到的女对手艾琳·艾德勒时这样说：“在这刹那间，我只瞥了她一眼，但已可看出她是个可爱的女人，容貌之标致足令男人倾倒”；“噢，她使那一带所有的男人都拜倒在她的石榴裙下。她是世界上最俏丽的佳人了。”说明他对女性的审美判断一点也没有问题，但是，他与女顾客之间却从来没有闹出过什么绯闻。在小说中，福尔摩斯始终如一地保持着与女性的距离。福尔摩斯的女房东赫德森太太认为“他不喜欢也不信任女性，可是他永远是一个骑士气概的反对者。”虽然如此，福尔摩斯却经常能够得到女性的喜爱，赫德森太太“也喜欢他，因为他对待妇女非常温文有礼。”这恰恰是柯南道尔所要塑造的福尔摩斯。福尔摩斯是一个正常健康而且长相英俊的中年男子，那么，他何以面对美色能够不乱方寸呢？这恰恰正是柯南道尔试图说明而没有明说的，他想通过福尔摩斯要向人们传达的是这样一个重要的信息：私人侦探应当有自己的职业操守。他不近女色，但同时也不是执意要做英国绅士，与女当事人之间关系应当严格地控制在雇佣与被雇佣之间的关系上。柯南道尔难道不正是通过福尔摩斯向人们表达了自己对私人侦探职业操守的看法，他难道不就是认为私人侦探对待女性当事人仅仅做到礼貌待客就完全可以了吗？

二、定格职业形象的私家侦探——杜宾

1884年，一部在当时十分另类的小说《莫格街谋杀案》在美国作家爱伦坡的笔下诞生了，同时，一个新型的文学形象——私家侦探也横空出世，为爱好文学的人们展示了文学领域中又一个具有丰富内容的艺术形象。也许在爱伦坡发表《莫格街谋杀案》之前，人们对私人侦探这一概念并没有什么意识，但至少在这样一部小说发表之后，尤其是从小说主人公杜宾那里，对私人侦探开始有了真正的概念。从《莫格街谋杀案》的文本叙事中，我们来考察一下杜宾这样一个人物。他出身名门，是一个贵族子弟，但命运坎坷，逐渐沦入贫困的境地。他似乎并没有什么正经的职业。在爱伦坡的笔下，我们并不知道杜宾曾经做过什么，不知道他的过去和经历。作家呈现在读者面前的杜宾这个人物仅仅是现实生活中处在现在进行状态中的人物的一种境况——他似乎是一个自由职业者，但他也似乎生来就是为做侦探而出现的。他不为传统的某种职业而生，他已经游离了传统的职业的生活轨迹，是在以自己的方式冥思沉想、在特立独行中实现个人的价值。杜宾这样一个爱深思，说起话来爱做手势，甚至常有点神经质似的人，如果他的行为中再缺失一点，仅仅是一点，他就有可能永远是一个废人，一个于社会

毫无意义的人，恰恰相反，他没有缺失这关键的一点——热爱知识，并能运用知识，这使他不仅没有成为社会上的行尸走肉，反而成就了他开辟出属于自己的一片新天地。

在作者笔下，杜宾是一个行为孤僻，动作夸张的人。他和自己的朋友琼斯同住在一个屋檐下，却各居一室。平时俩人各自互不往来，各做各人的事。相遇时只点点头，算是招呼。虽在一个餐桌上吃饭，没有话语，没有笑声，但杜宾爱学习，爱知识，一本在图书馆里躺了二十多年都未曾被人翻阅过的离奇古怪的“天书”，居然也让他看得津津有味。“看书阅报始终是他的嗜好。”但是，如果仅仅把看书阅读作为一种嗜好，把汲取知识和学习作为一种生活的目标，那充其量只不过使自己更像是一个装满了字纸和符号的傻瓜和书架而已。杜宾不是这样的，他不止于使自己成为知识的渊博的人，他更习惯地去运用知识。他运用知识的习惯因而使他的侦探工作充满了一种与众不同的书卷气。在爱伦坡创作的都以杜宾为主人公的几部侦探小说中，我们都不难看到杜宾与书刊及相关知识产品的一种亲缘关系：在《莫格街谋杀案》中，他对凶手是动物而非人的判断来自于他从书本中获得的有关东印度群岛茶色大猩猩的知识，当时他在阅读有关东印度群岛茶色大猩猩的知识时的无意识记忆却在对莫格街谋杀案杀人凶手的思考中帮他找到了明确的侦破方向。在《被盗窃的信》中，杜宾以讨论各种数学难题作为掩护，机智地战胜了具有诗人和数学家素质的政府部长德魏生。无论是在《莫格街谋杀案》中还是在《玛丽·罗杰特神秘案件》这两部小说中，杜宾都无一例外地与报刊媒体发生着直接的关系。《莫格街谋杀案》杜宾从新闻报道中开始了一个职业侦探的生涯，也利用了新闻报道的手段搞清了事实真相，破解了命案。对玛丽·罗杰特神秘失踪的命案，他也是从新闻报道与命案发生的时间关系上发现了线索，找到了思路。可以说，杜宾作为一个侦探的形象，他的侦探工作得益于知识，他不只是把自己当成汲取和吸纳知识的海绵和机器，而是更有意识地去运用知识，是知识成为他开展侦破工作的工具。他的聪明和才智正是在运用知识的过程中才突出了出来。他的另一个特点就是习惯于苦思冥思。这在《莫格街谋杀案》中有一个非常突出的情节。如小说一开始，当琼斯拿着当天的报纸给杜宾看，却不料杜宾有如神人一般的已经知道了报纸上报道发生的事情，他说：“我喜欢独思冥想，训练自己的想象力和实际生活中发生的事究竟有多么相近。”第二天，当报纸对莫格街谋杀案有了新的报道后，“杜宾一夜没睡好，白天老是伸懒腰打哈欠，闹得琼斯静不下心来。”在勘查完现场回家的路上，“杜宾坐在马车上一言不发，左手托起下巴，像在打盹，又像在沉思。”——小说中多次出现杜宾思考问题时的描写。终于，杜宾产生了一个令人不得不叹服的闪耀着智慧光芒的奇想：他要等一个与莫格街血案有直接关系的人主动找上门来。这就是他非常巧妙地借用了广告招领的方式在报上刊登了一则广告，诱使凶手上钩，让原来吃力费劲又无从下手的证据线索搜寻工作一下变成了一件十分轻松的事来。结果，“警察办不成的事，我们往往能办成。”一个虽无任何社会名头和身份的人在自己智慧的引领下书写出私人侦探辉煌的第一个篇章。

“警察办不成的事，我们往往能办成”，这是杜宾对自我的定位，是对现代私人侦探的一种历史定格，也是一个职业性的宣言。他说：“喜欢走别人没有走过的路。”实际上是在标榜私人侦探特立独行的品格，事实也确实如此。从一百多年前爱伦坡笔下杜宾的身上我们就已经看到了今天私人侦探的影子。

首先，他是特立独行的。具有自由职业人的社会属性。他虽办案，以办案谋取回佣为生，但他所从事的侦探工作却游离于整个社会的司法体制之外。私人侦探，对司法体制，尤其是对警察职业起到一种拾遗补缺的作用。“警察办不成的事，我们往往能办成！”这句侦探名言道出了私人侦探对警察而言，是一种虽不具备执法职能但却具有警察业务能力，甚至是超越警察业务能力的人。他们凭借个人的业务能力开展工作，没有政治、权力的依托和背景，追求的是办案能效。侦探业务能力及能效成为他们赖以生存的优势。又由于他们的确是既有能力又讲效用的人，所以，在他们的个人行为上，才表现出不喜欢走别人走过的路、特立独行的特点。这一点，与古代文人才子恃才傲物的性格特点多少有点相似。所以，在杜宾的眼里，警察往往成为他们讥讽和嘲弄的对象。如《被盗窃的信》中那个身居要职、常常自以为是，又总是弄巧成拙的巴黎警察局长葛斯汀在多次秘密侦查无功而退的时候，去求助于杜宾，却被杜宾大大的奚落挖苦了一番。在杜宾的眼里，警察局长葛斯汀是个对侦破案件缺少招数的傻瓜，是个十分无能的人。而警察也并没有因为杜宾这样的侦探能够帮助警察破案就能给予私人侦探以应有的尊重，相反，他们却期待着看杜宾出洋相。“我是来听您的好消息的！”葛斯汀朝杜宾不怀好意地笑道。他寻思，上一次你挖苦我无能，今天，该轮到你出洋相了。甚至，就是在杜宾侦破了莫格街谋杀案之后，有的警察竟认为杜宾这样做是“狗拿耗子，多管闲事。”可见，警方从一开始就是借助于私人侦探，而私人侦探也因警察制度的存在而存在，他虽并不依附、随从于警察，但从一开始，他实际上也与警察在打交道。他们之间是矛盾交织的共生共存的关系，杜宾使侦探与警察之间的这种共生共存的关系得到现实的诠释。

第二，私人侦探办案的目的具有直接的功利性的。换句话说，私人侦探办案就是有直接的经济利益的目标——就是获取雇佣方的佣金，是以商业利润作为个人侦探行为的一个功利性目标。所以，在处理案情的方式上，侦探与警察存在极大的不同，就是侦探的能效体现在破案上，只要侦破了案件，找到了犯罪的罪犯，他就完成了任务，达到了工作的目标，并不一定非要去抓捕罪犯；而警察还必须行使执法的职能——抓捕罪犯。所以，在侦探小说中反映出的私人侦探的世界里，侦探往往对罪犯的处置大都具有私人感性的特点。如在《莫格街谋杀案》中，杜宾十分明白地告诉黑猩猩的主人不再追究他的责任；在《被盗窃的信》中，杜宾只是把被卫生部长偷去的原信智取回来也就作罢，并没有就此深追下去，根本不去深究罪和责，最多就是协助警察抓捕罪犯而已，因为确实是法律并没有赋予私人侦探执法的权力，所以，杜宾的行为始终严格地固守在"私性"的层面上，他把侦破案件的行为都转换成为可以用货币来进行交换的东西，不如此，他也就不成其为私人侦探了。

杜宾的行为，其实就为私人侦探这一个行业作了历史的定格。他们自己本身就是普通的、并无多少名分和地位的社会人，但名分和地位并不影响他们能够成为一种符合社会发展需要的新型的职业。用我们现在对人群进行的行业分类来说，私人侦探也就是服务行业的一类从业人员，而杜宾就为这一行业树起了一座具有里程碑意义的艺术形象。

三、在魔幻的世界与狼共舞的人——明智小五郎

明智小五郎是日本侦探推理小说一代宗师江户川乱步系列小说作品中塑造的人物形象。明智小五郎足智多谋，是日本家喻户晓的英雄。身材高大，容光焕发的私人侦探明智在侦破案件的过程中，很少有故弄玄虚或卖弄之嫌，虽然警察仍然成为江户川乱步小说嘲弄的对象和侦探的陪衬，但明智自己很少以傲慢和俯视的态度去对待求助于他的警察和同事们。在大多数作品中，明智小五郎都并不是开场就立即出现在读者面前的，他往往是在诸多办案人员，如警察、助手、业余侦察爱好者等遭难有求时才迟迟登场。绝不盛气凌人，唯我独尊。《地底魔王》是以明智的助手小林秀雄为主进行侦破的案子，在小林秀雄遇到难题后求助于明智，明智面授机宜，终于侦破了案件。《黑手帮》中的明智更是一个很有人情味的人。小说中"我"是个侦探业余爱好者，居然可以像"票友"一样地客串起侦探侦破起案件来，但他毕竟本领有限，揽不了瓷器活，这时就想起了同学——明智小五郎，尽管两人已多年没有联系，更不大来往，但不想明智小五郎却一叫就来，尤其是在整个的办案过程中，明智更表现出了他很具有人情味的一面。你看，他在已侦破出所谓绑架勒索案的主谋牧田后，因势利导，与牧田协商为他保密，甚至还许诺给牧田以必要的帮助。果然，当失踪了好几天的富美子回到家中后，"我"想打探一下案情内幕，明智当真就替牧田保守了秘密，并且，拒收雇主家

给付的10 000元酬金，只勉强收取了2 000元基本办案费用，而且，最后还又让“我”将这2 000元转交给“太需要”钱的牧田，希望能够挽救一个误入迷途的灵魂。虽然这样做是有悖于法律的，但这与他私人侦探这种非官方性质身份还是相吻合的。私人侦探就是在法律边缘行走的人，在他们从事自己业务时，他们并不是首先以法律来自律的，而是靠自己的人道主义精神和做人行善积德的思想驱动着自己。无论怎样说，在江户川乱步的作品中确实反映出明智是一个很有人情味、被作者人性化了的形象，但是，在江户川乱步多数的作品中，明智更多的是走在钢丝上与作品中的犯罪恶魔一起共舞的人。

（一）以其人之道，还治其人之身

在江户川乱步的笔下，许多犯罪分子被描写成为似乎是具有一定魔力和法术的人。《地狱的滑稽大师》里的化妆广告人——宫子，《黄金假面人》中有着全权外交大使的合法身份的怪盗——台班，《透明怪人》中的记者黑川，《来自地狱的人》中骷髅怪物——谷山三郎，《地底魔王》里擅长“空中浮游术”的魔术博士，《千面怪盗》里有高超易容本领的“千面怪人”等等，这些犯罪分子的共同特点，就是大都具有一些做魔术和化装易容的技术。《千面怪盗》中的犯罪团伙犯罪分子就是能够使自己变换出二十种不同面貌而不留痕迹的盗贼，故被人们称为“二十面相”盗贼。“二十面相”盗贼们使用的化装易容技术与中国地方戏川剧中的绝活“变脸”十分类似，只是“变脸”是舞台艺术中的一种技术手段，它以戏剧脸谱的形式和夸张的艺术效果为艺术追求目的，是基本被局限于艺术的领域而非现实化的。“二十面相”的盗贼则完全是以“改头换面”的方式来非法索取钱财，他们把“易容”技术作为犯罪的手段。所谓“易容术”，通俗地讲，就是化妆术或整容术，古今中外早已有之。比较常见的是面具伪装，以及在中国神怪武侠小说中常见的“夜行服”、“蒙面罩”等；法国著名小说《基度山伯爵》中也有描绘。过去的“易容”之术因受到科技发展的局限，多仅限于一些道具式的化妆器具，到近现代，通过外科手术使人完全地改变其原有面貌已不成难事。随着医疗美容及现代科技的发展，不用外科手术即可达到易容目的的手段也应运而生，操作最简单易行的方法之一就是贴“面膜”，一张仅一两克重的比纸还要轻的“面膜纸”可以随时随地地被人们用来易容，这就使“易容术”在较多领域被较广泛的使用成为可能。“魔术”技术也一样，任何魔术其实都是利用物理学和化学等科学原理制造出的一种类似于幻觉的效果来达到目的的。《地狱魔王》中擅长表演“空中浮游术”的魔术博士能够使人身手分离，这与当今美国魔术大师表演的绝活没有二致，完全是一个道理。表面上看，无论是魔术，还是所谓的“易容术”，似乎都很具魔法和魅力，能够使人隐身逃遁，无比神秘，但再高超的易容技术，在明智小五郎那里，都无一不原形毕露，这与《西游记》里的孙悟空不一样，孙悟空和妖魔们斗法，往往是变幻自己的身体之后，仍不能一一降伏妖魔，只得一个筋斗翻出去搬救兵，而明智小五郎则以变治变，无往不胜。《地狱魔王》中的魔术博士正在为抓到了明智而得意洋洋的时候，这时房内突然又出现一个身材高大、容光焕发的明智。魔术博士这才发现抓到的不过是明智的替身。更有趣的是在《透明怪人》中"怪老人"黑川与明智斗法，他们用传统的傀儡戏形式和上腹语术造势，不曾想到，"怪老人"黑川假扮成的明智，结果自己竟然掉落到由明智假扮"怪老人"而设置的陷阱里，以假乱假的"易位"结局最后以明智的胜利而告终，体现了明智小五郎的足智多谋，正应和了中国的一句古话："魔高一尺，道高一丈。"在《黄金假面人》中，法国驻日本大使卢杰尔伯爵其实是国际大盗吕班冒充的，他在与明智小五郎过招后，又袭击了小五郎。当社会上都以为小五郎已经遭袭身亡后，他却在外交酒宴上神奇地出现了。原来，明智小五郎早有防范吕班袭击的准备，他为自己制作了一具蜡像，在遭到吕班偷袭后，明智又伪造了自己被吕班杀害的现场，使自己得以暗中追访调查，这也是以假乱真，以其人之道，还治其人之身的高妙手法。在与善于伪装自己的罪犯面前，他也把自己伪装了起来，与罪犯进行较量，表现出他过人的胆识和高超的侦破技术。

（二）不入虎穴，焉得虎子

在江户川乱步的侦探小说作品中，明智小五郎侦破的大多数案件，都与他亲入虎穴的经历有关。江户川乱步的代表作之一《千面怪盗》就描写了明智这样的一幕惊险的经历：明智事先物色好了一个在体形、长相，甚至连那一头的卷曲头发与自己都非常一致的男士做自己的替身，而自己却化妆成流浪汉赤井寅三加入到"二十面相"的阵营，混入了贼穴，最终将这一伙以不断改换面貌屡屡作案的盗贼一网打尽。深入虎穴，用时下的侦察术语来说，叫"卧底"，没有过人的胆识和超人的智慧是难以完成使命的。一般地讲，传统意义上的侦探多是一些争于智而不争于力的人，也就是说，侦探多以智取，不以力胜。但"卧底"的侦探往往是既要争于智又要争于力才行的，该出手时就毫不犹豫地以力制服罪犯分子，这是符合侦探工作的实战要求的。国际大盗吕班是个精通搏击技术的犯罪分子，然而，当他面对明智小五郎过硬的柔道功夫，他只能选择了逃跑。可见，明智小五郎在江户川乱步的笔下被塑造成了一个智勇双全的大侦探。

四、父子合作的警探共存融合的典范——理查德·奎恩与艾勒里·奎恩

在侦探推理小说中，警察与侦探经常是分离的，各司其职。侦探是独立于现行司法体制之外的自由职业者。由于业务的关系，警察与侦探又能常常一起共

事，一起同时参与着对案件的侦破工作。但是，在历来的侦探小说中，警察与侦探之间的关系确实是十分微妙的。警察在侦探推理小说的文本中，并不是以侦破案件的主体身份而存在的，刑侦破案的主体转换成了私人侦探，而现实中的刑侦主体警察在侦探小说中却成了私人侦探的陪衬，甚至在大多数的文本中，警察甚至成了被嘲弄、被讥笑的对象。英国女作家乔艾思·波特(JoycePorter)就以一种反讽手法的形式，塑造了苏格兰警场总探长威尔福瑞德·多佛(Wilfred Dover)这样一位妄自尊大、粗鲁肥肿、糊涂探长的系列小说。威尔福瑞德·多佛低智商、低品味的作风，从头到尾都是一副搞笑欠扁的模样，成为人们嘲笑无厘头警界的推理喜剧类型；江户川乱步在《黑手帮》中也这样写道："强盗们作案非常巧妙，没留下一点蛛丝马迹。这使我这个业余侦探完全丧失了破案的信息。实在无法可想，我们就去警察局报了案，但是，两天过去了，却毫无消息。看来，要靠那些吃干饭的警察来破案，是没指望了。"警察竟然被贬为"吃干饭"的无能之辈。同样的情节，在许多侦探作家的笔下都有不同的描述，《被盗窃的信》中那个身居要职、常常自以为是，又总是弄巧成拙的巴黎警察局长葛斯汀在多次秘密侦查无功而退的时候，去求助于杜宾，却被杜宾大大的奚落挖苦了一番。在杜宾的眼里，警察局长葛斯汀是个对侦破案件缺少招数的傻瓜，是个十分无能的人。可以说，警察与私人侦探这种如影随形却又貌合神离的关系比比皆是，它多少反映了具有一定代表性的社会价值取向。民间的、私人化的行为往往被赋予更普遍的意义，象征官方司法体制的警察形象被有意无意地贬低和嘲弄。代表权力和尊严的警察形象在私人侦探的相形对比下被逐渐消解，并迅速地退守到看客的位置。警察们面对种种复杂罪案时表现出的无能、无奈恰好反映了现实社会人们对警察的不满和抱怨，反映了社会的正常秩序在没有能够得到有力保证的情况下人们转而对"私权力"力量的期待和仰慕，私人侦探确实适合了社会这种普遍的心理需要，满足了人们对安居乐业的社会环境的理想追求。似乎可以这样说，私人侦探的形象在小说文本中被塑造得越有能耐、越崇高，说明社会对现实安全感的心理需求就越发的强烈。因为只有现实中警察对社会犯罪的打击和防范无能为力，才有越来越多的人将自己的期待寄托于侦探小说文本中被理想化了的侦探人物。客观现实中，警察是不可能成为全能无敌的理想超人的，他总会有这种或那种无法逾越的障碍，因此，他始终也就会有一些一时难以侦破的案件，而社会公众并不因此就会同情警察，相反，却始终对警察有所遗憾，这确实是客观存在的，也可以说是正常的，关键的问题是如何对待警察与侦探的关系。在绝大多数的侦探小说中，前苏联、东欧及中国的一些作品除外，都似乎有褒私人侦探而贬警察之嫌，似乎私人侦探一定就得比警察更高明，两者合作共存共荣、同舟共济的比较少。柯南道尔在他的《福尔摩斯探案集》中常常是只让警察和私人侦探其中的一方独立于现场，尤其是福尔摩斯在现场经常主动的回避警方人员，表示了对警方的轻蔑和不屑。柯南道尔的这种写作态度对后来的侦探小说创作是极有影响的。由于《福尔摩斯探案集》系列小说是迄今为止被翻译最多，流传最广的侦探小说作品，作者的价值观不仅影响到另一个读者，而且还深刻地影响到后来的许多侦探小说作家，然而，在个别的一些作家中，也有意无意地意识到了这一点。警察与私人侦探并非一定要厚此薄彼的，警察与私人侦探也一样地可以联手合作，谋求共存共赢。美国的两位作家——费雷德累·达奈与曼弗里·李就以其艺术的形象表达了他们对现代警察与私人侦探关系的看法。费雷德累·达奈与曼弗里·李是一对表兄弟，奎恩是他们在从事侦探小说创作中合作的共同笔名，而且，他们也仍以奎恩作为他们侦探小说里着力塑造的一个侦探人物新形象。在小说文本中，理查德·奎恩与艾勒里·奎恩是一对父子侦探，同为侦探，但身份不同。父亲理查德·奎恩是警察局的侦探长，儿子艾勒里·奎恩却是对侦探有着特殊爱好的业余侦探爱好者和作家。中国有句古话说得好：打仗亲兄弟，上阵父子兵。谁能想到，大洋彼岸虽然没有这样的古训，但却在侦探小说的文本中为全世界的读者演绎了父子一起同上阵的精彩神奇的破案故事，在这些故事中，我们看到，这一对身份不同的父子侦探合作得是多么的出色和成功。

《希腊棺材之谜》是奎恩的代表作之一，在这部小说中，理查德·奎恩与艾勒里·奎恩是一对父子搭档。父亲理查德·奎恩是纽约警察局的侦探长，儿子艾勒里是个作家。在调查侦破古董商乔治·卡吉尔遗嘱失窃的案件中，艾勒里起到了十分关键的作用，在警察接报案赶到现场，一无所获时，艾德里对案件提出了自己的一种推断，他的推断成了唯一有调查价值的线索：开棺寻遗嘱。开棺后，虽没找到遗嘱，却又引出了新的发现。当警方已认定乔治收藏品总库的经理吉尔伯·史洛安就是谋杀乔治的凶手并要逮捕他时，又是艾勒里出来推翻了警方关于吉尔伯是凶手的结论，并用推理演绎法得出自己的结论。在他的观点最需要别人给予支持的时候，恰恰是他的父亲给予了他积极的支持，最后终于把案情搞得水落石出。在《荷兰鞋之谜》中，艾勒里再次协助父亲理查德·奎恩侦破了案件。在这个案子中，艾勒里几乎就是侦破案件的灵魂，整个案件侦破工作都在借助于艾勒里富有想象力的推断下进行的。如在第一起案件的杀人现场，艾勒里从发现的白色专用衣裤和鞋子着手分析出罪犯可能是本医院的女医护人员的结论；在紧接着的第二起谋杀案中艾勒里又推断出凶手作案时的位置，从而摸出侦破线索使前后两起案件得以串并侦破，获得了成功。小说中，父亲理查德·奎恩是个做事稳健踏实的侦探，注重实干，具有现场勘查的丰富经验，而儿子艾勒里则善于想象和推理，是形象思维能力和逻辑思维能力都非常发达的人。如果没有父亲理查德·奎恩的支持，艾勒里的才华就失去了可以施展的机会；同样，如果没有儿子艾勒里在关键时候的推断，案件的侦破工作常常会陷入困境之中。正是父子搭档联手合作，才使侦破工作常常出奇制胜，柳暗花明。在这对父子搭档中，我们看到警察与私人侦探出现了一种新型的合作互助的关系：做警察的父亲对儿子侦破能力的信赖和倚重，正反映了私人侦探在业务能力方面的优势，是对私人侦探破案才能的肯定；而做私人侦探的儿子对父亲工作的支持和协助，反映了私人侦探在现实中不可逾越警察而独立存在的事实，私人侦探不可能完全行使司法意义上侦查的权力，更不能替代警察。在现行司法体制下，警察与私人侦探并不是相互排斥，相互褒贬的，而完全是可以合作共事的。这一对特殊身份的父子搭档不仅是侦探小说中的一个创新，在中外刑侦史上也是一个创新，它为警察与私人侦探之间的合作共赢提供了一个极富想象力的前景。

五、法兰西色彩的传奇侦探——亚森·罗宾

法兰西民族是一个曾经产生过拿破仑，有过最彻底的资产阶级革命，建立了欧洲最早的法兰西共和国，并且是西方最早崇尚“平等、自由、博爱”国度的民族。是个有鲜明特色的、具有十分强烈的民族自尊心和独立个性的民族，它在世界政治权利和霸权势力的划分中曾经也有过极度的辉煌。马克思主义的实践运动——巴黎公社从这样一个国度诞生。它既酝酿过欧洲大一统帝国的蓝图，也是世界共产主义运动的策源地。有着如此辉煌历史的国度，自然有着自己的民族自豪和个性。尤其是在与他的邻国英国在一起时，就能更强烈地表现出法兰西民族的个性和自尊，这一点，在英、法两国的语言角力就是表现得非常有趣的一个方面。1918 年第一次世界大战结束后，英语开始用于外交文本，与法语具有同等效力。1948 年的马歇尔计划把美国文化带进了欧洲，后来随着美国国力的增长和经济的全球化，特别是当代国际互联网的发展，世界上学英语的人越来越多，英语在语言和文化方面的霸权不断加强，不懂英语的人简直寸步难行，而 20 世纪以前英、法两国的语言地位完全不是这样的，法国的一切都曾经是欧洲各国宫廷模仿的榜样，就连英语的词汇主要也是由源自法语的词构成的，因为在 1066 年 1 月，英国国王“忏悔者”爱德华去世，哈罗德二世即位。当时统治诺曼底地区的公爵“征服者”纪尧姆见有机可乘，就借口爱德华曾答应让他继承王位，率领诺曼底的贵族和来自法国的骑士，渡海到不列颠南部登陆，哈罗德二世带领卫队和民军仓促迎战，中箭身亡。纪尧姆乘势占领伦敦，成为英国国王，而且把英国贵族赶出宫廷，用法国贵族取而代之，古法语的词汇因此得以大量进入了英

国，17 世纪以后，法语就取代拉丁语成为国际上的外交语言。当时欧洲上流社会都以会说法语为荣。在俄国，年满 18 岁的贵族不会讲法语就不能结婚。当时的著名作家，甚至女皇叶卡捷琳娜二世都能用法语写作。屠格涅夫等俄国作家的小说，其中会不时夹杂着一些法语，就是受到法语影响的痕迹。自 17 世纪～19 世纪，欧洲已经形成了法语的语境。但时过境迁，今天的法国作为欧洲文学和文化中心的地位发生了动摇，法国政府当然很不甘心，因此每年都拨出大量经费，不遗余力地在世界各地推广法语，力图保持“大语种”的地位。法国人竭尽全力表白自己。没有一个国家能够像法国那样努力寻找自己民族的个性，表现自己民族的个性，没有一个国家像法国那样使劲照镜子①。因此法国人拥有的极强的民族自尊心和民族自豪感在任何时代都得以传承并张扬着。在当代社会和国际事务中，法国也同样显示出自己特立独行的政治性格。二战中，决定整个欧洲战场乃至世界军事胜负的关键战役——诺曼底战役就在法国的领土展开，世界反法西斯战争的最伟大的篇章是在法兰西共和国的土地上揭开了他宏伟历史的一页。如果说，诺曼底战役是法国与联合国合作不凡的一页的话，那么，1950 年，法国总统戴高乐先生于整个欧洲国家甚至是整个第一世界率先承认中华人民共和国，则是法国在当代社会作出的独立于联合国美英主流阵营的最有民族个性的一步。戴高乐在 1959 年 1 月任法兰西第五共和国总统，以其独立自主的外交风格，与中国建交是早有打算的，只是当时的阿尔及利亚战争和法国国内的问题，一时未能着手处理与中国外交关系的问题。20 世纪的冷战时期，法国虽然是西方军事联盟——北约中的一员，但出于自身国际斗争的需要，他采取了自己行动。1963 年 8 月，戴高乐拒绝在苏、美、英三国防禁核试验条约上签字。1963 年 10 月，法学教授后来成为法国总理的埃德加·富尔受戴高乐将军之托，来到中国北京。第二年，即 1964 年 1 月 27 日，中法同时公布了建交联合公报。1966 年 2 月，戴高乐宣布退出北约，向全世界表示反对霸权主义，展现了敢于对美国说“不”的独立的政治形象，正如戴高乐在他的《战争回忆录》中所说：“法兰西如果不伟大，就不成其为法兰西。”

法兰西是法国人民的，它在国际事务中总会发出自己的声音。在 21 世纪初，当以英、美为主的西方国家发动对伊拉克战争时，法国人再次勇敢地说“不”。同样的精神和个性，在文化领域中也十分强烈地反映出来，为了保持和维护法语的尊严和地位，法国要求一切公共场所及官方机构都一律要求用法语，写法文；在消费领域，更要求购买国产车。

---

① [英]西奥多·泽尔丁著；严撷芸等译. 法国人. 上海：上海译文出版社，1997

法兰西民族不仅是产生政治辉煌的民族，也是世界绘画和文学艺术的摇篮。在这里，不仅产生了凡·高、毕加索等世界级的绘画大师，也产生了雨果等世界级文学巨匠。整个巴黎成为世界艺术的殿堂和学习绘画艺术的人们所朝觐的圣地。正因为法国具有如此辉煌的成就，法兰西民族比世界其他任何一个民族都更加的浸染了浪漫的艺术气息。

正由于法兰西民族所具有的特立独行的民族品格，所以，在世界侦探小说史中，也才可能创造出一个特立独行的侦探形象——亚森·罗宾。

亚森·罗宾是法国侦探小说家莫里斯·勒布朗笔下的一个具有传奇色彩的人物。这个私人侦探被法国人民视为法兰西的民族英雄，同时也是法国人心目中正义的化身。这个人物是侦探小说塑造出来的成千上万个私人侦探艺术形象中的不可多得的“这一个”。在侦探小说中，私人侦探罗宾是极少数的具有性格发展历史的文学形象之一。这个人物从它的产生到定型，无论在“形”还是在“神”方面都可以说是法兰西民族的“这一个”。或者说，也只有法国人才能创造出罗宾这个人物形象来，甚至在某种意义上来说，就是为了有别于英国人柯南道尔塑造的侦探形象——福尔摩斯而特别为法国人量身定做的法式私人大侦探。

20 世纪初，英国侦探小说家柯南道尔塑造的一个神通广大、无案不破的侦探形象——“福尔摩斯”已经在整个欧洲大陆产生了巨大的社会影响，形成了一股“福尔摩斯热”的文学浪潮，与英国邻国的法国自然不可避免地受到了来自英国的文学影响，与其说是影响，倒不如说是压力。因为自 18 世纪～19 世纪以来，法国就一直是欧洲乃至世界的文艺沙龙，一向以此为民族自豪的法国自然希望能够在文学艺术上能够继续长久地保持其艺术常青树的地位，这时，巴黎的一位出版商就邀请了时任记者的莫里斯·勒布朗为一份杂志创作侦探推理小说，并要求勒布朗塑造出一个法国式的侦探来，与英国侦探福尔摩斯一比高低。这样的写作要求在当时是十分狂妄的，一方面“福尔摩斯热”已席卷了整个欧洲大陆，“福尔摩斯”的形象已得到广泛的认同；另一方面，勒布朗当时还是一个名不见经传的小记者，虽然也已开始涉足侦探小说的创作，但无论是资历还是知名度与柯南道尔等英国侦探小说家相比都是难以匹敌的，要挑战一个已经成名的作家，尤其是挑战一个已被人们广泛认可的文学形象，风险是巨大的，但勒布朗接受了挑战，决定标新立异，塑造一个既有别于“福尔摩斯”又能被法国人民所喜爱的新的侦探文学形象。果然经过勒布朗的努力，一个专门为法国人创造的新侦探的形象就随着《侠盗亚森·罗宾》这部小说的诞生而诞生了。这就是被法国人喜爱并津津乐道的侠盗罗宾。为了使这个形象能够真正在法国文学史乃至世界侦探小说领域站得住，勒布朗先后创作了五十多部以侠盗罗宾为主人公的系列侦探小说作品。在勒布朗的系列侦探小说作品中，这个罗宾确实有别于柯南道尔笔下的“福尔摩斯”。“福尔摩斯”可以说是地道的职业侦探，而罗宾不仅是侦探，还是大盗；不仅是大盗，还是一个侠义疏财的独行大侠；不仅是大盗、大侠、大侦探，还是世界级警察界的大官——法国巴黎的警察厅长。可以说，“福尔摩斯”形象中还不够充分的传奇性色彩在罗宾的身上得到了极致的发挥。“福尔摩斯”有的，罗宾几乎都有，福尔摩斯没有的，罗宾也有了。

纵观勒布朗的50多部侦探小说，我们可以看到一代侦探大师、法兰西人民心目中的大英雄是怎样获得法国民众的青睐的。

（一）行侠仗义，乐善好施

罗宾的出身并没有福尔摩斯那样正道，他本是一让警察深感头疼且常常束手无策的大盗。

在无以记数的侦探小说中，以侠盗面目出现并能够得到广大读者认同的，大概就是亚森·罗宾了。罗宾是个聪明机智又富有同情心的人，同时，他也是一再地给贵族及一帮社会名流和富豪们制造出一个又一个麻烦的“大盗”。不同于有些侦探小说的地方是，私人侦探的出场，一般会被安排在警方或其他私人侦探在工作中遇到难题后才引出被作家重点塑造的侦探人物来，为了使情节更加曲折、引人入胜，尽量地避免让被作家重点塑造的侦探人物在小说一开始就主动出来“觅活”。而罗宾却不是这样。在《死神在游荡》中，罗宾是在不经意之中拾到了让娜·达尔希约小姐写给自己女友的一封信，并从这封信中看出了凶讯，就决定出手相援，主动提醒并保护让娜小姐，从而开始了他行侠仗义似的侦破工作；在《结婚戒指》中，罗宾对公爵夫人伊冯娜·道的帮助也是如此。还在几年前的一次宴会上，罗宾把自己装扮成一个名叫奥拉斯·韦尔蒙德的年轻人对伊冯娜说：假如有一天您遇到什么危险需要帮助的话，请您将这张名片投到信箱里，不论有多少困难，我都会来的。果然，在伊冯娜·道遭遇婚姻危机的紧急关头，罗宾帮助她战胜了想逼迫伊冯娜·道离婚并企图占有孩子的公爵，等等。在勒布朗的笔下，罗宾总是主动地向那些求助者提供自己的帮助，表现出行侠仗义的侠盗本色。而且，在一些案件中，尤其是一些大要案中，他直接帮助的对象不仅有自己的好友，更有广大的一群身处危急中的人。如在《艾迪特究竟是谁》、《A＋B之谜》等小说中，都描写了罗宾作为大盗的“胆大妄为”。小说里描写了他竟然对大公司，甚至国家债券进行作案的情节。索尼亚是忠实地追随罗宾的一个女友，罗宾通过举办壁毯展览设下陷阱，套取了多家保险公司的保险后，将其中35万法郎的保险金让索尼亚取走，以补偿多年来索尼亚的付出。《A＋B之谜》中，罗宾从国库里盗走了价值 90 万法郎的国家债券和 1 000 万法郎的支票，又一次大大地羞辱了巴黎的警察。令人惊奇的是，罗宾在得到这 1 000 万法郎的支票和 90 万法郎的国库债券后，他给巴黎警察局的快事组写了一封信，信中交代："请将这张支票赠给巴黎的孤儿院，国库债券则交给施塔腊思堡的银行。"在罗宾的生活中，他的偷盗行为似乎并不是为了消费，也不是为了夸耀和虚荣，倒好像是用非正当的方式把一些钱财还之于民，尤其是一些高官贵族们来路不明的钱财，一旦等到罗宾的出现就变成了某些带有公益性质的散财，这看来是十分滑稽而有趣的，正恰恰反映了罗宾仗义疏财的侠义之风。这种对金钱采取的一种非常规性转换流通的方式，反映出当时社会对占有大量社会财富的权贵们的一种嘲弄。

（二）劫富济贫，善待生命

罗宾虽是大盗、大贼，却并不惹民愤，作歹并不为非，而是为百姓出头，与豪门权贵斗争，劫富济贫，行侠仗义，俨然是法国普遍民众心目中正义的化身。

罗宾大盗的名声在全法国闻名遐迩，他的足迹遍及全法国。一般的老百姓虽然对他早有耳闻，非但不害怕他，相反，对他的行为还常常津津乐道，倒是一些达官贵人一旦说起罗宾来，便惶惶不安，这是因为：罗宾作案的主要对象就是那些占有大多数社会财富的贵族和富豪们。以至于熟悉罗宾作案的人都了解，罗宾作案的地点往往不是在古老的城堡里，就是在上流社会聚集的贵族沙龙里。在罗宾自己的个人执法词典中，"劫富"好像是他无条件的一种选择和目标。在这种选择中，他以独特的或者是非法的手段表达了他对社会，尤其是对上流社会的否定和批判。如在《稻草人》中，古索父子五人都是当地的恶霸，他们都长着一个弯弯的鹰钩鼻子，脸上表情冰冷生硬，加之贪得无厌，阴险狡猾，不讲信义，当地的民众都十分惧怕他们，然而，横行乡里的古索父子也有被别人算计的时候。就在他们一家父子五人打猎的时候，乞丐特莱纳老爹光顾了他们的庄园，从庄园中偷走了 6 000 法郎。装扮成开车人的罗宾设法让古索父子一家抓到了特莱纳，并让他坐了几个月的牢，却没有找回来一分钱。相反，特莱纳坐了数月监牢后却一点也不后悔，反而很庆幸在他一出狱，就有人通知他，在每季度的某一天，在一条公路的一块路碑下，他可以按时地拿到 3 个金路易，这对于一个生活无着落的乞丐来说，无异于发了一大笔财，而古索一家抓到了贼，却破了财，还受到了一次教训。罗宾就是不断地让为富不仁的人破财以表达他对社会的褒贬和评判。著名的《水晶瓶塞》所描写的内容也是如此，这部小说中有一个叫多勃雷克的人，他祖上并没有传下什么家产，但却一下子爆发了起来。罗宾在仔细的追踪调查后，了解到多勃雷克发家的原因。原来，多勃雷克在担任运河公司董事长秘书时掌握了一张神秘的批条，这是运河公司董事长在自杀前留下的写有 27 个受贿者的名单以及他们每人所得巨额赃款金额的记录，多勃雷克用这张批条作为要挟，向这些受贿名单上的人逐个敲诈勒索，为非作歹。他用敲诈勒索得到的大量不义之财尽情地享乐挥霍。当罗宾了解了这些幕后真相后，他决定去斗一斗这个无耻的恶棍。他不仅让多勃雷克失去了这一份他赖以敲诈勒索、享乐挥霍的名单，还让他在绝望中自取灭亡。在莫里斯·勒布朗的小说中，罗宾神通广大，几乎无所不能。罗宾进行个人执法行动都有一个特征，就是虽然与富豪们争斗，有时候甚至短兵相接，但他从来不曾杀过人。《A＋B之谜》中的罗宾就是这样。他在写给警察的信中说，真罗宾不杀人，假罗宾才杀人；在《水晶瓶塞》中，他甚至因为助手伏舍莱杀人的做法而非常生气，他认为自己行盗20多年来，只以聪明才智战胜对手，从不喜欢流血杀戮。这不仅可以算作是他的自我总结，也算是他的行为处事的原则宣言。他虽作案，而且做大案，但从不杀人，为什么他一再地强调自己不杀人呢？侠盗罗宾的作案不是出于生活的目的，而是“劫财”、“掠富”。一旦钱财到手，立即放人。无论是在紧急情况下，还是在一般工作中，他都决不会去杀人。尽管在许多案件中，罗宾为了自保，为了逃脱或拒捕等，也会动武，但决不致人于死命。他以不致人于死命为自己的一种行为规范，并一直能自我约束，自行遵守，这实在是令人感到奇异的事。试想，世上真正的亡命之徒有哪一个不是视生命如草芥、把杀人夺命作为儿戏的？在侦探小说不计其数的文本中，无论是何方盗贼，无论是为情还是谋财，还是其他，有几桩不是血腥的命案？谋财害命，杀人夺爱，都无一不反映了歹徒穷凶极恶的疯狂，然而，莫里斯·勒布朗笔下的罗宾却是一个很有个人操守的大盗。他夺财不害命。在金钱和生命之间，他很好地把握住了人性的底线。在罗宾的价值理念中，金钱与生命并不是绝对对立的。在谋财而不得的时候，他能够对生命做出妥协，虽然，一旦迈出对生命应有的尊重的底线，他也能够获得金钱和财富，但他始终没有让自己成为谋财又害命的“杀人狂”。在金钱与生命的选择中，它往往选择的是对生命的应有的尊重，这不能不使罗宾这个人物具有一般盗贼所没有的人格，正是这一点使罗宾这个形象获得了人性的魅力。罗宾作为一个“侠盗”，他的行为底线是谋财，但不贪财。他的谋财、盗财，实际是在向社会那些弱势的、需要求助的人们不断的散财。他似乎在以一种非正常的带有反社会规范色彩的奇特的方式在为社会、为那些弱势的、需要求助的人们谋取大利。如他在发现并盗取了历代法国国王密藏在城堡中的宝藏之后，他却要求将这些宝藏都交由巴黎博物馆收藏。他正是以罗宾的方式为一些他看来本应属于人民和社会共享的财富找到了一个财富应有的归宿。正是在这样的奇特的方式中，罗宾赢得了自己正义和勇敢的形象，实现了他在人们心中的价值。罗宾的盗——不是为一己私利的盗，不是为满足个人奢华的私欲的盗，而是自觉地扮演了一个为天下利益而盗的“盗”。他使“盗”的意义得到了一种新的诠释。所以，他无意去夺人性命，更不疯狂。正是在这一点上，他获得全法国人民的喜爱。罗宾式的侠盗是很有正义和人性化色彩的，他不报复，也不嫉妒，他的行为似乎就是把金钱和财富人为地重新转化变更一下他的主人和位置，使弱势的、需要求助的人们成为金钱和财富的主人，尤其是成为被权贵们非法占有的金钱和财富的主人，这就使他自己的“盗”行为具有某种正当性可能。由于聚积在城堡和沙龙里的大量金银财宝被少数贵族们所占有、挥霍，加之贵族们对财富炫耀性消费使社会的贫富差异变得更加明显，腐蚀社会精神意识的糜烂奢侈的生活方式也成为社会的精神污染源，罗宾将城堡和沙龙中原本来自于人民和社会的财富回归于社会和人民，尽管手段和方式是非常规的，但却是令读者欣赏的。罗宾的作案经历使人们看到了对金钱和生命的新的诠释。

（三）改换门庭，替天行道

罗宾在小说中是一个能够适应职业角色的逆转、有着性格成长经历的人。他初为侠盗，以个人的名义代表老百姓对社会富豪进行执法，这就是散尽他们的财产，将社会富豪个人大量占有的财富通过他个人侠盗的方式使之还之于民，是个纯粹民间执法者的形象，但有意思的是，这个侠盗后来改换了门庭，摇身一变，从民间身份一下成了官方执法者的身份。先成了警察局的一名侦探，最后甚至成了全法国的警察头儿——巴黎警察厅的厅长，这很有点像《西游记》里的孙悟空，原先是很有逆反精神的民间人物——孙行使，后来跟着唐僧后，成了替天行道的孙大圣，这样的一种身份、地位和形象的转变，确实很有法国特色。有人说，也只有在充满浪漫主义色彩十分强烈的法国，才会让一个大盗一跃而成为警察厅长，这话不无道理的。相比较一些保守的国家，如英国，像罗宾这样的身份大起大落的转变即使是在文学作品中大概也是不可想象的，更不可能设想这样的形象会被英国人广泛接受，然而，法国的勒布朗竟然就能够大胆地去创作塑造。罗宾这个带有传奇色彩的文学形象不仅被塑造了出来，而且浪漫的法国人居然也就广泛地接受了。这种带有离经叛道做法的人物塑造也只有法国人可以大胆地去塑造，并大胆地去接受，这绝不是什么异想天开，而确实是具有法兰西的思想文化土壤的。法国是世界上最早提倡“自由、民主、博爱”的国家。他们不仅把“自由、民主、博爱”写进宪法，而且还把它放进他们的国徽里。也确实如此，法国人历来是崇尚自由的国度，个人权利不容干涉和侵犯。法国人热衷于度假和上街罢工游行的行为可为旁证。为了能够充分地享受个人生活，他们从来都是拒绝占用业余休息时间去工作的。例如，因为加班而可以获得加倍的薪水对一般人，甚至对标榜自由的美国人来说也是有一定的诱惑的，但往往不能对法国人产生影响，他们宁可放弃金钱而要去享受个人生活，甚至为了更多地享受个人自由自在的生活，开病假条已成法国人享受生活的一种方式。同样，当他们个人的权益一旦受到侵犯，他们也是最能够坚决地去捍卫的。自由，给了法国人极大的私人空间，也给作家拓展了极大的想象空间，正是这样，勒布朗才会让一个大盗天马行空一样，侠行于世，无所顾忌。在勒布朗那里，侠行义盗成了对法国式自由的一种新的诠释。但是，我们也应该看到，法兰西民族虽然是一个倡导自由的国度，但毕竟它也是个有着相当封建社会历史传统的国度。虽然它较早地脱离了传统的自给自足的农耕经济文化形态，但千百年积淀的封建文化思想传统还或多或少地遗留下来，也成为一种较为稳定的民族文化的特色——这就是对仕途的偏好和对“官”崇拜。在法国，即使在今天，人们也仍然把从政作为一种值得追求或夸耀的事。普通人都以能与政要们合影、吃饭为荣，这一特色同样也在文学作品中反映出来。

勒布朗笔下专为法国人量身定做的罗宾也一样能够观照出法国人的普遍心态。如果要让一个人成功，就要让他在政府中牟取一个职位，成为“官家”的人。这种心态很有点接近中国人的“优则仕”的社会价值取向。有人说，法国人是欧洲的中国人。勒布朗塑造的罗宾形象所反映出的法国人文化心态，还真是有与中国人十分相近的地方。长期的封建社会的思想影响，使法国人至少对官员是亲近、认同的。如果不理解这样的一种文化心态，那么就无法对勒布朗让罗宾当上警察厅长这一命运安排作出合理解释。因此，勒布朗让罗宾最终当上了警察厅长，就不可能是戏谑，而根本就是一种肯定。勒布朗对罗宾这一命运的安排，也很有点像吴承恩笔下的孙悟空。当初大闹天空、身份卑微的弼马温，跟着唐僧修成了正果后，不也被封了个“孙大圣”，入了佛家的“仕途”了吗？从这一意义上来说，法国人喜爱的罗宾与中国人喜爱的孙悟空还真是有异国之缘的。

（四）不辱使命，满足期望

小说中最令人感到惊奇的是勒布朗不仅让罗宾当上了巴黎警察厅长，而且还就真的为法国民众塑造出了一个比“福尔摩斯”还要更有本领的“罗宾”来。在《亚森·罗宾大战福尔摩斯》这个作品中，他让“福尔摩斯”这个大名鼎鼎的英国大侦探与罗宾过招斗法，罗宾一再怪招迭出，福尔摩斯连连失算，疲于奔命。在英国无限风光的大侦探福尔摩斯在法国却出尽了洋相，丢尽了脸，最后不得不败在罗宾手下。这一部小说，不能不让法国读者拍手叫好，极大地满足了法国人的自尊心。你看，“福尔摩斯一路尾随罗宾到了他的公寓。可是，罗宾和金发女郎已经人去楼空。……出人意料的是，到珠宝店取货的神秘女士就是克罗蒂尔特小姐！跟着她在一幢陌生房子里走过道道机关后，福尔摩斯发现自己最后置身于德坦勒的图书室”，“无奈，克罗蒂尔特只好乖乖地带福尔摩斯去捉拿罗宾。可是，装扮成司机的罗宾把福尔摩斯一直‘送’上了开往英国的私人轮船”，当“出色地完成任务的福尔摩斯和华生匆匆赶到巴黎车站。奇怪的是，那个戴红帽的脚夫竟是罗宾。‘旅途愉快！’罗宾笑盈盈地挥帽送着他俩远去。”法国的侦探同英国的侦探叫板，表面上看好像是两个侦探之间开展的颇为滑稽的斗争，实际上折射出了法兰西民族根深蒂固的民族文化心理。或者说，罗宾与福尔摩斯斗法，就是在法国人与英国人之间长期以来存在的相互排斥的文化冲突的形象体现。

法、英两国，一衣带水，然而，文化传统并不相互认同。历史地看，法国人自有值得自己骄傲和自豪的昨天。但从19世纪英国开始的工业革命后，昔日辉煌的文化和艺术帝国在欧洲乃至世界霸主地位不可避免地被动摇。英国资产阶级革命之后所带来的日益迅猛的发展使之在世界的地位日益提升，这不能不使一向以“法国”为中心的法国人感到危机和压迫。在英国快速崛起发展的时候，法国人面对挑战，更多的是采取文化自保的固守姿态予以抗衡，这种文化自保在政治和军事、外交等方面表现为强调自主和独立。在文学和艺术上，则以排斥他者的手段，确保自我价值的崇高与伟大。这一点在法国人对待法语文化的态度上就是极突出鲜明的例证。法国人讲法语，维护法语独尊的地位在世界上可以说是绝无仅有的。1992年，法国国会郑重地把“法语是法国的官方语言”这句话加入到法国宪法中。1994年法国又出台了新的法律，规定公共场所的所有标语、公告牌必须用法语书写，原文是其他语种的也要翻译成法语，而且法语字母不能小于原文。违反上述规定的个人和企业将被视情节轻重处于1 000至5 000欧元的罚款。同时，法律还规定了，所有法语新词及其解释都必须经过法兰西学院通过，并且在政府公报上发表后才能被认可和使用。新词一经正式公布，所有政府机关必须以身作则，在公文中使用这些标准法语新词。在近期内新修改后的移民法中，也加入了一条，就是凡是申请加入法国国籍的人，一定要会说法语。

同样，在文学艺术上，法国人一样的会自豪地维护“大我”的民族自尊。虽然在19世纪之后，法国的“大我”地位已不复存在，但“大我”形象是可以通过文学和艺术进行修复的。所以在法国能够产生《亚森·罗宾大战福尔摩斯》这样的作品就一点也不奇怪了。当今世界都在谈论着伟大的侦探——福尔摩斯时，法国人的罗宾却让福尔摩斯自叹不如。勒布朗在这部小说中对罗宾的描写，虽然极大地满足了法国人的自尊心，但也暴露了法国人在极端的民族主义思想下的褊狭和过激，甚至有些自傲自大。这是罗宾这个形象的缺憾。但无论怎样，罗宾这个大侦探形象符合法兰西民族的性格特征，他无疑是法国人民的，同时，也是世界的。

六、以警探的名义被大写的人——梅格雷

在无以计数的侦探小说中，警察往往成了侦破案件的一个配角，有时甚至也成为滑稽可笑的角色。在侦探小说作者的笔下，真正能够作为小说的主角被从正面描写和肯定的并不多，而梅格雷警探就是能被作者正面塑造的为数不多的警探形象之一。

梅格雷是比利时侦探作家乔治·西默农在他的一系列侦探小说中推出的一个值得关注的、很有特色的警察侦探形象，虽然在不同的小说文本中，梅格雷的职务会有所变化，但最终都没有改变其警察的身份和侦探工作的特点。这似乎是在表明作者的一种态度，这种态度在柯南道尔、克里斯蒂、莫里斯·勒布朗，以及在爱伦坡那里，都不曾见到，它表现了比利时人民对维护社会安全和稳定的依赖性倾向，反映了比利时人民对警察职业仍持有的肯定和认可的立场，也反映了比利时人民对维护社会安全的一种传统价值取向——警察在现代社会生活中仍发挥着积极有效的作用，依然在社会生活中具有积极的身份意义并且扮演着重要角色。作者试图通过梅格雷这个警探在向人们展示着警察担负着十分重要职责的智慧和能力。

首先，梅格雷被塑造成一个沉稳老练，不靠过多出人意料的手段就能成功破案的一个干练侦探。纵观西默农笔下的梅格雷侦办的案件，他几乎都是按常规的侦察方式对案件来进行侦破的，经常是他先到发案现场而后由现场开始展开外围寻访调查，通过调查发现了线索，再由破案线索引导侦破案件，似乎并没有太多的惊险和曲折，即使案中套案的连环情节也不复杂，如在《伦迪先生》中，小说开始写巴里翁医生家 18 岁的奥尔加·布朗热女佣人突然死了，尸检结果表明奥尔加已怀孕了四个月，她的肠子上有许多细小的穿孔。对此，梅格雷展开调查，他从巴里翁那里了解到致死奥尔加的奶油蛋糕中含有致命的黑麦芒刺，这与尸检报告中的结论完全一致。于是接着就去调查制作蛋糕的作坊，又从蛋糕作坊的老板娘那里得知有一个叫维尔福的女人总是打电话买东西，而这个维尔福正是平日里经常对巴里翁医生性骚扰的那个人，由此，梅格雷决定逮捕维尔福，最终侦破了案件。这个案子本身并没有太多的曲折和波澜，梅格雷也只是按照调查的线索一个一个地去寻访，自然就把案情搞得水落石出了。他似乎从不炫耀自己的聪明，更不故弄玄虚，更看不到他自我感觉很好的夸口，作者提供给读者的就是一个一直踏踏实实的不断工作着的警探形象，他们似乎无需为自己分内的工作去得到更多的掌声，无需为应尽的职责去索求什么，他们是在恪尽职守地做着应该做的事，反映出来的是警察对岗位职责的忠诚和对待本职工作的一

颗平常心。在《狗知道》中，梅格雷对一个很有疑点的可疑人进行了盘查后，一无所获，他开始自问："难道我真的怀疑错了吗？"他顿时因为自己可能的失误而感到非常的尴尬，因为"他是个朴实而又稳重的人。回想起来，在办案中他还不曾出过这样的洋相。"可见，梅格雷是一个稳健、谨慎、很少有失误的干练警察。一个警察，在无数的办案过程中，即使没有创造出太多的奇迹，但却很少有过失。没有过失本身就是一种成功，这从另一个侧面说明梅格雷办案是极具智慧和办案才能的。

其次，梅格雷作为干练的警探，还具有警探所具有的优秀素质，这就是极其敏锐的观察力、勇敢果断的作风和强烈的责任感。在《夜幕下的十字路口》，梅格雷在案件调查时，从爱尔丝无意中露出胸脯上的一块枪疤发现这个女人有问题，在随后去车库的调查中，他又看到卡车的尾部上装有一个面包车的轮胎，就从轮胎着手，将以爱尔丝为首的贩毒、盗窃、窝赃销赃的犯罪团伙一举抓获。如果没有敏锐的观察力，犯罪分子即使与他面对面，他也不可能发现有什么异常。

同样，作为维护社会安全的警探，没有高度的社会责任感是不能算是合格的警探。不论他业务水平多高，办案能力多强，如果缺乏社会责任心，仅把自己的工作局限在 8 小时工作以内，对 8 小时以外的违法犯罪视而不见，也是不能作为被读者认可的警探而存在的。所以，在西默农笔下，梅格雷经常是在无意间介入到具体的案件之中的。《教堂前的自缢者》开头就交代，梅格雷去比利时首都布鲁塞尔出差，公务结束后，他在咖啡馆消遣时，无意中发现一个奇怪的事：一个穿着陈旧的男子将 3 万左右的法郎用旧报纸包裹了起来，然后又把这笔巨款作为普通印刷品交寄邮局。梅格雷好奇地追踪这个有着反常行迹的人，最终将一桩 10 年前的血案侦破出结果。因为无意之间的发现，他能够从比利时追踪到法国，其责任心是多么的强烈，他对警察身份的自我认同使他具有的高度责任感早已跨越了国界，他的这种高度责任感变成了对全社会的正义和自觉的行动。这种"无指令"的行动突出了一个肩负道义的正直警探在打击犯罪的职业使命中表现出对整个世界和全人类的普遍关怀。作为一个具有优秀素质的警探，梅格雷的临机决断和克敌制胜的能力也是值得钦佩的。每当危急关头，他都能够勇敢地与犯罪分子作殊死的斗争。在《神秘的莱特》中，梅格雷要搜集国际诈骗集团总头目彼尔·莱特的罪证，一路跟踪，几经艰险，先是助手特伦斯警官被杀，随后自己也遭暗算负伤，在极其危急情形下，他带伤公开跟踪彼尔，使彼尔震惊而在精神上被折服；《梅格雷的烟斗》一案中，梅格雷在帮助勒鲁瓦太太寻找她儿子约瑟夫时，遇上杀人凶犯考拉，梅格雷临危不惧，与之展开了搏斗，最终制服了罪犯。

第三，梅格雷也具有偶像的意义。作为一个办事沉稳，不事张扬的警探，梅格雷赢得了一个成功的警探在人们心目中的尊敬和崇拜,《梅格雷的烟斗》就是一个很好的例证。一个叫约瑟夫的年轻人一心要改变生活现状,要有所作为,就自行的调查家里可能存在的财物。为了增强自己调查的信心,他偷走了梅格雷的烟斗,似乎认为梅格雷的烟斗一定有什么神力能使他弄清事情的真相,可见,梅格雷已成为人们,尤其已经成为比利时年轻人崇拜的偶像,连他使用的器物也被赋予了神奇的魔幻般的力量。所以,我们无论从什么角度来评判,梅格雷作为一个警探,都是值得人们为之自豪和骄傲的。梅格雷之所以能够被人作为偶像去效仿、崇拜,恐怕还不仅仅因为梅格雷具有侦破案件的能力,应该还有他独特的人格魅力。西默尔在小说中告诉我们,梅格雷是惯用烟斗抽烟进行思考问题的人,烟斗就像他思考问题的辅助工具一般须臾不能离开。从西默尔的小说来看,梅格雷至少有3只烟斗,他不断地替换使用,其中一只用欧石南根做的大烟斗是他最心爱的物品,而这个物品是他的妻子10年前送给他的生日礼物。后来,他为了找回这只被约瑟夫偷去的烟斗才不得不插手到一件杀人的案件中。从他对一只烟斗的钟爱,不难反映出他对家庭生活的珍惜,对感情的专一,这恰恰是与他朴实稳健的性格相互一致的。他为人处世稳重守成。在家庭生活和个人感情上也表现得专一持久,这本来就是值得尊敬的操守,更何况他还有一颗十分善良的心。在梅格雷找到偷他烟斗的约瑟夫后,他并未就此事去深究,相反,他还为自己的烟斗保留了一条人命而欣慰。你猜,他对约瑟夫怎么说?"你要是没偷我烟斗,我想有朝一日人们会在马恩河的芦苇丛中找到你的尸体。"对约瑟夫的偷窃行为非但没有责备和批评,相反还似乎给以欣赏。在《教堂前的自缢者》一案的最后,梅格雷搞清楚了10年前的血案真相之后,没有追究贝洛三人偷箱子和谋害他本人的行为,在不违反法律原则的前提下,他宽恕了贝洛三人,只身返回了巴黎。一个值得尊敬、被年轻人视作崇拜的偶像,正是靠对家人、对社会、对他人怀有一颗善良的心,才赢得人们的尊重,梅格雷在做合格的警探的同时,也交出了一份做人的合格的答卷。

七、中国化侠士风格的福尔摩斯——霍桑

自1924年《新闻报》上刊出程小青标志性的作品《灯光人影》之后,以霍桑为主人公的系列侦探小说《霍桑探案》,便兀立于中国文坛,为世人所铭记。这部具有中国风情和平民意识的皇皇巨著;顺理成章地确立了程小青作为中国侦探小说开拓者的地位。

程小青一生致力于创作侦探文学,成绩斐然,《霍桑探案》则是他的顶峰之作。他不仅以悬疑魅力和形式的奇特呈现旧体制的罪孽,反映繁荣、畸形的都市

文化景观，而且苦心孤诣地演绎一位睿智、正直的私家侦探形象。如果把《霍桑探案》作为一部世俗的神话的范本，那么霍桑堪称是中国侦探小说人物画廊上一位传奇式的民间英雄。通过霍桑形象的建构，倾诉了作家以道德自我完善来规范社会的执意追求；在虚拟的推理世界里，纪录了程小青对探寻类型样式新性格的深思。

（一）霍桑的档案

程小青曾为霍桑建立了一个个人档案，《霍桑童年》、《江南燕》里陆续展现过这位大侦探的身世、经历。从霍桑的身世经历中人们可以了解到霍桑籍贯安徽，幼年失怙，“孑然一身，乃售其皖省故乡之薄产，亦移寓吴阿”，在中学、大学里与包朗同窗六年。学生时代“对实验心理、变态心理等尤有独到研究”，而且“喜墨子之兼爱主义，因墨家行使仗义之熏陶”。早年的习性和文化道德因素，对成年后霍桑的疾恶如仇、藐视权贵、济危扶困，都有承袭关系。尤其是他幼年遇窃时，表现出超群的睿智：当众宣称遗失的新笔，杆上洁白，容易辨认，使做贼心虚的窃者，在失物上涂墨，终于露出马脚。小小年纪竟有惊世的推理才能，为霍桑的功成名就奠定了牢固基石。有意思的是，作家和他笔下人物的历史有许多暗合处，霍桑成为程小青的投影，这或许证明：在霍桑的性格结构中，附丽着程小青的人生观念，埋下他呼唤理想的种子。

程小青将人物的身世、经历根植于案情发展中，从不同时期的行为表现揭示性格的各个侧面，形成以核心人物命运走向贯通系列故事的结构，衍生出一种“隔行不断，气脉相通”的时空嫁接；前顾后映，首尾圆合，增强有机整体联系，给人以多样统一的美感。

（二）霍桑的侠气

霍桑的侠气，是他的另一种行为依据。霍桑除了恪守法律、不崇尚暴力，又有“自己的理解”方式，即用个人的道德规范（儒家的中庸之道和墨家的兼爱主义），行侠仗义，怜贫扶弱。《白纱巾》中，没有把误杀奸商的白素珍送给警方，而说：“在正义的范围之下，我们并不受呆板的法律拘束。有时遇到那些因公义而犯罪的人，我们往往自由处置。因为在这渐渐趋向于物质为重心的社会中，法治精神既然还不能普遍实施，故而我们不得不本着良心权宜行事。”他悄悄放走了为妹妹复仇的奚莘耕（《虱》），对惩治不法商人的热血青年给予同情的支持（《八十四》）等等，这些合理不合法的选择，维系着他独立不羁的侠义观。一般说，霍桑奉公守法并乐意与警方合作，但有时为拯救弱者，也会以武犯禁。《第二张照》里私下设置圈套，诱使另一个当事人严惩罪犯，使之不治身亡。包朗不解地问：“难道没有另一种有效方式对他吗？”霍桑答道：“是，的确没有，因为他是个先天性罪犯……所以我采取了野蛮的方式。”他充当拯救秩序、清洁社会的独行侠的行为，满足了读者希望罪恶得到惩罚的心理，这是人与生俱来的向善向美的意念，进而使作品拥有诱人的魅力。霍桑超越法律、禁令的侠骨柔情，表现其对无序的现实的无奈及作为伸张正义的执行者潜在的隐忍心态，确乎验证了他是一个被置于中国历史叙事中、挟有侠义文化素质的本土侦探。不仅如此，程小青还刻意设置另一个侠盗江南燕，使这个劫富济贫的江湖侠士当做霍桑的观照客体，成为小说叙述中的新策略的注脚。

将武侠因素引入侦探文学，是小说类型之间互相综合的结果，也是程小青突破样式格局的具有创新意义的阐释，它使通俗小说获取一种弹性和陌生感，从而赢得中国众多读者。

八、传统与现代融合的日式私家侦探——金田一耕助

金田一耕助是横沟正史笔下将近 80 部大大小小探案故事的主角，是一位与众不同的名侦探。

金田一初次登场是在《本阵杀人事件》中。横沟正史用了大量的笔墨交代了其外貌、穿着及来历。

这人大约二十五六岁，皮肤白皙，身材比中等略矮一些，相貌平凡。身穿碎白点花纹的羽织及和服，细条纹长裤。羽织及和服都皱巴巴的，松垮的长裤下，一双蓝色鞋袜已严重磨破，脚趾头像要穿出鞋面一样，木屐的后跟也快磨平了，帽子变形……总之，和当时的年轻人比起来，显得既不修边幅也无精打采。他就是久保银造打电报请来的金田一耕助。

有相当浓重的口音，还有点口吃，似东北或北海道一带的人。

19 岁自故乡的中学毕业后，怀着豪情壮志来到东京，考入某私立大学，寄宿于神田一带，不到一年时间，他觉得日本的大学教育很无聊，就独自前往美国。然而在美国也找不到好工作，只好边打工洗盘子边四处流浪。不久，又对大麻感到好奇，结果陷入不能自拔的地步。

由于破获一桩在旧金山日侨中的杀人案，金田一被视作英雄，有了一定声名。金田一则在美国拿到了大学毕业证书后，立刻返回日本到冈山找到久保银造，并说服他出资 50 000 元(当时可算得上是一笔巨款)开了自己的私人侦探事务所。

《本阵杀人事件》可以说是金田一耕助在日本正式登台亮相的处女秀。之后，横沟正史又通过系列探案故事的方式对金田一作了进一步的塑造，使人们从金田一耕助身上能看到他所具有的明显的传统色彩和鲜明的时代特征。

金田一的穿着是非常传统的。尽管他也曾出海留洋，但他始终保留着穿和服的习惯。长年累月着和服，踏木屐。虽然他的装束早已破旧不堪，可以用“褴褛”相称。此外虽然没有证据表明金田一是破落武士的后代，但其行为却颇似“浪人”。一直居无定所，到处流浪，在国外如是，在日本亦然。一方面是职业使然，另一方面则只能是其性格使然了。

横沟正史塑造的金田一始终是贴合着时代的。这可以从他赋予金田一的经历中看出。日本明治维新后，日本从封建蒙昧中惊醒过来，开始向西方学习一切先进的事物。农村人口涌向城市，教育得到普及，出国留学的日本人大大增加。金田一就是这一潮流中的一分子。强大起来的日本抑制不住向外扩张的野心，对外发动了多次战争。到金田一生活的时代，已进入二战。金田一就像当时日本的大多数壮年男子一样应征入伍。侥幸的是这位大侦探终于活着回来了。第二部探案故事《狱门岛》正是从金田一耕助自海外战场撤退回来讲起的。

由于金田一系列探案多以战后不久的日本为背景(《本阵杀人事件》除外)，加之名侦探金田一耕助有着与广大读者相似相近的经历，贴合了普通人的心理。

与同时代的名侦探明智小五郎(江户川乱步塑造)、神津恭介(高木彬光塑造)相比，金田一耕助更具平民色彩，因此赢得了“平民侦探”的美誉。只是再平民化的侦探也总是有一些与常人不同的怪癖。不过金田一的怪癖可不像福尔摩斯的容易引人反感，倒倍添了亲切之处。比如他有口吃，而且遇到破案关键处或兴奋时口吃会加剧。他不修边幅，一头乱发似鸟巢，在思考案件找不到头绪时，就猛抓头发，搞的头皮屑到处飞。

但侦探自有他的神奇之处，金田一就是这样。他自称直观型侦探，主张以脑代替卷尺和放大镜，注重严密的逻辑推理。他说：“搜寻脚印或检测指纹是由警方负责，我的侦探方法只是将这些结果予以理论性的分类综合，最后才下结论。”所以在作品中，读者看到的金田一似乎除了考察现场，作出一些可以透露(一般读者经过思考也可得出，但关键处从来都守口如瓶)的分析外，几乎就完成了任务(指行动方面)，只需在最后关头跳出来指认凶手，做出完美的推理。

其实，横沟正史塑造的金田一耕助并没有夸大他的神奇之处，更多的是从“人”这个角度去塑造这位侦探。

首先，他也有平凡之处。是人，孰能无过？《狱门岛》中，他受战友鬼头千万太临终所嘱，赴狱门岛捎带口信，并且肩负了保护其三个妹妹的重托。他明知三姊妹有亡命之祸，却无法阻止，眼睁睁地看着凶手向自己发出挑战。甚至在他已经洞悉俳句中隐藏的杀人诡计后，悲剧还是接连发生了。作为侦探在已有预知的前提下仍然无法阻止罪案的发生，像他这样“窝囊”的侦探还找得到几人？就算最后知悉凶手那又如何？已经无法挽回失去的一条条鲜活的生命。

在和怪兽男爵的较量中(见《黄金指纹》)屡屡处于下风。先有遭暗算被扔进大海，后有在追捕过程中屡次被对方用出其不意的手段逃脱，直到小说结尾仍未找到其下落。甚至连关在警署的怪兽男爵手下也离奇失踪。“金田一耕助一想到这里，不由得感到有些食不下咽。”

其次，他的性格。金田一耕助孑然一身，四处流浪，交游广阔。最难得的是与警方合作愉快。他与等等力警官、矶川警长关系相当不错。“每当等等力警官遇到头痛的案件，一定不会忘记找金田一耕助运用他那过人的推理和洞察力来破案。因此就这方面来说，金田一耕助和等等力警官两人仿佛生命共同体。”至于矶川警长，从《本阵杀人事件》后二人就成了莫逆之交。他和警方合作愉快，互取所需，这点就跳出了名侦探性格孤傲的框框。在多数作品中，为了突出侦探的神通广大，往往对警方的形象作了刻意的贬低。而在金田一系列探案中，金田一是非常谦逊的。“这位青年的诚恳的态度，略带口吃的说话方式，实在让人难以拒绝他的请求。”同时金田一又是非常执著的。虽然金田一在独立探察案件中遇到了重重阻力，甚至有时得冒生命危险，但他从不放过任何细枝末节，不厌其烦地探寻真相，哪怕遇到不公正的对待。

最后一点，也是关键的一点，金田一耕助同每个善良的人一样，同情那些出于迫不得已犯下罪行的凶手。他不总是站在所谓的正义立场上去审判罪犯，审判不是他的义务。他是站在“人道主义”的立场上客观地去思考罪犯那些微弱的可取之处及身上的悲剧色彩。这些法律意义上的罪犯在道义上却大多是无辜的受害者，是弱者。读者也会同情他们。这样金田一与读者之间就有了共同的情感纽带，这也是金田一能引起读者共鸣的原因之一。

第二节　灵魂不治、迷失人生的羔羊

长期以来，人们都倾向于这样一种观点，就是把文学作品作为真、善、美的载体，认为文学作品具有审美的艺术功能是天经地义的事情。殊不知，在审美性艺术功能之外，文学作品还应具有的审丑性的艺术功能。提出“艺术感性学”的西方学者鲍姆嘉通认为文学艺术中美学可以作为一个客观存在，同样，文学艺术中丑学也完全应当作为一个客观的存在而受到人们的重视。审丑，是人类感性应有的能力，也可说是人类认识较为高级的形态，是人类的理性层次更为深刻的表现。必须重申的是：文学是人学，就不可避免地要表现人性。所谓人性，就是人正常具有的情感和理性。而人性中的情感和理性不仅包含着真、善、美，也包含着假、丑、恶。无论是社会还是人心，假、大、空以及假、丑、恶等等都是不容回避的现实存在。因此，文学作品也就离不开对人性中的假、丑、恶的审丑了。审丑介入了小说之后，它直接真实地揭示出了人的本质力量。

侦探小说把人们对真善美的表现转移到揭露人性的假、恶、丑上，自然有助于对人性的全面了解。对于揭示人性丑恶，揭示从内在的人性到外在的社会病态、政治权力关系及其意识形态与文化形态的假丑恶病象，有助于人们从整体了解现代社会与人心，有助于人们鉴别善恶，提高甄别善恶美丑的能力。可以说，审丑，是现代人必备的社会认识功能，是侦探小说必具的审视功能，是现代思想必具的审理功能，还是现代精神必有的审察功能。

作为侦探对立面的罪犯，横沟正史为读者塑造了一组“偏执狂”的群像，罪犯的变态心理在他的笔下得到了淋漓尽致的展现：

《本阵杀人事件》中的一柳贤藏因无法忍受新娘已非完璧，在新婚之夜杀死新娘，旋即自杀，死前还胁迫其弟三郎帮忙布置成密室杀人案，造成他杀假象。而作为帮凶的弟弟三郎一方面出于被迫，一方面也为了满足自己的侦探癖，精心设计了密室杀人案，混淆视听，自觉不自觉之间成了杀人凶手。

《狱门岛》里，垂死的鬼头嘉右卫门为了扫除孙子的继承障碍，吩咐了然和尚、幸庵医生和荒木村长按其生前所好（喜作俳句）设计杀人诡计除掉3个如花似玉的孙女，然而孙子们却全死在了战场。而杀人者最终也死的死、疯的疯。

《犬神家一族》中的松子夫人为了自己的儿子佐清得到遗产继承人野野宫珠世的青睐进而获取犬神家庞大的遗产，杀掉了竞争对手亦是她亲外甥的佐武、佐智。后又杀了实为同父异母的兄弟青沼静马。然而她自己最终也难逃一死。

《八墓村》中的森美也子为了让心上人摆脱高攀的心理障碍，借着八墓村的可怖传说，杀害了许多人。

《三首塔》中的上杉诚也和《女王蜂》中的速水新造因对自己的外甥女和继女怀着不伦之爱，在现实中这种畸爱有违伦常却无法得到回应与排解。前者自作聪明地要为外甥女宫本音弥排除百亿遗产继承道路上的障碍，后者则自私地想留大道寺智子在身边，杀掉她身边的追求者，最终都使自己变成了杀人恶魔。

侦探小说的审丑写作扩展了小说的表现领域，转变了小说的艺术趣味，拓展出一片全新的诗性空间，对于转变人们那些天真单纯的思想观念，引导人们对社会真相和人性真实的认识，防止其上当受骗，无疑有着独特的认识价值和意义。

第七章 作家论

第一节 欧美作家

一、柯南道尔

福尔摩斯现在已成为世界通用的名侦探代名词。在现实生活中，福尔摩斯如今也已经成了一种象征智慧的符号。而福尔摩斯这个成功的艺术形象的创造者正是英国侦探小说作家阿瑟·柯南道尔，其笔下的福尔摩斯形象被称为“英国小说中刻画最生动的人物之一”。

（一）福尔摩斯成智慧符号，柯南道尔功不可没

阿瑟·柯南道尔（Arthur Conan Doyle，1859—1930）1859 年 5 月 22 日出生于爱丁堡，9 岁时就被送入耶稣预备学校学习。在这所学校里，他不仅没有成为一名虔诚的教徒，相反，他却对天主教产生厌恶情绪，成了一名不可知论者。1876 年至 1881 年间，他在爱丁堡大学学习医学，毕业后作为一名随船医生前往西非海岸，1882 年回国后在普利茅斯开业行医。他行医生涯开展得并不太顺利，在此期间柯南道尔开始写作。柯南道尔的第一部重要作品是发表在《1887 年比顿圣诞年刊》（Beeton's Christmas Annual for 1887）的侦探小说《血字的研究》（A Study in Scarlet），该部小说的主角就是之后名声大噪的夏洛克·福尔摩斯（Sherlock Holmes，又译作歇洛克·福尔摩斯）。

19 世纪末，英国在南非的布尔战争遭到了全世界的谴责，柯南道尔为此写了一本名为《在南非的战争：起源与行为》（The War in South Africa：Its Cause and Conduct）的小册子，为英国辩护。这本书被翻译成多种文字发行，有很大影响。柯南道尔相信正是由于这本书使他在 1902 年被封爵。晚年的柯南道尔开始相信唯灵论，甚至还曾以此为主题写过好几部小说。柯南道尔在 1930 年 7 月 7 日去世。

2009 年恰是柯南道尔诞辰 150 周年。这位世界著名的小说家创作的《福尔

摩斯探案集》100 多年来被译成 50 多种语言文字，风靡全世界，可谓侦探小说的不朽经典。《福尔摩斯探案集》更是被“福迷”们称为推理小说中的“圣经”，是每一个“推理迷”必备的案头书籍。英国著名小说家毛姆曾说：“和柯南道尔所写的《福尔摩斯探案集》相比，没有任何侦探小说曾享有那么大的声誉。”柯南道尔被称为“英国侦探小说之父”，成为世界最畅销书作家之一。

150 多年来，全世界受到《福尔摩斯探案集》启蒙的推理爱好者“福迷”数量早已超过 6 000 万。在我国，从清代就有人研究福尔摩斯了，所以中国“福迷”这一庞大群体的数量及发展速度也十分可观。

（二）高产又多产的作家

柯南道尔以福尔摩斯为主角一共写了 60 部关于福尔摩斯的故事，其中有 56 部短篇侦探小说和 4 部中篇侦探小说。故事的时间跨度主要发生在 1878 年到 1907 年间，最晚的一个故事是以 1914 年为背景写成的。这些故事中两个是以福尔摩斯第一口吻写成，还有 2 个以第三人称写成，其余都是华生的叙述。

除此之外，他还曾写过多部其他类型的小说，如科幻、历史小说、爱情小说、戏剧、诗歌等。

从柯南道尔的小说创作经历来看，他是比较喜欢用系列小说的方式来塑造人物的，侦探小说中塑造的夏洛克·福尔摩斯是这样，他创作的科幻小说也是这样。查林杰教授就是他科幻小说系列中的一个人物形象。

在柯南道尔的科幻小说系列中，《失落的世界》是一部比较有代表性的作品。在这部于 1912 年创作的科幻小说中，柯南道尔描述了远古动物生存的一片陆地——南美洲亚马逊河流域中一块与世隔绝的高原。这是很久很久以前的一次火山爆发，将这块陆地从平地上整个端起，四周由坚硬的峭壁围住，孤立起来形成的高原上独特的自然环境，使许多在地球上其他地方早已绝迹的生物存活下来。当查林杰教授带着渴望成名的年轻记者马龙和另外两位探险者来到这块梦幻之乡时，他们看到高原上奇花异草遍地，依然生存着一些史前生物，侏罗纪恐龙、飞龙横行其间，印地安人和猿人之间进行着一场血腥的世纪大战……情节扣人心弦，故事冒险离奇，与侦探小说一样，充分体现出柯南道尔在小说创作领域的卓越才华。

（三）艺术形象与作者身影的重合

人们在《福尔摩斯探案集》中看到的主人公福尔摩斯，不仅是位孤僻、理性、博学的怪才，他更具有对化学、心理学、解剖学、数学以及对法文、意大利文、德文和拉丁文等四国语言的精通研究。此外，他还擅长拳击和西洋剑术，不仅可以自卫也可擒凶捉匪；他善于细微的观察，准确的推敲，而且只要一进入调查，就会废寝忘食，不避艰险，此外，他更能利用自己是非官方人员的身份，灵活地处理很多民间以及政治人物间的纠纷与秘密案件，处处都展现了他的天才与神勇。实际上，福尔摩斯这个艺术形象的塑造尤其是学习背景与作者柯南道尔的经历是十分接近的。柯南道尔曾经有过两次学医的经历。1876 年至 1881 年间他在爱丁堡大学学习医学，毕业后作为一名随船医生前往西非海岸，1882 年回国后在普利茅斯开业行医。1890 年他又到维也纳学习眼科，一年之后回到伦敦成为一名眼科医生。

而在柯南道尔的人生经历中，对他影响很大的两个人物形象，除了推理文学之父的爱德华·爱伦坡笔下的欧鸠斯特·杜宾爵士之外，还有他此时期极为景仰的恩师约瑟夫·贝尔(Joseph Bell)医生。柯南道尔曾以助理医生身份追随贝尔医生，对其杰出的诊断能力和细微的观察力都有着很深刻的印象，他曾经这样描述他的这位老师：

我在爱丁堡遇见那位激发我构拟了福尔摩斯的人……他的直觉能力简直不可思议。第一位患者出现，贝尔先生说："我看你患的是酗酒病，你竟然在外衣内兜里藏着一瓶酒。"另一个病人进来，"皮匠先生，对不起。"然后他转向学生，并向他们指出那个人的裤子膝盖内侧破了，那正是此人跪在垫上的地方，因此是只有在皮匠身上才能看到的特点。

无疑的，柯南道尔将约瑟夫·贝尔教授对病人进行精确的观察和善于逻辑推理的这种精髓融入其小说中，因而创造了一个具有高度科学头脑的福尔摩斯来。在《冒险史》初版的扉页上，柯南道尔特别表示了自己对老师贝尔教授的感谢。他在 1892 年 5 月 4 日写给贝尔的一封信中提到：

您将完全相信福尔摩斯是以您为原型的，显然在小说里我可以将这位侦探任意的置于各种戏剧性的情境之中，我却不认为他的分析工作造成的效果能够比我在门诊室亲眼见过的您的诊断来得令人惊奇。围绕着的都是我曾亲自聆听过的您所教导的演绎、推论和观察的方法，因此我企图塑造一个人物，他尽可能把您所教导的事物向前推广——推得越远越好——而且我很高兴，结果竟然仍令您满意，您是最有权利对这部作品予以严格批判的批评者。

柯南道尔做了不少有关贝尔教授判断人的笔记，就连贝尔博士的体貌特征——外貌高瘦，皮肤黝黑，有一对锐利无比的灰色眼睛，一个鹰钩鼻子，以及性格特点——他只要把对方看上几眼，就能判断其职业与爱好，这些都为他以后塑造福尔摩斯这样一个家喻户晓的文学典型提供了具体的形象。

柯南道尔在福尔摩斯的所有小说创作中，都用他友人詹姆士·华生博士为原型创造的约翰·华生医生的回忆录的形式来描述故事，将华生医生作为在福尔摩斯身边的挚友兼助手，这样福尔摩斯就能巧妙地将自己的行动过程由华生来表述，时而加上主角人物的分析，这样的安排使得故事在叙述上显得更为亲切可信。这也是柯南道尔塑造福尔摩斯的成功因素之一。

（四）柯南道尔侦探小说的特点

（1）小说结构严谨。柯南道尔在构思与布局上都加入曲折离奇、引人入胜的情节。看似不可思议，但一经推理分析，结果出人意料而又入情入理。在写法上，并非单线发展，而是几条线索相互交织，在悬念中掀起高潮，在高潮中得出结论，有很强的逻辑概念。

（2）塑造了鲜明的文学典型。福尔摩斯这一私人侦探形象的塑造，得益于他独特的个性。比如他的外貌；他精通化学、解剖学知识；喜欢恐怖文学；能拉小提琴；精于刀剑拳术；熟知法律与地质学知识；喜欢抽烟斗；在没有接到案件时打可卡因来获得快感；而对天文、哲学、政治以及现代文学的知识几乎等于零，这些优点与缺点，让读者感受到这位神奇侦探是人不是神。他在破案中注重调查研究，善于分析推理，深入虎穴，不放过任何蛛丝马迹，有一副强健的体魄和清醒的头脑。

（3）把犯罪与政治制度、道德观念结合起来。柯南道尔创作的侦探小说，从多侧面反映了英国社会存在的问题，如谋财害命、通奸杀人、行凶作恶、巧取豪夺、背信弃义……这些社会犯罪现象，无一不与政治制度与道德观念有关，揭示了英国法律存在的漏洞和不合理。这类作品也宣扬了人道主义、善恶报应与“天网恢恢，疏而不漏”的理想主义观点，无疑受到了读者的欢迎，也显示了柯南道尔小说的社会意义。

（4）在情节方面，形成了侦探小说独特的风格。柯南道尔的文笔十分流畅，交代细腻而不拖沓，对话扣住中心，把一些破绽巧妙地放在读者面前，又用扑朔迷离的情节把读者引入歧途。这些描写手法，可以说开创了侦探小说的基本模式，也形成了柯南道尔侦探小说艺术的独特风格。柯南道尔还把社会学、病理学、地理学、心理学和逻辑学引入侦探艺术之中，显示了侦探小说的社会性、科学性和文学性。

由于读者对福尔摩斯的青睐，柯南道尔的稿酬曾达到当时文学稿酬的最高水平。美国一家出版社愿以 5 000 美元买下仅 10 万字的《巴斯克维尔的猎犬》，每 1 000 字值 50 美元。英国一家杂志则以 1 000 字付给 100 英镑来收买柯南道尔小说的版权。这在当时英国的出版界来说，侦探小说确实达到风靡世界的地步。柯南道尔不仅生前成了公众关心的名人，死后也没有被人们忘记。美国人约翰·迪克森·卡尔专门写了一部《阿瑟·柯南道尔爵士》，记录了柯南道尔从事文学艺术的有关记载。此书在世界各国一发行，大大提高柯南道尔的知名度。

（五）柯南道尔的文学影响

1894年底，柯南道尔再也不用为经济发愁，他决定让福尔摩斯在一次搏斗中坠入激流死去，让华生医生来结束《最后一案》这个故事。对于福尔摩斯之死，引起了广大读者强烈的不满，有人甚至表示愤怒，继而对柯南道尔进行威胁与谩骂。广大公众不希望自己心目中的英雄死去，这简直成了文学史上的一个奇迹。

柯南道尔为此既震惊又兴奋，他意识到文学艺术原来具有如此大的震撼力，侦探小说已经被广大读者所接受。这样，柯南道尔在1901年又写出《巴斯克维尔的猎犬》。这部以福尔摩斯早期生活为题材的侦探小说，再次显示了柯南道尔精娴高超的文学艺术水平，并再次获得巨大成功。出版商纷纷起来约稿，使柯南道尔搁笔不写侦探小说的决定产生了动摇。1903年柯南道尔写出了《空屋》，让福尔摩斯死而复活，再次活跃在读者面前。并先后写出了《归来记》、《恐怖谷》、《最后致意》、《新探案》等侦探故事。

1928年至1929年，柯南道尔创作的有关福尔摩斯故事分短篇与长篇两卷在英国出版，书名为《福尔摩斯探案全集》。这套书成为现代侦探小说经典之作。

1930年7月7日，73岁的柯南道尔与世长辞，但他笔下的福尔摩斯却永远活在读者的心中。数以万计的读者到英国伦敦贝克街去寻访文学中的福尔摩斯，世界各国争相出版《福尔摩斯探案集》，总印数达500万册，许多喜爱文学或爱看书的读者，谈起福尔摩斯，就像谈论自己的老朋友。福尔摩斯还从书中走上影视舞台。正是由于福尔摩斯的神奇魅力，造就了数以万计的“福尔摩斯迷”，也为文学研究增添了一个新的领域“福学”。《福尔摩斯探案集》更是被“推理迷”们称为推理小说中的“圣经”。

1963年，柯南道尔爵士的小儿子艾德里安·柯南道尔在伦敦约翰·墨里出版社出版了《歇洛克·福尔摩斯的成就》，艾德里安接受的是维多利亚时代传统的教育，和他的父亲关系最密切，有着非凡的文学天赋。他热衷于冒险，倾心于前代遗风，尊重那种形成他父亲完美特性的骑士思想——也可以说是尊重福尔摩斯。他使用着他父亲写作时用过的桌子，置身于他父亲曾经使用过的物件之中，从各方面致力于再现以前的气氛，哪怕是极微小的地方也不放过。虽然情节是新的，但故事的结构却绝对忠实于原作，其场面惊险奇特，引人入胜，可谓一篇比一篇更精彩。从此福尔摩斯的故事有了续集，柯南道尔爵士的文学事业终于有了家族的继承人。

二、阿加莎·克里斯蒂

被誉为“举世公认的侦探小说女王”的阿加莎·玛丽·克拉丽莎·米勒

(Agatha Christie，1890—1976)是英国小说家和剧作家。她于1890年9月15日生于英国德文郡托基市，她原在法国学习声乐，但以后放弃歌唱转而从事写作。克里斯蒂早年丧父，小时候并未受过正规教育，多靠母亲的指导与自修来充实自己，阅读文学作品，深受狄更斯小说影响。24岁(1914)时，本名阿加莎·玛丽·克拉丽莎·米勒的克里斯蒂嫁给了英国皇家空军军官阿奇博尔德·克里斯蒂(Archibald Christie)，后改姓夫姓。第一次大战期间，她曾加入医疗机构担任护理工作，有机会接触并认识各种毒药的药性，因而奠定了日后小说中对于药性运用的基础。在这段时间中，她时常与姐姐玛姬一同阅读侦探小说，并且一起讨论其中的布局与情节，因而勾起了写作的兴趣，并且写下了其第一本侦探小说《斯泰尔斯庄园奇案》(The Mysterious Affair at Styles)。不过当时曾遭多家出版商退稿(与柯南道尔当年的境遇一样)，最后终于在1920问世。克里斯蒂第一次的婚姻生活并不顺利，1926年在发现其夫有婚外情，再加上其母过世的双重打击下，曾一度离奇失踪。1928年，这次婚姻在维持了14年后终告结束，为了抚平婚变的伤痛，便只身到海外旅行。期间在西亚(土耳其、埃及等地)的经验，为她日后创作《东方快车谋杀案》(Murder on the Orient Express)、《尼罗河上的惨案》(Death on the Nile) 等名著提供了素材。1930年，在小亚细亚的旅途中她与考古学家马克斯·马洛温(Max Mallowan)相识，并于同年九月结婚，从此夫唱妇随，常伴夫婿至北非考古，婚姻生活顺利。再婚后的克里斯蒂则依然沿用前夫的姓为笔名，继续她的文学创作工作，55年中一共写了60余本侦探小说，几十个以侦探为题材的剧本。其中《老鼠夹》一剧在英国舞台上创造了上演30年不衰的记录。她的侦探小说有很高的文学性，继承了柯南道尔擅长编排扑朔迷离的布局，又加上她对医药学的研究，以心理学和医学的观点加以破案，堪称一绝。文字见解生动，引人入胜。法国总统戴高乐曾是“克里斯蒂小说迷”。1971年她获得女爵士封号，1976年1月20日克里斯蒂在英国沃灵福德逝世。在全球，她的侦探小说被译成103种文字，外文译本总数超过莎士比亚。在西方，她的小说重印达数百次，总印量仅次于《圣经》。

三、埃德加·爱伦坡

埃德加·爱伦坡(Edgar Allan Poe，1809—1849)，1809年1月19日出生于美国马塞诸塞州波士顿的一对演员夫妇的家庭，是19世纪美国文坛上的作家兼文艺批评家。他的小说还有《怪诞故事集》和《黑猫》等。诗歌有《给海伦》、《安贝拉·李》和《乌鸦》。另有论文《写作的哲学》、《诗歌原理》。他的作品受西方资产阶级颓废派影响很深，提倡“为艺术而艺术”，宣扬唯美主义和神秘主义，情节离奇古怪，色彩阴暗恐怖。

爱伦坡三岁时便成了孤儿，被弗吉尼亚州里奇蒙德的富裕商人约翰·爱伦收为养子，改名为埃德加·爱伦坡。爱伦坡曾在费城的《格雷厄姆杂志》做编辑并撰稿，1841 年他在该杂志发表了《莫格街谋杀案》。虽然他的推理和恐怖小说最广为人知，而爱伦坡最看重的是自己的诗，可惜在当时被 19 世纪评论界所排斥，但爱伦坡对自己却毫无怀疑，他在散文诗《我发现了》中写道："我可以花一个世纪来等待读者……"。在美国文学史上，本人还健在就已名扬全国的诗人实在为数不多，而爱伦坡就是其中最早的一位。直至今日，他仍是美国文坛享誉最高的三位作家之一(另两位是艾略特和福克纳)，也是最具创造力的三位诗人之一(另两位是弗罗斯特和惠特曼)。爱伦坡的代表作《莫格街谋杀案》充满了悬念：案发于一间门窗紧锁的房间内，凶手如何进入密室，令人猜测，结果大出意外，作案者竟是一只大猩猩。这部小说有点故弄玄虚，动物作案也类似于有趣的游戏。但尽管如此，《莫格街谋杀案》还是生动展示了爱伦坡的艺术风格，第一次把谋杀现场写得那么恐怖而充满神秘色彩。其后爱伦坡又先后写了 4 部侦探短篇：《玛丽·罗杰疑案》(1842 年)、《金甲虫》(1843 年)、《你就是杀人凶手》(1844 年)、《被盗窃的信》(1845 年)。这 5 部小说显示了侦探小说已具备雏形，称爱伦坡为"世界侦探小说家鼻祖"，这是一点也不过分的。

受到过爱伦坡影响的主要人物有：柯南道尔、波德莱尔、斯特芳·马拉美、儒勒·凡尔纳、罗伯特·刘易斯·斯蒂文森、希区柯克、蒂姆·伯顿、江户川乱步等。爱伦坡最著名的文艺理论是"效果论"。爱伦坡力图在自己的作品中先确立某种效果。如柯南道尔所说："在(侦探小说)作家必须去走的小路上，他会看见爱伦坡的足迹总是在他的前面。"

他一生写了六七十篇短篇小说，虽然只写了四五篇推理小说，但是他被举世公认为推理小说的鼻祖。代表作《莫格街谋杀案》、《玛丽·罗杰疑案》、《被盗窃的信》和《金甲虫》都被奉为这类小说的先河，对后世起了很大影响。他在前三篇小说中塑造的业余侦探杜宾的形象，可以说是柯南道尔笔下的福尔摩斯的前辈。爱伦坡创作的侦探小说模式就是提出问题，之后解决问题，以这种模式为中心，不管故事向哪个方向发展，这种模式必然是小说的骨架。在小说里，奇怪现象接连发生，作者需要仔细描写细节，故事的发生必须真实合理，以上这些构成故事的内容。在小说结尾谜题被解开时，如果谜题超出了读者的想象，那么读者会感到惊讶，继而认同，甚至会感动。据研究侦探小说的专家霍华德·海克雷夫特认为，"这个杜宾也是爱伦坡的自我理想化身，因为他自幼聪颖异常，处处想表现自己的优越，所以就把杜宾写成具有超人智力、观察入微、料事如神的理想人物，为了衬托他的了不起，又借一个对他无限钦佩、相形见绌的朋友来叙述他的事迹，此外还写了一个头脑愚钝、动机虽好而屡犯错误的警探作为对比。作案地点一般安排在锁得严严密密的暗室；埋藏赃物罪证则用明显得出人意料的方法；破案过程则用逻辑严谨、设身处地的推理（今称用心理分析学）；然后有条不紊的迫使罪犯就范归案；最终再由主人公洋洋自得、滔滔不绝的解释其全过程。这已成为爱伦坡写侦探小说的模式。”而这一模式在150年来已为全世界各国侦探小说家竞相师法，不少这类作品都是步他后尘，脱不了这个窠臼。甚至被称为侦探小说之父的英国作家威尔基·柯林斯那部名作《月亮宝石》(1868)里的侦探克夫也是在爱伦坡的影响下产生的。

四、乔治·西默农

乔治·西默农(Georges Simenon，1903—1989)的侦探小说创作，为比利时文学争得了殊荣。西默农1903年2月23日生于比利时的列日。中学毕业后他当过书店职员和记者，16岁进入《列日日报》当记者，同年发表处女作《在阿什桥上》，被誉为天才少年。19岁到巴黎后从事文学创作，过着极其贫困的生活，有时3天只吃一块干酪，一小罐下水要吃上五六天，后来随着他发表作品生活才逐渐好转。他起初写的是通俗小说，内容大多是色情、暴力和犯罪。他认为这些东西很容易写，所以在20岁的时候，每天上午就要写上80页，而且几乎是吹着口哨写作的，敲击打字机的键盘就像弹钢琴那样轻松。他从早晨6时写到晚上6时，中间有1小时午睡，以便节约时间，因为这样好像就使一个工作日变成两个了。1931年，西默农首次发表了小说《拉脱维亚人皮埃尔》，讲述梅格雷侦探为了追寻一个经验丰富、具有多种身份的流浪汉，潜入乞丐群中进行侦察的故事。他从此开始不断发表以探长梅格雷为主人公的系列侦探小说，例如《黄狗》、《十字路口之夜》等。1932年，他打算放弃梅格雷，但是梅格雷这个戴圆顶礼帽和抽烟斗的胖子，已经给人留下了良好的印象，所以在读者的强烈要求下，1933年，西默农又继续创作下去。当时司法警察局的局长克萨维埃·吉夏尔喜欢他的小说，给他指出了许多技术上的错误，甚至让他和特警们一起生活，亲自参加破案，从而使他以后的小说写得越来越实在，越来越生动。西默农酷爱体育，喜欢骑马、骑自行车和拳击等活动。他坐船游遍了法国、比利时和德国等地的江河，还到世界各地去冒险。西默农不仅是一个优秀的侦探小说家，他也以情人众多而著称，除了逢场作戏的无数女性之外，他曾行后有过两个合法的妻子、一个固定的女伴，还有一个兼作情妇的女仆。但尽管如此，他对儿女们却都满怀深情。西默农有3个儿子和1个女儿，他曾对记者说，自己的职务就是在家里当父亲，自称每天只有 3 小时是作家，倒有 7 个小时是在尽父亲的责任。孩子们出生的时候他都在场，可以说他的整个一生都是为孩子们度过的。二战以后，西默农继续写作关于梅格雷的小说，每年都要出版三四部，例如《梅格雷的烟斗》(1947)、《梅格雷和无头尸》(1965)等，共有 82 部之多。1968 年，西默农发表了《梅格雷及其死亡》，结束了这位探长的侦探生涯。1972 年，他发表了关于梅格雷的最后一部小说《梅格雷和夏尔先生》，并且宣布停止创作。这时他的作品已经在世界上产生了很大的影响，被译成多国文字并被搬上银幕，从意大利到东京的各大电视台，几乎都上演过关于梅格雷探长的电视剧。小说里的梅格雷出生在荷兰的戴尔菲西村，由于西默农小说的巨大影响，该村的人在 1966 年还为这位并不存在的探长竖立了一座雕像。从 1945 年到 1955 年，他到美国和加拿大生活了 10 年，后来回到法国，从 1959 年开始定居于瑞士洛桑。这时的西默农已今非昔比，他建造了一座豪华的住宅，共有 26 个房间，有 11 个仆人、5 辆高级轿车、2 个司机。但是从他后来发表的 20 卷回忆录式的作品里，似乎可以看出他的家庭生活并不非常幸福。西默农一生用过 17 个笔名，写过 200 多部小说。他不慕虚名，认为自己永远是比利时人，所以始终都没有加入美国或法国国籍。由于西默农长期定居法国，所以纪德早已把他视为法国文学家中伟大的一员，他说："我把西默农视为一个伟大的小说家，也许是今天的法国文学中我们确实拥有的最伟大的小说家。"

乔治·西默农代表作为《十三个谜》、《十三神秘案》、《皮埃尔·勒·赖东》、《上帝的车夫》、《雾港疑案》、《雪是脏的》等。他笔下的梅格雷探长是个中年男子，身材魁梧，稍稍有点臃肿。他披一件雨衣，口中叼着烟斗，奔走于巴黎的大街小巷，常常在塞纳河畔的新大桥酒店吃消夜。梅格雷性格敦厚温和，极富同情心，是个大块头。他不是那种擅长格斗、一怒即拔枪的硬派侦探，他善于思索，也很有耐心，因此深受部属的尊敬。对于误入歧途的平民，他总是酌情从容处理，或者教育之后干脆放走，但他对罪犯决不手软。

乔治·西默农的小说不以耸人听闻的凶杀案取悦读者，也不设计古怪离奇的故事把人们引入迷宫。他把作品放在一个真实可信的环境之中，在那些形形色色的案件里，出现的多是贫贱的小资产者与不幸的穷人。作者"对这些命运的牺牲者"报以同情与怜悯。在艺术手法上，乔治·西默农注重人物的心理描写，揭示贫困生活重压下的困惑与反抗，揭示金钱关系对人的腐蚀，并着重分析犯罪的主客观因素，使其小说有一种严肃而又深沉的格调。

乔治·西默农在第二次世界大战后，在美国定居了 10 年，他的梅格雷探长也在美国文坛大展拳脚。他写出了《梅格雷在纽约》等作品，深受美国读者的欢迎。晚年的乔治·西默农不仅引导读者在小说中去寻找“谁犯罪”，而且提出了“为什么犯罪”这个问题。他把小说的人物放在危机重重的环境中，在人物性格和故事氛围的描述上，都达到了炉火纯青的地步。梅格雷探长也成为世界广大读者喜爱的大侦探之一。

因其文学成就，乔治·西默农于1952年被选为比利时皇家文学院院士，1966年在荷兰的德尔夫齐尔港——乔治·西默农第一次写下梅格雷探长的地方，人们竖起了一尊梅格雷探长的铜像。这尊铜像是乔治·西默农蜚声世界文坛的永久纪念。

五、高罗佩

从某种意义上说，现代西方对传播中国文化作出最大贡献的人，恐怕要算荷兰人高罗佩(Robert Hansvan Gulik，1910—1982)。他是名士派艺术家、收藏家、汉学家。他的英文《狄公案》系列小说(Judge Dee Mysteries)影响远超过西方任何中国研究著作。非学术圈子里的西方人，他们了解的中国，往往来自《狄公案》。而且此套小说在西方雅俗共赏，影响不限于只读通俗小说的大众。伯克莱加州大学法学院院长贝林教授研究中国法制史，就是从狄公小说入手的。

高罗佩父亲是荷属东印度的军医。高罗佩1910年出生于荷兰，但是5岁起就到雅加达上小学，小时候，家中花瓶上的中文字使他对中文产生兴趣。读高中时，他就开始学习梵文，16岁他在鹿特丹唐人街找到了一个学农业的中国留学生教他中文，后在莱顿与乌特雷支大学攻读中文、日文、藏文、梵文，等等，“通晓”15种语言。上大学前，他已经参加编辑印第安“黑足族”(Blackfoot)文字词典，学士论文是《如何改良荷属东印度有关华侨的法律》，这个问题至今未能解决，可见才20岁的高罗佩眼光之远，也看出他对中国人的同情由来已久；他的硕士论文是米芾《砚石》，25岁以中日印藏诸民族的“拜马教”考证，获得博士学位。高罗佩之博学多才，早早就初露端倪。

1935年高罗佩进入荷兰外交界供职，主要任职于远东各国。他自己说他是一身三任：外交官是他的职业，工作却只有暂时意义；汉学是他的终身事业，学术有永久价值；写小说是他的业余爱好，是消遣。高罗佩的外交官生涯并无特色，在东南亚不断调任，他自己深以为苦。唯一觉得日子过得有意思的时光，是1943—1945为荷兰流亡政府担任住重庆使馆一秘的时候，当时重庆中外文化人云集，他如鱼得水。他曾经两度使日，由于符合他收集中国文物的爱好，也是他的一段高兴日子。高罗佩虽然在1967年57岁时英年早逝，但其一生著作极丰，兴趣爱好更是广泛。

高罗佩十分爱好中国文化艺术，琴棋书画无不擅长。他 20 开始练书法，终生不辍，他的“高体”字独树一帜，风姿高迈；他曾师从叶诗梦学古琴，并在重庆与于右任、冯玉祥等组织“天风琴社”，有英文专著《琴道》；追踪中国古琴流传日本的历史，他发现了将曹洞宗带到日本的禅宗大师东皋心越的大量资料，1944 年在重庆出版了《东皋禅师集刊》，为近世佛学史补缺之作；曾学围棋；曾学中国画，译陆时化《书画说钤》；曾考证中国文献中的猿(gibbon)，并亲自养猿观察，作《长臂猿考》；能写中国旧体诗词，曾与郭沫若、徐悲鸿等唱和，齐白石、沈尹默等人的画，也常有他的上款；曾学治印，历年所刻印章集成手卷印谱，齐白石题名；一如中国名士，他的雅号、笔名奇多，换一个就刻章；中国文物书籍收藏颇丰，并且大有收藏心得，1958 年出版 500 多页的巨著《书画鉴赏汇编》，教西方人如何辨别真赝中国文物，并且以自己所刻印章作例，说明什么是假货，很有自知之明。还有值得一提的是他曾经君子求淑女：抗战时期在重庆任荷使馆一秘时，与时任使馆秘书的水世芳女士恋爱，水为张之洞外孙女，名门之后，齐鲁大学毕业。他们在重庆举行一西一中两次婚礼，贺客盈门，多为中西文士，他和学路相近的李约瑟多年友情，就是从重庆婚礼席上开始的。

高罗佩在重庆时，读到一本清初公案小说《武则天四大奇案》，他惊奇地发现中国读者读西方三流侦探小说，却没有看到自己的历史上有出色得多的侦探小说。他把《四大奇案》翻译成英文后，就袭用其主人公狄仁杰的名字，用英文写了本《铜钟案》，原拟用英文作为稿本，再写成中文和日文出版。但其时 1949 年，中国出版界顾不上狄仁杰，日本出版商认为此书把几个和尚写成坏人，有侮辱日本佛教界之险，危及战后敏感的社会关系。因此此书最后只能以英文出版。但出版后大获成功，一发不可收，高罗佩又再写了《迷宫案》、《黄金案》、《铁钉案》等，合成一组，此为初期《狄公案》。高罗佩本准备就此歇笔，此后也好几次宣布封笔，但是广受读书界欢迎，出版社不断施压(这是高罗佩一生唯一赚钱的一套书，其余均是赔本)，只能再接再厉，共写了 13 部狄公小说，包括一本短篇集，每年一本，欲罢不能了。

这些小说中的狄公，不是正襟危坐的青天大人包公、施公，也不是神秘莫测的私家侦探福尔摩斯，而是二者的奇妙结合：幽默开朗，时有俊语；智慧机敏却不矫饰；清廉刚正却不拘泥古板；喜欢女人却不失度；而且文武双全，紧要时还能挺剑格斗几个回合。他的上司、同僚，都昏庸无能，只求升官，不问民间疾苦。而地方上的狱吏捕快则腐败堕落，与犯罪集团沆瀣一气，鱼肉乡民。狄仁杰在这一片混沌黑暗的阴谋暴行中坚持正义，对抗罪恶，却并不摆出一副怨天尤人，唯我独醒，欲挽狂澜的海瑞架势。

这些小说生动有趣，但其中说到中国的典狱、刑律、习俗却是于史有据，并非信口开河。高罗佩对明代中国情有独钟(他的书斋易名多次，曾称“尊明阁”)，书中社会习俗与明朝基本相符，而不是唐朝，但不少司法问题，却符合《唐律疏》等法典。《铜钟案》中的和尚不轨，勾结京官干预朝政，的确是唐朝政治的特色。高罗佩译注过元代刑典案例集《棠阴比事》，但他还从大量中国文献(包括俗文学)中汲取材料，例如《迷宫案》中就用了严世蕃用笔杀人故事，《龙图公案》中的拆画轴故事，《今古奇观》中的滕大尹故事。书中的迷宫设计来自《香印图考》，而其中女同性恋情节则借自李渔“贤妻选妾”剧本《连香伴》，并且加上高罗佩本人对中国多妻制社会中女子性生活的研究。

作为汉学家，高罗佩以收集中国春宫画、房中术书籍，研究性学而享盛名。中国性学如今已是东西方共同的“显学”，高罗佩开风气之先，成为研究者无法绕过的出发点。在五、六十年代的汉学界，的确只有高罗佩这样的名士派，才有此胆识。

高罗佩的性学研究，实际源自小说。他的《迷宫案》于1950年准备出日文版时，出版商要求以裸女画为封面(当时日本时尚)。高罗佩断然拒绝，说这绝非中国传统。为了证明这一点，他分别致函日本、中国几十家古董商，询问有无明代木刻裸体画像，结果上海商号说他们的顾客有，可供临摹，京都的古董店却有明代木刻册页的原本刻版，即一套24幅画像的彩印《花营锦阵》。他这才明白晚明的艺术风气。由此他开始研究中国春宫，集为《秘戏图考：中国彩印春宫版画》一书。1961年高罗佩出版《中国古代房内考》，是系统整理中国房中书籍的全世界第一人。

高罗佩的学术研究带着感情色彩。他认为在中国春宫画及房中术中，“看不见西洋人种种暴虐诡异的反自然病态”，因此中华民族身心健康，两性生活自然而正常，“中国民族与文化持续不衰，最大原因是他们两千年以来不断地研究男女均衡的艺术”。至于中国春宫画，“证明以为中国古代画家拙于描画人体，完全是西方偏见”。高罗佩对中国文化的热情着实令人感动。

狄公小说中的插图，是高罗佩自己画的，仿明版《列女传》和《列仙全传》风格，但时有裸女形象来自中国春宫，他用半透明纸描下图形，组合而成，笔调稚拙，别有风味，与小说行文之轻快爽利互为映衬。

狄公小说在西方流行已久，狄公小说被译成十多种文字，包括瑞典语、芬兰语、克罗地亚语等小语种。有好几部被拍成电影。

按高罗佩的原意，狄公小说中文本应当是标准本。可惜此套小说中文本上世纪80年代前一直没有机会出现。上世纪70年代末，陈来源与许明以中国元明通俗小说的语言翻译这套书，归本还源，成为范型。当时竞相翻译《狄公案》的有多人，但陈与许的拟元明口语译本竟成定本，也是电视剧中对话的依据。他们译出来的《狄公案全集》有130多万字。20多年来，翻印、盗印本不知多少，电视剧改编也有多次，一个外国人能把《狄公案》全写成这样的中文，就是千古一人了。

六、亚历山德拉·玛丽尼娜

某年7月，莫斯科连续发生多起妙龄女子被害案，一时之间人身安全问题成为俄媒体和公众关注的焦点。俄罗斯HTB电视台特意在晚间新闻节目中请来法学副博士、著名侦探小说作家亚历山德拉·玛丽尼娜女士分析案情，并向观众介绍预防此类不幸事件的注意事项。玛丽尼娜的确是胜任该项工作的最佳人选：一方面，毕业于莫斯科大学法律系的玛丽尼娜曾任职于俄罗斯内务部，长期从事犯罪心理学和预防犯罪的研究工作，学术论著颇丰；另一方面，这位拥有中校警衔的女作家被认为是苏联解体以来作品最畅销小说的作者，她对读者和观众具有绝对的影响力。

亚历山德拉·玛丽尼娜（1957—　）本名马林娜·阿列克谢耶娃，1991年，她与同事亚历山大·戈尔金共同创作了侦探小说《六翼天使》，这部署名为亚历山德拉·玛丽尼娜的小说在《警察》杂志上发表后好评如潮。此后，马林娜·阿列克谢耶娃便开始以亚历山德拉·玛丽尼娜为笔名独立撰写侦探小说。随着《情况巧合》、《被盗的梦》、《迫不得已的杀手》等作品的问世，玛丽尼娜声名鹊起。1995年，她因《为死而死》和《别人地盘上的游戏》几部作品被俄罗斯内务部授予“描写俄罗斯警察工作优秀作品”奖。1997年，其作品在全俄图书销售量排行榜中高居首位，在1998年的莫斯科国际图书展上，她荣膺当年的“年度作家”称号。

近年来玛丽尼娜的作品已被翻译成20余种文字出版，受到各国读者的欢迎。她的以色列代理商曾发现其小说《了解情况的人》、《未上锁的门》等在该国被大量盗版，为此作家还不得不打起了跨国官司。1999年一家公司根据玛丽尼娜8部侦探小说拍摄的电视连续剧《卡缅斯卡娅》（阿娜斯塔西娅·卡缅斯卡娅系作家在《情况巧合》中创造的形象，此后她成为贯穿玛丽尼娜侦探小说的中心人物）在俄罗斯国家级电视台热播，而后该剧还发行到拉脱维亚、乌克兰、德国和法国；后来，根据玛丽尼娜另外4部小说拍摄的《卡缅斯卡娅—2》也在电视台开播。因作品销量遥遥领先，在莫斯科市中心的大型书店“图书王国”门前，带有玛丽尼娜名字的铜制星座被浇铸在“图书之光”的大道上。值得指出的是，除亚历山德拉·玛丽尼娜之外，另外几位俄罗斯女作家（如达里娅·东佐娃、塔季扬娜·波利亚科娃和波林娜·达什科娃)的侦探小说也紧随其后,创作也各具特色,非常引人注目。可以说,在当今的俄罗斯侦探小说界上正活跃着一支势力强劲的娘子军团,而玛丽尼娜正是这支娘子军团的领军人物。

第二节 日本作家

一、江户川乱步

江户川乱步(1894—1965),少年时代起就爱读黑岩泪香的作品,受其影响颇深。在早稻田大学读书期间他又广泛阅读了英国和美国的推理作品。大学毕业后曾任贸易公司职员、日本工人俱乐部书记长、新闻记者等职,先后变换工作10余种。1923年他将处女作《两分钱铜币》和《一张票》送至马场孤蝶处请教,无回音;遂又送至森下雨村处,受到雨村赞赏,并得以分期发表,乱步则由此踏上日本推理文坛。之后又陆陆续续地发表了《可怕的错误》、《两个废人》、《心理试验》、《在黑暗中蠕动》、《阴兽》等作品。其作品构思精巧奇特,推理严密细致,既充满浪漫色彩,又不乏神秘恐怖之感。到了二次大战以后,则主要从事推理小说的研究、介绍和评论工作。1947年出任日本推理作家俱乐部首任会长。1951年出版评论集《幻影城》、《海外推理小说作家和作品》。此外他还著有《侦探小说四十年》等。由于江户川乱步在推理小说创作上的成就,奠定了其在日本现代文坛的历史地位。

二、横沟正史

横沟正史(1902—1982)。他1925年曾参与创办了"侦探小说趣味之会"。1926年秋经江户川乱步的劝说进入博文馆,参加《新青年》、《文艺俱乐部》、《侦探小说》的编辑出版工作,并不断发表侦探小说,1927年接替雨村担任《新青年》杂志主编,自1932年开始专门从事侦探小说的创作活动,著有短篇小说《鬼火》、《库房中》和长篇小说《珍珠郎》等,其作品多富有传奇色彩。因当时侦探小说曾受到当局的限制,遂开始改写历史题材的断案传奇小说,主要有《人形佐七捕物百话》等。他在二次世界大战后所写的作品逻辑严密,推理细致入微,代表作品有长篇小说《本阵凶杀案》、《蝴蝶凶杀案》、《狱门岛》、《八墓村》、《恶魔的拍球歌》等。横沟正史在这些作品中通过形形色色的案件,塑造了大侦探金田一耕助这一在日本家喻户晓的形象。

与江户川乱步相同的是,横沟正史也是一位忠实的泪香迷,在其作品中时时都会闪现出泪香模式的人物形象。而推理的深度和广度，线索的连绵细腻，牵人魂魄的悬念设定及诡秘玄奥的破谜描写等均与泪香相像至极惟妙惟 肖。因此，曾有人将其称作昭和时代的泪香。横沟正史在昭和时代创作的优秀作品有《幽灵铁假面》、《青发鬼》、《珍珠塔》等。此外，还出版了《横沟正史全集》十卷。

三、松本清张

松本清张(1909—1992)著有《松本清张全集》56 卷。他是社会派推理小说的代表作家。他早年当过工人、士兵，还在报社工作过，具有丰富的社会阅历，1952 年步入文坛，起初从事纯文学创作，在进入推理小说界以后，松本清张不拘泥于“单纯设定悬念、布置推理迷宫、最后解开谜底”的老一套推理小说程序，而是将悬念、推理破谜的过程与社会现象和社会问题独出心裁地紧密结合起来，使自己与其他纯推理作家区别开来，成为作品内容侧重于揭露社会问题及黑暗面的社会派推理小说的奠基人和代表作家，使推理小说从江户川乱步的正统派时代过渡到了以他为代表的社会派时代。1956 年，松本清张辞去报社工作，成为专业作家。同年推出短篇推理小说集《脸》。1957—1958 年，他发表了著名长篇推理小说《点与线》，通过纵横交错动静相间的叙述与描写，借助警探等坚持不懈的调查和努力，最后终于揭露出一起隐藏在殉情事件背后的贪污案件。作品以扑朔迷离的悬念及层层深入的推理手法，淋漓尽致地向读者展示了当代日本社会的黑暗面，将利刃直逼龌龊的社会症结，表达了广大民众对光明廉洁的社会秩序的追求。松本清张创作的“社会派推理小说”经典还有长篇小说《隔墙有眼》、《砂器》等。除了大量具有现实社会意义的推理小说外，松本清张还于 60 年代起对现代历史中的存疑之处进行了研究，撰写出带有推理小说色彩的长篇报告文学集《日本的黑雾》。该报告文学集共收入报告文学 12 篇，取材于二战后美军占领日本以后发生的某些著名的冤案和暴行事件，如 1948 年帝国银行职员中毒事件、松川地区客车出轨事件、依藤律问题及鹿地亘事件等。作家通过对大量资料进行分析，证实驻日美军司令部插手操纵日本政局的事实真相，揭露了日美当局相互勾结镇压民主运动的罪行。作品资料丰富，内容翔实可信。

四、森村诚一

森村诚一(1933—)。他于 1958 年毕业于青森山学院大学英美文学科。1967 年起开始发表推理小说。1974 年起成为专业作家。其主要作品有《大都会》、《高层的死角》、《人性的证明》、《青春的证明》、《野性的证明》、《恶魔的饱食》等。森村诚一的作品与社会派推理小说的开山鼻祖松本清张的作品相比，可以用“青出于蓝而胜于蓝”来加以形容。森村的作品不仅继承了社会派推理小说原有的诸多特色，而且更为注重对社会进行淋漓尽致的分析，在对人及人性的描写和解剖方面加大了力度。极为深刻地触及了社会的不合理性及人性极为丑陋自私的一面，向人们揭示了人性与兽性的复杂关系，具有比前辈推理作家的作品更强的教育意义。森村诚一以其作品真实地表现了资本主义高度物质文明下的日本所存在的物欲横流、精神颓废、道德沦丧的社会现象，其《证明》三部曲（《人性的证明》、《青春的证明》、《野性的证明》），曾受到广大读者和评论界人士的高度评价。其中的《人性的证明》被改编成电影《人证》后曾在中国上映，引起很大反响。

此外，人如其名，森村诚一还是一位敢于面对客观事实，勇于站在真理一边的诚实如一的作家。森村诚一的推理小说有一个共同点，揭露社会的黑暗面，尤其是和政府有关的罪恶。这是不少作家所不能相比的。他在 80 年代初以调查侵华日军研制使用细菌武器的结果为题材创作出了《恶魔的饱食》这一佳作。此举大触日本右翼人士的神经，致使森村遭到过右翼团体的猛烈围攻。

第三节 中国作家

一、程小青

程小青（1893—1976），原名程青心，又名程辉斋，安徽省安庆市人。少年家贫，曾在钟表店当学徒，18 岁时开始从事文学写作，先是与周瘦鹃合作翻译柯南道尔作品，后来由于创作《霍桑探案》而一举成名。

据史料介绍，程小青在 21 岁时发表的《灯光人影》，被《新闻报》举行的征文大赛选中，他小说中的侦探原名霍森，因排字工人误排，于是便成了霍桑。《霍桑探案》发表之后，程小青不断收到读者大量来信。是读者的鼓励，促使程小青先后写出了《江南燕》、《珠项圈》、《黄浦江中》、《八十四》、《轮下血》、《裹棉刀》、《恐怖的话剧》、《雨夜枪声》、《白衣怪》、《催命符》、《索命钱》、《新婚劫》、《活尸》、《逃犯》、《血手印》、《黑地牢》、《无头案》等 30 余部侦探小说。著名报人郑逸梅曾称赞他：“毕生精力，尽瘁于此，也就成为侦探小说的巨擘。”

程小青写了侦探小说，在苏州城里极有名气。大到帮助苏伦纱厂大老板严欣祺找到百万金圆（国民党发行的金圆券）的股票，小到帮助隔壁宁波阿奶找到丢失半年多的雨伞。当时著名报人范烟桥称程小青“模仿了柯南道尔的写法”，但他又塑造了“中国的福尔摩斯”。为了更好地创作侦探小说，程小青作为函授生，参加美国一个大学函授课程的学习，进修犯罪心理学与侦探学的学习，他从理论上学习西欧侦探理论，在实践中又把中国旧社会发生的案例加以改造。他在谈到创作时，多次谈到自己如何设计侦探小说的名字，怎样取材与裁剪，怎样构思开头与结尾，他把美国作家韦尔斯的专著《侦探小说技艺论》和美国心理学家聂克逊博士的专著《著作人应知的心理学》作为教科书。在小说中，程小青设计了霍桑与包朗一对搭档，类似福尔摩斯与华生医生，但在案件的取材上，程小青着重描写旧中国社会弊病引发的凶杀案，注重人物的心理分析，把凶杀与现实生活的投影结合起来，因此形成了自己的特点与风格。

二、裘小龙

裘小龙，1953 年生于上海，浙江人。曾是上海街道工厂工人，上海社科院文学所学术委员、外国室副主任，中国社科院研究生院硕士，作家。毕业于上海华东师大外语系，卞之琳的关门弟子，《荒原》的中译者和艾略特研究者，美国圣·刘易斯华盛顿大学讲授中国现当代文学的教授，因为其创作的 4 部侦探小说而成为西方的畅销书作家。他 1980 年开始发表作品。译著长篇传记文学《拜伦传》，诗集《抒情诗人叶芝诗选》、《意象派诗选》，小说《四个四重奏》等。《四个四重奏》获上海青年文学翻译奖。其作品以 1990 年代中国为背景，被美国传媒认为"可从美国人的角度看到的更商业化、更现代的中国"；欧洲人甚至以其作品为旅行指南组织旅游团，"跟着陈探长的脚步来中国"。美国加州洛杉矶大学的社会学系甚至将他的小说作为社会学的教材使用。他的侦探小说代表作主要有：《红英之死》、《跳忠字舞的人》、《外滩花园》、《双城案》、《当红是黑的时候》等。他最近又创作、出版了一部长篇侦探小说新作《红旗袍》（Red Mandarin Dress），也是以陈超为主角的系列小说，裘亲自命名他为"诗人大侦探"，而一些评论者也乐而称其为"东方的福尔摩斯"。

裘小龙写侦探小说纯属玩票行为——他的本职是圣·刘易斯华盛顿大学的教授，出国前以翻译诗歌而闻名。没想到写的第一本侦探小说《红英之死》投稿到出版社，马上就引起了出版商的兴趣，一口气和他签了 3 本长篇小说的出版合同。

《红英之死》出版以后很快就成为美国的畅销书，入围爱伦坡推理小说大奖、"白瑞推理小说奖"，还获得全球推理小说最高荣誉——第 32 届世界推理小说大奖安东尼小说奖，还曾入选纽约《新闻日报》2000 年十佳小说。《红英之死》已出版 10 余种外文版，平装本在美国已出到第 5 版，在美、德、法三国的总销量超过 15 万册。

裘小龙在《红英之死》等书中塑造的刑侦队长陈超，是一位时尚人物——毕业于北京外国语大学，年轻英俊，既是中共党员又是诗人，还是中国作家协会会员，在官场、职场、情场中都游刃有余。在破案过程中，陈探长还不忘精神和物质的双重享受：读李商隐、吃大蟹、说英语、下舞池……对于英语世界的读者来说，陈探长是一个全新的人物形象。看到《红英之死》中的主人公，就好比我们中国人在上世纪80年代初看到"007"和福尔摩斯电影一般。

裘小龙的写作打破了"中国人不会写侦探推理小说"的偏见，开拓了一种新的写作形态。2000年，他花两年写就的《红英之死》面世。这部以侦破市劳模关红英被杀案为线索的侦探小说，在叙述过程中呈现出当时五光十色的中国社会百态：主人公陈超幸运地分到一套房子，周遭都是嫉妒。其实宿舍里密麻麻无处下脚的拥挤，整层共享一个厕所，邻里也并不和睦，人们在狭小的空间中争夺心理上的优势。此外，文中对跑整条弄堂去喊人的公用电话以及抄在纸片上的传呼留言等上海市井生活的描述，亦非常传神。《红英之死》有着推理小说的格局构架，的确是一典型的推理小说。与传统侦破推理小说不同的是，他的小说以改革开放后急剧变化的当代中国为背景，小说并不侧重追究谁是凶手，而是侧重破案过程，以及案件背后的社会文化背景。这部小说最独特的地方，并不是悬疑，而是对中国特殊文化背景下人物的刻画。《芝加哥论坛报》的评论赞扬裘小龙让西方读者进入了一个"可从美国人的角度看到的更商业化、更现代的中国"。很明显，《红英之死》这部优秀的文学作品，给予耐心读者的报偿，是更持久的，只适宜细品的文学趣味：贴切的人物刻画，抒情氛围的营造，对社会人生幽微的沉思，与令人爱不释手的绚丽风采。

对于一个改革开放30多年的现代中国，西方人在传媒上纷纷制造所谓的"中国威胁论"的错误论调，但是描述现代中国，以现代中国为背景展示一个真实中国的文艺作品却并不多见。裘小龙的写作是一个良好的开始，让我们期待裘小龙的新作。

第八章 风格流派论

第一节 欧美传统风格与流派

一、古典推理式侦探小说

古典推理式侦探小说的创始人美国作家埃德加·爱伦坡19世纪40年代在《莫格街谋杀案》、《玛丽·罗杰疑案》、《被盗窃的信》等小说中塑造了具有高超推理能力、智胜警察、智取罪犯的私人侦探杜宾。他对侦探小说的最大贡献是为侦探小说建立了一套基本的创作模式，并塑造出第一位靠逻辑推理来破案的大侦探。大侦探杜宾洞察人性的弱点与邪恶，靠严密的逻辑推理与对人的心理活动的揣测破解连警察都困惑的案子。他先讲述案子的经过，侦查采用的方法，然后讲述他自己是如何运用事实分析得出正确的结论，指出警察与读者的错误所在。这一创作模式的着重点是谜案与推理，所以称之为推理式侦探小说。

以塑造大侦探夏洛克·福尔摩斯而闻名的英国作家阿瑟·柯南道尔爵士在继承爱伦坡创作规则的基础上进一步发展并完善了推理式侦探小说的创作模式。他从爱伦坡的小说中继承了小说的情节安排，并把爱伦坡小说中存在的要素发展成一种套式：侦探上场、描述犯罪情况、调查案情、破案、解释破案过程、结局。虽然这六要素在不同的侦探作品中出现的顺序不尽相同，但总的说来它成了古典推理式侦探小说情节的基本套式。就侦探人物的发展而言，我们可以说，在爱伦坡首创了大侦探这一角色之后，柯南道尔为大侦探确立了稳固的地位。他的福尔摩斯不仅能摆脱现实的困境，还能冲破自身的个性束缚，洞察他人。他是理性与直觉的交融，独创力的象征。他使骚乱的社会恢复平静，成为家喻户晓的人物，"神探"的代名词。随着柯南道尔的侦探小说不断问世，侦探小说的模式在1900年前后有了清晰的轮廓。情节发展的基本套式已经确定，犯罪的存在仅仅是给侦探提供破案的对象，作者与读者对犯罪本身持超然的中立态度。无论是哪种犯罪（包括谋杀）都妨碍或威胁了社会秩序的稳定与人们的生命财产安全。侦探的作用是通过破案来维护社会的稳定。爱伦坡与柯南道尔塑造的都是智力超凡、逻辑严密、个性鲜明的私人侦探。在他们笔下，警察愚蠢，侦探的朋友或助手才智平平，只有很高才智的罪犯才能与大侦探较量，当然最终也不是大侦探的对手。

到了20世纪20年代，从事古典推理式侦探小说创作的作家很多，最具影响的是以阿加莎·克里斯蒂为代表的大批女作家。她们丰富的小说创作促成了侦探小说的大繁荣，并且在创作上已经有了一套完整的模式，因此这一时期被称为侦探小说的“黄金时代”。小说的基本构成要素有：乡村、别墅、死尸、众多嫌疑犯、大家庭、出乎意料的答案等。小说的背景常常是有钱人家的乡间大别墅。除了管家、仆役之外，人物都属于有产、有闲阶层。破案者要么是才智过人的私人大侦探，要么是博学多识的业余侦探。总的说来，这一时期的作品类似于智力游戏，最重要的是谜底，其主要功能是为有闲阶层提供消遣。

二、硬汉派侦探小说

上世纪20年代，当古典推理式侦探小说创作正处于黄金时代的时候，美国正酝酿着一场侦探小说革命——创造新型的硬派侦探小说。当时，由于格调较高的《纽约客》、《浮华世界》等杂志的内容不能够适合大众口味，而且价格昂贵，使得通俗和廉价的杂志有了与之争夺市场的发展空间，于是，侦探小说开始摒弃以往作家和读者之间的斗智情节，开始加快作品节奏，大量充满血腥、暴力、色情的侦探小说通过廉价杂志得以发表。小说中的人物往往显得粗鲁而有嗜血倾向，“手枪加拳头”成了侦探们的法宝，到了20年代，影响最大的廉价杂志《黑面具》(The Black Mask)的出现，由于主编约瑟夫·肖(Joseph T. Shaw)有意识的提倡，一批具有共同创作倾向的作家们走到了一起，开创了侦探小说中的一个新类型“硬汉派”(hard-boiled)模式。

“硬汉派”小说模式完全摆脱了欧洲传统，更注重侦探的人物刻画，增强了读者与侦探之间的认同感，小说中谜案成分的重要性有所减弱。具体说来，硬派侦探小说与古典推理式侦探小说有着多方面的区别。在故事背景方面，古典推理式侦探小说的谋杀背景通常是上流社会活动的场景，而硬派侦探小说的故事却发生在城市的贫民区，因此增强了小说的现实性。它从犯罪猖獗的现代大都市里寻找到了创作灵感与尖酸刻薄、老于世故、特色鲜明的语言。它以爵士乐为背景音乐。就侦探人物而言，古典侦探小说中的侦探有家产或职业，生活优裕，做侦探只是出于个人爱好。而硬派侦探小说中的私人侦探从养尊处优的位置上走了下来。古典侦探小说中的侦探都是智力巨人，再难的问题凭借他超凡的智慧最终都能解决。而硬派侦探们破案决不能只靠头脑思考。他的智慧是在技术分析,而不是在概念分析方面。不要说为了取胜,仅仅为保全自己的性命,硬派侦探们都必须行动果断,冷酷无情。他们总在马不停蹄地四处奔走,很少睡眠,十八般武艺样样精通,还要像受虐狂一样经受拳打脚踢等各种折磨。他们还要抵御美女与金钱的诱惑,像中世纪的骑士那样去寻找,去历险。他们在禀性上是陌生的局外人,没有社会联系,要么未婚、要么离婚、无牵无挂,自食其力。他们是孤独、自立、决不屈服的人。他们固执己见,谁也不信,与任何人的联盟都只是暂时的,建立在相互怀疑的基础之上。他们谁也不靠,更不会相信当事人或警察。他们把自己当成暴力扼制暴力的执法官。这些都构成了注意实用,强调平民主义,藐视贵族风范的美国式硬派侦探小说风格。除此而外还表现在其他一些方面。比如古典侦探小说的危险感不强,而在硬派侦探小说中危险无处不在,而且是非理性的。另外,硬派侦探小说家钱德勒还认为爱情故事与侦探故事不能存在于同一本小说中,因此硬派侦探小说中男女之间只有与爱情无关的性爱。虽然硬派侦探小说仍不是现实主义小说,但小说的现实主义成分比古典推理式侦探小说增强了许多。

在侦探小说中,第一个硬汉侦探大概是罗斯·威廉姆(Race William)塑造的约翰·戴勒(Carroll John Daly)。不过很快他就被取而代之了。美国作家达希尔·哈梅特(Dashiell Hammett, 1894—1961)和雷蒙德·钱德勒(Raymond Chandler, 1888—1959)是将硬汉小说上升到艺术水准的主要代表人物。哈梅特虽然并不是第一个写硬汉小说的作家,但他是第一个给硬汉小说注入文学素质和心理深度的作家,他以自己的创作开辟了推理小说的另一块战场。达希尔·哈梅特侦探小说与传统侦探小说不同的是:第一,私人侦探往往都是以第一人称进行塑造的。他并不以心理描写见长,而是用事实来描写人的行动;第二,这类小说倒叙等手法使用较少;第三,小说或多或少对社会持批评的观点。他本人曾当过私人侦探,所以对于社会的各个方面,尤其是警方与罪犯之间的斗争,对于犯罪分子的心理及作案手段,对于警方的侦破策略等都有具体而细致的感性认识,积累了丰富的写作素材,因此他的小说有强烈的感染力。《戴恩家的祸祟》叙述经验丰富的侦探从一件普通的钻石失窃案中发现了疑点,侦破一个连一个的命案。《血腥的收获》描写强悍的侦探凭着一身正气和过人本领,深入恶势力内部,设下离间妙计,并亲身投入实际战斗,摧毁犯罪组织。《瘦子》以发明家魏南特的女秘书被杀开始,结束时三起杀人案水落石出。这部作品被米高梅公司1934年拍成了影片。达希尔·哈梅特的小说除了有一般侦探小说的共同点之外,还有一个十分突出的特点,那就是它们的故事贴近现实,作品的结构及叙述方式注重服从于写实要求而不落窠臼，突破了传统侦探小说的模式。为增强小说的现实性，哈梅特在两个方面做了特别的努力。首先，人物的语言切合人物的身份和心态，尤其是大量下层社会犯罪分子的行话、盗贼的切口以及美国本地方言的运用，给读者立体感和真实感。其次，哈梅特通过他的小说制造了一种浓郁的氛围，把当时他所处的社会那种动荡和混乱生动地呈现在读者面前，使人们读了他的故事之后强烈地感受到弥漫于整个社会的一种腐败气氛，并得出“这样的猪圈真是非打扫不可”的结论，从而由衷地钦佩故事的主人公——那些有勇有谋、出生入死的私家侦探。在这方面，《血腥的收获》是一个突出的典型。《马耳他黑鹰》(The Maltese Falcon, 1930)，号称“胜过海明威任何一部小说”的冷硬派第一名作，属于那种你可以不喜欢，却不可以不读的推理小说。《马耳他黑鹰》的故事情节围绕着各派人物争夺一件无价之宝而展开，表现了硬汉侦探的智勇双全。这部小说于1941年由著名演员亨弗雷·鲍嘉扮演硬汉主角斯佩德被拍摄为同名电影，获奥斯卡三项大奖。哈梅特的文学成就主要在长篇小说方面。他在小说中塑造的“硬汉子”侦探萨姆·斯佩德(Sam Spade)面临逆境坚持不懈，达到目的方才罢休。斯佩德忠诚于事物应有的“秩序”，而不是法律。他对任何事情都不抱幻想，具有非凡的自我控制力，任何引诱都不能使他屈服。他对死亡视之坦然。与古典侦探小说不同的是哈梅特通过一孤傲于世的“硬汉子”形象多少表达了自己的人生观念，使侦探小说不单单是智力游戏，具有一定的社会现实意义。比哈梅特稍晚成名的钱德勒在《长眠不醒》(The Big Sleep, 1939)、《湖上夫人》(The Lady in The Lake, 1943)等小说中塑造了硬汉子侦探菲利普·马洛(Philip Marlowe)这个人物，马洛比萨姆·斯佩德还硬，他酒量大，邋邋遢遢，有些像堂吉珂德。但他头脑机敏，讲话刻薄，这使他在执行使命时显得不那么可笑。他不宽容人，正直得近于固执，具有几乎变态的荣誉感。在他看来，人类社会充满了罪恶，而这些罪恶无法铲除。尽管如此，他仍要寻找正义。他仿佛是这个肮脏的世界上最后一个公正廉洁的人。

钱德勒在小说中通过对等级社会的不满来批判现存的社会秩序。在古典推理式侦探小说当中，如在阿加莎·克里斯蒂的小说中，社会秩序最后都得以恢复，但是在钱德勒的小说中社会已经全面腐败。小说涉及社会的方方面面。每个谋杀案的发生都不是孤立的。一个谋杀案之后，随之而来的是更多的犯罪，是更多的阴谋与尸体。书中所有的人都有牵连，只有马洛是清白的，与案子没有瓜葛、他不为任何事情所改变，永远游离在案件之外。他没有妻子或情人，除了必不可少的吃饭、穿衣、睡觉之外，没有私生活。钱德勒小说的社会批判主要集中在社会、政治、宗教体制方面。最让他不满意的是古典推理式侦探小说脱离现实、恪守礼仪，把侦探小说当成智力游戏。他还认为古典侦探小说过于斯文、沉闷，有太多的对特权社会的缅怀。在他看来，美国式的硬派侦探小说在保留传统侦探小说基本要素的同时，矫正了过分典雅与唯美主义的倾向。因此侦探小说也要有所不同。为了与20世纪城市的摩天大楼、高速公路相匹配，它在方法、方式、气氛、语言、背景等方面都要有所不同。

虽然钱德勒在人物塑造方面从哈梅特那里学到过不少东西，但他对后世作家的影响超过哈梅特。他的论文《简易谋杀术》(The Simple Art of Murder，1952)堪称硬派侦探小说的宣言。钱德勒定义硬汉人物要具有骑士般的思想。他认为，自知之明以及相匹配的知识是严肃的私人侦探要具备的……虚构的侦探，是在凶案中作乐的人，不属于真实世界。他们居住在一个施虐受虐的虚构世界里，那儿不需要执照，不管是对侦探还是对坐在打字机前疯狂的梦想家。他还认为“施虐狂和精神变态者在相当苛求的作品中不会延续很久”。这意味着严肃侦探是更为现实主义的侦探，因此他被认为是硬派侦探小说的理论家。尽管硬派侦探与推理侦探有诸多区别，但都是理想化的浪漫人物。虽然钱德勒认为他写作的是现实主义侦探小说，但他的现实主义仅仅指的是作品的可信性，尽可能在时间、地点上做到真实。他的高、大、全的侦探人物肩负重大使命，是“世界上最优秀的人”，肯定不是来自现实社会的真正的人。因此硬派侦探小说仍是对古典推理式侦探小说的浪漫主义传统的继承。它们都是消遣性作品，以迎合大众文化趣味为其创作宗旨。

詹姆斯·李·贝克是当代著名的硬汉侦探小说家，他笔下的戴夫·罗比索和劳伦斯·布洛克的马修·史卡德齐名，他的《忧伤黑樱桃》获得了埃德加奖。《忧伤黑樱桃》中的戴夫已经不是警探，他脱下警服隐居一隅。但是朋友找上门来，要他帮忙，面对强劲的对手和孤立无援的场面，他默默继承冷硬派侦探的传统——永不退缩，查明真相。

在硬派侦探的形象塑造中，为了把“硬汉子”塑造的很硬，甚至将女性也变得“男性化”。女作家苏·葛拉芙顿笔下的女私家侦探金西·密尔虹就简直是个“男人婆”，在金西·密尔虹系列探案中，几乎每部作品的开场都会这样介绍她：32岁，离婚两次，没有小孩，目前独居，干过警察，目前赖以维生的工作是保险调查员，有时会帮客户作些侦查的私人业务。密尔虹虽是女人，个性却非常独立，绝不依靠男人来告诉她下一步做些什么；而且，她外貌不修边幅的情况令人咋舌，脸上从未上妆打粉底，身上永远是牛仔裤配一件运动夹克；饮食方面更是随兴，只要能填饱肚子，即使是给猪吃的垃圾食物，她也不会抱怨一声，因此可见，密尔虹对烹饪绝对是一窍不通。然而，她办起案子来却是奋不顾身，丝毫不打马虎眼，全身上下流露的气息是不屈不挠的十足勇气。密尔虹的丛林生存法则第一条戒律就是绝不呜咽而泣，真是个比男人还硬的“硬汉”。严肃硬汉侦探通常是冷酷的愤世嫉俗者。硬汉小说的惯例之一是在诚实与不诚实之间的道德上的斗争。侦探不是一个卑鄙的人（实际上他非常有同情心），但是他把他的人性隐藏在愤世嫉俗的面具后面——因此说风凉话和讽刺是硬汉作品中最让人注目的特点。另一方面，侦探经常会因为客户的不诚实而面临困境。委托人说谎，或者只告诉他故事的一部分，往往把侦探引入歧途之中。

硬派侦探小说中的“硬汉子”有的很硬，也有的稍“软”一些，这些主要是女作家塑造的侦探人物。有“Softboiled”一词，定义与硬汉类似，但是比较含糊，通常指女性侦探并且暴力较少。苏格·拉夫顿（Sue Grafton）和莎拉·帕勒斯基（Sara Paretsky）就是女性硬汉派侦探小说的代表作家。在日本，也有一位被称为“女性硬汉推理小说家”的作家——渡边容子，她的作品《别告诉左手》获得过第 42 届江户川乱步奖，通过大卖场保安员调查其旧情人妻子的谋杀案，而引出一系列的事件，竟如滚雪球般，导引出更大的阴谋。这一部冷硬派作品，在推理的逻辑性、结局的意外性、作品的流畅性方面非常出色。

第二节 新兴风格流派

一、本格派

（一）本格推理的概念

源发于西方的侦探小说，原先并没有“本格”的概念，如同推理小说一样，都是日本的发明。简单地讲，是指日本人把对神秘现象进行逻辑性科学解释的侦探小说称之为本格推理小说。最早赋予侦探小说“本格”概念的人是日本作家甲贺三郎。在甲贺三郎的时代，侦探小说已经发展到将传统侦探小说和本格侦探小说分开的时候。那时，日本国内带有江户时代色彩的畸形秀被更名为“卫生博览会”，官方认为让人们看一看发生病变的人体，对于启蒙大众的卫生观念有一定作用，允许这种收费的人体展示。不过实际上，人们观看病变人体的时候，大多是抱着猎奇的心态，而不是为了学习卫生知识。这种卫生博览会的构想在日本侦探小说中也得到应用，在这种热潮下，很多当时的医生也参与其中，他们将人体作为材料，进行很多令人恶心的医学展览。如果这些畸形的人或者动物被释放到世界之后，会引起什么样的犯罪呢？江户川乱步从这个角度出发，描写出一部部近乎于怪诞的传奇故事，这种流派的小说曾在日本盛行一时。甲贺三郎注意到这类小说跟英美作品完全不同,因此他提出没有怪物的理性型的小说才是本格侦探小说。但他并没有具体说明什么样的小说才是本格小说,也没有对“本格”一词给出定义。在侦探小说发展过程中,人们认为,侦探小说本应是高度重视推理逻辑的知性小说,只有具有一定水准的逻辑推理的小说才能称为本格,因此本格带有称赞的意味,指专门为振兴侦探小说作出贡献的作品。在日本,本格推理小说依然兴盛,至今没有衰落。

从侦探推理小说角度来看,所谓本格推理大致具有以下几个特点:①以解开复杂的犯罪技巧和搜寻犯人为中心,展开故事情节的推理小说形式,与硬汉派、间谍小说相对。②是推理小说的一种基本形式。提出谜团,然后通过各种方法、理论解开谜团(也可能是意外地解决了问题)。本格推理一般都具备两个条件:一要有谜团。仅仅是有杀人事件,不能称其为本格推理。犯人是谁、所用犯罪手法为何,让人困惑。然后读者在阅读的过程中逐渐拨云见日,谜团也渐渐解开,这才是本格推理应有的姿态。二要用正确的方法解开谜团。这一点极为重要。推理、推论的方法必须严密清晰,来不得半点模棱两可(很少有作品能做到这一点)。在推理中,用了靠不住的方法,就不是本格,充其量也只是犯罪小说。“因为如此如此,所以得到这个那个,所以罪犯就是你!”诸如此类,是本格推理中常用的解谜方式。

（二）本格推理的发展

本格推理小说今天仍然是日本侦探推理小说中创作的主流形式。它之所以能够长盛不衰,是与其自身的文艺功能有密切关系的。第一,人们在阅读小说过程中可以猜测寻找罪犯。本格推理的解谜是建立在严密准确的理论基础上,并以此来构筑全文的。所以只要你能找出文中隐含的证明罪犯的证据,就能相当准确地找出罪犯。第二,人们在阅读小说过程中可以分析罪犯的作案技巧。罪犯精心设计的作案技巧被读者破解,其乐趣绝不亚于寻找罪犯。

总体来说,本格推理小说一方面要具备神秘的现象,另一方面要对神秘现象进行科学解释说明。与一般小说相比,本格推理小说是以自然主义为中心的小说。但与强调自然原生态的一般自然主义小说相比,本格推理小说和自然主义作风相去甚远,可能是最为强调人工营造氛围的小说。这也是本格推理小说受到纯文学鄙视的一个重要原因。

坚守传统本格推理创作风格的有栖川有栖、火村英生等等。火村首度登场的小说是《四十六号密室》。这是一部以密室为主要谜题的本格推理,故事描述推理作家被发现死于密室状态下的书库之内,而且密室的设计更可能是死者未公开发表的巧妙创作,结局的意外性是不容置疑的。

本格推理的侦探小说在日本诞生发展，继而被中国台湾地区继承发扬，后来又在中国内地传播，并进入韩国，扩展到亚洲各地。从趋势看，本格推理小说是与科学幻想紧密联系的小说，在传统侦探小说题材和灵感被用尽的今天，本格推理小说将会以亚洲为中心，在将来会加速的发展。

二、变格派

变格派是与本格派相对应的。与本格推理一致的是，变格的概念也是甲贺三郎率先提出。甲贺三郎注意到江户川乱步开始的一部部近乎于怪诞的传奇故事在日本盛极一时，这种小说流派跟英美作品完全不同，因此他提出变格侦探小说的概念。所谓变格，是指这种风格的小说并没有走侦探小说的正道，言外之意它们走的是旁门左道。后来，人们把善写鬼怪、幻想、犯罪、变态心理、科学幻想等题材，带有浪漫主义倾向的推理小说称之为变格派推理小说。

变格派的小说创始的实力派人物被公认为是横沟正史。他的小说主要以描写恐怖的情节，以及人物的畸形心理。代表作有：《本阵杀人事件》、《狱门岛》、《八墓村》、《犬神家族》等。

以横沟正史为首的"变格派"，在注重逻辑推理的同时，在小说中更注重恐怖气氛的描绘，用揭示人物的心理变态来突破传统手法，有的作品中还出现神鬼妖魔，形成了阴森诡秘的艺术流派。

变格派推理小说奇幻莫测，它代表了侦探小说的浪漫主义风格，在当时很受欢迎。但是，变格派作品在逻辑推理方面毕竟有不够严密之处，其影响远不如本格派推理小说那么大。

三、新本格派

新本格派初期代表作家之一的有栖川有栖，他的《魔镜》则可算是新本格派中的推理代表作。作品中的孪生兄弟同时有杀人嫌疑又分别于两处不同地点具备不在现场证明，当搜查仍没任何进展的时候，却又出现了一具无头尸体，使情节发展变得更加扑朔迷离。除了紧凑的情节和意外的真相以外，突出"不在现场证明"就成为新本格派创作的一个特点。

四、社会派推理小说

社会派是为了驳斥本格派堕落为纸上游戏而出现的推理小说流派。注重动机，批判社会现象，排斥名探，对人性有深刻的描写。

社会派推理创作的一代宗师松本清张创作了大量的佳作，《点与线》是日本社会派推理小说的先河之作，继《猫知道》后称为畅销书，是一部以列车时刻表诡计为主的写实性推理小说。作品通过触目惊心的描写，暴露了日本社会的奸巧诡诈，突出体现一个被黑暗社会吞噬了的弱女子的内心世界，折射了作者对于黑幕的无奈和对于弱小势力的同情。《砂器》和《隔墙有眼》则可称得上是他的代表作品。前者故事从一宗发生在国铁操车场内的惨死事件开始，经过警察方面穷追不舍的深入调查后，一幕接一幕埋藏于事件背后、让读者感动的事实给揭露了出来；后者通过企业普通职员的死亡事件牵涉出更为黑暗的内幕，揭示日本社会的弊端，发人深省。这种借助普通人死亡展开的调查破案方式是社会派推理的重要手法。松本清张著有《松本清张全集》56 卷。除松本清张之外，社会派推理小说的主力作家还有《大海獠牙》的作者水上勉、《不道德的手术》的作者黑岩重吾等。

水上勉的《大海獠牙》获得第十六届日本侦探作家 Club 大奖，虽然他创作推理小说的时间不算太长，但其每部作品都称得上是社会派的杰作，特别是以水俣病（水银中毒）为题材的《大海獠牙》，对源于企业的污染公害问题做出了猛烈的攻击，而贯穿于故事整体的，是作者那一贯锄强扶弱的精神。

夏树静子的《住宅悲剧》是一部十分贴近社会真实的小说。故事中的广辅和户波两人是表兄弟，两人家庭居住都十分拥挤，户波是东京城市开发科的科长，居然与妹妹一家共 6 口人住在一起；而广辅一家 4 口住一间小公房，孩子大了，一家人生活十分不方便，甚至过正常的夫妻生活都无法保证，以至于不得不每周出去借一天旅馆享受下二人世界，妻子就竟然在这样的一次约会中丢了性命。因此，为了能够拥有属于自己的一套大房子，广辅不仅杀了表弟户波，还杀了银行信贷员八十佳。为了城市住房，竟然亲戚朋友相互杀戮。《住宅悲剧》最后借广辅之口揭露了当代社会生活中一个的残酷现实，“住宅真是一个社会问题，我为了住房问题，失去了妻子，也埋葬了自己。”侦探小林也无限感慨：“房子啊房子，想不到你也在制造人生悲剧。”可见，社会派作家在反映社会问题、揭露社会弊病方面是非常真实的。

70 年代初，继松本清张和社会派推理小说走红日本之后，日本文坛上出现了一个与之关系密切的推理新流派——新社会派。新社会派推理小说的主要代表作家是森村诚一。

五、悬疑派

悬疑派注重意外性而不太注重公平性，可以隐藏线索甚至可以不提供线索。在那些永远是冰冷惊险的氛围里，那些侦探人物智慧、强壮、果敢，即便有一点瑕疵，也一样让人怦然心动。实际上，悬疑派与其他创作派别并没有太大实质的区别，应该讲，凡是在侦探小说中设置悬念的都可以作为悬疑派。你看，柯南道尔塑造的福尔摩斯：

> 他有着鹰一样的锐利的眼睛，有披风、烟斗和放大镜等行头。印象里，他乘坐马车驶过卵石铺就的街道，阅读《每日电讯报》和其他流行的报纸；他藏身哈得逊太太温暖的公寓；在夜半奏响提琴，享受着单身生活的闲适和放纵；他有着豪侠和浪漫这两个史诗般的神圣品质，这个人就是夏洛克·福尔摩斯。门铃响起，有人走上了楼梯，他抬起低垂的眼帘，鼻子兴奋地翕动："快，华生，快，游戏就要开始了。"

而江户川乱步塑造的金田一耕助则是一位学者，他有一头乱蓬蓬的头发，有口吃的毛病，但料事如神。横沟正史笔下的侦探人形佐七是个风度翩翩的美男子，有位好吃醋的妻子，带着两个徒弟破案。应该说，正是他的特殊才能才导致他被卷入了一系列伟大的阴谋！

《面具馆》的作者艾西恩，带给我们一个左手永远都戴着手套，身世永远笼罩在迷雾之中、具有天才的精神分析和逻辑推理能力的一个华人侦探——塞斯·沃勒。他养着一条善解人意的狗，喜欢孩子，细心敏锐，他复杂神秘，必须独自面对更多的威胁，必须逃离紧跟其后的魔爪。他是孤独、寂寞的，而且，这位侦探以一个心理医生的形象出现，这样的形象在世界悬疑小说中也可谓绝无仅有。

对于艾西恩的《面具馆》来说，心理分析的天赋成就了主人公塞斯·沃勒，却无法挣脱死死控制着他的那个心里的秘密……每一位受害者都被剥去了脸皮，尸体身旁还有一行血字："面具即将归来！"《面具馆》中，最令人着迷的还是面具的意义。这个面具不仅仅是表象上的面具，每个被害人被剥去的面皮，代表着每个人心中的"心理面具"。没有人能发现藏在那副面具之后的是什么？催眠、心理分析帮助塞斯·沃勒揭开了杀人狂魔的面具，可是他却无法揭开自己的面具，他只能背负着人类的秘密不断地逃避，他只有摆脱不了的过去，没有未来。其中隐含的深度正是作者艾西恩想带给我们的人性探索。

小说《面具馆》中一些极度血腥的描写很好地配合了情节，激发了人类内心的原始欲望。阴冷的街道和咖啡馆、静谧的心理诊所、无辜而可怜的金发女孩、冷酷的流氓和黑社会……所谓的剥制面具正是一种现代版的原始祭祀仪式(类似割去仇敌头皮的印第安战士那种勇气之祭)，它激发了那些似乎已经被遗忘却在人类内心留下深深烙印的原始疯狂，对读者所谓的文明思想作出了最大限度的剧烈冲击。作者娴熟地利用了这种效果，迫使读者沿着文字的血迹一步步走向内心最原始狂野的本质！这正是这部小说的精彩之处。

与《达·芬奇密码》通过对基督教、罗马教近乎颠覆性的言论，详尽的史实，以及对大量艺术品非凡的见解，给人们的内心一种真实的恐惧不一样，那是已知的恐惧，而《面具馆》却逼迫你去面对内心深处的“未知”。

六、其他流派

除上述一些主要的创作流派外，近年来还出现了许多其他风格的创作流派。这些创作流派基本上集中在日本。如主张推理作品不要只局限于正统派或社会派，应该使作品在含有推理要素的前提下脱离原有的狭小圈子，使创作范围更为广泛，题材、体裁更为多样，以更好地反映城市生活，满足城市读者对文学作品的轻松愉快之感的要求的城市派。其代表作家有小泉喜美子等人。还有以风俗、言情、男欢女爱为作品主题，注重性行为的细节描写，充满色情内容的微含推理要素的风俗派，如胜目梓、筒井康隆、秋津国宏、岛村洋子、宝井佑月等人的作品。逍遥游戏派也是近年来比较活跃而有一定社会影响的流派。逍遥游戏派作家以创作推理小说为目的，他们并不深入实际生活，只凭借想象和虚构创作轻松娱乐、猜谜式的推理小说，以供读者消遣，但他们往往将自己的理想或梦想等寄托于作品之中，因而也能引起同时代人的共鸣，拥有大批年轻读者。逍遥游戏派作家多为战后出生者，属于生活在富裕环境中的自由一代，如赤川次郎、连城三纪彦等人。据统计，赤川次郎 1980 年作品的出版部数为 18 册；1981 年为 12 册；1982 年为 20 册；而 1983 年则多达 24 册。其出书数量之多之快令世人瞠目。其作品因格调轻松，爱情主题健康活泼，故获得了青年读者群的广泛支持。这也从一个侧面暴露了日本当代年轻人不问政治不关心社会与国家大事，只是一味追求个人快感、寻求心理享乐的生活观。法庭派也是比较有特色的一个新流派，主要是以法庭为主要背景进行推理小说创作。法庭派的推理小说就是在法庭上进行推理过程，不会用法条出来压人，在法庭上的推理过程常常是钻小漏洞，来探出一些蛛丝马迹，然后在法庭上当场翻案。这类的小说有种颠覆结果的痛快感，尤其是翻案的情节尤其能够引人入胜。此外，还有青春派推理小说等等。总之，侦探推理小说发展了 150 年后，这个文学样式在今天的日本确实得到了空前的繁荣，流派纷呈、风格多样、作家辈出，当代还没有一个国家的侦探推理小说能够向日本这样具有极其广泛的读者群和社会基础，这现象本身就是一个值得注意和研究的问题，或许它正预示着当代侦探推理小说的一种发展趋势。

参 考 文 献

[1] 张永声. 思维方法大全. 南京:江苏科学技术出版社,1990

[2] [英]爱德华·伯曼. 像绅士一样生活. 北京:中国商业出版社,2006

[3] [英汉版]现代高级英汉双解辞典. 香港:牛津大学出版社,1978年第10版

[4] [法]达维德·方舟著;陈静译. 诗学——文学形式通论. 天津:天津出版社,2003

[5] 谭君强. 叙事理论与审美文化. 北京:中国社会科学出版社,2002

[6] 杨文虎. 文学:从元素到观念. 上海:学林出版社,2003

[7] [法]左拉. 金钱. 北京:人民文学出版社,1980

[8] 曹正文. 世界侦探推理小说大观. 上海:上海辞书出版社,1995

[9] 张寅德编选. 叙述学研究. 北京:中国社会科学出版社,1989

[10] [日]青山刚昌著;孙亭等编著. 名侦探——柯南探案集3. 通辽:内蒙古少年儿童出版社,2002

[11] [法]丹纳. 艺术哲学. 北京:人民文学出版社,1983

[12] 十一院校编. 普遍逻辑. 上海:上海人民出版社,1979

[13] [美]格尔兹著;纳日碧力格译. 文化的解释. 上海:上海人民出版社,1999

[14] 辞海编辑委员会.《辞海》缩印本. 上海:上海辞书出版社,1979

[15] 新牛津英语词典. 上海:上海外语教育出版社,2001

[16] [英]马凌诺斯基著;费孝通译. 文化论. 北京:华夏出版社,2002

[17] 恩格斯. 路德维希·费示巴哈和德国古典哲学的终结. 马克思恩格斯全集. 第21卷. 北京:人民出版社,1965

[18] [英]多米尼克·斯特里纳蒂著;周宪译. 通俗文化理论导论. 北京:商务印书馆,2003

[19] 宋万年. 外国警察百科全书. 北京:中国公安大学出版社,2000

[20] 中国私家侦探网:http://www.chinadetective.org/cn/index.asp

[21] 推理之门:http://www.tuili.com

[22] 汪尧田,陈志刚. 英美概况. 上海:上海外语教育出版社,2004

[23] 程汉大. 英国法制. 济南:齐鲁书社,1983

[24] [英]菲利浦·约翰·斯特德. 英国警察. 北京:群众出版社,1990

[25] 柯南道尔著;丁钟华,袁棣华等译. 福尔摩斯探案集. 北京:群众出版社,1979

[26] [美]塞缪尔·亨廷顿. 再论文明的冲突. 新华文摘,2003年05期

[27] 蔡俊生. 文化论. 北京：人民出版社，2003
[28] 中共中央马克思恩格斯列宁斯大林著作编译局. 马克思恩格斯选集. 北京：人民出版社，1975
[29] 郑振铎. 中国俗文学史. 北京：中国社会科学出版社，2009
[30] 朱自清. 论严肃. 上海：文光书店，1948
[31] [德]胡塞尔. 纯粹现象学通论. 北京：商务印书馆，1997
[32] 陈学明. 二十世纪哲学经典文本. 西方马克思主义卷. 上海：复旦大学出版社，1999
[33] 罗大华. 犯罪心理学. 北京：中国政法大学出版社，1999
[34] [日]平尾靖. 违法犯罪的心理. 北京：群众出版社，1984
[35] 刘世德，竺青. 古代短篇公案小说选. 清代白话卷. 北京：群众出版社，2001
[36] 吴晓明. 二十世纪哲学经典文本. 上海：复旦大学出版社，1999
[37] 马克思，恩格斯. 德意志意识观点. 马克思恩格斯全集. 第 3 卷. 北京：人民出版社，1960
[38] [英]西奥多·泽尔丁著；严撷芸等译. 法国人. 上海：上海译文出版社，1997
[39] [英]艾德里安·柯南道尔. 夏洛克·福尔摩斯的成就. 推理书库. http://www.tuilisr.com
[40] 黄泽新，宋安娜. 侦探小说学. 天津：百花文艺出版社，1994
[41] 任翔. 文化危机时代的文学抉择——爱伦坡与侦探小说探究. 北京：北京师范大学出版社，2006
[42] 于洪笙. 重新审视侦探小说 . 北京：群众出版社，2008
[43] 范伯群，孔庆东. 中国近现代通俗文学史. 南京：江苏教育出版社，1999
[44] 姜维枫. 近现代侦探小说作家程小青研究. 北京：中国社会科学出版社，2007